한국 왕권신화의 전개

┃김화경

　1947년 경북 상주에서 태어났다. 1971년 서울대학교 문리대학 국어국문학과를 졸업했다. 1981년 일본 쓰쿠바대학 대학원에서 〈한·일 설화의 비교연구 – 실꾸리형 뱀사위 영입담을 중심으로 한 고찰〉로 석사학위를 받았고, 1988년 같은 대학 대학원에서 〈한국 설화의 형태론적 연구〉로 박사학위를 받았다.

　영남대학교에서 30여 년 동안 국어국문학과 교수로 재직했다. 현재 영남대학교 명예교수이다. 제25회 두계학술상과 제57회 3·1문화상 학술상을 수상했다.

　대표저서로《재미있는 한·일 고대 설화 비교분석》,《한국 신화의 원류》,《한국의 설화》,《일본의 신화》,《북한설화의 연구》,《독도의 역사》,《세계 신화 속의 여성들》,《신화에 그려진 여신들》,《얘들아 한국신화 찾아가자》,《선녀와 나무꾼》 등이 있다.

┃한국 왕권신화의 전개

초판 1쇄 인쇄　2019년　5월　13일
초판 1쇄 발행　2019년　5월　20일

지은이　김 화 경
펴낸이　김 경 희
펴낸곳　**지식산업사**
　본　사　10881, 경기도 파주시 광인사길 53(문발동)
　　　　　전화 (031)955-4226~7　　팩스 (031)955-4228
　서울사무소　03044, 서울시 종로구 자하문로6길 18-7(통의동)
　　　　　전화 (02)734-1978,1958　　팩스 (02)720-7900
등록번호　1-363
등록날짜　1969년 5월 8일
누 리 집　www.jisik.co.kr
전자우편　jsp@jisik.co.kr

ⓒ김화경, 2019
ISBN 978-89-423-9065-6 (93810)

책값은 뒤표지에 있습니다.
이 책에 대한 문의는 지식산업사로 해 주시기 바랍니다.

한국
왕권신화의
전개

김화경 지음

지식산업사

이 저서는 2014년 정부(교육부)의 재원으로 한국연구재단의 지원을 받아
수행된 연구임 (NRF-2014S1A6A4026085)

신화를 공부하겠다는 일념으로 일본 유학을 떠난 때가 엊그제 같은데 어느덧 칠순의 고개를 넘어섰다. 늦어서 부리는 욕심이 추하게 보일는지도 모르지만, 유학을 떠나며 준비했던 자료들을 다 정리하지 못한 채 정년을 맞이했던 것이 못내 아쉬웠다. 그 때문에 아직도 책을 버리지 못하고 조그만 서실을 마련하여 조석으로 출퇴근하고 있다.

연구자의 견해에 따라 견해를 달리할 수도 있는 분야가 학문의 세계임은 말할 것도 없다. 고대사나 신화의 경우는 더욱더 그러하다. 명백한 사실을 밝히는 일이 쉽지 않기 때문이다. 신화에 낭만이 있고, 꿈이 있다는 점도 그 이유의 하나가 된다.

이 책에서는 언젠가는 정리해야겠다고 생각하면서도 차일피일 미루어 두었던 '한국의 왕권신화'라는 과제를 다루었다. '왕권신화'란 한국에서 널리 쓰이는 '건국신화'보다 포괄적인 용어로, 나라를 세워 왕권을 장악한 집단이 그것을 확립해 나가는 과정에 얽힌 자료들까지 포함한다. 신라의 석탈해 신화처럼, 직접적인 건국 주체는 아니지만 한 나라의 왕권 성립과 관련된 신화를 가리키는 것이다.

고조선의 단군 신화부터 시작하여 탐라국의 삼성 시조신화에 이르기까지 한국 고대사에 명멸했던 나라들의 모든 왕권신화를 연구 대상으로 삼았다. 이들 신화는 이 땅에 국가라는 통치 체제가 수립되는 과정의 한 면을 서술해 준다고 할 수 있다.

이 신화들을 일별하면서, 일본의 신화학자 미시나 아키히데三品彰英, 1902~1971의 한국 신화에 대한 왜곡된 연구를 바로잡겠다는 일관된 의지를 유지했다. 한국 신화 연구에서 미시나만큼 많은 영향을 미친 학자도 드물 듯하다. 그는 일본 신화와의 관계를 중심으로 하면서도 한국의 신화 자료들을 자신의 연구 의도에 맞게 멋대로 재단한 대표적인 학자다. 그런 연구의 대표적인 예가 바로 난생신화 문제다. 그는 한국의 난생신화가 이른바 남방 해양 문화의 소산이라고 보았다. 구로시오 난류[黑潮]를 따라서 남쪽으로부터 들어왔다는 것이다.

그의 견해대로라면 한족韓族은 남방에서 들어온 것이 되어버린다. 하지만 과연 그럴까? 그렇다면 기원전 1세기에 사마천의 《사기》에 기록된 은나라 설의 탄생신화는 어떻게 설명할 수 있을까? 그의 견해에는 이러한 맹점이 있다. 즉 6세기에 기록된 난생신화 자료가 20세기에 조사된 구전 자료로부터 영향을 받았다는 식의 이야기가 되는 것이다.

실상이 이러한데도 한국 학계에서는 이 문제를 그렇게 심각하게 보지 않아 왔다. 미시나의 난생신화 남방 기원설에는 한국의 기층문화를 남북으로 양분하려는 저의가 있다는 의구심을 떨쳐 버릴 수가 없는데도 말이다. 이 같은 그의 주장은 분명히 일본 제국주의의 식민지 지배 정책과 밀접하게 연계되어 있다. 조선총독부를 설치하여 한국을 효율적으로 통치하려고 했던 정책을 뒷받침하는 것이었음을 알아야 한다.

그래서 이런 잘못을 바로잡고자 최선의 노력을 기울였다. 이 과정에서 잘못된 선행 연구를 바탕으로 한 연구가 상당히 있다는 사실을 확인하였다.

특히 한국 왕권신화들 가운데서도 백제의 경우에 이와 같은 오류가 반복되는 듯한 인상을 받았다. 백제의 왕권신화로는 일본의 《쇼쿠니혼기續日本記》에 전하는 도모 신화가 있고, 중국의 《수서》에 전하는 우태 신화가 있다. 그럼에도 이들 자료는 고찰하지 않고 김부식의 《삼국사기》 백제본기에 실린 자료에만 집착하는 연구들이 있었다. 국사학계에서조차도 이제껏 김부식의 기록이 사실인지 아닌지에 대한 엄격한 비판이 제대로 이루어지지 않았다고 알고 있다. 그렇다면 백제의 왕권신화에 대해서도 한 번쯤 되짚어 볼 필요가 있지 않을까? 아무리 보아도 백제의 왕권신화는 고구려가 아니라 부여와 더 깊은 관계를 가지는 듯했다. 그러다 보니 부여의 동명 신화 또한 고구려의 주몽 신화와 분명히 그 계통을 달리한다는 결론을 내리지 않을 수 없었다.

그러나 이 같은 분석은 간단한 문제가 아니므로, 우선은 가설을 제시하고 앞으로 학제 간 연구로써 더욱 심도 깊은 연구가 이루어졌으면 하는 바람을 표시하는 데 머물렀다. 이는 신화학만이 아니라, 역사학이나 고고학을 전공한 후학들이 이 문제에 관심을 가지고 좀 더 면밀하게 검토해 달라는 부탁이다. 그에 따라 필자의 견해에 무리가 있음이 드러나 비판과 질책을 해 준다면 겸허하게 수용할 것임을 밝혀 둔다.

어려운 여건에도 흔쾌히 출판을 맡아 주신 지식산업사 김경희 사장님께 고개 숙여 감사의 말씀을 드린다. 원고의 교정과 편집에 수고를 아끼지 않은 맹다솜 님께도 고마움을 전한다. 이 연구에 많은 도움을 주신 분들에게 충심에서 우러나는 감사의 인사를 드린다.

2019년 5월
경산 백자산 자락에서
김 화 경

한국
왕권신화의
전개

일러두기

1 단행본은 겹화살괄호(《 》), 단행본의 일부와 논문은 홑화살괄호(〈 〉)로 묶었다. 《가락 국기》는 일실된 원전을 말할 때는 겹화살괄호를 쓰고 《삼국유사》에 발췌 기록된 부분을 가리킬 때는 홑화살괄호를 사용하여 혼용된 곳이 있다.

2 주몽 신화처럼 인물이나 지역에 얽힌 신화는 앞말과 띄어 쓰고, 이 밖에 천강신화·난생 신화 등 하나의 유형으로 분류한 신화는 전문용어로서 붙여 적었다.

3 역자를 따로 밝히지 않은 일본어판 자료의 내용은 지은이가 직접 옮긴 것이다.

4 한자는 처음 나오는 곳에 한 번만 병기하였으며 간자·통자 등은 가능한 한 정자로 바꾸었다. 필요하다고 생각되는 곳에는 다른 언어도 나란히 적었다.

5 외국어 표기는 국립국어원의 외래어 표기법 및 용례를 따랐다. 다만 고전을 제외한 일본어 문헌은 먼저 한국어로 옮기고 한자와 가나를 같이 썼다. 중국어의 경우 근현대 인명도 모두 한국식 한자음으로 적었다.

6 인용자 주 표시가 없는 인용문의 주는 원저자의 것이다. 각주는 모두 지은이의 주다.

규모가 확대되고 구성원들의 계층화가 이루어진 사회에는 그것을 통어統禦하는 지배자가 등장하기 마련이다. 이런 사정을 기술하고 있는 것이 신라의 건국주인 박혁거세 신화의 첫머리 부분이다. 여기에는 "전한前漢 지절地節 원년 임자壬子 3월 초하룻날에 여섯 부의 조상들이 자기 자제를 거느리고 알천閼川의 언덕 위에 모여서 의논하여 말하기를, '우리들이 위로 군주가 없이 여러 백성들을 다스리므로 모두 방자해져서 제 마음대로 하니, 어찌 덕 있는 사람을 찾아 군주를 삼고 나라를 세우며 도읍을 정하지 아니하겠는가?'라고 했다."[1]고 기록되어 있다. 이는 여섯 부로 나누어진 부족들을 아우를 수 있는 지배자가 필요하

---

1   최남선 편,《신정 삼국유사》, 경성: 삼중당, 1946, 44~45쪽.
    "前漢地節元年壬子 三月朔 六部祖各率子弟 俱會於閼川岸上 議曰 我輩上無君主
    臨理蒸民 民皆於逸 自從所欲 盍覓有德人 爲之君主 立邦設都乎."

다는 것을 나타내는 기술이라고 할 수 있다.

이렇게 초기 국가가 성립될 때 출현한 지배자는 "성聖과 속俗의 구분이 엄밀하지 않았을 것이다. 그래서 세속적인 일뿐만 아니라 신神들과 교류하는 종교적 역할도 이 지배자의 책임이 되는 경우가 흔했을 것으로 추정된다. 이러한 지배자를 일반적으로 왕王 또는 왕자王者라고 부르며, 그 권력을 왕권王權, kingship이라고 일컫는다."2

이와 같은 왕권이 성립된 초기 국가는 일반적으로 그 나라가 어떻게 하여 세워졌는가를 서술해 주는 건국신화를 가지고 있다. 다시 말해 위대한 인물이 어떤 과정을 거쳐서 나라를 일으켰는지를 말해 주는 신화가 존재한다는 것이다. 왕권의 유래를 설명하는 이런 신화를 통해 그 권위의 기초를 다지는 것이 통례다.3 이처럼 왕권의 성립과 그 권위의 부여를 이야기해 주는 데 초점이 맞추어진 신화를 흔히 왕권신화王權神話라고 부른다. 이런 신화는 국왕의 지배를 정당화할 목적으로 만들어 낸 것이라고 보아도 좋을 것이다.4 그러므로 이는 비범한 인물이 어떻게 하여 한 나라의 지배권을 장악하게 되었고, 그 지배권은 어디로부터 유래되었으며, 또 그 권력은 어떤 과정을 거쳐서 확장되어 나갔는지를 서술해 주는 신화라고 하겠다. 따라서

---

2   松村一男, 〈王權の起源〉, 大林太良 外 共編, 《世界神話事典》, 東京: 角川書店, 1994, 245쪽.

3   溝口睦子, 《王權神話の二元構造》, 東京: 古川弘文館, 2000, 13쪽.

4   諏訪春雄, 《日本王權神話と中國南方神話》, 東京: 角川書店, 2003, 9쪽.

이 유형의 신화는 왕권을 장악한 왕이라는 존재와 더불어 그가 통치하는 국가의 출현을 전제로 한다.

그런데 한국 고대사에서 언제 통치 체제를 갖춘 국가가 성립되었는가 하는 문제에 대해서는 아직까지 통일된 결론을 얻지 못하고 있다. 근래 들어 서구의 인류학 이론을 도입하여 국가의 형성 과정을 재구하려는 시도가 있었으나,5 구체적으로 한국 고대의 어떤 국가에 이 이론의 적용이 가능한지를 분명하게 밝히지 않았다. 또 국사학계에서는 소국小國 형성부터 시작하여 소국 연맹, 소국 병합 단계를 거쳐 초기 국가로 발전했다는 도식을 제시하기도 하였지만,6 이것 또한 하나의 가설 수준에 머물고 있는 실정이다.

이 때문에 한국 고대사에서 국가의 성립을 설명하려면 무엇을 기준으로 할 것인가 하는 문제가 제기된다. 이에 대해서는 다소 고전적인 견해이기는 하지만 이병도李丙燾가 제시한 바 있는 중국식 왕호王號와 더불어 정비된 관료 조직, 정복에 따른 영토의 확대 등을 고대 국가 성립의 지표로 삼는 것7이 합리적이지 않을까 한다. 이와 같은 지표는 중국의 사서史書에 전하는 기록을 통해서 어느 정도 그 타당성을 입증할 수 있기 때문이다.

실제로 중국 남북조 시대에 송宋나라의 범엽範曄이 편찬한

---

5   최몽룡·최성락 공편,《한국고대국가형성론: 고고학상으로 본 국가》, 서울: 서울대학교출판부, 1997, 8~44쪽.
6   이종욱,《한국의 초기국가》, 서울: 아르케, 1999, 133~320쪽.
7   이병도,《한국사》고대편, 서울: 을유문화사, 1959, 236~237쪽.

《후한서後漢書》 동이열전東夷列傳 읍루挹婁 조에는 "군장君長은 없고, 그 읍마다 각각 대인이 있다."[8]라고 하여 왕이 존재하지 않았다는 사실을 명확하게 적고 있다. 그렇지만 같은 책 부여국夫餘國 조에는 먼저 그 나라의 영역을 기술한 뒤[9] 건국주인 동명의 탄생신화를 실었다. 그런 다음 "여섯 가축〔六畜〕의 이름으로 관명을 지어 마가馬加·우가牛加·구가狗加 등이 있으며, 그 나라의 읍락邑落은 모두 제가諸加에 소속되었다."[10]고 하여, 왕의 밑에 있던 제가의 읍락으로 구성된 것을 국가라고 일컬었다고 기록되어 있다. 이렇게 보면, 한국의 고대 사회에서는 적어도 왕이 통치할 수 있는 영역이 존재하고,[11] 그가 통치하는 조직이 갖추어져 있어야 국가라고 했다는 사실을 확인할 수 있다.

이처럼 통치권을 장악한 왕은 자신이 가지는 왕권의 정당성과 정통성을 확립하지 않으면 안 되었다. 이를 위한 수단 가운데 하나가 바로 왕권신화 창출이었다. 그렇기 때문에 왕권신화는 왕이 보통 사람들과 구분되는 특별한 존재임을 강조해야 했

---

8 範曄,《後漢書》, 서울: 경인문화사 영인본, 1975, 2812쪽.
"無君長 其各邑有大人."

9 위의 책, 2811쪽.
"夫餘國在玄菟北千里 南與高句麗 東與挹婁 西與鮮卑接 北有弱水 地方二千里 本濊地也."

10 위의 책.
"以六畜名官 有馬加·牛加·狗加 其邑落皆主屬諸加."

11 수메르의 왕권 성립 과정은 ① 도시국가 분립기, ② 영역국가기, ③ 통일국가 형성기, ④ 통일국가 확립기로 사분되고 있으며, 한국 고대 형성 과정을 재구하는 데 이와 같은 구도를 참고할 필요가 있다.
前田徹,《メソポタミアの王·神·世界觀》, 東京: 山川出版社, 2003, 23~87쪽.

다. 이때 이용된 것이 바로 왕권을 장악한 자는 평범한 사람들과 달리 비정상적으로 탄생했다는 점이다.

이와 같은 비정상적인 탄생 모티프를 가진 왕권신화가 문자로 정착되기 시작한 것은 중국의 전한前漢 시대 말기부터였다. 이 시대에 접어들어 경서經書에 신비적인 요소가 가미된 위서緯書가 출현하면서 제왕들의 이상탄생설화異常誕生說話가 나타나기 시작하였다. 그리하여 제왕이 되는 것을 예삿일이 아닌 것으로 만들려는 의도에서 그의 탄생에는 많은 신비적인 요소가 부회하게 되었다.[12]

이렇게 비정상적인 탄생을 끌어오는 행위가 중국의 제왕들에 국한된 것이 아니었다. 중국 사람들이 주변 여러 민족의 사정을 기술할 때도 이러한 경향은 그대로 유지되었다. 이는 중국 사서에 기록된 많은 이국전異國傳에서도 확인이 가능하다. 한국의 고대 국가도 예외가 아니었다.

그러나 중국의 사서는 한국 고대사의 서막을 장식했던 각 나라의 역사를 기술하면서 건국주에 얽힌 신화를 소개하는 정도에 그쳤다. 한국의 대표적인 사서라고 할 수 있는《삼국사기三國史記》는 신라와 고구려 시조의 비정상적인 탄생과 비범한 능력을 서술하는 수준에 머물렀다.

그 때문에 한국 고대 국가의 왕권신화는 체계적으로 정리되

---

12 공자까지도 소왕素王, 즉 무관無冠의 제왕이었음에서 그 어머니가 흑룡黑龍에 감응되어 낳았다고 하는 이야기가 만들어졌을 정도다.
森三樹三郎,《中國古代神話》, 東京: 淸水弘文堂書局, 1969, 12쪽.

지 못했다. 이와 같은 자료의 한계 때문에 한국 왕권신화를 총체적으로 연구하는 일은 어려울 수밖에 없었다. 바꾸어 말하면 한국의 왕권신화가 가지는 전체적인 특성이나 관계를 구명하는 작업이 거의 이루어지지 않았다는 뜻이다. 이런 연구 현실은 그동안 이루어진 왕권신화에 대한 연구에 잘 나타나 있다. 즉 지금까지 수행된 왕권신화 연구는 특정 국가의 신화를 중심으로 한 것이 주류를 이루었다. 그러다 보니 왕권신화들 사이의 관계를 밝히는 작업에는 소홀했다고 해도 지나친 말이 아니다.

하지만 한국 고대 국가의 왕권신화들이 서로 관계없이 전혀 별개로 전승되었다고 보기는 어렵지 않을까 한다. 두루 알려져 있다시피 신화란 그것을 가진 집단의 문화와 사유의 산물이다. 그러므로 고대 국가의 지배 집단들이 가졌던 공통된 문화는 유사한 성격의 신화를 남길 수밖에 없었을 것이다. 한국 고대 국가의 왕권신화도 예외가 아니다. 다시 말해, 별개의 왕권신화로 전하는 자료들이기는 하나 공통적으로 지니고 있는 요소에 따라 몇 개의 신화군神話群으로 나눌 수 있다는 것이다.

한국 고대 국가의 왕권신화들은 하늘과 관련된 신화군, 대지와 관련된 신화군, 짐승과 관련된 신화군, 알과 관련된 신화군, 해양과 관련된 신화군 등 다섯 개로 나뉜다. 같은 군에 속하는 신화를 가진 집단들끼리는 문화적 동질성을 띤다고 볼 수 있다. 이 책에서는 우선 한국의 왕권신화들이 이떤 신화군에 속하며, 그 신화군의 자료들은 어떤 문화의 소산인가를 해명하려고 한다. 이러한 연구를 바탕으로 하여 다음 책에서는 이들 신화가 어디로부터 들어왔는가 하는 문제를 구명함으로써 한국 민족과 문화의 성립 과정을 재구하는 데 이바지하고자 한다.

거듭 말하지만 이 책의 목적은 고대 한국의 왕권신화로 한국 민족과 문화의 형성 과정을 재구하는 것이다. 이를 위해 국가통치 체제 아래 왕권을 장악한 지배 계층이 만들어 낸 신화들이 어떤 문화를 기반으로 하고 있는지, 또 그런 문화를 향유한 집단은 어디로부터 들어왔는지를 살피며 왕권신화들 사이의 계통과 상관관계를 밝힐 것이다.

이러한 목적을 달성하려면 우선 고대 사회에서 국가 형태를 취했던 모든 나라의 왕권신화를 연구의 대상으로 삼지 않으면 안 될 것이다. 따라서 먼저 고조선의 단군 신화檀君神話부터 고찰하기로 한다. 한국의 신화 연구사에서 단군 신화만큼 논란이 되었던 것도 드물다. 이는 일제강점기에 어용학자들에 의해 자행된 한국 역사의 왜곡과 무관하지 않다. 그들은 한국을 식민지화하면서 이른바 '임나일본부설任那日本府說'13이란 것을 날조해 냈다. 지금까지도 미련을 버리지 못하고 있는 이 임나일본부설의 정당성을 확보하기 위한 수단의 하나로 이들은 단군 신화의 역사성을 부정하려는 논리를 개발하였다.14 한국 역사의

---

13   김현구, 《임나일본부설은 허구인가: 한일분쟁의 영원한 불씨를 넘어서》, 서울: 창비, 2010, 23쪽.

14   일제 어용학자들이 이처럼 단군 신화를 부정하려고 했던 이유 가운데 하나는, 당시 그들이 신으로 받들던 천황의 '천손강림天孫降臨'이라는 기본 틀이 이 신화에 존재했기 때문이라고 추정된다.
김화경, 〈한·일 신화의 비교연구: 단군 신화와 니니기노미코토 신화와의 비교를 중심으로 한 고찰〉, 《국학연구》 20, 안동: 한국국학진흥원, 2012, 131~139쪽.

여명黎明을 연 고조선의 실체를 인정하지 않으려고 한 것이다. 이런 과정을 거쳐서 날조해 낸 것이 단군 신화가 후대에 만들어졌다고 하는 소위 '위작설偽作設'이다.

이렇게 한국의 불행했던 역사와 궤를 같이하는 단군 신화는 개국신화의 차원에서 당연히 그 역사성을 입증하고, 거기에 내재된 문화적 성격과 의미를 구명해야 마땅하다.

그 다음으로는 부여의 왕권신화에 주목하였다. 이 신화는 중국에 전하는 이본에서 주인공의 이름이 '동명東明'이라는 이유로 고구려의 주몽 신화朱蒙神話와 같은 유형으로 여겨지거나 그 서두를 장식하는 것으로 잘못 파악되었다.

하지만 부여의 왕권신화는 분명하게 주몽 신화와는 구분되어야 마땅하다. 동명 신화는 주몽 신화의 주된 내용인 일광감응日光感應과 난생卵生 모티프가 없는 다른 계통의 신화이기 때문이다. 또한 부여의 왕권신화는 네 가지 유형이 전하고 있어 이에 대한 철저한 분석과 검토가 요청된다. 즉 부여의 왕권신화에는 ① 출현신화出現神話, emergence myth로시의 금와金蛙 탄생신화, ② 천강신화天降神話로서의 해모수 강림신화, ③ 천기감응신화天氣感應神話로서의 동명 신화, ④ 해부루 집단의 왕권양도신화 등이 있어 그 문화의 복합성을 그대로 드러낸다. 이 같은 네 가지 유형은 난생신화를 제외한 한국 왕권신화의 유형을 고루 나타내는 것이어서 왕권신화 연구에서 빼놓을 수 없는 귀중한 자료라고 하지 않을 수 없다.

이러한 부여 신화의 연구에 뒤이어, 고구려의 여러 왕권신화들도 검토하는 기회를 가지게 될 것이다. 고구려의 신화라고 하면 흔히 주몽 신화만을 생각하는 경향이 있다. 그렇지만 자료들을 검토해 보면, 주몽 신화만이 아니라 주몽의 어머니로 등장하는 유화 신화柳花神話와 유리왕 신화瑠璃王神話, 대무신왕 신화大武神王神話 등도 고구려의 왕권이 확립되어 나가는 과정을 탐색하는 데 중요한 역할을 수행하는 자료들임을 알 수 있다. 그래서 이 책에서는 이들 자료까지 그 범위를 넓혀 고구려의 왕권 성립 과정을 재구하는 기회를 가지기로 한다.

이다음 백제의 왕권신화들을 살펴보기 위해 현전하는 거의 모든 자료를 다 같이 검토할 것이다. 특히 지금까지 한국 신화 학계에서 그다지 관심을 표명하지 않았던 일본의《쇼쿠니혼기 續日本記》에 전하는 도모 신화都慕神話에 주목하고자 한다. 이것은 그 내용의 근간만이 남아 있는 아주 간단한 형태의 자료이기는 하지만, 그 당시 일본에 살고 있던 백제 왕족의 후손들 사이에 전승되던 것이다. 이 점에 유의하여 그 원형을 재구하기 위해 중국의 문헌에 남아 있는 구태 신화仇台神話와 비교해 보고자 한다. 이와 동시에《삼국사기》에 전하는 온조 신화溫祚神話의 의미도 구명하는 기회를 가질 것임을 밝혀 둔다.

한편 신라의 왕권신화는 상당히 복잡한 양상을 보여 주고 있다. 이렇게 말하는 까닭은 건국주인 박혁거세 신화를 비롯하여 왕권을 물려받은 탈해 신화, 그리고 후대에 왕권을 계승하는 경주김씨의 조상 김알지 신화 등이 세 성씨의 시조신화 형태로 전하고 있기 때문이다. 따라서 이들이 어떻게 하여 신라라는 나라의 기틀을 마련하고 그 왕권을 신장하였느냐 하는 문제를 구명할 것이다. 이와 동시에 가락국駕洛國의 수로 신화首露神話와 허황옥 신화許黃玉神話도 고찰 대상으로 한다. 가락국의 역사는 《삼국유사三國遺事》의 〈가락국기駕洛國記〉에 전하는 것이 전부라고 해도 좋을 정도지만, 그들이 남긴 찬란한 문화를 고려하면 이 나라의 왕권신화도 연구 대상으로 삼는 것은 너무도 당연하다.

그리고 제주도에 전하는 삼성 시조신화三姓始祖神話가 있다. 탐라국耽羅國은 이미 3세기 무렵에 중국에 알려진 고대 국가였지만, 지금까지 연구에서는 국가로 인정받지 못하고 있다. 그러나 《니혼쇼키日本書紀》의 기록에 따르면 7세기 무렵까지 하나의 국가 형태를 유지했던 것으로 보인다. 그때까지 일본에 사신을 보내고 왕자가 내왕하기도 했다. 이 책에서는 탐라국의 왕권신화로 삼성 시조신화를 자리매김하면서, 이것이 한국 고대의 왕권신화에서 어떤 위상을 차지하고 있으며 어떤 의의를 지니고 있는가 하는 문제를 구명하려고 한다.

이 밖에도 《고려사高麗史》에 고려의 왕권신화가 전하지만, 역사 시대에 접어든 다음에 만들어진 것이 명확한 자료이기 때문에 제외하기로 하였다.

이렇게 본다면, 이 책에서는 한국의 거의 모든 고대 국가의 왕권신화들을 대상으로 하여 이들 신화의 상관관계를 해명하고, 또 그 계통을 재구하게 될 것이다. 이 과정에서 이들 왕권신화와 관련이 있는 외국의 신화들도 아울러 검토하지 않을 수 없었다는 점을 미리 밝힌다.

신화 연구에 비교신화학 이론을 적용한 학자는 밀러Friedrich Max Müller, 1823~1900이다. 이는 당시에 성립된 비교언어학의 영향을 받은 것이다. 역사주의적 입장을 취하여 역사언어학이라고도 불리는 비교언어학은 언어 사이의 비교를 통해 가장 오래된 형태의 언어를 재구하고자 하였다. 이 연구의 대상이 된 것은 인도에서 유럽에 걸친 일대 언어군인 인도-유럽 어족이었다.

그는 이런 비교언어학의 방법을 이용하여 최고最古의 신화를 재구하려고 했다. 이때 기초가 된 것이 그 당시 인류 최고의 신화 형태로 여겨지던 베다 신화Vedas다. 베다 신화에는 천체 운동과 기상氣象을 연상시키는 표현이 많이 들어 있다. 밀러는 자연의 장대함이야말로 신화를 만드는 계기가 되었다고 생각하여 '자연신화'적 해석을 제창하였다. 그렇지만 신화의 기원을 자연 현상에서만 찾으려고 했던 단순함, 그리고 그것에 필연적으로 수반된 해석의 자의성으로 말미암아 그의 자연신화학은 그의 죽음과 함께 쇠퇴하고 말았다.15

이렇게 시작된 신화의 비교 연구는 그 뒤로 여러 방법론들이 제시되었다. 그 가운데 하나가 전파론傳播論이다. 전파론이 본격적으로 대두된 것은 19세기였다. 이때부터 문화 사이의 유사성을 전파의 결과로 보는 견해들이 유럽과 아메리카에서 새

---

15 松村一男,《神話學講義》, 東京: 角川書店, 1999, 20~21쪽.

로이 나타나기 시작했다. 이는 19세기 후반까지 공상적인 도식 schema 설정에 매달리며 문화와 사회에 관한 진화론적 학설이 충분히 증명되지 못하고 있던 것에 대한 반동이었다.

이렇게 대두된 전파주의傳播主義, diffusionism 이론들 가운데 하나가 독일과 오스트리아의 문화권설文化圈說이다. 문화요소가 민족의 이동에 따라 분산되어 간다고 생각한 라첼Friedrich Ratzel, 1844~1904의 견해를 프로베니우스Leo Frobenius, 1873~1938가 한층 더 천착하여 제시한 이론이다. 그는 문화 요소가 독특하게 복합된 지리적 공간을 '문화권文化圈, cultural area'이라고 하면서, 이들 사이의 역사적·지리적 관계를 밝히는 데 노력하였다.**16** 특히 그는 신화에 깊은 관심을 표명하였는데, 신화의 가장 저급한 단계가 동물신화라고 보았다. 이 시대에 인간은 아직 자신을 자연의 일부분에 지나지 않는다고 여겼으며, 동물보다 더 이성적이거나 완전하고 능력이 우수하다고는 생각하지 않았다는 것이다. 이런 세계관을 이루고 있던 것이 마니즘Manism, 즉 조상 숭배라고 하였다. 이러한 저급 신화는 고급 신화가 성장하기에 앞서 먼저 등장하며, 이때 인간의 관심 범위는 동료인 인간의 운명을 초월하지 않은 죽음의 문제와 결부되어 있다고 보았다. 그리고 그 다음 단계가 생성·성장의 상징이자 생명을 떠받치는 광선인 태양을 모든 중심으로 삼고 인간의 생애와 만

---

16   P. Knecht, 〈文化傳播主義〉, 綾部恒雄 編, 《文化人類學15の理論》, 東京: 中央 公論社, 1984, 22쪽.

물의 존재를 태양과 결부시킨 태양적 세계관이라는 것이다.**17**

　이와 같은 세계관 이론을 한층 더 정교하게 파고든 사람이 바로 슈미트Wilhelm Schmidt, 1868~1954이다. 그는 태양신화가 부권 토테미즘적인 고급 수렵민 문화에 속하고 달 신화는 모권 재배민 문화에 속한다고 보았다. 슈미트 이론의 특징으로는 그가 최고층最古層 문화라고 생각했던 원시적인 채집 수렵민 문화인 원문화原文化의 창조신화를 중요시했다는 점을 들 수 있다.**18**

　이렇게 특정 신화와 그것을 가진 민족의 관계를 더욱 명확하게 한 사람이 바로 바우만Hermann Baumann, 1902~1972이다. 그는 슈미트가 제시했던 세계관보다 한층 더 정교한 이론을 제시하여 주목을 끌었다.

　　부권적이든 모권적이든 고층古層 농경 문화의 세계관은 '대지―육체―영혼―삶과 죽음'이라는 공식으로 정리할 수 있다. 사물을 둘러싼 모든 세계상世界像이 대지를 바탕으로 형성되었으며 이상하리만큼 이를 내면화했다. 하지만 수렵민족과 목축민족의 기본 문화에 나타나는 세계상은 이보다 훨씬 광범위하고 다양하다. '삼림森林―바다―하늘과 성신星辰―동물―역질力質'이라는 자연 본래의 소재를 다루는 세계관 공식에서 이들의 시야가 확대되었음을 확인할 수 있다. 세계관과 신화를 동일시할 수 있다는 전제가 옳다면, 이 두 공식에서 우리는 신화에 자연신화만 존재할 수 없다는 것을 확인하게 된다.

　　커다란 규모의 자연신화관은 대부분 수렵민족 · 목축민족의 기본 문화와, 본질적으로 그 위에 수립되는 것보다 후대의 여러 문화(高文化)에서 볼

17　　大林太良, 《神話學入門》, 東京: 中央公論社, 1966, 27~28쪽.

18　　위의 책, 31~32쪽.

수 있는 고유한 요소다. 미개 농경민은 애니미즘·마니즘과 연관된 문제, 즉 육체와 영혼의 운명을 설명하는 신화를 가지고 있다. 달[月]과 관련된 것까지도 인간적이고 생물적인 관련이 있다고 여긴다.[19]

그러나 이러한 이론으로 깊이 들어가지 않아도 될 것 같다. 왜냐하면 이 학자들은 신화를 문화의 산물로 보았으므로 어떤 문화에서 비롯했는지에만 관심을 가졌기 때문이다.

일찍이 이와 같은 문화사론적인 연구 방법론을 도입하여 한국 설화를 연구한 학자로 손진태孫晉泰가 있다. 그는 1927년 8월부터 15회에 걸쳐《신민新民》이란 잡지에 〈조선 민족 설화의 연구: 민간설화의 문화사적 고찰〉이란 일련의 논문을 발표하였다. 여기에서 그는 설화의 문화사적 연구가 "한 개의 민족 설화가 어떻게 어느 곳에서 발생하여 어느 시대에 어떠한 까닭으로 어느 곳으로 전파된 경로를 고구考究하는 방법"[20]임을 밝혔다.

손진태의 설명에서 알 수 있듯이, 설화들을 문화사론적 처지에서 자리매김하는 이 방법론은 '발생'과 '이동' 문제에 깊은 관심을 표명하고 있다. 이 책에서는 한국의 왕권신화와 주변 여러 민족의 신화들의 상관관계를 구명하면서 이 방법론을 원용하여 왕권신화의 문화적 성격을 명확하게 하려고 한다.

---

19 앞의 책, 33쪽.

20 손진태,《조선민족설화의 연구》, 서울: 을유문화사, 1947, 2쪽.

1-1 단군 신화의 수난

한국 고대의 건국신화들 가운데 단군 신화만큼 많은 논란을
불러일으킨 것도 드물 듯하다. 널리 알려진 것처럼 단군 신화
는 한국 역사 최초로 고대 국가의 성립을 서술해 주는 개국신
화적인 성격을 지니고 있다. 그 때문에 한국 신화사에서 매우
중요한 의미를 가진다.

그러나 개국신화였다는 단순한 이유만으로 논란의 대상이
되었던 것은 아니다. 김부식金富軾이 편찬한《삼국사기》에는 기
록되지 않고 일연一然이 저술한《삼국유사》에만 기록되었다는
전거典據가 논란의 빌미가 되었다. 다시 말해 정사正史인《삼국
사기》에 실려 있지 않다는 사실을 문제 삼은 것이다. 그리고
《삼국유사》에서 단군 신화를 인용한《위서魏書》라는 책이 현재
남아 있지 않다는 이유로 한국을 강점했던 일제 어용학자들은

이 신화의 실체를 부정하고, 후대에 만들어진 위작이라는 억설을 주창했다.**1**

이러한 주장을 한 대표적인 학자 가운데 한 사람이 바로 나카 미치요那珂通世, 1851~1908다. 그는 1894년 《시가쿠잣시史學雜誌》에 발표한 〈조선고사고朝鮮古史考〉라는 논문에서, "단군의 전설은 한사漢史에 관한 책에는 없으므로 전적으로 조선인의 지어낸 것이다."라는 전제를 세운 뒤에, "이 전설은 불법佛法이 동쪽에 들어온 뒤 승도의 날조로 나오게 된 터무니없는 것〔妄誕〕으로, 조선의 고전古傳이 아니란 것은 얼핏 보아도 알 수 있다."**2**고 하여, 단군 신화를 예부터 한국에 전승되어 온 것이 아니라 후세에 일연이란 승려가 불교의 영향을 받아서 날조한 것이라며 국가의 성립 자체를 인정하지 않으려는 태도를 취한 바 있다.

시라토리 구라키치白鳥庫吉, 1865~1942는 같은 해 《시가쿠잣시》에 실린 〈조선의 고전설고朝鮮の古傳説考〉라는 논문에서, "단군은 조선국의 선조가 아니라 고구려 한 나라의 조상이라는 것을 알아야 한다. 더군다나 단군이 강림한 곳을 태백산이라 하고 그 수도를 평양이라고 했으며, 신이 된 곳을 아사달산이라고 하여 어느 것이든지 고구려의 영내에 있다는 사실을 생각한다면 더욱더 고구려의 선조라는 것을 증명하는 데 충분할 것이다. 아니, 고구려의 선조로서 그 나라의 승려 무리들이 허위로

1　일제강점기에 수행된 단군 신화에 관한 논문들도 책으로 출판되었다.
　　　신종원 편,《일본인들의 단군 연구》, 서울: 민속원, 2009.

2　那阿通世,〈朝鮮古史考〉,《史學雜誌》5-4, 東京: 日本史學會, 1894, 14쪽.

만든 인물이라고 해석해야만 할 것이다."**3**라고 하였다. 단군을 후대에 승려들에 의해 만들어진 신화적 인물로, 조선 전체의 조상이 아니라 고구려와 관계가 있는 존재라 본 것이다.

이와 같은 시라토리의 견해를 수용한 사람이 바로 이마니시 류今西龍, 1875~1932다. 그는 "특히 주의할 것은 단군은 본래 부여, 고구려, 만주, 몽골 등을 포괄하는 퉁구스족 중 부여의 신인神人으로서, 오늘날 조선 민족의 본줄기가 되는 한韓 종족의 신은 아니다. 부모의 한편은 신이고 다른 한편은 짐승 종류로 하는 전설은 불교적 장식이나 도교적 영향으로서는 결코 만들어질 것이 못 되고, 퉁구스 민족의 조상신이 [가지는] 특유한 점이다. 단군의 전신인 선인 왕검仙人王儉이 낙랑樂浪, 대방帶方의 한인漢人들이 제사를 지내는 신의 계통에 연결되는 것이 아니라 고구려 사람들이 제사를 지내던 해모수解慕漱라고 추정할 수밖에 없는 이유가 실로 이 점에 있다. 부모의 어느 한쪽이 짐승이었다는 것은 일본 민족과 한민족韓民族의 신에서는 볼 수 없다."**4**고 하며, 나카 미치요의 위작설을 부정하는 듯한 태도를 취하여 주목을 받았다.

이렇게 상반되는 견해들을 피력하기는 하였으나, 이들이 단군을 고조선**5**과 관련을 가지는 인물로 보지 않았던 것은 너무

3　　白鳥庫吉,〈朝鮮の古傳說考〉,《史學雜誌》5-12, 東京: 日本史學會, 1894, 14쪽.

4　　今西龍,《靑丘學叢》1, 1929[《朝鮮古史の硏究》, 東京: 國書刊行會, 1970, 125 쪽에서 재인용].

5　　《삼국유사》 고조선 조에 단군 관련 기사가 실려 있어 '고조선'이라는 이름을 사용하지만, 인용문에서 '단군조선'이라고 한 경우에는 그대로 옮겨 적었다.

도 명백하다. 이와 같은 태도는 조선총독부에서《조선사朝鮮史》6 편찬을 기획할 때 한층 더 뚜렷하게 드러났다. 1922년 '조선사편찬위원회'7 규정을 마련하면서 집필을 시작하여 1938년에 출판한《조선사》편찬 과정에서 중요한 사안으로 제기되었던 것이 바로 고조선의 처리 문제였다. 1923년 1월 9일 개최된 회의에서 정만조鄭萬朝가 조선사 편찬의 시대구분에서 "삼국 이전이라고 되어 있는 것은 단군조선까지 거슬러 올라가는 것으로 이해해도 좋습니까?"라는 질문을 하였고, 이능화李能和도 "조선의 상대上代에는 단군조선·기자조선箕子朝鮮 그리고 위만조선衛滿朝鮮이 있으므로 고대조선古代朝鮮이라고 하면 어떻습니까?"라는 의견을 낸 바 있다.

그러자 이 회의의 간사를 맡고 있던 이나바 이와키치稻葉岩吉, 1876~1940는 "지당한 말씀입니다만, 당시의 조선은 오늘날의 조선과 판도가 다르고, 오늘날의 조선반도에서 보면 한 지역에 한정되어 있던 명칭이기 때문에 오히려 삼국 이전이라고 하여 막연한 명칭을 붙여두는 편이 적당하지 않을까 합니다."8라는 답변을 하였다. 이러한 이나바의 답변에서 일제의 어용학자들이

---

6   당시 조선총독부에서《조선사》를 편찬한 중요한 이유의 하나는 "조선인의 동화同化"였다.
조선사편수회,《조선사편수회사업개요》, 서울: 조선총독부, 1938, 6쪽.

7   1925년 6월 6일 〈조선사편수회 관제官制〉가 공포되어 하나의 독립된 관청으로 설치되었다.
위의 책, 2쪽.

8   위의 책, 19~20쪽.

삼국 이전의 한국 역사를 인정하지 않겠다는 저의를 가지고 있었다는 사실을 확인할 수 있다. 더욱이 그들이 자기네 식민지가 된 조선과 고조선은 그 판도가 달랐다는 것을 강조하여, 단군 신화를 가졌던 나라의 역사적 정통성 자체를 부인하려고 했었다는 것도 아울러 알 수가 있다.

그러나 단군 신화는 후세에 만들어진 것이 아니라 일찍부터 우리 민족이 가지고 있었던 신화이다. 이 범주의 천강신화9를 가졌던 집단이 한국에서 왕권을 장악하고 고대 국가를 세웠다는 사실은 명백하다. 또 지배 계층으로 군림했던 이들 집단은 일본의 국가 형성에도 적지 않은 영향을 미쳤을 것으로 상정된다. 그래서 먼저 단군 신화의 역사성부터 검토하기로 한다.

1-2 단군의 천강신화

두루 알다시피 단군 신화는 일연의 《삼국유사》 기이편紀異編 권1 고조선古朝鮮, 왕검조선王儉朝鮮 조에 기록되어 전하고 있다.

[자료 1]

⑴ 《위서魏書》에 이르기를, 지금으로부터 2천 년 전에 단군왕검壇君王

---

9   흔히 '천손강림신화'라는 용어로 지칭되나, 이것이 일본 제국주의자들의 황국사관과 관련을 가지는 것이라는 지적에 따라 문화재청에서 '천강신화'란 용어로 순화하였다.
    문화재청 편, 《쉽게 고친 문화재용어 자료집》, 대전: 문화재청, 2000, 64쪽.

儉이 있었다. 그는 아사달阿斯達((경經))에는 무엽산無葉山이라 하고 또는 백악白嶽이라고도 하는데, 백주白州에 있었다. 혹은 또 개성 동쪽에 있다고도 한다. 이는 바로 지금의 백악궁白嶽宮이다.)에 도읍을 정하고 새로 나라를 세워 국호를 조선朝鮮이라고 불렀다. 이것은 고高와 같은 시기였다.

(2) 《고기古記》에 이르기를, 옛날에 환인桓因**10**의 서자 환웅桓雄이란 자가 있어 자주 천하를 차지할 뜻을 두고, 인간 세상을 구하고자 하였다. 그 아버지가 아들의 뜻을 알고 아래로 삼위태백三危太伯의 땅을 내려다보니 인간들을 널리 이롭게 해 줄 만하였다. 이에 환인은 천부인天符印 세 개를 환웅에게 주어 인간의 세상을 다스리도록 하였다.

환웅은 무리 3천 명을 거느리고 태백산 꼭대기의 신단수神檀樹 아래 내려와서, 이곳을 신시神市라고 이르고 그를 환웅천왕桓雄天王이라고 하였다. 그는 풍백風伯 · 우사雨師 · 운사雲師를 거느리고 곡식 · 수명 · 질병 · 형벌 · 선악 등을 맡게 하며, 무릇 인간의 360여 가지 일을 주관하여 세상을 다스리고 교화하였다.

(3) 때마침 범 한 마리와 곰 한 마리가 같은 굴속에 살고 있었다. 그들은 항상 신령스러운 환웅에게 빌어 사람이 되기를 원했다. 이때 환웅신은 영험이 있는 쑥 한 줌과 마늘 스무 개를 주면서 말하기를. "너희들이 이것을 먹고 백 일 동안 햇빛을 보지 않으면 쉽사리 사람이 될 것이다."라고 하였다.

곧 곰과 범이 이것을 받아서 먹고 삼칠일 동안 기忌하여 곰은 여자의 몸으로 변했으나, 범은 기하지 못하여 사람의 몸으로 변하지 못했다. 웅녀熊女는 혼인할 자리가 없었으므로, 매일 신단수 아래 [와서] 어린애를 배도록 해 달라고 빌었다. 환웅이 잠시 사람으로 변해서 그녀와 혼인하여 아들을 낳아 이름을 단군왕검檀君王儉이라 하였다.

---

10 교토대학京都大學과 도쿄대학東京大學에서 출판된 《삼국유사》와 만송본晩松本 《삼국유사》에는 '환인桓因'이 아니라 '환국桓國'으로 되어 있다. 一然, 《三國遺事》, 京都: 京都大學文學部, 1904, 50쪽; 一然, 《三國遺事》, 東京: 東京大學文科大學, 1904, 80쪽; 一然, 《晩松文庫本 三國遺事》, 서울: 오성사 영인본, 1983, 32쪽.

(4) [단군왕검은] 당나라 요堯 임금이 즉위한 지 50년인 경인庚寅에 평양에 도읍하고 비로소 조선이라 일컬었다. 또 도읍을 백악산白嶽山 아사달阿斯達로 옮겼는데, 또 그곳을 궁홀산弓忽山(궁을 방方으로도 쓴다.)이라고도 하고 금미달今彌達이라고도 한다. 그는 1천 5백 년 동안 여기에서 나라를 다스렸다.

주周나라 무왕武王이 즉위한 기묘년己卯年에 기자箕子를 조선에 봉하였다. 이에 단군은 장당경藏唐京으로 옮겼다가 뒤에 아사달에 돌아와 숨어서 산신이 되었으니, 나이는 1천 9백 8세였다고 한다.[11]

이와 같은 단군 신화에 나오는 "환인이란 단어는 천제天帝·일신日神을 뜻하는 불교식 호칭으로서, 오늘날의 하느님과 같은 단어이다. 이는 천상의 세계를 광명의 세계, 선신善神의 세계로 보는 샤머니즘의 우주관과도 일치한다. 따라서 단군 신화의 세계는 역시 샤머니즘으로 설명될 수밖에 없고, 고조선의 지배자는 태양족의 후예로 자처하는 주술자적 성격이 강한 군장君長이었음을 확인할 수 있다."[12]

---

11 최남선 편,《신정 삼국유사》, 경성: 삼중당, 1946, 33~34쪽.
"魏書云 乃往二千載 有壇君王儉. 立都阿斯達 (經云 無葉山. 亦云 白嶽. 在白州地. 或云在開城東. 今白嶽宮是.) 開國 號朝鮮. 與高同時. 古記云 昔有桓因 庶子桓雄 數意天下 貪求人世. 父知子意 下視三危太伯 可以弘益人間. 乃授天符印三箇 遣往理之. 雄率徒三千 降於太伯山頂神檀樹下 謂之神市. 是謂桓雄天王也. 將風伯雨師雲師 而主穀主命主病主刑主善惡 凡人間三百六十餘事 在世理化. 時有一熊一虎 同穴而居 常祈於神熊 願化爲人. 時神遺靈艾一炷蒜二十枚曰 爾輩食之不見日光百日 便得人形. 熊虎得而食之忌三七日 熊得女身 虎不能忌 而不得人身 熊女者無與爲婚 故每於壇樹下 呪願有孕. 熊乃假化而婚之 孕生子 號曰檀君王儉. 以唐高卽位五十年庚寅 都平壤城 始稱朝鮮. 又移都於白嶽山阿斯達 又名曰弓一作 方 又今彌達 禦國一千五百年. 周虎王卽位己卯 封箕子於朝鮮 壇君乃移於藏唐京 後還隱於阿斯達 爲山神 壽一千九百八歲."

12 송호정,《단군, 만들어진 신화》, 서울: 산처럼, 2004, 123쪽.

단락 (1)에서 보이는 것처럼, 일연이 먼저 중국의 《위서》라는 책을 근거로 '단군왕검'이란 절대자가 있어 '아사달'에 도읍을 정하고 나라를 세워 '조선'이라고 했음을 밝혔다. 그렇지만 현재 남아 있는 3세기에 진수陳壽가 저술한 《삼국지三國志》 위서魏書와 6세기에 북위北魏의 위수魏收가 편찬한 《위서》[13]에 이런 내용의 이야기가 실려 있지 않아, 이 전거 문제가 후대 위작설의 바탕이 되었던 것이다.

그렇다고 일연이 《삼국유사》를 저술하면서 존재하지도 않았던 책을 날조하여 전거로 제시했다고 볼 수는 없을 것 같다. 오히려 오늘날에는 전하지 않고 있지만, 《삼국유사》를 저술할 때 남아 있던 《위서》라고 하는 책에서 단군에 관한 기사를 옮겨 적었다고 보는 것이 사리에 맞지 않을까 한다.[14]

그러나 현재까지도 이노우에 히데오井上秀雄, 1924~2008 같은 학자는 단군 신화가 몽골의 침입에 맞서기 위해 민중들의 힘을 규합할 목적으로 민간에 전승되던 설화를 개국신화로 뿌리 내리게 했다는 견해를 펼치고 있다.[15] 또 야기 다케시矢木毅는 "단군 신화가 명확하게 그 모습을 나타내려면 고려가 원조元朝에

---

13   이 《위서》도 송나라 인종 대의 유서劉恕가 교정할 때 이미 30여 권 정도가 망실되었다.
김병룡, 〈단국의 건국 사실을 전한 《위서》〉, 사회과학원출판사 력사편집실 편, 《단군과 고조선에 관한 연구론집》, 평양: 사회과학원출판사, 1994, 66쪽.

14   위의 논문.

15   井上秀雄, 〈朝鮮の神話〉, 《週刊アルファ大世界百科》 132, 東京: 日本メール·オーダー社, 1973, 3153쪽.

복속한 시기[事元期]에 《삼국유사》와 《제왕운기帝王韻紀》의 편찬이 성립되어야만 했다. 전자는 일연一然, 보각국사普覺國師, 1206~1289에 의해, 후자는 이승휴李承休, 1224~1300에 의해 각각 고려 충렬왕忠烈王, 재위 1274~1308 시대에 찬술되었다."**16**고 하여, 이것이 원나라의 침략을 받으면서 등장한 내셔널리즘과 밀접한 관련이 있는 것으로 보고 있다. 이 같은 그의 견해는 일제강점기에 한국사 왜곡에 앞장섰던 어용학자들의 견해를 한층 더 충실하게 천착한 것이라고 하겠다.

그런데 일연이 기록한 단군 신화는 《고기》에서 인용한 것이다. 이 《고기》는 일반적으로 《단군고기檀君古記》를 가리키는 것으로 상정하고 있다. 그 근거로는 후대에 저술된 《제왕운기》와 《응제시주應制詩注》, 《세종실록》 지리지 등에 같은 이름의 책에서 인용된 단군 신화 자료가 전한다는 점을 꼽을 수 있다.**17**

이처럼 당시에 존재하던 《고기》에서 인용된 단군 신화가 후대에 날조된 망탄妄誕이 아니란 사실은 《삼국사기》 권17 고구려본기 제5 동천왕東川王 21년 조의 기사로도 확인이 가능하다.

[자료 2]

봄 2월에 왕이 [앞서] 환도성丸都城에서 난리를 치러 다시 도읍할 수 없게 되었으므로 평양성平壤城을 쌓고 백성과 종묘사직宗廟社稷을 거기로 옮겼다. 평양은 본시 선인 왕검仙人王儉이 살던 곳이었다. 혹은 왕의 도읍터

16　矢木毅, 《韓國·朝鮮史の系譜》, 東京: 塙書房, 2012, 128쪽.
17　三品彰英, 《三國遺事考證》 上, 東京: 塙書房, 1975, 304쪽.

왕검이라고 하였다.[18]

이 기록에 따르면, 12세기 무렵에는 평양이 본시 선인 왕검이 살던 곳으로 알려져 있었다는 것을 알 수 있다. 이에 대해 이병도는 "선인 왕검은 즉 고조선 단군왕검의 일컬음으로, 고려시대의 평양신平壤神의 하나이다. 찬자는 전 주註[평양성을 지금의 평양이 아니라 본황성本黃城, 本皇城 곧 환도성의 동쪽에 있던 동황성東黃城, 東皇城으로 비정한 것을 가리킨다–인용자 주]에 말함과 같이 이도移都의 지地를 지금 평양으로 오인하였기 때문에 이런 구절을 사족蛇足한 것이다."[19]라는 지적을 한 바 있다. 그가 지적한 것처럼 김부식이 부정확하게 비정했을지도 모른다. 그렇지만 《삼국사기》가 편찬될 당시에 평양을 과거 선인 왕검이 살던 곳으로 인식하고 있었던 것은 확실하다고 보아도 좋을 듯하다.[20]

김부식이 삼국에 관한 역사들만을 기술하겠다는 편찬 의도에 따라 고구려와 백제, 신라와 직접적으로 관련된 사실史實들만을 기록했다고 가정할 수 있다. 그렇다면 유학자의 합리적인 사고에 입각하여 비합리적인 것을 배제하려고 한 탓에 단군에 대한 기록이 누락되었을 가능성이 짙다.

18   김부식, 《삼국사기》, 서울: 경인문화사 영인본, 1982, 175쪽.
          "春二月 王以丸都城經亂 不可復都 築平壤城 移民及廟社. 平壤者本仙人 王儉之宅也. 或云 王之都王儉."
19   김부식, 이병도 역, 《삼국사기》, 서울: 을유문화사, 1983, 319쪽.
20   김재원, 《단군신화의 신연구》, 서울: 탐구당, 1979, 49~50쪽 참조.

오늘날에는 단군 신화에 대한 일본 학자들의 부정적인 시각은 한국 학자들의 부단한 노력으로 상당 부분 극복되기에 이르렀다. 환언하면, 한국이 일제의 강점으로부터 독립된 다음 단군에 대한 연구들이 축적되면서 단군 신화의 존재를 부정하려고 했던 일본인들의 의도는 수정되지 않을 수 없게 되었다는 것이다.

이렇게 일본인들의 왜곡된 시각을 수정하는 데 이바지한 연구로는 김재원金載元의《단군신화의 신연구》를 들 수 있다. 그는 이 책에서 건화建和 원년(147년)에 만들어진 중국 산둥성山東省 자샹현嘉祥縣의 남쪽 28리 쯔윈산紫雲山 아래에 있는 무씨사 석실武氏祠石室 화상석畵像石의 그림 내용과 단군 신화를 대비하였다. 그리하여 그는 후석실後石室 제2석의 "구름 위에 날개를 가지고 있는 것과 날개가 없는 지상의 인물과 마차馬車 같은 것"21을 "아버지가 아들의 뜻을 알고 삼위태백을 내려다 보매 인간을 널리 이롭게 할 만한지라 이에 천부인 세 개를 주어, 가서 세상 사람을 다스리게 했다."22는 내용을 나타낸다고 보았다. 또 "[환]웅이 무리 3천을 이끌고 태백산 꼭대기—즉 지금의 묘향산— 신단수 밑에 내려와" 운운한 것은 제3석 제1층의 그림으로 보면서, "이 그림은 왼쪽에서 시작되는데, 한 신인神人, [환]웅이 운상雲上에 앉고 세 용이 끈다. 앞에 용을 탄 네 사람이 인도하고

---

21   앞의 책, 68쪽.

22   위의 책, 70쪽.
　　"父知子意 下視三危太伯 可以弘益人間. 乃授天符印三箇 遺往理之."

그 외에도 다른 인물들이 있는데, 이것이 웅이 데리고 온 무리일 것이다."**23**라며 신화의 내용과 화상석의 그림을 하나하나 대비하였다. 그런 다음에 그는 "필자는 화상석의 각 부분과 단군 신화의 구절을 일일이 비교하여 그것이 부합되는 것을 증명하였다. 그러나 물론 반드시 양쪽이 일일이 부합되어야 할 성질의 것은 아니다. 화상석의 연대와 단군 신화가 기록된 연대 사이에는 천여 년의 시간상 간격이 있는 까닭이다. 그래서 화상석에 나타나는 신화가 좀 더 다른 형태로 전하여졌대도 괴이하게 생각할 것은 아니다. 그럼에도 불구하고 이렇게까지《삼국유사》의 신화가 화상석의 신화를 충실히 전한다는 것은 흥미 있는 일이라 아니할 수 없다."**24**는 견해를 제시하였다.

이와 같은 견해가 타당하다면, 일제의 어용학자들이 단군 신화가 고구려나 고려 시대에 만들어졌다고 주장했던 억설은 설득력을 잃게 된다. 적어도 무씨 사당의 석실이 축조된 2세기 무렵의 중국 산둥성 일대에는 이 신화와 비슷한 내용의 이야기가 전하고 있었다는 사실이 명백해지기 때문이다.

김정학金廷鶴이 발표한 〈단군 신화의 새로운 해석〉이라는 문화사적인 논문도 이 신화의 새로운 한 단면을 해명하는 데 크게 기여하였다. 그는 이 논문에서 "단군 신화에는 태양신 환인의 손자인 단군이 조선을 세웠다는 북방 아시아의 태양신의 패

---

23   앞의 책, 70~71쪽.
24   위의 책, 93쪽.

턴을 보인다. 그리하여 이것은 북방 아시아·시베리아 지방으로부터 유목·기마 문화와 청동 문화를 가지고 온 알타이 계통의 조선족 신화였다. 유목·기마 문화를 가지고 온 조선족은 요령遼寧 지방의 여러 하천 유역에 정착하여 농경 문화를 발달시키고, 그 생산력을 기반으로 청동기 문화를 발달시켜 [고]조선의 국가를 형성한 것이다. 그런데 단군 신화에는 이러한 태양 신화와는 달리 단군이 곰의 몸에서 났다는 토테미즘의 시조신화가 보인다. 이 곰 토테미즘은 북방 아시아계 종족 중에서 주로 구아시아족[고아시아족Paleo-Asiatics을 말한다-인용자 주]이 신앙한 시조신화이다. 그러므로 단군 신화를 분절하면 위와 같이 알타이족 계통의 시조신화인 태양신화와 구아시아족 계통의 시조신화인 토테미즘이 복합된 것을 알 수 있다."[25]고 하여, 이 신화가 한국 고대 문화 형성 과정의 한 단면을 나타내는 것으로 보았다. 이러한 그의 견해는 이 신화가 초기 한국 문화의 성립을 이야기한다고 보았다는 점에서 그 연원이 상당히 오래되었음을 해명한 것이라고 할 수 있다.

하지만 이와 같은 김정학의 견해가 전적으로 타당하다고 보기는 어려운 듯하다. 그 가운데에서도 곰 토테미즘을 바탕으로 하는 시조신화가 고아시아족만의 고유한 전승이라고 단정할 수 있는 근거가 확실하지 않다. 곰을 조상으로 하는 수조신화獸

---

25 김정학, 〈단군신화의 새로운 해석〉, 이기백 편, 《단군신화논집》, 서울: 새문사, 1988, 100쪽.

祖神話는 고아시아족뿐만 아니라 퉁구스족들 사이에서도 널리 발견되고 있기 때문이다.26

이 문제는 어찌 되었든, 천상 세계에 환인이라는 절대자가 존재하며 그의 자손이 태백산 꼭대기에 있는 신단수 아래에 내려와 나라를 세웠다고 하는 단군 신화는 왕권의 천수天授를 기술한 천강신화의 전형을 보여 준다. 이렇게 하늘로부터 왕권이 기원되었음을 서술하는 또 다른 자료로 '해모수 신화'가 있으므로 아울러 소개하기로 한다.

[자료 3]

한漢 신작神雀 3년 임술 세壬戌歲에 천제가 태자를 보내어 부여 왕의 옛 도읍지에 내려가 놀게 하였는데, [그 이름을] 해모수라고 하였다. 하늘에서 내려올 때 오룡거五龍車를 탔고, 따르는 자 백여 인은 모두 흰 고니(白鵠)를 탔다. 채운이 위에 떠 있었고, 음악은 구름 속에서 울렸다. 웅심산熊心山에 머물렀다가 십여 일이 지나서야 비로소 내려왔다. 머리에는 오우관烏羽冠을 쓰고, 허리에는 용광검龍光劍을 찼다. 아침에는 정사를 보고 저녁이면 하늘로 올리니 세상에서 그를 천왕랑天王郎이라 일컬었다.27

26　김화경, 〈웅熊·인人 교구담交媾談의 연구〉, 수여성기열박사 환갑기념논총 간행위원회 편, 《수여성기열박사 환갑기념논총》, 인천: 인하대학교출판부, 1989, 57~73쪽.

27　이규보·이승휴, 박두포 역, 《동명왕편·제왕운기》, 서울: 을유문화사, 1984, 224쪽.
　"漢神雀三壬戌歲 天帝遣太子 降遊扶餘王古都 號解慕漱, 從天而下 乘五龍車 從者百餘人皆騎白鵠, 彩雲浮於上 音樂動雲中, 止熊心山 經十餘日始下, 首載烏羽之冠 腰帶龍光之劍, 朝卽聽事 暮卽昇天 世謂之天王郎."

이것은 이규보李奎報가 저술한 《동국이상국집東國李相國集》 권3 고율시古律詩 동명왕편東明王篇에 실려 있는 것으로, 《구삼국사舊三國史》에서 인용한 자료이다. 두루 알다시피 《구삼국사》는 《삼국사기》나 《삼국유사》보다 먼저 저술되었다. 그러므로 이 자료는 북부여에 일찍부터 해모수를 조상신으로 받드는 집단이 자기들의 왕권이 하늘에서 유래되었다는 왕권 기원신화를 가지고 있었음을 말해 준다.

그렇다면 이러한 북부여의 왕권 기원신화 또한 고조선의 단군 신화와 마찬가지로 천상 세계의 자손이 내려와서 지상 세계를 다스리는 왕이 되었음을 주된 내용으로 하고 있었다는 것이 명확해진다.

그러나 이들 신화 사이에 얼마간의 차이가 존재한다는 것을 인정하지 않을 수 없다. 곧 전자는 천제의 태자인 해모수가 직접 북부여의 건국주가 되었다고 하였는데, 후자에서는 천제 환인의 서자 환웅이 내려와 웅녀와 혼인하여 낳은 단군이 건국주가 되었다고 했다.

이러한 차이가 있긴 하지만, 이들 두 자료가 천강신화 범주에 속한다는 것은 분명한 사실이다. 따라서 단군 신화는 후대에 만들어진 위작이 아니라 한국 역사의 초창기에 고조선이라는 나라를 세우고 왕권을 장악했던 집단이 가지고 있던 왕권신화였다고 보는 것이 사리에 합당하다고 하겠다.

이와 같이 추정할 때, 이런 유형의 천강신화가 북방의 유목 민족들 사이에 널리 분포되어 있다는 사실은 많은 시사점을 남긴다. 6세기에 위수가 편찬한 《위서》에 실려 있는 고차족高車族의 기원신화를 소개하기로 한다.

[자료 4]

흉노匈奴의 선우單於가 두 딸을 낳았는데, 그 자태와 용모가 대단히 아름다워서 나라의 사람들이 모두 신으로 여겼다. 선우가 말하기를 "나의 이 딸들을 어찌 인간의 배필로 삼겠는가? 장차 하늘에게 줄 것이다."라고 하였다. 이에 그 나라 북쪽의 사람들이 살지 않는 땅에 높은 누대樓臺를 만들어 두 딸을 그 위에 두고 이르기를, "청컨대 하늘 스스로 맞아들이소서."라고 했다. 3년이 지나서, 그 어머니가 끌어내리려고 하였다. 하지만 선우는 "안 된다. [만들어 놓은 누대를] 걷어치울 때가 아닐 따름이다."라고 말하였다.

다시 1년이 지나자, 한 늙은 이리가 와서 밤낮으로 누대를 지키면서 울부짖었다. 누대 아래를 파서 빈 움을 만들고 때가 지나도 가지 않았다. 그러자 소녀가 "우리 아버지가 우리들을 이곳에 둔 것은 하늘께 드리기를 바라서였는데, 지금 이리가 온 것은 어쩌면 신령스러운 것으로 하여금 하늘이 그렇게 시킨 것일 것이다."라고 말하면서 장차 내려가 나아가려고 하니, 그 언니가 크게 놀라면서 "이는 짐승이므로 부모님을 욕보이는 것이 아니겠는가?"라며 말렸다. 동생이 이 말을 따르지 않고 누대에서 내려가 이리의 아내가 되어 아이를 낳았는데, 뒤에 그 자손이 번성하여 나라를 이루었다. 그렇기 때문에 그 사람들은 소리를 길게 끌어 노래 부르기를 즐겼는데, 이리의 울부짖는 소리를 닮았다고 한다.[28]

---

28   魏收, 《魏書》, 서울: 경인문화사 영인본, 1976, 2307쪽.
　　"俗云 單於生二女 姿容甚美 國人皆以爲神. 單於曰 吾有此女 安可配人 將以與天. 乃於國北無人之地 築高臺 置二女其上 曰 請天自迎之. 經三年 其母欲迎之 單於曰 不可 未徹之間耳. 復一年 乃有一老狼晝夜守臺嗥呼 因穿臺下爲空穴 經時不去. 其少女曰 吾父處我於此 欲以與天 而今狼來 或是神物 天使之然. 將下就之. 其姉大驚曰 此是畜生 無乃欲父母也. 妹不從 下爲狼妻而産子 後遂滋繁成國 故其人好引聲長歌 又似狼嗥."

고차족은 돌궐계 유목 민족의 일파로,**29** 높은 수레를 사용했기 때문에 이런 이름이 붙여진 것으로 상정된다. 이렇게 생활 도구로부터 민족의 이름이 연원된 그들은 5세기 무렵에 몽골과 알타이Altai 서쪽 지방에 상당한 세력을 형성하여 부족국가를 세웠다.

이러한 고차족의 신화에는 선우의 딸이 이리와 결합하여 자손을 번성시킨 것으로 되어 있어, 이리를 조상으로 하는 수조신화의 한 유형을 보여 주는 것 같다. 그렇지만 밑줄 그은 곳에서처럼 그들이 자기들을 하늘의 뜻으로 찾아온 이리의 자손이라고 생각하고 있었다면, 이는 왕권이 하늘로부터 연원되었음을 서술한 신화라고 보아도 무방하지 않을까 한다.**30**

이렇게 고차족을 포함한 흉노족匈奴族은 그 왕을 선우單於라고 했는데, 1세기에 반고班固가 편찬한 《한서漢書》 흉노전匈奴傳에 아래와 같은 기록이 있어 관심을 끈다.

[자료 5]

선우의 성은 연제씨攣鞮氏인데, 그 나라에서 [그를] 불러 말하기를 '텅그리쿠트선우撑犁孤塗單於'라고 한다. 흉노는 하늘을 '텅그리撑犁'라고 하고, 아들을 '쿠트孤塗'라고 한다. 선우의 넓고 큰 모습이 마치 하늘과 같다

---

29 이들은 6세기 무렵 몽골과 중앙아시아에 대제국을 세웠던 돌궐계 유목민의 일종으로 퉁구스계 민족으로 분류된다.

30 실제로 사구치 도루佐口透는 이 신화가 하늘로부터의 왕권 기원을 서술한다고 보았다.
佐口透 共著,《騎馬民族とは何か》, 東京: 每日新聞社, 1975, 87쪽.

는 말이다.[31]

흉노족이 '선우'라고 부르는 왕은 '하늘의 아들'로, 그 모습
이 하늘과 같이 넓고 크다는 의미였다는 것이다. 이는 왕이 하
늘의 아들, 곧 천자天子로서 그 왕권이 하늘에서 유래되었다고
믿고 있었음을 말해 준다.

이와 같은 신화적 사유가 표현된 신화는 고차족을 비롯한
돌궐계 민족들 사이에 널리 분포되어 있었다. 이를테면 부랴트
족Buryats 사이에 구전되는 게세르 보그도Gesir Bogdo 신화[32]와 일
한국Il汗國〔伊兒汗國〕의 부쿠 칸Buqu Khan 탄생신화[33] 등도 이 범주
에 들어간다.

그러므로 단군 신화와 해모수 신화 같은 한국의 천강신화도
이 돌궐계 유목 민족들의 신화와 친연 관계를 가졌을 가능성이
짙다.[34] 이러한 추정이 허용된다면, 단군 신화는 이들 유목 민
족으로부터 전래되었다고 보는 것이 타당할 것이다. 따라서 한
국 민족 역사의 여명기에 최초로 국가라는 통치 체제를 만들어
왕권을 장악했던 집단은 천강신화를 가졌던 돌궐 계통의 유목
민족들이었다고 할 수 있다.

---

31 班固,《漢書》, 서울: 경인문화사 영인본, 1975, 3751쪽.
  "單於姓攣鞮氏 其國稱之曰撐犁孤塗單於 匈奴謂天爲撐犁 謂子爲孤塗 單於者 廣
  大之貌也 言其象天單於然也."
32 中田千畝,《蒙古神話》, 東京: 鬱文社, 1941, 1~27쪽.
33 山田信夫,《北アジア遊牧民族史硏究》, 東京: 東京大學出版會, 1989, 95~96쪽.
34 江上波夫,《騎馬民族國家》, 東京: 中央公論社, 1978, 78~115쪽.

1-3 일본 천강신화와의 관계

위에서 살펴본 것처럼, 일찍부터 돌궐 계통의 유목 문화와 함께 이 땅에 들어와 지배 계층으로 군림했던 집단이 가지고 있었던 것이 단군 신화였다. 그런데도 일제 어용학자들이 끈질 기게 이 신화의 실체를 부정하면서 후대의 위작으로 몰아붙였 던 이유는 어디에 있었을까? 이 문제를 해결하려면 일본 제국 주의자들이 만세일계萬歲一系로 이어지고 있다고 선전했던 천황 가 조상의 시조신화, 곧 니니기노미코토邇邇藝命의 천강신화를 살펴보는 것이 좋을 듯하다.

[자료 5]

(1) 그리하여 아마테라스오미카미天照大禦神와 다카키노카미高木神가 태자인 마사카쓰아카쓰카치하야히아메노오시호미미노미코토正勝吾勝勝速 日天忍穂耳命에게 명령하기를, "지금 아시하라노나카쓰쿠니葦原中國를 평정 했다고 한다. 그러므로 너에게 앞서 위임한 바와 같이 [거기에] 내려가서 그 나라를 다스리도록 하여라."라고 하였다.

이에 태자인 마사카쓰아카쓰카치하야히아메노오시호미미노미코토가 대답하기를, "제가 내려가려고 준비하는 동안 아이가 태어나고 말았습니 다. 그의 이름은 아메니키시쿠니니키시아마쓰히코히코니니기노미코토天 邇岐志國邇岐志天津日高日子番能邇邇藝命라고 하는데, 이 아이를 내려보내는 것이 좋을 듯합니다."라고 말했다.

이 아이는 아메노오시호미미노미코토天忍穂耳命가 다카키노카미의 딸 인 요로즈하타토요아키쓰시히메노미코토萬幡豊秋津師比賣命와 혼인하여 낳 은 자식으로, 아메노호아카리노미코토天火明命를 낳은 다음에 낳은 신이 히 코호노니니기노미코토日子番能邇邇藝命이다. ㉠ 이와 같은 사정으로 아메노 오시호미미노미코토가 말한 대로 히코호노니니기노미코토에게 "이 도요 아시하라豊葦原의 미즈호노쿠니水穂國는 네가 다스려야 할 나라이다. 그러므로 우리들의 명을 받들어 지상으로 내려가거라."라고 말하였다.

(2) ……그리하여 [니니기노미코토는] 아메노코야네노미코토天兒屋命, 도타마노미코토布刀玉命, 아메노우즈메노미코토天宇受賣命, 이시코리도메노미코토伊斯許理度賣命, 다마노오야노미코토玉祖命 등 모두 다섯으로 나뉜 부족의 수장들을 거느리고 하늘에서 내려왔다. 그때 아마테라스오미카미를 석실石室에서 나오게 하였을 때 사용했던 야사카노마가타마八尺句瓊라는 ⓛ 구슬과 거울(鏡), 구사나기노쓰루기草那藝劍라는 칼, 그리고 도코요常世의 오모히카네노카미思金神, 다치카라오노카미手力男神, 아메노이와토와케노카미天石門別神도 함께 동행하게 하고는, 아마테라스오미카미가 니니기노미코토에게 말하기를, "이 거울을 오로지 나의 혼魂으로 여기고, 내 자신을 모시는 것처럼 우러러 모시도록 하여라. 그리고 오모히카네노카미는 나의 제사에 관한 일을 맡아서 하도록 하여라."라고 명하였다.

이 두 신은 이스즈伊須受의 신사神社에 정중히 모셔져 있다. 도유케노카미登由氣神는 외궁外宮의 와타라이度相라는 곳에 진좌鎭座해 있는 신이다. 아메노이와토와케노카미(이 신의 다른 이름은 구시이와마토노카미櫛石窓神라고 하며, 도요이와마토노카미豊石窓神라고도 한다.)는 미카도노카미御門神이다. 다치카라오노카미는 사나나현佐那那縣에 진좌해 있다. 아메노코야네노미코토는 나카토미노무라지中臣連들의 시조이며, 후토타마노미코토는 이무베노오비토忌部首들의 시조이다. 아메노우즈메노미코토는 사루메노키미猿女君들의 조상이고 이시코리도메노미코토는 가가미쓰쿠리노무라지作鏡連들의 조상이며, 다마노오야노미코토玉祖命는 다마노오야노무라지玉祖連들의 시조이다.

(3) 한편 천신天神은 아마쓰히코호노니니기노미코토天津日子番能邇邇藝命에게 명을 내려, 니니기노미코토邇邇藝命는 하늘의 바위자리(天之石位)를 떠나 여러 겹으로 쳐진 하늘의 구름을 가르고 위세 있게 길을 헤치고 헤치어, 아메노우키하시天浮橋로부터 우키시마浮島라는 섬에 위엄 있게 내려서서 ⓒ 쓰쿠시竺紫 히무카日嚮 다카치호高千穗의 구시후루노타케久士布流多氣로 내려왔다. 그때 아메노오시히노미코토天忍日命와 아마쓰구메노미고토天津久米命 두 신이 훌륭한 전통箭筒을 메고, 구부쓰치노타치頭椎大刀라는 큰 칼을 차고, 훌륭한 하지유미波士弓라는 활은 손에 쥐고, 마카고야眞鹿兒矢라는 화살도 손으로 집어 들고 천손天孫의 앞에 서서 호위하며 갔다. 아메노오

시히노미코토는 오토모노무라지大伴連들의 시조이다. 아마쓰쿠메노미코토는 구메노아타이久米直들의 시조이다.

이때 니니기노미코토가 말하기를, ⓔ "이곳은 가라쿠니韓國를 바라보고 있고, 가사사笠沙의 곳과도 바로 통하여 아침 해가 바로 비치는 나라, 저녁 해가 비치는 나라이다. 그러므로 여기는 정말 좋은 곳이다."라고 하며, 그곳의 땅 밑 반석에 두터운 기둥을 세운 훌륭한 궁궐을 짓고 다카마노하라高天原를 향해 치기千木를 높이 올리고 살았다.35

이 자료는 일본 천황의 직계 조상으로 받들어지는 진무천황神武天皇의 할아버지에 해당하는 니니기노미코토가 다카마노하라高天原라는 천상 세계에서 아시하라노나카쓰쿠니라는 지상 세계로 내려오기까지 과정이 서술된 강탄신화로, (1) 천신의 명령

35　荻原淺男 共校注, 《古事記·上代歌謠》, 東京: 小學館, 1973, 126~131쪽.
"爾天照大禦神高木神之命以 詔太子正勝吾勝勝速日天忍穗耳命, 今訖葦原中國之白 故隨言依賜降坐而知看. 爾其太子正勝吾勝勝速日天忍穗耳命答曰 僕者將降裝束之間 子生出 名天邇岐志國岐志天津日高日子番能邇邇藝命 此子應降也. 此禦子者 禦合高木神之女 萬幡豊秋津師比賣命 生子 天火明命 此日子番能邇邇藝命也. 是以隨白之科詔日子番能邇邇藝命 此豊葦原水穗國者 汝將知國 言依師 高隨命以可天降. ……爾天兒屋命布刀玉命天宇受賣命伊斯許理度賣命玉祖命 幷五伴緒矣支加而天降也. 於是 副賜其遠岐斯 八尺句璁鏡 及草那藝劒 亦常世思金神手力男神天石門別神而詔者 此之鏡者 專爲我禦魂而 如拜吾前 伊都岐奉. 次思金神者 取持前事爲政. 此二柱神者 拜祭佐久久斯侶 伊湏受能宮. 次登由宇氣神, 此者坐外宮之度相神者也. 次天石戶別神, 亦名謂櫛石窓神 亦名謂豊石窓神 此神者禦門之神也. 次手力男神者 坐佐那縣也. 故其天兒屋命 布刀玉命者 天宇受賣命者 伊斯許理度賣命者 玉祖命者 故爾詔天津日子番能邇邇藝命而 離天之石位 押分天之八重多那. 雲而 伊都能知和岐知和岐國. 於天浮橋, 宇岐士摩理 蘇理多多斯國天降坐於竺紫日嚮之高千穗之久土布流多氣. 故爾 天忍日命天津久米命二人 取負天之石靫 取佩頭椎之大刀 取持天之波士弓 手挾天之眞鹿兒矢 立禦前而仕奉. 故其天忍日命 天津久米命 於是詔 此地者 嚮韓國 眞來通笠沙之禦前而 朝日之直刺國 夕日之日照國也. 故此地甚吉地, 詔而 於底津石根宮柱布斗斯理 於高千原氷椽多迦斯理而坐也."

과 (2) 천손의 하강, (3) 천손의 정착 등 세 단락으로 나누어진다.

일본의 신화학자 오바야시 다료大林太良, 1929~2001는 "일본의 천손강림신화는 왕권의 기원이 천상에 있음을 이야기한다. 또 《고지키古史記》와 《니혼쇼키》 천손강림 조 1서 제1에는 니니기[노미코토]가 아마테라스[오카미]로부터 지상을 통치하라는 신칙神勅을 받았다. 따라서 이 경우에도 천손과 그 자손은 하늘로부터 명령을 받고, 하늘의 의지를 집행하는 자에 가까운 성격을 지니고 있다. 게세르 보그도의 경우에도 왕권의 기원이 하늘에 있다고 생각되고 있으며, 또한 천명을 받고 강림했던 것이다. 그러므로 게세르 보그도 전승에도 일본의 천손강림신화에도 고대 돌궐의 왕권 관념과 통하는 것이 있다고 할 수 있다. 이것은 천손강림신화를 북방의 기마 민족 문화와 연결시키는 것에 유리하다."**36**고 하여, 일본의 천손강림신화가 부랴트족의 게세르 보그도 신화와 관계가 깊다고 보았다.

오바야시가 위에서 지적한 것처럼, 일본의 천손강림신화가 부랴트족의 게세르 보그도 신화와 관련이 있는 것은 사실이다. 하지만 이보다는 한국의 단군 신화와 더 직접적으로 연관된다고 보는 것이 합리적일 것 같다. 이렇게 말하는 이유는 아래와 같다.

우선 단락 (1)에서 니니기노미코토에게 명령을 내린 다카키노카미高木神**37**의 이름이 나무와 관련을 가지고 있고 단군檀君의

36　大林太良, 《神話の系譜》, 東京: 靑土社, 1986, 190쪽.

이름도 나무와 연계되어 있다는 점이 이들 두 신화의 관계를 시사해 준다.**38** 그리고 밑줄을 그은 ㉠에서 보는 바와 같이, 다카마노하라로부터 '아시하라노나카쓰쿠니를 다스리라'는 천신의 명령을 받고 내려온 니니기노미코토는 그의 손자, 곧 천손이었다. 이것은 단군 신화의 신화적 사유와 거의 같은 발상이라고 보지 않을 수 없다. 천손이 하늘에서 직접 내려오는 전자와 달리 후자는 환인이라는 천신의 아들 환웅이 내려와 웅녀와 혼인하여 낳은 단군이 천손이라는 차이가 있기는 하지만, 이것이 두 신화의 관계를 부정할 수 있을 정도는 아니라는 것이다.

다음으로 ㉡의 구슬과 거울, 칼이라는 세 신기神器의 문제이다. 징거Kurt Singer, 1886~1962는 이 신기를 "일본 조정에서 정통적인 황위의 증표로서 역대 천황들에게 전해져 왔다. 15세기 저작자들은 이것들을 국민이 갖추어야 할 덕목의 상징이라고 해석하였다. 거울은 좋은 것도 나쁜 것도 있는 그대로의 모습을 비추므로 공평公平과 정의의 원천이 된다. 칼은 단단하고 예리하면서 재빨리 결착을 지우는 것이어서 모든 예지의 참의 기원이다. 구슬은 '달'과 같은 모양으로, 온화와 경건의 상징이다."**39**라고 하였다. 이렇게 현대적인 해석을 하지 않더라도, 이

37　원래 이름은 다카미무스히노카미高饗産巢日神로,《고지키》에는 아마테스오미카미와 같은 역할을 하는 것으로 되어 있으나《니혼쇼키》에는 이 신 혼자서 명령을 내리고 활약하는 것으로 되어 있어 이들 두 사서의 편찬 주체가 달랐다는 것을 암시해 준다.
　　岡正雄,《異人その他》, 東京: 言叢社, 1979, 7쪽.
38　　大林太良,《日本神話の起源》, 東京: 角川書店, 1973, 216쪽.

들 세 신기가 이 신화에서 특별한 상징성을 지닌다는 것은 널리 알려진 사실이다.

그런데 단군 신화에서 환인이 환웅에게 주었다고 하는 세개의 천부인天符印이 이 세 신기에 대응된다. 이에 대해서는 그동안 여러 가지 견해들이 제시되어 왔다. 그 가운데 장주근張籌根은 무구巫具와의 관련성을 언급하였다. 그는 "한국 본토에서는 금속제의 신성神聖 삼 무구로서 거울〔明斗〕, 신칼〔神劍〕, 방울이 공통적이다. 그중에서 신칼과 방울은 굿에서 사제용구司祭用具로 사용되나, 명두는 그렇지 않고 신성한 상징성을 띤다. 신어머니〔師巫〕가 그의 많은 신딸〔弟子巫女〕들 중에서 자기 뒤를 이을 한 무녀에게 명두를 비롯한 명다리 등을 물려주어 계승의 상징으로 여긴다."[40]고 지적했다. 그러면서 그는 천부인 세 개가 한국 본토의 신성한 무구인 검, 거울, 방울과 합치한다고 보았다.[41]

이러한 견해를 밝힌 장주근은 "고대에 한반도를 중심으로 남만주, 서부 일본에 걸쳤던 같은 청동기 문화권에서 오늘날 일본의 무속은 신사神社 무녀가 있고, 한편 단절 직전의 극소수 맹인 무녀들인 '이타코'들로만 남아 있다. 그 신사에서도 거울은 신체神體로서 상징적으로 깊이 모셔지는 예가 매우 많고, 검과 방울은 간혹 무녀 춤에 사용되고 있어서 민속 면에서의 삼

---

39   K. Singer, 鯖田豊之 譯,《三種の神器: 一ドイツ人の日本文化史観》, 東京: 形像社, 1975, 27쪽.

40   장주근,《한국 신화의 민속학적 연구》, 서울: 집문당, 1995, 24쪽.

41   위의 책, 26쪽.

무구의 사용 용도는 기본적으로 한국 본토와의 유사성을 지금 껏 계속 보여 주고 있다. 기본적으로는 거울[명두]이 신체의 상 징으로 모셔지는 이러한 고풍古風의 한일 양국에 걸치는 넓은 분포는 다음의 일본 신화를 산출케 한 기반으로 여겨지기도 한 다. 즉 일본의 천손강림신화에서 아마테라스오미카미가 그 자 손에게 세 종의 신기를 주면서, 특히 거울은 오로지 내 혼으로 여기고 나를 모시듯이 모시라고 했다는 것이다. 여하튼 이 민 속과 신화의 전승은 매우 긴밀한 관계를 보여 준다."**42**라고 하 여, 같은 문화를 기반으로 성립되었다고 여겼다.

이러한 장주근의 연구 성과를 수용한다면, 일본의 천손강림 신화에 나오는 세 신기는 단군 신화에 등장하는 천부인 세 개 와 같은 성격을 가진 것이었으며,**43** 이들의 이런 성격은 샤머니 즘을 모태로 하는 문화에서 파생된 것이다. 따라서 이들 모티 프는 한국의 단군 신화와 일본의 천손강림신화가 서로 밀접한 관계가 있다는 것을 말해 주는 증거라고 할 수 있다.

또한 ⓒ에서 니니기노미코토가 하강한 장소가 "히무카 다 카치호의 구시후루노타케"였다는 것도 이 신화가 단군 신화와 관련됨을 시사한다고 하겠다. 일본의 신화학계에서는 '히무카' 가 해를 향하는 곳을 가리키는 범칭인지, 아니면 지금의 미야

42　앞의 책, 25쪽.
43　오바야시 다료도 일본의 천손강림신화에 나오는 세 신기를 단군 신화의 천 부인 세 개와 같은 것으로 보았다.
　　　大林太良, 앞의 책, 215쪽.

자키현宮崎縣을 가리키는지는 확실하지 않다고 보고 있다.**44** 그렇지만 이곳을 미야자키현으로 보는 경우에는 ㉣에서의 서술이 앞뒤가 맞지 않게 된다. 왜냐하면 미야자키현은 규슈산맥九州山脈의 남쪽에 위치하고 있어 가라쿠니, 곧 한국을 바라볼 수 있는 곳이 아니기 때문이다.

다카치호의 구시후루노타케久土布流多氣〔槵觸嶽〕에서 '타케嶽'는 일본어는 '높은 산'을 의미하는 말이다. 단군 신화에서 환웅이 내려온 곳도 태백산 꼭대기의 신단수 아래였다. 환웅이나 니니기노미코토나 다 같이 천상의 세계에서 산정山頂으로 내려왔다는 것이다. 신이 이처럼 산의 정상으로 강림하는 것은 높은 산이나 우주수宇宙樹를 의미하는 신단수가 하늘과 지상의 세계를 연결하는 통로라는 신화적 사유에서 기인된 것이 분명하다.

이렇게 신들이 하강하는 산은 신성할 수밖에 없었다. 그래서 단군 신화에서는 성산聖山인 태백산의 산정에 신시神市를 마련하고 신정神政을 베풀었다. ㉣에서 "가라쿠니를 바라보고 있고, 가사사의 곶과도 바로 통하여 아침 해가 바로 비치는 나라, 저녁 해가 비치는 나라이다. 그러므로 여기는 정말 좋은 곳이다."라고 한 "다카치호의 구시후루노타케"**45** 역시 신정을 베푸

44　荻原淺男 共校注, 앞의 책, 68쪽.

45　김석형은 이 '구시후루노타케'를 수로왕이 강탄한 '구지봉'으로 보면서, 이 천손강림신화가 가락국의 이주민들을 따라 일본 열도로 전해진 것이라는 견해를 밝혔다.
　　金錫亨, 朝鮮史研究會 譯,《古代朝日關係史: 大和政權と任那》, 東京: 勁草書房, 1969, 136~137쪽.

는 신성한 산이었음을 드러내고 있다.

더욱이 《니혼쇼키》 천손강림 조 1서 제6에서 '다카치호노타케'의 봉우리를 '소호리'라고 부르는 것이 한국어에서 수도를 의미하는 소벌蘇伐 또는 소부리所夫里, 서울와 같다는 연구도 있다.46 이러한 연구는 이 신화와 단군 신화가 직접적인 관계가 있다는 것을 말해 주는 증거라는 점에서 매우 중요한 의의를 가진다고 하겠다.

이렇게 볼 때, 한국 최초의 고대 국가 성립을 이야기하는 단군 신화는 일본 천황 조상의 기원을 서술하는 니니기노미코토 신화, 곧 천손강림신화와 같은 유형에 속한다는 것을 알 수 있다. 따라서 한국의 개국신화로 정착된 단군 신화가 내륙 아시아로부터 유목 문화와 샤머니즘적인 세계관을 가지고 들어온 집단들과 관련이 있다면, 일본의 천손강림신화도 단군 신화와 마찬가지로 같은 문화와 세계관을 가졌던 집단을 따라 일본 열도에 전해졌다고 보아도 아무런 지장이 없을 것이다. 결국 일본 제국주의자들이 신성시했던 천황의 조상 기원신화는 한국 역사의 서막을 장식했던 단군 신화와 거의 같은 내용으로 이루어져 있다고 할 수 있다.

이처럼 두 나라의 왕권신화가 비슷한 유형이라는 것은 일본 열도에서 지배 계층으로 군림했던 천황 중심의 지배 집단이 한반도에서 건너갔다는 것을 반영하는 좋은 자료가 아닐까? 그

---

46   大林太良, 앞의 책, 216쪽.

때문에 일본 제국주의자들은 자기들이 신성시하는 천황의 조상 기원신화가 식민지로 전락한 한국의 단군 신화와 같은 계통의 이야기라는 사실을 인정하지 않기 위해서 어용학자들을 동원하여 단군 신화의 실체를 부정하게 만들었고, 어용학자들 역시 이런 정책에 부응하고자 단군 신화가 후대의 위작이라고 했을 가능성이 짙다.

1-4 웅녀의 혈거신화

두루 알다시피 단군 신화는 환인 천제의 아들 환웅이 지상에 내려와서 웅녀와 혼인하여 낳은 단군이 조선이라는 나라를 세웠다는 것이 주된 내용이다. 여기에 등장하는 웅녀는 곰이 변신한 존재여서 수조신화의 범주에 들어간다고 볼 수 있으므로 그 문화적 성격에 대해 좀 더 자세한 고찰을 필요로 한다. 그 부분만을 다시 인용하면 다음과 같다.

[자료 6]

때마침 범 한 마리와 곰 한 마리가 같은 굴속에 살고 있었다. 그들은 항상 신령스러운 환웅에게 빌어 사람이 되기를 원했다. 이때 환웅신은 영험이 있는 쑥 한 줌과 마늘 스무 개를 주면서 말하기를, "너희들이 이것을 먹고 백 일 동안 햇빛을 보지 않으면, 쉽사리 사람이 될 것이다."라고 하였다.

곧 곰과 범이 이것을 받아서 먹고 삼칠일[21일] 동안 기하여 곰은 여자의 몸으로 변했으나, 범은 기하지 못하여 사람의 몸으로 변하지 못했다. 웅녀는 혼인할 자리가 없었으므로, 매일 신단수 아래 [와서] 어린애를 배도록 해 달라고 빌었다. 환웅이 잠시 사람으로 변해서 그녀와 혼인하여 아

들을 낳아 이름을 단군왕검이라 하였다.[47]

　여기에서 나중에 사람이 된 곰이 "쑥 한 줌과 마늘 스무 개"
를 가지고 금기를 지키면서 삼칠일을 머문 곳은 굴속이었다.
굴이란 우묵하게 들어간 곳을 가리킨다. 이처럼 우묵하게 들어
간 곳이 여성의 자궁을 상징한다고 하는 신화적 사유는 대지를
어머니로 생각했던 지모신地母神 신앙에 바탕을 둔 것이다.[48] 그
리고 이렇게 우묵하게 들어간 곳에서 사람이 나왔다고 하는 지
중탄생地中誕生의 출현신화는 지하를 세계의 자궁으로 믿었음을
나타낸다.[49]

　한국 신화에서 단군 신화에 등장하는 웅녀와 마찬가지로 굴
속의 혈거신穴居神으로 받들어졌던 신으로는 유화가 있다. 유화
는 고구려를 세운 주몽의 어머니인데, 그녀도 혈거신으로 숭앙
되었던 흔적을 발견할 수 있다. 곧《후한서》동이열전 고구려
조에 "귀신과 사직社稷·영성零星에 제사 지내는 것을 좋아하였
다. 10월에 하늘에 제사를 지내는 큰 모임이 있는데, 그 이름을

47　이 책 제1장 〈고조선의 왕권신화〉의 각주 31 참조.

48　D. A. Leeming, 松浦俊輔 共譯, 《創造神話の事典》, 東京: 靑土社, 1998,
148~149쪽.

49　C. H. Long, *Alpha: The Myth of Creation*, New York: George Braziller,
1963, pp.37~38.
이러한 롱Charles H. Long, 1926~의 견해가 반드시 타당하다고 볼 수는 없다는 주
장도 있다[大林太良, 《神話學入門》, 東京: 中央公論社, 1966, 103쪽]. 그렇지만
우묵하게 들어간 우물이나 굴이 여성의 자궁으로 인식된 것은 사실인 듯하다.
김화경, 《한국 신화의 원류》, 서울: 지식산업사, 2005, 42쪽 참조.

동맹東盟이라고 하였다. 나라의 동쪽에 큰 굴이 있어 그것을 수신隧神이라고 불렀다. 또한 10월에도 [그 신을] 맞이하여 제사를 지냈다."**50**는 기록이 있다. 여기에서 말하는 수신은 구멍〔大穴〕을 의미하는 '수隧'의 신, 즉 굴의 신을 의미한다. 그렇다면 이 신은 혈거신으로 숭앙되던 대지모신大地母神이었다고 보아도 지장이 없지 않을까 한다.

이와 같은 혈거신 신앙은 대지를 어머니로 생각하며, 거기에서 인간이 나왔다고 하는 출현신화의 후대적 변형일 가능성이 높다. 실제로 한국에는 대지에서 인간이 출현했다고 하는 출현신화가 남아 있다. 그래서 이 범주에 들어가는 제주도의 삼성 시조신화를 소개하기로 한다.

[자료 7]

《고기古記》에 이르기를, 태초에는 사람이 없었는데 세 신인神人이 땅(주산主山의 북쪽 기슭에 움이 있어 모흥毛興이라고 하는데 이곳이 그 땅이다.)에서 솟아났다. 맏이를 양을나良乙那, 둘째를 고을나高乙那, 셋째를 부을나夫乙那라고 했는데, 이들 세 사람은 궁벽한 곳에서 사냥을 하며 가죽옷을 입고 고기를 먹으면서 살았다.

그러던 어느 날, 자줏빛 흙으로 봉해진 나무 상자〔木函〕가 동해 바닷가에 떠오르는 것이 보였다. 그들은 나아가서 그것을 열어 보았다. 그 안에는 돌로 만들어진 함〔石函〕이 있었는데, 붉은 띠를 두르고 자줏빛 옷을 입은 사자使者가 있었다. 또 돌로 된 함을 여니, 그 속에는 푸른 옷을 입은 처녀 세 사

50   範曄, 《後漢書》, 서울: 경인문화사 영인본, 1975, 2813쪽.
"好祠鬼神·社稷·零星 以十月祭天 大會名曰東盟 其國東有大穴 號隧神 亦以十月迎而祭之."

람과 망아지와 송아지, 그리고 오곡의 씨앗이 들어 있었다. 이에 사자가 말하기를 "저는 일본국의 사자입니다. 우리 임금님께서 이 세 따님을 낳으시고 말씀하시기를, 서쪽 바다 가운데 있는 큰 산에 신의 아드님 세 분이 강탄하시어 바야흐로 나라를 세우고자 하나 배필이 없다고 하시면서 신에게 명하여 세 따님을 모시라고 하시기에 왔습니다. 마땅히 배필로 삼아 대업을 이루십시오."라고 하고, 사자는 홀연히 구름을 타고 가 버렸다.

세 신인은 나이의 차례에 따라 나누어서 장가를 들고, 물이 좋고 땅이 기름진 곳으로 나아가 집으로 거처할 곳을 정하였다. 양을나가 거처하는 곳을 제1도第─都라 하고, 고을나가 거처하는 곳을 제2도라 하였으며, 부을나가 거처하는 곳을 제3도라고 하였다. 비로소 오곡의 씨앗을 뿌리고 소와 말을 기르게 되니 날로 백성들이 부유해져 갔다.[51]

이 자료는《고려사》권11에 전하는 것으로, 이 밖에도《신증동국여지승람新增東國輿地勝覽》과《탐라지耽羅志》,〈영주지瀛洲志〉등에 비슷한 내용의 이야기가 기록되어 있다.〈영주지〉의 자료는 위에서 인용한《고려사》의 내용과 약간 차이가 난다. 곧 전자에는 세 신인이 고을라와 양을라, 부을라 순서이고, 세 처녀가 동해 벽랑국碧浪國 왕녀이며 그녀들이 닿은 곳은 조천읍 조천리의 금당金塘으로 되어 있다.[52] 하지만 이처럼 다른 점이 있음에

51 정인지 공찬,《고려사》, 서울: 경인문화사 영인본, 1972, 296쪽.
"古記云 太初無人物 三神人從地聳出 其主山北麓有穴曰毛興是其地也 長曰良乙那 次曰高乙那 三曰夫乙那 三人遊獵荒僻 皮衣肉食 一日 見紫泥封藏木函浮至於東海濱 就而開之 函內又有石函 有一紅帶紫衣使者 隨來 開石函出現靑衣處女三 及諸駒犢五穀種 乃曰我是日本國使也 吾王生此三女 云西海中嶽 降神子三人 將欲開國 而無配匹 於是命臣 侍三女以來爾 宜作配 以成大業 使者忽乘雲而去 三人以年次 分娶之 就泉甘土肥處 射矢蔔地 良乙那 居曰第一都 高乙那所居曰第二都 夫乙那所居曰第三都 始播五穀 且牧駒犢 日就富庶."

52 김태옥 역,〈영주지〉, 제주도교육위원회 편,《탐라문헌집》, 제주: 제주도교

도 밑줄을 그은 곳에서 보는 것처럼 이들 세 신인이 땅에서 용출湧出하였다는 내용은 그대로 유지되고 있다. 이렇게 땅에서 사람이 솟아올랐다는 것은 이 신화가 출현신화임을 말해 준다.

그런데 탐라국은 7세기까지 일본에 사자를 파견하고 있었다. 이로 미루어 보아 위의 자료는 탐라국의 건국신화였을 가능성이 높다.**53** 그렇다면 제주도에서 통치 체제를 갖춘 탐라국이라는 국가는 출현신화를 바탕으로 하는 문화를 가졌다고 보아도 좋을 듯하다.

곰이 굴속에 들어가 일정한 금기의 시간을 보냈다고 하는 웅녀 신화는 이러한 출현신화의 후대적 변형일 가능성이 높다고 하겠다. 이렇게 상정할 수 있다면, 웅녀로 표상된 집단은 대지의 원리를 신봉하는 지신족地神族이었을 것이다. 그리고 하늘의 원리를 대표하는 환웅과 대지의 원리를 대표하는 웅녀의 혼인은 재래 토착 세력이 뒤에 들어온 천강족天降族과 힘을 합해서 국가라는 통치 체제를 갖추게 되었음을 나타낸다고 할 수 있다.

1-5 고조선 왕권신화 연구의 의의

단군 신화는 한국에서 최초로 세워진 나라인 고조선의 왕권신화로 한국 민족사에서 매우 중요한 가치를 지니는 문화적 유

육위원회, 1976, 2~4쪽.

53 홍기문도 이것을 탐라국의 건국신화로 보았다.
홍기문,《조선신화연구》, 서울: 지양사, 1989, 118쪽.

산이다. 그러나 일제강점기에 어용학자들은 이 실체를 부정하였고, 심지어 위작설까지 제시하였다. 이 같은 부정적인 견해는 지금까지도 그 명맥을 유지하고 있다.

이 때문에 우선 단군 신화가 후대에 지어낸 것이 아니라 한국 민족이 원래부터 가지고 있었던 것이라는 사실부터 입증하였다. 아울러 광복 이후에 이루어진 연구 대부분이 이런 주장을 뒷받침하고 있다는 사실도 밝혔다.

단군의 부계 환웅이 하늘에서 내려온 존재인 것처럼, 하늘의 세계에서 조상이 비롯했다는 신화는 고차족의 기원신화, 부랴트족의 게세르 보그도 신화, 일한국의 보우코 칸 탄생신화 등 돌궐계 민족의 신화에서도 확인할 수 있어 단군 신화가 이들과 친연성을 띤다는 것을 확인하였다.

원래 곰이었던 웅녀의 혈거신화에는 대지를 어머니로 여긴 지모신 신앙과, 지하地下를 세계의 자궁으로 믿었음이 드러난다. 고구려의 유화 신앙과 제주도의 삼성 시조신화에서도 이러한 사상이 엿보인다.

이와 같은 고찰 끝에 고조선의 단군 신화는 결국 천신天神과 지신地神의 결합으로 하나의 국가가 완성되었음을 나타내는 왕권신화라는 사실을 밝혀 내는 성과를 얻을 수 있었다. 하늘[天]과 땅[地]의 두 우주 영역이 결합하여 하나의 국가라는 소우주小宇宙가 만들어졌음을 보여 주는 것이다.

또한 단군 신화가 일본 천황가의 기원신화와 같은 계통이기 때문에 일제가 후대 위작설을 주장한 것이라고 상정하였다. 니니기노미코토 신화와 단군 신화가 거의 유사한 내용이라는 사실은, 신성시·절대시되는 천황을 중심으로 한 일본의 지배 계층이 식민지로 전락한 한반도에서 건너왔다는 것을 말해 주기 때문이다.

2-1 부여 신화의 다층적 성격

부여는 기원전 3세기 무렵부터 494년까지 오늘날 헤이룽장성黑龍江省과 지린성吉林省 일대인 북만주 지역에 예맥족濊貊族이 세운 고대 국가였다.[1] 부여가 하나의 국가 형태를 유지하고 있었다는 것은 3세기에 진수가 편찬한 《삼국지》 위서 동이전 부여夫餘 조의 기록으로 확인할 수 있다.

이 책에는 "나라에는 군왕이 있고, 모두 여섯 가축의 이름으로 관명官名을 정하여 마가·우가·저가豬加·구가·대사大使·대사자大使者·사자使者 등이 있다. 부락에는 호민豪民이 있으며, 하호下戶라고 불리는 백성은 모두 노복이 되었다."[2]고 기록되어 있다.

---

1   송호정, 《처음 읽는 부여사》, 서울: 사계절, 2015, 11쪽.

2   陳壽, 《三國志》, 서울: 경인문화사 영인본, 1975, 841쪽.
    "國有君王 皆以六畜名官 有馬加·牛加·豬加·狗加·大使·大使者·使者 邑落有豪

이것은 부여가 중국식 왕호와 정비된 관료 조직을 갖추고, 정복에 따른 영토의 확대가 이루어진 국가의 하나로 성장했음을 말해 준다.3

고대 사회에서 나라를 세워 왕권을 장악한 집단이 자신들이 가진 지배권의 정통성을 확립하기 위한 수단의 하나로 왕권신화를 이용했다는 것은 앞에서도 지적한 바 있다. 다시 말해 그들은 자신들의 출자出自가 보통 사람들과는 변별되는, 특별한 혈통으로부터 비정상적으로 탄생한 존재라는 것을 강조함으로써 자신들이 가진 왕권의 정당성과 정통성을 확보하려고 했다는 것이다. 이것은 부여의 경우도 예외가 아니었다. 진수가 지은 《삼국지》에는 《위략魏略》에서 인용된 부여의 동명 신화가 수록되어 있어, 이런 사실을 뒷받침해 준다. 그렇지만 동명 신화는 이것이 최초의 자료가 아니었다. 이미 1세기 무렵에 왕충王充, 27~97?이 저술한 《논형論衡》의 길험편吉驗篇에도 같은 내용의 신화가 실려 있다는 것은 널리 알려진 사실이다.

그러나 중국 문헌에 전하는 이들 신화의 주인공 이름이 동명이다. 두루 알다시피 동명은 고구려를 세운 고주몽의 시호인 동명성왕東明聖王과 같다. 그 때문에 이 신화가 고구려 왕권신화로 오인되는 결과를 초래하기도 하였다.

이 문제에 대하여, 이복규李福揆는 이들 두 나라 왕권신화는

民 名下戶皆爲奴僕."
3   이병도, 《한국사》 고대편, 서울: 을유문화사, 1959, 236~237쪽.

별개로 보아야 한다는 견해를 제시하였다.**4** 그는 문헌 기록들을 살펴보면 부여 건국신화의 존재가 명백하게 드러난다고 하면서, 각 문헌에 실린 이들 두 나라의 신화자료들을 비교 분석하여 "주인공의 이름이 다르고 건국한 나라의 이름이 다른 두 신화를 동일시한다는 것은 잘못이다. 부여 건국신화의 내용이 고구려 건국신화와 비슷하다는 이유 하나만으로 부여 건국신화를 의심하거나 부정하는 것은 부당하다."**5**고 지적하였다. 이와 같은 그의 견해는 너무도 타당한 것이어서 두말할 여지가 없는 분명한 사실이다.

부여의 왕권신화가 중국 문헌에 전하는 동명 신화만 존재하는 것은 아니다. 한국의 《삼국사기》나 《삼국유사》, 또 일문逸文으로 전하는 《구삼국사》에도 부여의 왕권신화 자료들이 남아 있다. 특히 한국에 잔존하는 이들 자료는 중국의 것들과는 내용을 달리하고 있어 관심을 불러일으킨다.

먼저 국내에 전하는 자료들의 특징으로 들 수 있는 것은 부여가 하나의 나라가 아니라 북부여와 동부여로 구분된다는 점이다. 이들 두 나라에는 제각기 다른 내용의 신화 자료들이 전승되고 있다. 즉 해부루解夫婁를 건국주로 하는 동부여는 후계자를 대지에서 나온 금와로 정하는 출현신화와 천신 계통의 해모수 집단에게 삶의 터전을 물려주는 국가양도신화를 가지고 있

---

4   이복규, 《부여·고구려 건국신화 연구》, 서울: 집문당, 1998, 9~19쪽.
5   위의 책, 19쪽.

다. 이와 달리 해모수를 건국주로 하는 북부여의 신화는 천제나 그 자손이 하강하여 나라를 세우는 천강신화다.

한편 중국 문헌에 전하는 부여의 동명 신화는 그의 어머니가 하늘에서 내려온 기운에 감응되어 그를 잉태한 것으로 되어 있다. 지금까지는 이와 같은 동명의 탄생담을 일광감응신화日光感應神話의 한 유형으로 보았다.**6** 하지만 하늘에서 내려온 기운은 말 그대로 천기天氣를 의미한다. 이러한 천기감응 모티프는 일광감응 모티프와 구별하는 것이 마땅하지 않을까 한다. 한국의 고대 왕권신화에 나타나는 이들 두 신화는 그 계통을 달리한다고 볼 수 있기 때문이다.

부여라고 하는 하나의 국가에 이처럼 그 내용이 다른 네 유형의 왕권신화들이 전승되고 있다는 사실은 무엇을 말하는 것일까? 이 물음에 대한 대답은 그렇게 간단하지가 않을 듯하다. 그렇지만 우선 생각할 수 있는 것이 나라를 세운 세력집단이 하나가 아니었고, 또 그들이 가졌던 세계관과 문화가 서로 달랐을 것이란 점이다. 이런 추정이 가능한 이유는, 왕권신화는 나라를 세운 집단이 장악한 왕권의 신성성과 정통성을 확립하기 위해서 만들어 낸 지배논리이고, 그러한 논리에는 그들의 세계관과 문화적 성격이 용해되어 있기 때문이다.**7**

그러나 지금까지는 중국의 문헌에 전하는 동명 신화에 대한

6　김정학,《한국 상고사 연구》, 서울: 범우사, 1990, 24쪽.
7　大林太良,〈古代日本·朝鮮の最初の三王の構造〉, 吉田敦彦 編著,《比較神話學の現在》, 東京: 朝日新聞社, 1975, 45～89쪽.

연구가 주류를 이루어 왔을 뿐이다.**8** 다시 말하면 부여의 왕권 신화가 가지는 다층적 성격에 주목하는 연구는 거의 없었다고 해도 지나친 말이 아니란 것이다. 단지 필자가 백제 온조 신화의 내재적 의미를 구명하는 과정에서 해부루와 해모수 집단의 문화가 서로 달랐다는 견해를 제시한 바 있다.**9**

따라서 부여의 왕권신화로 정착된 이들 자료가 무엇을 말하고 있고, 이들 신화를 가진 집단이 어떤 세계관과 문화를 가지고 있었으며, 또 그들 사이의 역학 관계는 어떠했는가 하는 문제를 구명하기로 한다. 이는 한국 고대 국가 왕권신화들의 다양한 형태를 파악하기 위한 작업의 하나임을 아울러 밝힌다.

2-2 해부루 집단의 출현신화

부여라는 나라의 건국주는 분명히 해부루였다. 《삼국사기》에는 고주몽의 출자를 밝히기에 앞서 부여의 전승을 먼저 수록하였다. 여기에는 부여의 해부루가 재상 아란불阿蘭弗의 권유에 따라 도읍을 동쪽 바닷가에 있는 가섭원迦葉原이란 곳으로 옮긴 다음에 나라 이름을 동부여東扶餘로 개칭했다는 것이 명기되어

8　　사회과학원 력사연구소 편, 《조선전사》 2(고대편), 평양: 과학백과사전출판사, 1979, 116~119쪽; 국사편찬위원회 편, 《한국사》 4(초기국가-고조선·부여·삼한), 서울: 국사편찬위원회, 1997, 153~158쪽; 이종욱, 《건국신화: 한국사의 1막 1장》, 서울: 휴머니스트, 2004, 126~135쪽; 송호정: 앞의 책, 45~48쪽.

9　　김화경, 〈온조 신화 연구〉, 《인문연구》 4, 경산: 영남대학교 인문과학연구소, 1983, 130~135쪽.

있다. 그러므로 사서에 등장하는 순서에 따르면 해부루가 세운 부여라는 나라가 먼저 있었고, 그가 가섭원으로 수도를 옮긴 뒤에 동부여라고 지칭하였으며, 그 뒤에 해모수가 부여의 옛 도읍터에 들어와 세운 나라가 북부여였다.

따라서 처음에 부여를 세운 것은 해부루가 분명하다. 그래서 그를 중심으로 한 집단이 가졌던 문화와 세계관이 어떤 것이었는가 하는 문제를 구명하기 위해서, 그의 뒤를 이어 왕위에 오른 금와의 탄생담을 고찰하기로 한다.

[자료 1]

부여의 왕 해부루가 늙도록 아들이 없어 산천에 제사를 드려 대를 이을 자식을 구하였다. [그러던 어느 날] 그가 탄 말이 곤연鯤淵에 이르러 큰 돌을 보고 서로 마주하여 눈물을 흘렸다. 왕이 괴이하게 여겨 사람을 시켜 그 돌을 옮기게 하니 [거기에는] 한 어린아이가 있었는데, 금빛 개구리 모양을 하고 있었다(또는 달팽이 모양이라고도 한다.). 왕은 기뻐하며 말하기를 "이것은 바로 하늘이 나에게 자식을 준 것이다."라며 거두어 기르고, 이름을 금와金蛙라고 하였다. 그가 장성하자 태자로 삼았다.[10]

이와 비슷한 이야기가 《삼국유사》 기이편 동부여 조에도 수록되어 있다.[11] 그렇지만 이것은 [자료 1]의 내용을 그대로 옮

10 　김부식, 《삼국사기》, 서울: 경인문화사 영인본, 1982, 145쪽.
　　"扶餘王解夫婁 老無子 祭山川求嗣. 其所禦馬至鯤淵 見大石相對流淚. 王怪之 使人轉其石 有小兒 金色蛙形蛙一作蝸. 王喜曰 此乃天賚我令胤乎 乃收而養之 名曰 金蛙 及其長爲太子."

11 　최남선 편, 《신정 삼국유사》, 경성: 삼중당, 1946, 40쪽.

겨 적은 것 같은 인상을 준다. 몇 글자만 다를 뿐 거의 같은 문장으로 되어 있기 때문이다.

위의 자료에는 부여의 왕 해부루가 자신의 왕권을 물려줄 후사를 얻는 과정이 기술되어 있다. 왕이 탄 말이 연못가에 이르러 큰 돌을 보고 눈물을 흘리자 괴이하게 여겨 그 돌을 옮기게 하였더니 금빛의 개구리 모양 어린아이가 있어서 이름을 '금와', 즉 '금빛 개구리'라 하고 뒷날 태자로 삼았다는 것이다.

이렇게 커다란 돌 아래서 나온 금와의 탄생 이야기에 대하여, 문일환文一煥은 "어린아이가 출생을 하면 이내 돌로 그 머리를 눌러서 납작하게 만든다. 이렇기 때문에 지금 진한辰韓 사람들의 머리는 모두 납작하다."고 한 진한의 편두編頭 풍습과, "돌을 쌓아서 봉분을 만들었다."고 하는 고구려의 묘제墓制와 관련시켜, 영혼 불멸의 관념을 믿는 암석 문화에 연원을 둔 암출신화岩出神話라는 견해를 제시한 바 있다.[12]

이 신화가 진한 지역에서 행해지던 편두 풍습의 기원을 서술해 주는 설명신화explanatory myth일 개연성을 부정하지는 않는다. 더욱이 오늘날까지 구전되고 있는 이야기들 가운데 주인공이 바위에서 나왔다고 하는 암출설화가 존재하는 것도 사실이다.[13] 그렇지만 돌 아래서 나왔다고 하는 모티프를 고구려의 묘제와 연관시켜 금와의 탐생담을 암출신화로 보는 것은 지나친

---

12 문일환, 《조선구전문학연구》, 瀋陽: 遼寧民族出版社, 1993, 181~184쪽.

13 최상수, 《한국 민간 전설집》, 서울: 통문관, 1958, 143~144쪽.

비약이 아닐 수 없다.

이 신화에서는 해부루가 "사람들을 시켜서 돌을 옮기게 하여〔使人轉其石〕" 금와를 얻었다는 것을 명확하게 밝히고 있다. 이 것은 금와가 커다란 돌이 놓여 있던 곳, 곧 우묵하게 들어간 땅에서 나왔다는 것을 의미한다. 이처럼 우묵하게 들어간 곳에서 인간이 나왔다고 하는 것은 대지를 어머니로 생각하고 우묵하게 들어간 곳을 대지의 자궁으로 여기던 농경민들의 신화적 사유에서 연원된 것이다.**14**

이와 같은 출현신화가 중국에서는 일찍부터 문자로 정착되었다. 진晉나라 때 갈홍葛洪이 저술한 《포박자抱樸子》에는 "여와女媧가 땅에서 나왔다."**15**는 기록이 있고, 또 당唐나라 태종 때 방현령房玄齡과 이연수李延壽가 편찬한 《진서晉書》권120 이특재기李特載記 조에도 이특李特의 선조가 움에서 나왔다고 하는 신화가 기록되어 있다.**16** 이로 미루어 보아 이런 지중탄생 이야기는 중

14　김화경, 《한국 신화의 원류》, 서울: 지식산업사, 2005, 46쪽.
　　북아메리카에 사는 푸에블로Pueblo 원주민들은 그들의 선조인 이야티쿠Iyatiku가 땅속에서 출현했으며 그가 옥수수 씨앗을 갖다 주었다고 하는 신화를 가지고 있는 것으로 보아 초기 농경 문화를 향유했던 것으로 보인다.
　　P. Grimal ed., *World Mythology*, P. Beardmore trans., London: Hamlyn, 1973, pp.452~453.

15　劉城淮, 《中國上古神話通論》, 雲南: 雲南人民出版社, 1992, 470쪽.

16　房玄齡 共纂, 《晉書》下, 서울: 경인문화사 영인본, 1976, 3021~3022쪽.
　　"昔武落鍾離山崩 有石穴二所 其一亦如丹 一黑如漆 有人出於赤穴者名曰務相 姓巴氏 有出於黑穴者 凡四姓曰 曋氏樊氏柏氏鄭氏 五姓俱出 皆爭爲神 於是相與以劍刺穴屋 能著者以爲廩君 四姓莫著 而務相之劍懸焉 又以土爲船 雕畫之而浮水中口 若其船浮存者 以爲廩君 務相船又獨存 於是遂稱廩君 乘其土船 將其徒卒 當夷水而下 至於鹽陽 鹽陽水神女子止廩君曰 此魚鹽所有 地ры廣大 如君俱生 可止無行 廩君曰 我當爲君求廩地 不能止也 鹽神夜從廩君宿 旦輒去爲飛蟲 諸神皆從

국 대륙에 일찍부터 전하고 있었던 것 같다.

신화학계에서는 이렇게 대지로부터 인간이 나왔다고 하는 이야기를 출현신화라고 부른다. 이런 출현신화는 지하地下를 세계의 자궁, 즉 대지를 어머니[地母]로 생각하는 신화적 사유를 표현하는 것으로, 대지의 여신이 모든 것을 지배하던 시대를 암시하고 있으며[17] 농경민족들 사이에서 아주 이른 시기에 만들어졌을 것으로 상정되고 있다.[18]

실제로 출현신화는 "세계의 미개 농경민에게 널리 분포되어 있다. 앗삼Assam 지방 로다·나가족의 세 포족胞族, 부족의 몇몇 씨족이 모여 포족이 된다이 지중地中에서 최초로 출현한 삼 형제를 선조로 한다는 신화라든지, 멜라네시아 트로브리안드Trobriand 사람들 사이에 동굴로부터 생겨난 최초의 인류 한 쌍—가장家長으로서의 누이와 그 수호자로서의 동생—이 출현하여 토지를 소유했다고 하는 신화, 또 북아메리카 남서부 주니족Zuni의 신화, 즉 세계의 네 개의 동굴 자궁으로부터 인류나 그 외의 생물이 출현했다고 전하고 있는 등 많은 예가 있다."[19] 위의 자료에 등장

其飛 蔽日晝昏 廩君欲殺之不可 別又不知天地東西 如此者十日 廩君乃以靑縷遺
鹽神日 嬰此 卽宜之 與汝俱生 弗宜 將去汝 鹽神受而嬰之 廩君立碭石之上 望腐
有靑縷者跪而射之 中鹽神 鹽神死 羣神與俱飛者皆居 天乃開朗 廩君復乘土船 下
及夷城 夷城石岸曲 泉水亦曲 廩君望如穴狀 歎曰 我新從穴中出 今又入此 奈何
岸卽爲崩 廣三丈餘 而階陛相乘 廩君登之 岸上有平石方一丈 長五尺 廩君休其上
投策計算 皆著石焉 因立城其旁而居之 其後種類遂繁."

17　　D. A. Leeming, 松浦俊輔 共譯, 《創造神話の事典》, 東京: 靑土社, 1998, 148~149쪽.

18　　C. H. Long, *Alpha: The Myth of Creation*, New York: George Braziller, 1963, pp.109~145.

하는 '개구리'도 다산多産의 생산성을 표상하고 있어,**20** 이 신화
가 농경 문화의 산물이라는 것을 시사하고 있다. 따라서 해부
루 집단의 동부여는 출현신화에 해당하는 금와의 탄생담을 가
졌던 것으로 보아, 대지의 원리를 신봉하는 초기의 농경 문화
를 가졌을 것이라는 추정이 가능해진다.**21**

2-3 해부루의 국가양도신화

앞에서 언급한 것처럼, 해부루는 재상 아란불의 권유에 따
라 가섭원으로 도읍을 옮기고, 나라 이름을 동부여로 바꾸었다.
이 과정을 서술하는 신화의 내용은 아래와 같다.

[자료 2]

뒤[해부루 왕이 금와를 태자로 삼은 이후를 가리킨다–인용자 주]에 재상 아란불이 말
하기를, "㉠ 일전에 하느님이 나에게 내려와, '장차 내 자손으로 하여금 이
곳에 나라를 세우게 할 것이니, 너희는 피하여 가거라. ㉡ 동쪽 바닷가에
가섭원迦葉原이라는 땅이 있는데, 토양이 비옥하여 오곡五穀이 잘 자랄 것

---

19 大林太良,《神話學入門》, 東京: 中央公論社, 1966, 102~103쪽.

20 황패강,〈개구리 조〉, 한국문화상징사전편찬위원회 편,《한국문화상징사
전》, 서울: 동아출판사, 1992, 30쪽.

21 부여에서 농업이 행해졌다는 것을 알 수 있는 고고학적 자료로는 민주의 노
하심老河深 유적에서 발굴된 대형 보습과 서단산 문화西團山文化 유적지에서 출토
된 반달칼·돌호미 등이 있다. 형태가 다양한 많은 토기가 점차 규격화되고 있어
주민들이 장기적으로 정착해서 농업을 중심으로 한 경제 형태를 영위했던 것으
로 보인다.
송호정, 앞의 책, 128쪽.

<u>이니 도읍할 만하다.</u>'고 하였습니다."라고 하였다. 아란불이 마침내 권하여 그곳으로 도읍을 옮겨 나라 이름을 동부여라고 하였다. 옛 도읍지에는 어디로부터 왔는지를 알 수 없으나, 천제天帝의 아들 해모수라고 자칭하는 사람이 와서 도읍하였다.22

이것은 [자료 1]에 이어지는 이야기로, 밑줄을 그은 ⓛ에서 보는 바와 같이 먼저 살고 있던 해부루 집단이 "토양이 비옥하여 오곡이 잘 자랄 것이니 도읍할 만한" 동해 바닷가에 있는 '가섭원'이란 곳으로 이주를 하고 그 나라 이름을 '동부여'로 바꾸었다는 것이다. 국사학계는 이곳에서 말하는 가섭원을 오늘날 만주 지린 지역으로 비정하고 있다.23 여기를 오곡이 잘 자라는 곳이라고 했던 것으로 미루어 보아, 그들이 옮겨간 곳은 농사를 짓기에 적합한 지역이었다는 것을 알 수 있다.

이러한 상정은 해부루가 원래 왕권을 장악하고 있던 만주 이퉁허伊通河 부근 창춘長春과 눙안農安 일대24의 지리적 여건으로 보더라도 상당히 타당하다. 진수의 《삼국지》위지魏志 동이전 부여 조는 이 지방의 환경을 다음과 같이 표현하였다.

---

22 김부식, 앞의 책, 145쪽.
"後其相阿蘭弗曰. 日者 天降我曰 將使吾子孫立國於此. 汝其避之. 東海之濱有地 號曰迦葉原. 土壤膏腴 宜五穀. 可都也. 阿蘭弗遂勸王 移都於彼. 國號東扶餘. 其 舊都有人 不知所從來. 自稱天帝子解慕漱 來都焉."

23 노태돈, 〈주몽의 출자전승과 계루부의 기원〉, 《한국고대사논총》5, 서울: 가락국사적개발연구원, 1993, 41쪽.

24 이기동, 《한국사강좌》고대편, 서울: 일조각, 1982, 75쪽.

그 지방 사람들은 모두 토착민들[其民土著]로서 궁실도 있고 창고도 있으며 감옥도 있다. 산과 언덕도 많지만 또 넓은 못도 있어, 동이東夷 지방 중에는 가장 평평한 땅이다. 땅은 오곡을 가꾸기에는 알맞아도 과실은 나지 않는다.25

여기에서 부여가 위치하고 있던 곳의 자연환경을 "산과 언덕도 많지만 또 넓은 못도 있어 동이 지방 중에는 가장 평평한 땅"으로 기록한 것으로 보아 평야지대를 가리킨 것 같다. 이와 같은 평야지대에서는 논농사가 주된 생업 수단이었을 가능성이 짙다.26

이런 가능성은 해부루를 중심으로 한 부여족이 초기 농경문화, 곧 밭곡식을 재배하는 화전 경작火田耕作 농경에서 한층 더 발전된 벼를 재배하는[水稻耕作] 농경으로 진전되었음을 나타낸다고 볼 수 있다. 논에 물을 대어 농사를 짓는 것이 아니라 화전을 일구면서 살아가는 화전민은 그들이 경작하던 땅의 지력地力이 쇠약해지면 다시 새로운 경작지를 찾아 이동하기 마련이다.27 한 지역에서 오랫동안 머물며 거주한다는 것은 거의 불가

---

25 陳壽, 앞의 책, 211쪽.
"其民土著 有宮室倉庫牢獄 多山陵廣澤東夷之域最平敞 土地宜五穀 不生五果."

26 5세기에 송나라의 범엽이 편찬한 《후한서》에도 "[부여는] 동이 지역에서 가장 평탄하고 넓은 곳으로 토질은 오곡이 자라기에 알맞다[於東夷之域最位平敞土宜五穀]."고 기록되어 있는 것으로 보아, 부여가 평야지대에 위치했던 것은 명확하다고 하겠다.
范曄, 《後漢書》, 서울: 경인문화사 영인본, 1975, 2811쪽.

27 馬淵東一, 《人類の生活》, 東京: 社會思想社, 1978, 145~154쪽.

능하므로, 위의 기록에서 사용된 "기민토착其民土著"이라는 표현은 사용할 수 없다. 따라서 위의 기록은 해부루 집단이 상당한 기간에 걸쳐서 이 일대에서 정착된 생활을 영위하면서 벼를 재배하던 농경민이었음을 말해 준다고 보아도 무방할 듯하다.

이렇게 본다면 이통허 부근의 창춘·눙안 일대에 거주하던 해부루를 중심으로 한 선주先住 부여족은 진작부터 논농사를 주된 경제 형태로 취했던 농경민이었다는 것이 더욱 명백해지는 듯하다.**28** 이런 농경 문화를 가지고 동해안의 가섭원 지방으로 도읍을 옮긴 해부루 세력은, 앞의 금와 신화에서 살펴본 것처럼 대지의 원리를 신봉하는 출현신화를 지니고 있던 집단이었다.

한편 이들을 몰아내고 거기에 "어디로부터 왔는지를 알 수 없으나, 천제의 아들 해모수라고 자칭하는 사람"이 와서 도읍을 정했다는 것은, 하늘의 원리를 신봉하는 유목 문화 집단이 새로 들어와 정착하면서 해부루 세력으로부터 왕권을 양도받

---

28 엔젠Adolf E. Jensen은 농경의 기초를 이루고 있는 지구상의 모든 문화를 그 유형에 따라 분류하여, ① 열대 기후 지대를 고향으로 하는 구경球莖 식물 재배와 과수果樹의 이용을 생활의 근거로 하는 농경, ② 곡물이 지배적인 유용 식물로 나타나는 농경과 병행하며 그 외의 경제부분으로 큰 가축의 무리를 사육하는 혼합 경제적인 곡물 재배 농경, ③ 곡물 재배와 가축 사육을 알고 있으면서도 시비施肥를 수반하는 영속적인 농경과 인공 관개灌漑로 가능한 최고의 집약화에 이른 농경, ④ 쟁기를 만들어 새로운 형태에 들어간 농경 등으로 나눈 바 있다. 이와 같은 분류에 따르는 경우, 선주 부여족의 농경은 상당히 발달된 형태를 유지했을 것으로 생각된다.
A. E. Jensen, 大林太良·鈴木滿男 共譯,《民族學入門: 諸民族と諸文化》, 東京: 社會思想社, 1978, 73~74쪽.

았음을 나타낸다. 이와 같은 국가양도신화는 유목 문화 집단이 농경 문화 집단과의 세계관 및 문화적인 대립에서 승리를 거두고 새로운 국가를 세웠음을 표현한다고 보아도 지장이 없을 것이다.

한국의 고대 왕권신화에서 해부루의 국가양도신화와 마찬가지로 '대지의 원리를 신봉하며 살고 있던 농경 문화 집단이 뒤에 들어온 하늘의 원리를 신봉하는 유목 문화 집단에게 나라를 물려주는 것'이 주된 내용인 신화로는 백제 비류沸流의 미추홀彌鄒忽 양도신화와 송양왕松讓王의 비류국沸流國 양도신화 등이 있다.[29]

2-4 해모수의 천강신화

앞에서 살펴본 것처럼, 뒤에 들어온 해모수 집단은 먼저 살고 있던 해부루로부터 삶의 터전을 물려받았다. 이렇게 나라를 양도받은 해모수에 얽힌 신화가 제일 먼저 사료로 정착된《구삼국사》에는 다음과 같은 내용의 이야기가 실려 있다.

[자료 3]

한 신작 3년 임술 세에 천제가 태자를 보내어 부여 왕의 옛 도읍지에 내려가 놀게 하였는데, [그 이름을] 해모수라고 하였다. 하늘에서 내려올

---

29   김화경, 앞의 논문, 124~141쪽.

때 오룡거를 탔고, 따르는 자 백여 인은 모두 흰 고니를 탔다. 채운이 위에 떠 있었고, 음악은 구름 속에서 울렸다. 웅심산에 머물렀다가 십여 일이 지나서야 비로소 내려왔다. 머리에는 오우관을 쓰고, 허리에는 용광검을 찼다. 아침에는 정사를 보고 저녁이면 하늘로 올라가니 세상에서 그를 천왕랑이라 일컬었다.[30]

이는 이규보가 〈동명왕편〉을 저술하면서 《구삼국사》에서 인용한 자료이므로, 《삼국사기》나 《삼국유사》보다 먼저 문자로 정착된 해모수 신화의 이본이라고 할 수 있다.

이 자료는 "천제의 아들 해모수라고 자칭하는 사람이 와서 도읍하였다."[31]라고만 한 [자료 2]보다 그 내용이 한층 더 자세하다. 이렇게 부연된 신화가 《삼국사기》 이전에 존재했다는 사실은 이 책이 저술될 때까지 더욱 자세한 내용의 해모수 이야기가 전승되고 있었음을 말해 주는 것이어서 중요한 의미를 가진다.

그런데 이것과는 다소 다른 내용의 이야기가 《삼국유사》에 전하고 있으므로, 그 내용도 아울러 소개한다.

[자료 4]

《고기古記》에 이르기를, "전한前漢 효선제孝宣帝[32] 신작神爵 3년 임술壬戌

---

30   이 책 제1장 〈고조선의 왕권신화〉의 각주 47 참조.

31   김부식, 앞의 책, 145쪽.
"自稱天帝 子解慕漱 來都焉."

32   원문에는 "前漢書宣帝"로 되어 있으나, 여기에 들어간 '서書'는 '효孝'의 잘못

4월 8일 천제가 다섯 마리 용이 끄는 수레를 타고 흘승골성訖升骨城(대요大遼 의주醫州 지역에 있다.)에 내려와서 도읍을 정하고 왕으로 일컬으며 나라 이름을 북부여라 하고 자칭 이름을 해모수라고 하였다. 아들을 낳아 이름을 부루扶婁라 하고 '해解'로써 성을 삼았다. 그 뒤 왕은 상제의 명령에 따라 동부여로 옮기게 되고, 동명제東明帝가 북부여를 이어 일어나 졸본주卒本州에 도읍을 세우고 졸본부여가 되었으니 곧 고구려의 시조이다."라고 하였다.**33**

이 자료는 [자료 3]보다 1세기 정도 뒤에 기록되었는데, 여기에서는 해모수가 세운 나라를 북부여라고 했다. 이렇게 부여를 동부여와 북부여로 구분한 《삼국유사》의 자료는 《구삼국사》의 내용과는 얼마간 다른 데가 있어 주목을 끈다. 우선 후자에서는 천제의 태자가 강림한 것으로 되어 있는데, 이와 달리 전자에서는 천제가 직접 강림한 것으로 되어 있다. 이것은 《구삼국사》와 다른 계통의 해모수 신화가 당시까지 전하고 있었다는 것을 말해 준다. 실제로 위 자료는 해모수의 아들이 '해부루'로 되어 있고**34** 천제의 손자뻘인 그가 동부여로 옮겼으며, 주몽은 북부

된 표기라고 한다.
이범교 역해,《삼국유사의 종합적 해석》上, 서울: 민족사, 2005, 140쪽.

33   최남선 편, 앞의 책, 39쪽.
"古記云 前漢書宣帝神爵 三年壬戌四月八日 天帝降於訖升骨城在大遼醫州界. 乘五龍車 立都稱王 國號北扶餘 自稱名解慕漱 生子名扶婁 以解爲氏焉. 王後因上帝之命 移都於東扶餘. 東明帝繼北扶餘而興 立都於卒本州 爲卒本扶餘卽高句麗之始祖."

34   《삼국유사》고구려 조에는 부루의 출자에 대한 또 다른 이설이 실려 있다. "'《단군기檀君記》에는 단군과 서하西河 하백河伯의 딸이 친하여 아들을 낳아 부루라 했다.'고 하였다. 지금 위의 기록[[자료 4]를 가리킨다-인용자 주]을 살펴보면 '해

78   제2장 부여의 왕권신화

여의 졸본주에서 나라를 세웠다고 하였다.

이처럼 다른 내용의 전승들이 존재했다는 것을 어떻게 받아들여야 할까? 여기에서 [자료 4]의 전거가 된 것은 《고기》이고 [자료 3]은 《구삼국사》라는 데 눈을 돌린다면, 이들 두 자료의 성격을 어느 정도 가늠할 수 있을지도 모른다. 즉 두 개의 다른 전승들이 기록된 책으로 《고기》와 《구삼국사》가 있었으며, 해모수 신화의 내용도 이들 전거에 따라 약간의 차이가 있었다고 할 수 있다는 것이다.

이와 같이 그 내용이 다른 부분이 있는 것은 사실이지만, 북부여의 왕권신화가 해모수의 출자를 하늘이라고 했던 것은 명백한 사실이다. 이렇게 하늘의 세계에서 내려온 존재나 그의 자손이 나라를 세웠다고 하는 전승으로는 널리 알려진 단군 신화가 있다.

이렇게 해모수 신화나 단군 신화와 같이 왕권이 하늘에서 유래되었다고 하는 신화적 사유는 북방 유목민의 문화와 밀접한 관련이 있다고 여겨진다.[35] 이것은 프랑스의 알타이학자 루 Jean-Paul Roux, 1925~2009의 연구에서 해명되었다. 그는 오르콘강 Orkhon 변의 비문碑文들을 자료로 하여 고대 돌궐의 왕권이 지니는 특징을 세 가지로 요약하였다. 곧 왕은 하늘에서 온 자이기

모수가 하백의 딸과 정을 통한 후 주몽을 낳았다.'고 했다. 《단군기》에는 '아들을 낳아 부루다.'라고 했으니 부루와 주몽은 배다른 형제다.'라는 내용이 있다[최남선 편, 앞의 책, 40쪽]. 이로 미루어 볼 때, 당시 여러 개의 해부루 신화가 전승되고 있었으며 일연이 이를 체계화하여 정리하려고 했음을 확인할 수 있다.

35 　江上波夫, 《騎馬民族國家》, 東京: 中央公論社, 1967, 25~151쪽.

때문에 하늘로부터 명령을 받아 하늘의 의지를 집행하고, 또 우주의 질서를 유지하는 직무를 가지고 있으며, 사회생활에서도 불가결한 존재였다는 것이다. 그는 이러한 돌궐의 왕권 관념이 그 뒤 몽골의 《원조비사元朝秘史》 등에 나오는 왕권 관념과 연결된다고 보았다.**36** 그러므로 한국의 고대 국가인 고조선과 북부여의 왕권도 이러한 돌궐의 왕권 관념이 전래된 것이거나, 아니면 그 영향을 받았을 가능성이 높다고 보아도 크게 틀리지 않을 것 같다.**37**

따라서 해부루로부터 그들의 삶의 터전을 물려받아 북부여라는 나라를 세운 해모수 집단은 하늘의 원리를 신봉하는 세계관과 돌궐 계통으로부터 연원된 왕권 개념의 유목 문화를 가졌다고 할 수 있다. 실제로 부여의 옛 경역이었던 시펑현西豊縣의 서차구 유적西岔溝遺蹟, 둥랴오현東遼縣의 채람 유적彩嵐遺蹟이나 위수楡樹의 노하심老河深 덧널무덤 유적 등에서는 유목민이 주로 쓴 철제무기와 마구, 동제 비마 패식銅製飛馬佩飾과 두 귀 달린 동제 도끼〔雙耳銅斧〕, 청동제 솥〔銅鍑〕 등이 나오고 있어**38** 이런 추정이 사실임을 증명해 준다. 유목 문화를 가지고 있던 이들이 선주

36　大林太良, 《神話の系譜》, 東京: 靑土社, 1986, 189쪽.

37　가락국의 수로왕 신화와 신라의 혁거세 신화에서 건국주가 하늘의 원리와 밀접한 관련을 보이고 있는 것도 유목 문화의 산물일 가능성이 짙다. 김화경, 〈수로왕 신화의 연구〉, 《진단학보》 67, 서울: 진단학회, 1989, 137~141쪽; 이종호, 〈북방 기마민족의 가야·신라로 동천에 관한 연구〉, 《백산학보》 70, 서울: 백산학회, 2004, 122~132쪽.

38　송호정, 앞의 책, 131쪽.

하던 집단을 물리치고 새로운 국가를 건국했다는 것은 세계관과 문화적인 대립에서 승리했다는 것을 의미한다고 하겠다.

2-5 동명의 천기감응신화

중국에 전하는 부여의 왕권신화가 이제까지 살펴본 국내의 자료들과 그 내용이 다르다는 것은 이미 앞에서 지적한 바 있다. 중국에서 이러한 부여의 동명 신화로 제일 먼저 문자로 정착된 것은《논형》권2 길험편이다.

[자료 5]

북이족北夷族인 탁리국橐離國 왕의 시비가 임신을 하자, 왕이 그 시비를 죽이려고 하였다. [그러자] 시비가 "계란만 한 크기의 기운이 있어 하늘로부터 나에게 내려온 까닭에 임신하게 되었습니다."라고 대답했다. 나중에 아이를 낳아 돼지우리에 버렸으나, 돼지가 입으로 숨을 불어넣어 주어 죽지 않았다. 다시 마구간으로 옮겨 놓고 말에 밟혀 죽도록 하였지만, 말들 역시 입으로 숨을 불어넣어 주어 죽지 않았다. 왕은 아마 천제의 자식일 것이라고 생각하여 그의 어머니에게 노비로 거두어 기르게 하였고, 동명東明이라 부르며 소나 말을 치게 하였다.

동명의 활 솜씨가 뛰어나자, 왕은 그에게 나라를 빼앗길 것이 두려워 그를 죽이려고 했다. 동명이 남쪽으로 도망가다가 엄사수掩㴲水에 이르러 활로 물을 치니 물고기와 자라가 떠올라 다리를 만들어 주었고, 동명이 건너가자 물고기와 자라가 흩어져 추적하던 병사들은 건널 수 없었다.

그는 부여에 도읍하여 왕이 되었다. 이것이 북이北夷에 부여국이 생기게 된 유래이다.[39]

이 신화를 기록한 왕충은 1세기 무렵의 실존 인물이다. 그러므로 위의 자료를 통해 1세기경 이미 부여라는 나라가 존재했고, 그 나라의 왕권신화가 중국까지 알려졌었다는 사실을 확인할 수 있다. 이렇게 일찍부터 중국에 전해져 문헌에 정착된 부여의 동명 신화는 그 뒤에도 얼마간의 변화를 거치면서 사서에 계속 기록되었다.**40**

위의 자료에 나오는 '북이'는 맥족貊族을 가리키므로 "북이 탁리국은 맥족의 나라 탁리국을 의미"**41**한다. 따라서 [자료 5]를 탁리국의 맥족이 처음에 살고 있던 곳에서 남쪽으로 내려와 세운 나라가 부여라고 본 국사학계의 주장**42**은 합당하다고 보아도 좋을 것 같다.

이렇게 남하하여 북부여를 세웠던 집단은 밑줄 친 곳에서 보는 바와 같이 하늘에서 내려온 기운에 감응하여 동명이라는

39　王充, 蔡鎭楚 注譯, 《新譯 論衡讀本》, 臺北: 三民書局, 2009, 103~104쪽.
"北夷橐離國王侍婢有娠. 王欲殺之. 婢對曰 有氣大如鷄子 從天而下我 故有娠. 後産子. 捐於豬溷中 豬以口氣噓之 不死. 復徙置馬欄中 欲使馬藉殺之, 馬復以口氣噓之 不死. 王疑以爲天子 令其母 收取奴畜之 名東明. 令牧牛馬 東明善射. 王恐奪其國也. 欲殺之. 東明走南 至掩淲水 以弓擊水 魚鼈浮爲橋 東明得渡 魚鼈解散追兵不得渡. 因都王夫餘. 故北夷有夫餘國焉."

40　그 뒤의 사서에서 일어난 변화는 나라의 이름이라고 할 수 있다. 3세기에 진수가 지은 《삼국지》 위지 동이전 부여 조에 남아 있는 어환魚豢의 《위략》에 인용된 동명 신화에는 '고리국槀離國'으로 되어 있고, 4세기에 저술된 《수신기搜神記》에는 '탁리국橐離國'으로 되어 있으며, 5세기에 편찬된 《후한서》에는 '색리국索離國'으로 되어 있다[이복규, 앞의 책, 86~88쪽]. 이와 같은 나라 이름의 변화는 전사傳寫에서 파생된 문제일 가능성이 짙다.

41　사회과학원 력사연구소 편, 앞의 책, 117쪽.

42　송호정, 앞의 책, 46쪽.

존재가 태어났다는 천기감응신화를 가지고 있었다. 이러한 천기감응의 동명 신화는 앞에서 살펴본 해모수 신화나 단군 신화와 마찬가지로 하늘의 원리를 신봉하는 유목 문화의 산물이라는 점[43]에는 변함이 없을지도 모른다.

여태까지 한국 학계는 이런 천기감응 모티프를 가진 전승을 일광감응신화의 한 유형으로 보아 왔지만, 천기감응과 일광감응 모티프는 그 성격을 달리하므로 변별하는 것이 온당하다고 생각된다. 그래서 일광감응신화의 대표적인 예에 속하는 주몽의 탄생담을 훑어보기로 한다.

[자료 6]

옛날에 시조 추모왕鄒牟王이 기틀을 열었다. 북부여에서 출자하였다. 천제天帝의 아들이고, 어머니는 하백河伯의 여랑女郞이다. 알을 깨고 나왔다. 나면서 성스러웠다. □□□□□ 명령하여 수레를 타고 남하하였다. 도중에 부여의 엄리대수奄利大水를 만났다. 왕이 나루에 이르러 말하기를, 나는 "황천皇天의 아들이요, 어머니는 하백의 딸인 추모왕이다. 나를 위하여 갈대를 이어 주고, 거북은 물 위에 뜨라."고 하니, 소리에 응하여 곧 갈대가 이어지고 거북이 물에 떴다. 그런 뒤에 물을 건넜다. 비류곡沸流穀의 홀본서성산忽本西城山 위에 도읍을 세웠다. 인간세상의 왕위에 있는 것을 즐겨하지 않았으므로, 하늘이 황룡黃龍을 내려보내어 왕을 맞이하게 하였다. 왕이 홀본 동쪽 언덕에 있는데 황룡이 업고 하늘로 올라갔다.[44]

---

43 江上波夫, 앞의 책, 179~180쪽.

44 문정창,《광개토대왕 훈적비문론》, 서울: 백문당, 1977, 47쪽.
"惟昔始祖鄒牟王之創基也. 出自北夫餘 天帝之子, 母河伯之娘, 剖卵降出. 生子有聖. □□□□□命駕巡車南下路由夫餘奄利大水. 王臨津言曰 我是皇天之子河伯之娘鄒牟王 爲我連浮龜. 應聲即爲連浮龜. 然後造渡. 於沸流穀忽本西城山上 而

이것은 5세기 장수왕長壽王 때 세워진 광개토왕비문廣開土王碑 文의 첫머리에 나오는 주몽 신화이다. 그러므로 주몽 신화 가운데 제일 먼저 고구려 사람들이 기록한 자료라고 할 수 있다. 이 신화에서는 밑줄 그은 곳에서 보는 것처럼 "천제의 아들이고, 어머니는 하백의 여랑이다. 알을 깨고 나왔다."라고만 하였다. 이 비문으로는 그가 일광감응으로 탄생하였는지를 명확하게 알 수 없다.

중국에 전하는 주몽 신화에서는 그의 탄생이 한층 더 구체화되어 있으므로 아울러 소개하면 아래와 같다.

[자료 7]

고구려는 부여에서 갈라져 나왔는데, 스스로 말하기를 선조는 주몽이라 한다. ① 주몽의 어머니는 하백河伯의 딸로서, 부여 왕에게 [잡혀] 방에 갇혀 있던 중 햇빛이 비치는 것을 몸을 돌려 피하였으나 햇빛이 다시 따라와 비추었다. ② 얼마 뒤 잉태하여 알 하나를 낳았는데, 크기가 닷 되[升]들이만 하였다. ③ 부여 왕이 그 알을 개에게 주었으나 개가 먹지 않았고, 돼지에게 주었으나 돼지도 먹지 않았다. 길에다 버렸지만 소나 말들이 피해 다녔다. 뒤에 들판에 버려두었더니, 뭇 새가 깃털로 그 알을 감쌌다. 부여 왕은 그 알을 쪼개려고 하였으나 깨뜨릴 수 없게 되자, 결국 그 어머니에게 돌려주고 말았다. 그 어머니가 다른 물건으로 이 알을 싸서 따뜻한 곳에 두었더니, 사내아이 하나가 껍질을 깨뜨리고 나왔다. 그가 성장하여 자를 주몽이라 하니, 그 나라 속언俗言에 주몽이란 활을 잘 쏜다는 뜻이다.[45]

建都焉. 不樂世位 因遣黃龍 來下迎王. 王於忽本東罡 履龍負昇天."

45   魏收, 《魏書》, 서울: 경인문화사 영인본, 1976, 2213쪽.
　　"高句麗者 出於夫餘 自言先祖朱蒙. 朱蒙母河伯女 爲夫餘王閉於室中 爲日所照 引身避之 日影又逐 旣而有孕 生一卵 大如五升. 夫餘王棄之與犬 犬不食 棄之與

이 자료는 6세기에 위수가 지은 《위서》 열전列傳 고구려 조에 전하는 주몽 신화로, 중국에서 가장 먼저 기록된 것이다. 이 자료의 주몽은 ① 수신水神인 하백의 딸이 일광의 감응에 의해서 잉태하였고, ② 알[卵]의 형태로 태어났으며, ③ 그 알이 버려졌으나 천우신조로 살아남았다.

이와 같은 모티프들은 [자료 5]의 동명 신화에 나오는 그것들과는 분명하게 구별된다. 즉 동명 신화의 천우신조 모티프가 위의 자료와 유사한 것은 사실이지만, 탁리국 왕의 시비가 하늘에서 내려온 기운에 감응되어 잉태되었고 또 알에서 태어난 것이 아니라 사람의 형태[人態]로 태어났다고 되어 있어 이들 두 신화를 같은 계통의 자료로 보는 데는 문제가 있음을 확인할 수 있다.

실제로 부여와 고구려는 민족적으로도 구분되는 것 같다. 도리코에 겐사부로鳥越憲三郎의 연구에 따르면 부여족은 원래 헤이룽장黑龍江 상류 지역에 있던 몽골 계통의 유목 수렵민이었는데, 기원전 2세기 무렵에 중국의 동북 평야지대로 남하하면서 퉁구스계 종족을 정복하여 혼혈混血이 이루어진 주농반렵主農半獵의 민족으로 부여를 세웠고, 고구려는 기원전 1세기에 퉁구스계의 예족濊族이 세웠다.**46**

豕 豕又不食 棄之於路 牛馬避之. 後棄之野 衆鳥以毛茹之. 夫與王割剖之 不能破.
逐還其母 其母以物裹之 置於暖處 有一男破殼而出 及其長也. 字之曰朱蒙 其俗言
朱蒙者善射也."

46　　鳥越憲三郎, 《古代朝鮮と倭族》, 東京: 中央公論社, 1992, 20쪽.

따라서 한국의 고대 왕권신화에 나오는 천기감응신화와 일
광감응신화는 별개의 유형으로 보는 것이 지당하다는 가설을
제시하고자 한다. 한국의 고대 왕권신화들 가운데 또 다른 천
기감응신화가 존재한다는 사실은 이런 상정의 타당성을 뒷받
침해 줄 수 있으므로 그 자료를 소개하기로 한다.

[자료 8]

백제의 선대는 고려국高麗國에서 나왔다. 그 나라 왕의 한 시비가 갑자
기 임신을 하게 되어 왕은 그녀를 죽이려고 하였다. [그러자] 시비가 말하
기를, "하늘에서 달걀같이 생긴 물건이 나에게 내려와 닿으면서 임신이
되었습니다."라고 하자, 그냥 놓아주었다. 뒤에 드디어 사내아이 하나를
낳았는데, [죽으라고] 뒷간에 버렸으나 오래도록 죽지 않았다. [왕이] 신령
스럽게 여겨 기르도록 명하고, 이름을 동명東明이라고 하였다. 장성하자
고려 왕이 시기하므로, 동명은 두려워하여 도망가서 엄수淹水에 이르렀는
데, 부여 사람들이 모두 그를 받들었다. 동명의 후손에 구태仇台라는 자가
있어 매우 어질고 신의가 두터웠다. [그가] 대방帶方의 옛 땅에 처음 나라
를 세웠다. 한漢의 요동태수遼東太守 공손탁公孫度이 딸을 주어 아내로 삼게
하였다. 나라가 섬섬 번창하여 동이東夷 중에서 강국이 되었다. 당초에 백
가百家가 바다를 건너왔다고 해서 백제百濟라고 불렀다.**47**

이 자료는 7세기에 위징魏徵 등이 편찬한《수서隋書》동이열

47　魏徵 共纂,《隋書》, 서울: 경인문화사 영인본, 1976, 1817 - 1818쪽.
　　"百濟之先 出自高麗國. 其王有一侍婢 忽懷孕 王欲殺之. 婢云 有物狀如鷄子 來感
　　於我 故有娠也. 王捨之. 後遂生一男 棄之廁溷 久而不死 以爲神 命養之 名曰東
　　明. 及長 高麗王忌之 東明懼 逃至淹水 夫餘人共奉之. 東明之後 有仇台者 篤於仁
　　信 始立其國於帶方故地. 漢遼東太守公孫度以女妻之 漸以昌盛 爲東夷強國. 初以
　　百家濟海 因號百濟."

전 백제 조에 실려 있는 백제의 왕권신화인데, [자료 5]와 밀접한 관련을 가진다. 곧 밑줄을 그은 곳에서 보는 것처럼 하늘에서 내려온 달걀같이 생긴 기운, 즉 천기에 의해 잉태를 하여 태어난 것이 동명이었다. 여기까지는 [자료 5]와 거의 같은 내용으로 되어 있지만, 그 뒤에 동명의 후손인 구태란 자가 대방의 옛터에 백제를 세웠다는 내용이 첨가되어 있다. 이러한 차이는 위의 백제 왕권신화가 [자료 5] 부여의 동명 신화와 같은 계통의 자료라는 사실을 말해 주는 것이어서 이목을 끈다.**48**

이렇게 본다면 한국의 고대 왕권신화들 가운데 천기감응으로 태어난 존재가 나라를 세우고 왕권을 장악하는 모티프를 가진 일군의 신화들이 존재한다는 사실을 확인할 수 있다. 더욱이 이들 신화는 부여에서 백제로 이어지고 있다. 이것은 백제의 지배 계층 문화가 고구려보다 부여에 더 가깝다는 사실을 드러내는 것이 아닐까? 이런 의미에서 이 문제는 앞으로 더욱 철저한 연구가 필요하다고 하겠다.

2-6 부여 왕권신화 연구의 의의

이제까지 부여의 왕권신화로 전하는 네 유형의 신화를 고찰하면서 얻은 성과를 요약하면 다음과 같다.

---

48 필자는 이들 두 신화를 같은 계통의 자료로 보았다.
김화경, 〈백제 건국신화의 연구〉,《한민족어문학》60, 대구: 한민족어문학회, 2012, 16~17쪽 참조.

먼저 동부여를 세운 해부루 집단의 금와 탄생담은 대지에서 인간이 나왔다는 출현신화에 속한다. 이러한 신화는 흔히 원시 농경민들이 밭곡식을 재배하는 농경 문화와 관련이 있다. 하지만 부여는 논농사에 적합한 평야지대에 위치하고 있었으므로, 벼를 재배하던 농경 문화로 경제 형태가 변했으나 대지를 신봉하는 세계관에는 변함이 없었던 것으로 상정하였다.

해부루 집단이 뒤에 들어온 해모수 집단에게 삶의 터전을 물려주고 이주하는 국가양도신화는 이들이 세계관과 문화적인 대립에서 패하였다는 것을 의미한다. 그러나 그들이 옮겨간 지방이 논농사에 더욱 적합한 땅이었으므로, 새로운 경작지를 찾아서 이동한 것이라고 해석하였다.

해부루 집단을 몰아내고 북부여를 세운 해모수는 '천제의 태자'라는 전승과 '천제'라는 전승이 동시에 전한다. 이러한 신화적 사유는 하늘의 원리를 신봉하는 유목 문화에서 비롯한다. 해모수나 단군 신화 같은 천강신화의 왕은 '하늘에서 온 자가 하늘의 명령을 집행하여 우주의 질서를 유지한다'는 돌궐의 왕권 개념이 전래된 것이거나 그 영향을 받았을 것으로 추정된다.

마지막 동명 신화는 하늘의 기운으로 잉태되어 태어난 천기감응신화다. 한국에서는 지금까지 이를 일광감응신화로 보았으나, 필자는 그 유형에 속하는 고구려 주몽 신화와 동명 신화는 명확히 구별된다고 보았다. 또한 동명 신화와 마찬가지로 중국에 전하는 백제의 왕권신화도 천기감응과 인태 모티프로 이루어져 있어, 한국의 고대 국가 왕권신화에 이 유형의 자료가 한 무리를 이루고 있음을 확인하였다.

이 같은 연구 결과, 동부여를 세운 해부루 집단과 북부여를 세운 해모수 집단은 세계관과 문화적 성격이 달랐고, 이들 사이의 대립에서 후자가 승리를 거두어 왕권을 인수했음을 말해 주는 것이 부여의 왕권신화였다는 사실을 해명할 수 있었다.

또 중국에 전하는 부여의 동명 신화와 백제 왕권신화가 공통점을 가진다는 것을 구명한 것도 하나의 성과라 할 수 있다. 이를 중심으로 본다면 백제의 지배 계층 문화는 고구려보다 부여에 더 가까울 수도 있다. 이 문제에 대해서는 앞으로 더욱 천착된 연구가 필요하다는 점을 덧붙여 둔다.

3-1 고구려의 왕권과 신화

고구려를 세운 고구려족은 기원 훨씬 이전부터 역사 무대에 등장하여 중국 훈장渾江의 중류 지역인 졸본 일대에서 생활하였다고 알려져 있다.[1] 이렇게 일찍부터 국가의 형태를 갖추었던 고구려의 건국주는 고주몽이다. 주몽에 얽힌 왕권신화는 백제나 신라의 것보다 내용이 풍부하고 구성이 자못 복잡하다. 그뿐만 아니라 고구려 사람들이 직접 남긴 자료도 전하고 있어, 고구려의 건국 과정을 밝히는 데 매우 중요한 역할을 한다.[2]

이처럼 고구려 사람들에 의해 기술된 주몽 신화로는 5세기

1 사회과학원 력사연구소 편, 《조선전사》 3(고구려사), 평양: 과학백과사전출판사, 1979, 22쪽.

2 여호규, 〈고구려의 성립과 발전〉, 《한국사》 5(삼국의 정치와 사회 1-고구려), 서울: 국사편찬위원회, 1996, 13쪽.

에 세워진 광개토왕비의 모두冒頭에 실린 이야기와, 거의 같은 시기의 것으로 추정되는 모두루묘지牟頭婁墓誌에 기록된 모두루 조상 이야기가 있다. 이보다 조금 뒤에 기록된 중국의 위수가 편찬한《위서》열전 고구려 조의 주몽 신화도 있다. 또 국내의 자료로는 이규보의 〈동명왕편〉에 일문으로 전하는《구삼국사》 소재 주몽 신화와 김부식의《삼국사기》고구려본기 및 일연의 《삼국유사》기이편에 전하는 자료 등도 남아 있다.

그런데 주몽의 시호가 동명성왕이었다. 그 때문에 중국의 문헌에 전하는 부여의 동명 신화를 주몽 신화와 같은 것으로 보려는 연구들까지 등장하기도 했다. 그러다 보니 주몽 신화는 의외로 많은 이본들이 존재하는 것으로 알려지게 되었다. 그래서 다른 고대 국가의 왕권신화들과는 달리, 그 계보화나 형성 과정에 관한 연구**3**를 비롯하여 역사적인 연구,**4** 고고학적인 연구,**5** 의례적인 연구,**6** 문학적인 연구,**7** 그리고 주변 민족 신화들

3   김연호, 〈주몽이야기의 사적 전개와 그 의미〉, 서울: 고려대학교 대학원 국어국문학과 석사학위논문, 1983, 12~32쪽.

4   주몽 신화를 부여의 동명 신화와 연관시켜 논의한 연구로는 이병도와 이기동이 있다. 손영종은 고구려 건국신화로 논의하였다.
이병도,《한국 고대사 연구》, 서울: 박영사, 1976, 216~218쪽; 이기동,《한국사 강좌》고대편, 서울: 일조각, 1982, 75~77쪽; 손영종,《고구려사》, 평양: 과학백과사전종합출판사, 1990, 28~66쪽 참조.

5   이은창, 〈고구려신화의 고고학적 연구〉,《한국전통문화연구》1, 경산: 효성여자대학교 한국전통문화연구소(현 대구가톨릭대학교 인문과학연구소), 1985, 99~171쪽.

6   三品彰英,《古代祭政と穀靈信仰》, 東京: 平凡社, 1973, 141~230쪽.

7   조동일, 〈영웅의 일생, 그 문학사적 전개〉,《동아문화》10, 서울: 서울대학교 동아문화연구소, 1971, 164~214쪽; 김열규,《한국민속과 문학연구》, 서울:

과의 비교 연구8 등 다양한 분야에 걸쳐 고찰이 이루어졌다. 그리하여 상당한 양의 업적들이 축적되었고, 마침내는 연구 성과에 대해서까지 검토되기에 이르렀다.9

그러나 고구려의 왕권신화로 주몽 이야기만 전하는 것은 아니다. 그 밖에도 주몽의 어머니인 유화에 얽힌 이야기, 그리고 유리명왕瑠璃明王과 대무신왕大武神王에 연루된 이야기들도 존재한다는 것을 상기하지 않으면 안 된다. 유리명왕과 대무신왕에 관련된 이야기들은《삼국사기》의 특성상 편년체로 편입되어 기록되었으므로, 어떤 것이 신화적 성격을 가지는 것인지를 따지는 것은 그렇게 쉬운 일이 아니다. 그렇지만 고구려 왕권신화가 지니는 특성을 파악하려면 이들 자료까지 아울러 연구되어야 하지 않을까 싶다. 다시 말해 유리명왕과 대무신왕의 신화적인 이야기까지 함께 고찰해야 고구려 왕권신화의 실상을 제대로 파악할 수 있다는 것이다. 그래서 이 장에서는 이들 신화도 아울러 살피기로 한다.

3-2 주몽의 태양출자신화

먼저《삼국사기》고구려본기 시조 동명성왕 조에 전하는 주

일조각, 1975, 59~62쪽.

8   大林太良,〈古代日本·朝鮮の最初の三王の構造〉, 吉田敦彦 編著,《比較神話學の現在》, 東京: 朝日新聞社, 1975, 45~89쪽.

9   이복규,〈고구려건국신화 연구성과 검토〉,《고구려발해연구》1, 서울: 고구려발해학회, 1995, 81~102쪽.

몽에 연루된 신화의 내용은 다음과 같다.

[자료 1]

이때[금와가 왕이 되었을 때를 가리킨다–인용자 주] [금와가] 태백산의 남쪽 우발수優渤水에서 한 여자를 만나 [그 사정을] 물어보았다. [그랬더니] 그녀가 "나는 하백의 딸로 유화라고 합니다. 여러 동생들과 더불어 나와 놀고 있을 때, 한 남자가 있어 자칭 천제의 아들 해모수라고 하면서 나를 웅심산 밑의 압록강가에 있는 집 안으로 유인하여 동침을 하고 곧 가서는 [다시] 돌아오지 않았습니다. 나의 부모는 내가 중매도 없이 남자와 상관한 것을 꾸짖고 드디어 우발수에서 귀양살이를 하게 하였습니다."라고 대답하였다.

금와가 이상하게 생각하여 [그녀를 데리고 와서] 방 안에 가두었더니, ㉠ 그녀에게 햇빛이 비추었다. 그녀가 몸을 피하면 햇빛이 또 따라와 비추었다. ㉡ 이로 말미암아 태기가 있어 알 한 개를 낳았는데, 크기가 닷 되들이만 하였다. 왕이 그 알을 버려 개와 돼지에게 주었으나 모두 먹지 않았다. 다시 길 가운데에 버렸으나 소와 말이 피하며 밟지 않았다. 나중에는 들판에 버렸더니 새가 날개로 덮어 주었다.

왕이 그것을 쪼개려고 하였지만, 깨뜨릴 수가 없었기 때문에 마침내 그 어머니에게 돌려주었다. 그 어머니가 물건으로 싸서 따뜻한 곳에 두었더니 한 사내아이가 껍질을 깨고 나왔다.

그의 골격과 풍채가 영특하고 기이하였으며, 나이가 겨우 일곱 살인데도 보통 사람들보다 월등하게 달랐다. 스스로 활과 화살을 만들어 쏘았는데 백발백중이었다. 부여의 속담에 활을 잘 쏘는 것을 주몽이라고 하였으므로 이렇게 이름을 지었다고 한다.[10]

10　김부식,《삼국사기》, 서울: 성인문화사 영인본, 1982, 145~146쪽.
"於是時 得女子於太白山 南優渤水 問之曰 我是河伯之女 名柳花 與諸弟出遊 時有一男子 自言天帝子解慕漱 誘我於熊心山下 鴨淥邊室中私之 卽往不返 父母責我無媒而從人 遂謫居優渤水 金蛙異之 幽閉於室中 爲日所炤 引身避之 日影又逐而炤之 因而有孕 生一卵 大如五升許 王棄之與犬豕 皆不食 又棄之路中 牛馬避之 後棄之野 鳥覆翼之 王欲剖之 不能破 遂還其母 以物裹之 置於暖處 有一男兒 破

이 신화에서 일찍부터 주목을 받은 것은 ㉠의 일광감응과 ㉡의 난생 모티프였다. 미시나 아키히데三品彰英는 전자는 만몽滿蒙 계통 문화와 관련을 가지고,11 후자는 남방 해양 계통의 문화와 관련을 가진다는 견해를 밝힌 바 있다.12

이처럼 주몽 신화를 이분하려는 미시나의 저의는 일본 제국주의자들이 지향했던 분할통치分割統治, 곧 한국 민족의 응집된 역량을 분산시키고 지역·계층 사이 갈등과 대립을 조장하여 효율적으로 통치하려고 했던 식민지 지배 정책에 바탕을 둔 것이었을 가능성이 짙다. 다시 말해 그는 한국 문화의 형성 과정을 남북으로 구분함으로써 그 민족도 남북으로 양분하려고 했다는 것이다.

만약 미시나의 견해처럼 이 신화가 만몽 계통 문화와 남방 계통 문화가 복합된 성격을 띤다면, 고구려 건국에 관여했던 집단들이 가졌던 남방의 해양 문화적인 요소가 어디엔가 남아 있어야 마땅하다. 하지만 고구려의 발상지로 추정되는 압록강 중류 지역13 그 어디에서도 남방 해양 문화의 성격을 지닌 유물

殺而出 骨表英奇 年甫七歲 嶷然異常 自作弓矢射之 百發百中 扶餘俗語 善射爲朱蒙 故以名云."

11　三品彰英,《神話と文化史》, 東京: 平凡社, 1971, 501~511쪽.

12　위의 책, 378~379쪽.

13　여호규, 앞의 글, 15쪽.
"압록강 중류지역은 서북으로 요동지역, 동으로 동해안으로 통하는 교통로상의 중간 지점이다. 그리고 서남으로 황해, 남쪽으로 대동강·재령강 유역의 평야지대, 북쪽으로 송화강 유역의 대평원지대나 요하遼河 상류 방면의 초원지대로 통할 수 있다. 이러한 지리적 위치는 고구려의 발전에 유리한 조건으로 작용하였다."

이 발견되지 않고 있다.

그러므로 이와 같은 미시나의 가설은 하루 빨리 극복되지 않으면 안 된다. 그래서 먼저 주몽 신화에 등장하는 일광감응 모티프가 어떤 계통의 문화와 연관되느냐 하는 문제부터 고찰하려고 한다.

[자료 2]

태조 도무황제道武皇帝의 휘는 규珪이고 소성황제昭成皇帝의 적손이며 헌명황제獻明皇帝의 아들이다. 어머니는 헌명하황후獻明賀皇後라고 하였다. 처음에 이사를 하여 운택에서 놀다가 [집에 들어와] 이미 하던 일을 멈추고 잠자리에 들었는데, 해가 방 안을 지나가는 <u>꿈을 꾸고 깨어나 본즉 빛이 창으로부터 하늘에 닿아 있었고 갑자기 감응함이 있었다.</u> 건국 34년[371년] 7월 7일 참합파 북쪽에서 태조를 낳자 밤에 다시 광명이 있어, 소성황제가 크게 기뻐하였으며 군신들이 경사를 치하하였고 대사면이 있었다.**14**

이것은 위수의 《위서》권2 제기帝紀 2 태조 도무제太祖道武帝 조에 실려 있는 그의 탄생에 얽힌 이야기이다. 도무제 탁발규拓 拔珪는 4세기 말에서 5세기 초에 생존했던 북위北魏의 실존 인물이다. 그의 탄생신화는 밑줄 친 곳에서 보이는 것처럼 해가 방안을 지나가는 꿈을 꾸고 일어난 그의 어머니가 하늘에서 비치

---

14   魏收, 《魏書》, 서울: 경인문화사 영인본, 1976, 19쪽.
    "太祖道武皇帝 諱珪 昭成皇帝之嫡孫 獻明皇帝之子也 母曰獻明賀皇後 初因遷徙 遊於雲澤 旣而寢息 夢日出室內 寤而見光自牖屬天 欻然有感 以建國三十四年七月七日 生太祖於參合陂北 其夜復有光明 照成大悅 群臣稱慶 大赦."

는 햇빛에 감응되어 도무제를 잉태하였다고 되어 있다.

이 같은 신화를 가진 도무제가 세운 북위는 선비족鮮卑族의 나라였다. 선비족은 조선의 서북쪽인 몽골 지역에 거주하던 종족이었다.**15** 이 점을 고려한다면, 그들과 고구려의 관계는 상당히 밀접하였을 것으로 상정된다. 따라서 고구려의 주몽 신화에 등장하는 일광감응 모티프가 이 선비족의 도무제 탄생담과 같은 계통이라고 보아도 크게 잘못은 없을 듯하다. 다시 말해, 전자가 후자로부터 영향을 받은 것이라고 볼 수 있다.

이렇게 주몽 신화에 영향을 끼친 것으로 추정되는 위의 [자료 2]는 태몽과 일광감응이 복합된 형태를 보여 주고 있다. 이와 같은 신화가 북위를 건국한 도무제 탁발규에 연루되어 전한다는 사실은 이 일대에 태양을 숭배하는 습속이 있었다는 것을 반영하는 것이 아닐까 한다. 7세기에 당나라 이연수李延壽에 의해서 편찬된 《북사北史》 돌궐突厥·철륵전鐵勒傳에 실린 아래와 같은 돌궐 왕의 즉위 의례에 관한 기록을 함께 소개한다.

[자료 3]

임금이 처음 즉위할 때는 가까운 시종과 중신 등이 [그를] 담요[氈]로 [싸서] 수레에 태우고 해가 움직이는 방향을 따라 아홉 바퀴를 돌린다. 한 번 돌 때마다 신하들이 모두 절했으며, 절을 마치면 [임금을] 도와 말에 타

15　陳壽, 《三國志》, 서울: 경인문화사 영인본, 1975, 836쪽.
　　"鮮卑亦 東胡之餘也. 別保鮮卑山 因號焉. 其言語習俗烏丸同. 其地東接遼水 西當西城."

도록 하였다. 그런 다음 비단 끈으로 그의 목을 조여 겨우 숨이 끊어지지 않을 지경에 이르게 하였다. 그런 뒤에 [그것을] 풀어 주면서 급히 그에게 묻기를, "당신은 몇 년이나 가한可汗이 될 수 있습니까?"라고 하였다. 임금은 이미 정신이 혼미하여 [재위 연수의] 많고 적음을 제대로 생각할 수 없었다. 신하들은 [그가] 말하는 것에 따라 재위 기간의 많고 적음을 따졌다.16

이 의례에서는 왕이 되려고 하는 자를 담요로 싸서 해를 따라 아홉 바퀴를 돌린 다음, 그의 목을 조여 겨우 숨이 끊어지지 않을 정도로 만든다. 이런 절차는 왕으로 즉위하는 자가 이 세상에 태어나 세속적인 삶을 살았으므로, 의례적인 죽음을 거쳐 신성왕神聖王으로 다시 태어나는 과정을 반영하는 것이다.17

여기에서 해를 따라 아홉 바퀴를 돌리는 것은 "그를 새로 태양의 아들로 다시 태어나게 하는 것"18을 나타낸다. 이와 같은 견해를 받아들인다면, 같은 책에 나오는 다음과 같은 기술도 동일한 맥락에서 해석할 수 있다.

비록 옮겨 다녀 정해져 있지는 않았지만 [각자가] 나누어 갖고 있는 땅

16　李延壽,《北史》, 서울: 경인문화사 영인본, 1977, 3287쪽.
"其主初立 近侍重臣等興之以氈 隨日轉九回. 每回臣下皆拜 拜訖乃扶乘馬 以帛絞 其頸 使纔不之絶 然後釋而急問之曰 你能作幾年可汗 其主既神情督亂 不能詳定 多少 臣下等隨其所言以驗修短之數."

17　호카트Arthur M. Hocart는 즉위 의례의 이런 과정이 ① 죽어서 ② 다시 태어나는데 ③ 신으로 다시 태어나는 것을 반영한다고 보았다.
A. M. Hocart, *Kingship*, London: Humphrey Milford for Oxford University Press, 1927, p.70.

18　三品彰英, 앞의 책, 517쪽.

〔地分〕이 있었으며, 가한이 늘 어도근산於都斤山(외튀켄산Ötüken山)에 머물렀고 장막牙帳[의 문]을 동쪽으로 열어둔 것은 아마 해가 떠오르는 방향을 숭상했기 때문일 것이다.19

이것은 왕이 해의 아들이라는 사실을 거듭 확인하면서 살아가는 모습을 나타낸다고 보아도 무리는 없을 것이다. 이렇게 볼 때, 주몽이 햇빛의 감응에 의해서 탄생되었다고 하는 그의 탄생신화는 태양 숭배 사상을 바탕으로 했음이 분명하다고 할 수 있다.

3-3 주몽의 난생신화

그런데 주몽 신화에 일광감응 이외에 난생 모티프도 함께 들어 있다. 미시나 아키히데는 한국 신화의 난생 모티프에 대해서도 치밀하게 연구했다. 그는 52개의 예화例話를 하강형下降型과 조란형鳥卵型, 화생형化生型, 인태적 출산형人態的出産型의 네 유형으로 구분한 다음, 위의 자료가 속하는 인태적 출산형 난생신화에 관해 아래와 같은 견해를 제시하였다.

인태적 출산형의 난생신화는 인도네시아를 중심으로 하는 해양 방면과 중국 대륙과의 접촉 경역境域에서 발견된다는 분포적 특징과, 한편으로

---

19 李延壽, 앞의 책, 3288쪽.
    "移徙無常 而各有地分. 可汗恒處於都斤山 牙帳東開 蓋敬日之所出也."

는 이것이 적지 않게 진보된 신화적 관념을 지닌 채 이야기된다는 내용적 특징의 두 가지가 강하降下 · 조란鳥卵 · 화생化生의 세 유형들과 아주 다르다. 부족의 선조가 알에서 태어났다는 신화가 중국 대륙 내부에는 하나도 없고 위와 같은 분포적 특징을 가지고 있음을 내용적인 특징과 함께 보면, 이 유형에 속하는 신화의 요소와 구상構想이 인도네시아계와 대륙계의 접촉 · 결합으로 이루어졌음을 예견할 수 있다. 원칙적으로 [이것은] 인도네시아적인 요소이다. 그 속에 진보된 형태의 이야기가 담겨 있는 것 또한 인도네시아적 요소 자체가 발전된 모습이라고 생각된다. 그리고 별개의 새로운 요소가 첨가되어 있다고 한다면, 그 부분에 관해서는 대륙계의 영향으로 말미암은 결과라고 생각해도 크게 잘못은 없을 것이다.[20]

이러한 그의 견해는 어떠한 검증도 거치지 않은 채 한국의 신화 연구에 그대로 수용되어 왔다. 그리하여 난생신화라고 하면 으레 남방 문화적인 요소라는 인식이 일반화되기에 이르렀다.

직접적으로는 이 견해를 받아들이지 않는 듯한 논고들도 한국의 난생신화를 중국의 서언왕 신화徐偃王神話와 대비시켜 그 영향 관계를 논의하는 수준에 머물고 있다.[21] 하지만 이 또한 미시나 연구의 아류에 지나지 않는다는 것을 지적하지 않을 수 없다. 나경수가 대륙계라고 주장하면서 제시한 자료가 바로 이 서언왕 신화였기 때문이다.

만일 미시나 아키히데가 주장한 한국 난생신화의 남방 기원설이 사실이라면, 한민족의 역사가 전개되었던 경역에 이 모티

---

20 三品彰英, 앞의 책, 369~370쪽.

21 나경수, 〈탈해신화와 서언왕신화의 비교연구〉, 《한국민속학》 27, 서울: 한국민속학회, 1995, 133~160쪽.

프를 가지고 들어온 집단의 문화적 성격과 그 역할도 반드시 구명되어야만 한다. 두루 알다시피 한국에서는 난생신화가 지배층의 시조신화始祖神話로 정착되었다. 지배 계층으로 군림한 집단은 피지배 계층에 비해 상대적으로 높은 수준의 문화를 향유했을 것이다. 이런 점을 고려한다면, 그들의 문화적 족적이 어디엔가 남아 있어야 마땅하다. 그러나 몇 개의 민속 현상22들을 제외하고는 아직까지 남방 문화적인 요소라고 할 수 있는 명백한 증거 자료들이 나타나지 않고 있다는 것은 무엇을 말하는가? 이것은 한국의 난생신화가 결코 남방 해양 문화의 유산이 아니란 것을 입증하는 것이 아닐까 한다.

그렇다면 한국 왕권 신화 속의 난생 모티프들은 어디로부터 들어온 것일까? 이런 의문을 해결하기 이전에 우선 난생 모티프가 어떤 신화적 사유를 반영하는 것인가 하는 문제부터 생각해 보는 것이 좋을 것 같다. 이 모티프는 "고대인의 우주 또는 만물의 형상의 근원을 찾으려는 사색에서 기인한, 이른바 세계적인 신화 관념의 하나인 '우주란宇宙卵, cosmic egg'에서 그 뿌리를 찾을 수 있다. 즉 천지의 기원 역시 만물의 모태인 우주란에 그 기원을 두고 있다."23

이러한 "우주란 신화는 구대륙의 고문화高文化 지역에 분포

22　남방 문화적인 요소로 지적되는 것으로 '줄다리기'라든가 '금줄', '동신제' 등이 있다.
　　천관우 편,《한국 상고사의 쟁점》, 서울: 일조각, 1975, 146~150쪽.
23　서유원,《중국 창세 신화》, 서울: 아세아문화사, 1998, 75~76쪽.

하고, 또 아메리카 대륙에서도 남미 콜롬비아의 고문화 지역에 분포되어 있다."[24] 구대륙 고문화 지역의 하나인 중국에 전하는 우주란 신화를 살펴보자.

[자료 4]

하늘은 처음 달걀과 같이 생겼으며, 대지는 알 중의 노른자와 같았는데 홀로 외롭게 하늘 안에 자라고 있었다. 하늘은 커지고 대지는 작아졌다.[25]

이것은 7세기 무렵 당 태종의 명을 받들어 방현령 등이 편찬한 《진서》천문지天文志에 인용된 《혼천의주渾天儀注》의 이야기이다. 이 자료는 우리가 살고 있는 세상이 처음에는 달걀처럼 생긴 것에서 만들어졌다는 우주란 사상을 그대로 반영하고 있다.

이와 같은 우주란 신화의 대표적인 예가 바로 반고 신화盤古神話이다. 3세기 무렵 오吳나라의 서정徐整이 지은 《삼오력기三五歷記》에 수록된 이 신화는 그 내용이 비교적 완전한 형태를 유지하고 있다.

[자료 5]

천지가 혼돈混沌하여 그 형상은 마치 달걀과 같았는데 반고는 그 안에서 태어났다. 1만 3천 년 전 천지가 개벽할 때 맑고 가벼운 양기陽氣는 위

---

24   大林太良, 《神話學入門》, 東京 : 中央公論社, 1966, 81~82쪽.
25   서유원, 앞의 책, 78쪽.
      "天如鷄子 地如鷄中黃 孤居於天內 天大而地小."

로 올라가 하늘이 되었고, 탁하고 무거운 음기陰氣는 아래로 내려가 땅이 되었다. 반고는 그 안에 있었는데, 하루에도 수없이 변하였다. [그의] 지혜는 하늘을 앞질렀고, 능력은 땅을 압도했다. 하늘은 날마다 한 장丈씩 두꺼워졌으며, 반고는 날마다 한 장씩 성장하였다. 이렇게 1만 9천 년 동안 하늘은 끝없이 높아졌으며, 땅은 끝없이 깊어지게 되었고, 반고는 한없이 성장했다.**26**

그런데 이보다 약 1세기 먼저 편찬된 사마천司馬遷의 《사기史記》 은본기殷本紀에는 은殷(상商)**27**의 시조 설契의 탄생에 얽힌 아래와 같은 이야기가 기록되어 있어, 중국에서 일찍부터 난생 모티프의 이야기가 전하고 있었음을 알 수 있다.

[자료 6]

은의 설은 어머니를 간적簡狄이라고 한다. [간적은] 유융有娀 씨의 딸로서, 제곡帝嚳의 둘째 왕후[次妃]가 되었다. 세 사람이 목욕을 하러 갔다가 현조玄鳥가 알을 떨어뜨리는 것을 보았다. 간적이 그것을 가져와 삼키고 잉태하여 설을 낳았다. 설은 장성하여 우禹 임금의 치수를 돕는 공을 세웠다.**28**

---

26 앞의 책, 77쪽.
"天地混沌如鷄子 盤古生其中. 萬八千歲 天地開闢 陽淸爲天 陰濁爲地. 盤古在其中 一日九變 神於天 聖於地. 天日高一丈 地日厚一丈 盤古日長一丈. 如此萬八千歲 天數極高 地數極深 盤古極長."

27 상商, 기원전 1600~기원전 1046을 은殷이라고 부르기도 하나 은은 상 왕조의 마지막 수도일 뿐이며, 이는 상 왕조가 멸망한 뒤 주周에서 상의 주민들을 낮추어 부르던 것에서 비롯하였다고 한다. 이 책에서는 모두 '상(나라)'으로 칭하였다. "상商", 두피디아 두산백과사전, 〈http://www.doopedia.co.kr/doopedia/master/master.do?_method=view&MAS_IDX=101013000764741〉, (2019.2.19.) 참조.

28 司馬遷, 《史記》, 서울: 경인문화사 영인본, 1975, 91쪽.

이 자료는 알에서 인간이 직접 나왔다고 하지는 않았다. 하지만 현조玄鳥의 알을 먹고 잉태했다고 하는 일종의 감응신화 형태를 취하고 있다. 현조란 원래 상스러운 징조를 상징하는 제비과의 새이다. 그러므로 이처럼 새의 알을 먹고 잉태했다는 이 신화는 난생신화의 변형된 형태라고 보아도 무방하지 않을까 한다.

이렇게 이른 시기에 문자로 정착된 난생신화에 대하여 장광 직張光直은 "난생형의 시조신화는 고대 중국 동해안과 동북아시아 사람들 사이에 퍼져 있었다. 이런 사실은 '상 사람들이 동쪽으로부터 옮겨 왔다'는 많은 학자들이 신봉하는 학설을 뒷받침하는 것이 될 것이다."[29]라고 하였다. 이와 같은 견해를 받아들인다면, 고구려의 주몽 신화에 들어간 난생 모티프는 중국 상 문화와 관계가 있을 가능성이 높다.

3-4 송양의 왕권양도신화

이처럼 일광감응 및 난생 모티프를 지닌 주몽이라는 신화적 인물에 대한 서사는 부여의 왕권양도신화와 같은 구조, 곧 선주하고 있던 집단으로부터 왕권을 물려받았다는 구조로 되어

"殷契 母曰簡狄. 裕娀氏之女 爲帝嚳次妃. 三人行浴 見玄鳥墮其卵 簡狄取呑之 因孕生契. 契長而佐禹治水有功."

29　　K.-C. Chang(張光直), 伊藤淸司 共譯, 《中國古代社會》, 東京: 東方書店, 1994, 26쪽.

있어 관심을 불러일으킨다. 이렇게 왕권을 양보하는 또 다른 신화인 송양왕의 비류국 양도신화의 내용을 살펴보기로 한다.

[자료 7]

(1) 비류왕沸流王 송양이 사냥을 나왔다가 왕[동명왕-인용자 주]의 용모가 비상非常한 것을 보고 불러 같이 앉아서 말하기를 "바닷가에 치우쳐 있어서 아직 군자를 볼 수 없었는데, 오늘 만나니 어찌 다행한 일이 아니겠는가? 그대는 어떤 사람이며 어디에서 왔는가?"라고 하니, 왕이 "나는 천제의 손자로 서쪽 나라의 왕이다. 묻노니 그대는 누구의 후손이오?"라고 말했다.

(2) 송양이 말하기를 "나는 선인仙人의 후손인데 여러 대 왕 노릇을 하여 왔다. 지금 땅이 좁아서 두 왕이 나누어 가질 수도 없고 그대가 나라를 세운 지 얼마 되지 않았으니, 나의 속국이 되는 것이 어떤가?"라고 하였다. 왕이 말하기를 "나는 하늘을 이은 후손이지만 그대는 신의 후손이 아니면서 억지로 왕이라 부르니 만일 나에게 복종하지 않으면 하늘이 반드시 죽일 것이다."라고 했다.

(3) 송양은 왕이 여러 번 천제天帝의 자손이라고 칭하는 것을 듣고 속으로 의심을 품었다. 그래서 재주를 시험하려고 "왕과 함께 활을 쏘고 싶소이다."라고 말하면서 사슴 그림을 백 보 안에 놓고 쏘니, 화살이 사슴의 배꼽을 맞히지 못했다. 그런데도 오히려 도수倒手30같이 여겼다. 왕이 사람을 시켜 옥가락지를 백 보 밖에 놓게 하여 쏘니, 기와가 부서지는 듯했다. 이에 송양이 크게 놀랐다고 한다.

(4) 왕이 말하기를 "국가의 업을 새로 만들었기 때문에 아직 고각鼓角의 위의威儀가 없다. 비류의 사자가 왕래할 때 내가 왕의 예로써 맞고 보내

---

30   박두포樸斗抱는 '도수倒手'를 '금 안에 든 것을 이른다'고 하면서 이 문장을 "실지로 맞힌 것으로 여겼다."고 의역하였다.
이규보·이승휴, 박두포 역,《동명왕편·제왕운기》, 서울: 을유문화사, 1974, 71쪽.

지 못하여 나를 가볍게 여기는 것이다."라고 하니, 시종侍從하던 부분노扶芬奴가 나와 "신이 왕을 위하여 비류의 북을 가져오겠나이다."라고 말하였다. 왕은 "다른 나라에서 감추어 둔 물건을 네가 어떻게 가져온단 말인가?"라며 물으니, 부분노가 대답하기를 "이것은 하늘이 준 물건인데 무엇 때문에 가져오지 않겠습니까? 대왕께서 부여에서 고통을 겪으실 때, 대왕이 이곳에 이르리라 생각했겠습니까? 이제 대왕이 만 번이나 죽을 위기에서 몸을 빼 나와 요하遼河 왼편에서 이름을 드날리니 이것은 하늘이 명하여 하는 일입니다. 무슨 일을 이루지 못하겠습니까?" 하였다. 이에 부분노 등 3인이 비류에 가서 북을 훔쳐 왔다. 왕은 송양이 와서 볼까 두려워 고각에 어두운 칠을 해서 오래 된 것같이 해 놓았더니 송양이 감히 다투지 못하고 돌아갔다.

(5) 송양이 도읍을 정한 선후를 따져서 속국을 삼으려 하매, 왕이 썩은 나무로 궁실을 지어 천 년이나 묵은 것같이 하였다. 송양이 와서 보고 도읍을 정한 선후를 감히 따지지 못했다.

(6) 왕이 서쪽으로 순수巡狩하다가 흰 사슴을 잡아서 해원蟹原에 거꾸로 매달고 주呪하여 말하기를 "하늘이 비를 내려 비류왕의 도읍을 떠내려가게 하지 않으면 나는 너를 놓아주지 않을 것이니, 이 어려움을 면하려거든 네가 하늘에 호소하라."고 했다. 그 사슴이 슬피 우니, 소리가 하늘에 사무쳐 장맛비가 7일이나 내려 송양의 도읍을 떠내려보냈다. 왕이 갈대 밧줄로 강을 가로지르게 하고 오리말(鴨馬)을 타니 백성들이 모두 그 밧줄을 붙잡았다. 주몽이 채찍으로 물을 치니 물이 없어졌다.

(7) 6월에 송양이 나라를 들어 항복했다고 한다.[31]

---

31 앞의 책, 228~229쪽.
"沸流松讓出獵 見王容貌非常 引而與座曰 僻在海隅 未曾得見君子 今日邂逅 何其幸乎 君是何人 從何而至 王曰 寡人天帝之孫 西國之王也 敢問君王繼之後 讓曰 豫是仙人之後 累世爲王 今地方至小 不可分兩王 君造國日淺 爲我附庸可乎 王曰 寡人繼天之後 今主非神之胄 強號爲王 若不歸我 天必殛之 松讓以王累稱天孫 內自懷疑 欲試其才 乃曰 願與王射矣 以畵鹿置百步內射之 其矢不入鹿臍 猶如倒手 王使人以玉指環懸 於百步之外射之 破如瓦解 松讓大驚 云云 王曰以國業新造 未有鼓角威儀 沸流使者往來 我不能以王禮迎送 所以輕我也 從臣扶芬奴進曰 臣爲

위 자료는 이규보가 지은 영웅 서사시 〈동명왕편〉에 인용된 《구삼국사》에서 주몽과 비류국 송양왕의 관계를 기술한 부분만을 발췌한 것이다. 이 신화는 (1) 송양왕과 동명왕의 만남, (2) 갈등, (3) 대립-활쏘기 시합, (4) 대립-고각鼓角 절취, (5) 대립-궁실 건립, (6) 정복, (7) 송양왕의 투항 등 일곱 개의 단락으로 구분할 수 있다.

이 가운데 주몽과 송양왕의 출자가 드러나는 곳은 단락 (2)인데, 선인仙人의 후손임을 강조한 송양왕과 달리 주몽은 하늘을 이은 후손으로서 신왕神王이라는 점을 강조하고 있다. 실제로 주몽은 "천제의 손자요 하백의 외손자"**32**로서 하늘의 원리와 수역의 원리가 결합하여 탄생한 존재였다. 그럼에도 (2)에서 자신이 하늘을 이은 후손임을 강조한 것은 부계 혈통을 중시한 것으로서, 하늘의 원리를 주主로 하고 수역의 원리를 종從으로 했음을 의미한다고 하겠다.

출자에서 이렇게 차이를 보이는 이들은 문화적으로도 당연히 서로 달랐을 것으로 상정된다. 하지만 송양왕 집단이 지니

大王 取沸流鼓 曰他國之藏物 汝何取乎 對曰此天之與物 何爲不取乎 夫大王困於扶餘 誰謂大王能至於此 今大王奮身 於萬死之危 揚名於遼左 此天命而爲之 何事不成 於是扶芬奴等三人 往沸流取鼓而來 沸流王遣使告曰 云云 王恐來觀鼓角 色暗女故 松讓不敢爭而去 松讓欲以立都先後 爲附庸 王造宮室 以朽木爲柱 故如千歲 松讓來見 意不敢爭立都先後 西狩獲白鹿 倒懸於蟹原 呪曰 天若不雨而漂沒沸流王都者 我固不汝放矣 欲免斯難 汝能訴天 其鹿哀鳴 聲徹於天 霖雨七日 漂沒松讓都 王以葦索橫流 乘鴨馬 百姓皆執其索 朱蒙以鞭畵水 水卽減 六月松讓擧國來降云云."

32 앞의 책, 228쪽.
"我天帝之孫 河伯之甥."

고 있던 문화적 성격을 구명하는 작업은 그렇게 간단하지 않다. 비류국의 위치가 바닷가에 치우쳐 있었다는 단락 (1)에서 그가 대지의 원리를 대표하는 존재였을 것이라고 유추할 수 있을 따름이다. 이런 유추에 참고가 되는 것이 《삼국사기》 고구려본기 시조 동명성왕 조에 나오는 "왕은 비류수沸流水에서 채소의 잎들이 떠내려오는 것을 보고 그 상류에 사람이 살고 있음을 알았다. 그래서 수렵을 떠나 찾아갔다가 비류국에 이르렀다."[33]는 기록이다. 이 기록은 송양왕 집단이 농경 생활을 영위하고 있었음을 나타낸다고 할 수 있다. 그가 사냥을 나왔다든가[34] 신기神器의 하나인 고각을 가지고 있었다는 점은 수렵 문화적인 성격도 함께 지녔음을 나타내는 것이 아닐까 한다.

만약에 송양왕 집단이 이처럼 복합적인 성격의 문화를 가지고 있었다면, 농경 문화적인 성격이 수렵 문화적인 성격보다 더 강했을 것이라고 생각된다. 그가 단락 (3)의 활쏘기 시합에서 수렵민 세력을 대표하는 동명왕에게 패한 것이 수렵 문화적 성격의 취약성을 반영한다고 볼 수 있기 때문이다.

한편 단락 (3)에서 보는 바와 같이 동명왕은 화살을 그냥 잘 쏘는 수준이 아니었다. 그는 "어머니가 싸리나무로 활과 살을 만들어 주었더니 물레 위의 파리를 쏘아 틀림없이 맞추었을"[35]

33   김부식, 《삼국사기》, 서울: 경인문화사 영인본, 1982, 174쪽.
"王見沸流水中 有菜葉逐流下 知有人在上流者 因以獵往尋 至沸流國."

34   《삼국사기》를 중심으로 본다면 이 문제는 왕들의 의례적인 행사의 일종으로 볼 수도 있다.

35   이규보·이승휴, 박두포 역, 앞의 책, 227쪽.

정도로 명사수였다. 그렇기 때문에 주몽이라는 이름을 얻었던 것이다. 이로 미루어 보아, 그가 수렵민의 세력을 대표하고 있었던 존재인 것만은 분명하다. 그러면서도 부여에서 남행하여 엄사수淹㴲水**36**에 이르렀을 때 물고기와 자라가 다리를 놓아주었던 것은 어로漁撈 문화적 성격도 아울러 지녔던 것**37**이 표현된 것이다.

이렇게 세계관과 문화적 차이를 보이는 이들 두 집단의 만남은 단락 (3)에서 (5)에 이르는 일련의 대립을 초래할 수밖에 없었다. 이 대립 가운데 특히 시선을 끄는 것은 (4)의 고각 절취다. 고각은 이웃 나라의 사신이 오고갈 때 사용하는 의례儀禮적인 악기로서, 뒤메질Georges Duémzil, 1898~1986이 이야기하는 주권 기능(제1기능)을 나타내는 것이다.**38** 이처럼 주권을 상징하는

"其母以華作弓矢與之 自射紡車上蠅發矢卽中."

36　《삼국사기》 원본은 확인하지 못했으나, 인쇄된 《삼국사기》는 '淹㴲水'의 '㴲'자가 각기 다르다. 최남선이 조선광문회에서 출판한 《삼국사기》에는 '淹㴲水'로 되어 있으나, 조선사학회의 《삼국사기》에는 '엄호수淹㴲水'로 되어 있다. 김종권의 번역본에는 '淹㴲水'로 되어 있어 조선사학회의 책을 이용한 듯하고, 북한의 과학원 고전연구실에서 번역한 책에도 '엄호수'라고 하였으며, 한국정신문화연구원 역사연구실에서 번역한 책에는 '淹㴲水'라는 한자는 그대로 쓰면서도 한글로는 '엄시수'라고 하였다. 이 책에서는 최남선이 펴낸 《삼국사기》의 '엄사수淹㴲水'라는 표기를 따랐다.
　최남선 편, 《삼국사기》 권13, 경성: 조선광문회, 1914, 2쪽; 조선사학회 편, 《삼국사기》, 경성: 近澤書店, 1941, 146쪽; 김종권 역, 《삼국사기》, 서울: 선진문화사, 1960, 238쪽; 과학원 고전연구실 역, 《삼국사기》, 평양: 과학원, 1958, 350쪽; 역사연구실 역, 《삼국사기》, 성남: 한국정신문화연구실, 1997, 269쪽.

37　三上次男, 《古代東北アジア史硏究》, 東京: 吉川弘文館, 1977, 485~486쪽.

38　뒤메질은 인도-유럽 어족의 신화에서 최초의 왕은 삼기능 체계三機能體系, 곧 제1 주권 기능主權機能, 제2 전사 기능戰士機能, 제3 생산자 기능生産者機能을 나타내는 것으로 되어 있음을 밝혔다. 기능에 대한 이 용어는 오바야시 다료의 저서

고각을 도둑맞았다는 단락 (4)의 기록은 사실상 송양왕의 왕권
이 양도되었다는 것을 뜻한다고 볼 수 있다.

이에 견주어 동명은 스스로 하늘의 후손이라고 주장했고,
그가 고각을 가지게 된 것은 왕권 확립과 동시에 신왕神王으로
서 확고한 지위를 획득했음을 뜻한다고 볼 수 있다. 북〔鼓〕은 샤
먼에게 없어서는 안 되는 필수적인 무구巫具의 하나이다. 샤먼
은 북의 도움으로 여러 세계, 이를테면 정령들의 세계나 천상
세계, 또는 지하 세계 등에 갈 수 있고, 희생을 바칠 수도 있으
며, 정령을 부를 수도 있는 것이다.**39**

그러므로 동명왕이 샤먼들의 신기 가운데 하나인 북을 갖게
된 것을 그가 신왕으로서 존재를 인정받는 입사식入社式의 한 과
정을 통과한 것으로 보아도 크게 무리는 가지 않을 듯하다. 동
명왕 신화는 이와 같이 북방 아시아 유목 민족 정신문화의 중
요한 요소인 샤머니즘과 깊은 연관성을 가진다. 이것은 이 신
화를 전승시켜온 민족이 그들과 직접적인 관련을 가진다는 것
을 시사한다.

따라서 이 신화는 송양왕의 왕권이 양도되었고, 이것을 뒤
에 들어간 주몽 집단이 인수하여 고구려라는 하나의 나라를 세

를 기준으로 한 것으로, 역본에 따라 제1기능을 사제(성직자) 기능, 제3기능을
평민 기능으로 옮긴 경우도 있다.
G. Dumézil, 松村一男 譯,《神々の構造》, 東京: 國文社, 1987, 103~122쪽; 大
林太良,〈古代日本·朝鮮の最初の三王の構造〉, 吉田敦彦 編著,《比較神話學の現
在》, 東京: 朝日新聞社, 1975, 51쪽.

39 니오라쩨Georg Nioradze, 이홍직 역,《시베리아 제민족의 원시종교》, 서울: 신
구문화사, 1976, 113쪽.

윘음을 나타내는 것이라고 하겠다.

3-5 유화의 곡모신 신화

주몽의 어머니는 유화이다. 유화는 [자료 1]의 단락 (1)에서 보는 바와 같이 수계水界를 관장하는 수신 하백의 딸이다. 이러한 그녀에 얽힌 이야기로는 이규보가 〈동명왕편〉을 지으면서 인용한 《구삼국사》에 실려 있는 다음과 같은 신화가 있다.

[자료 8]

주몽이 [어머니와] 작별을 할 때 차마 떠나지 못하고 있었다. [그러자] 그 어머니가 말하기를 "이 어미 걱정은 말아다오."라고 하면서 오곡의 종자를 싸 주었다. [하지만] 주몽은 생이별을 하는 아픔으로 애를 끓이다가 그만 보리 씨를 잊어버리고 말았다.

주몽이 큰 나무 아래에서 쉬고 있었는데, 비둘기 한 쌍이 날아들었다. 주몽이 말하기를 "이는 틀림없이 어머니가 사자를 시켜 보리 씨를 부쳐 온 것이다."라고 하고는 활을 당겨서 쏘니 한 살에 다 떨어졌다. 목구멍을 열어 보리 씨를 꺼내고 물을 비둘기에 뿜자 다시 살아서 날아갔다고 한다.**40**

이 자료에는 유화가 주몽에게 오곡의 씨앗을 제공하는 곡모신穀母神으로 등장한다. 김철준金哲埈은 여기에 등장하는 신모神母

---

40   이규보·이승휴, 박두포 역, 앞의 책, 221쪽.
   "朱蒙臨別 不忍睽違 其母曰 汝勿以一母爲念 乃裹五穀種以送之 朱蒙自切生別之
   心 忘其麥子 朱蒙息大樹之下 有雙鳩來集 朱蒙曰 應是神母使送麥子 乃引弓射之
   一矢具擧 開喉得麥子 以水噴鳩 更蘇而飛去 云云."

와 보리〔麥〕, 비둘기 등에 착안하여 "소맥·대맥은 동북아세아에 있어서는 원래 없었던 곡물로 서북 인도와 중앙아세아 지역에서부터 이경농업犁耕農業의 전파와 함께 전래되어 새로 재배되기 시작한 것이고, 한랭한 만주 지역에서의 경작은 온난한 지역보다 늦었던 것으로 보이나, 소맥·대맥의 경작에 있어서는 그 곡물에 따라 다니는 그 자신이 비둘기로 화신할 수 있다든가 사자使者로서 비둘기를 부릴 수 있는 농업신으로서의 여신이 반드시 등장하는 것이다."[41]라고 하여, 유화가 농업을 담당하는 여신, 곧 농업신 또는 곡모신이라는 견해를 밝힌 바 있다. 그의 이와 같은 견해는 유화가 보리와 밀 등을 경작하는 밭곡식 재배 문화와 관련을 가진다는 것을 해명한 것이어서 관심을 불러일으킨다.

이처럼 농업신 내지는 곡모신의 성격을 지닌 유화는 동부여의 금와와 매우 가까운 관계를 가진 존재이다. 그녀는 우발수에서 금와에게 발견되어 동부여에서 지내다가 죽은 것으로 되어 있다. 이에 관해《삼국사기》고구려본기 시조 동명성왕 14년 조에는 "8월에 왕의 어머니 유화가 동부여에서 죽었다. 그 나라의 왕 금와가 태후의 예로써 장사 지내고 드디어 그 신묘神廟를 세웠다."[42]고 하였다.

이러한 기록은 유화가 동부여에 거주하면서 상당한 예우를

---

41 김철준,《한국고대사회연구》, 서울: 지식산업사, 1975, 39쪽.
42 김부식, 앞의 책, 147쪽.
　　"王母柳花薨於東扶餘 其王金蛙以太後禮葬之遂立神廟."

받았다는 것을 말해 준다. 그렇다면 유화와 금와는 왜 이처럼 공생 관계를 유지하고 있었을까? 이 문제에 대한 회답은 그들이 지닌 문화적 동질성, 곧 밭곡식을 재배하는 농경 문화와 관련을 가진다는 점이 아닐까 한다. 과연 금와는 앞에서 살펴본 것처럼 초기 농경 형태와 연계된 출현신화를 가진 신화적 인물이었다. 유화는 비록 출현신화를 가지지는 않지만, 곡모신적인 요소를 아울러 가지고 있었다는 점에서 이들이 공통적인 문화 집단의 지배 세력들이었다고 보아도 무방하지 않을까 한다.

이렇게 곡모신 신앙의 대상이 되었던 유화도 앞의 웅녀 신화에서 본 바와 같이 혈거신으로 신봉되었던 흔적을 발견할 수 있어, 그녀에 관한 제사 기록을 훑어보기로 한다.

[자료 9]

① [고구려 사람들은] 귀신과 사직·영성에 제사 지내는 것을 좋아하였다. 10월에 하늘에 제사를 지내는 큰 모임이 있는데 그 이름을 동맹이라고 하였다. 그 나라의 동쪽에 큰 굴이 있어 그것을 수신이라고 불렀다. 또한 10월에도 [그 신을] 맞이하여 제사를 지냈다.

—《후한서》 동이열전 고구려 조**43**

② [고구려 사람들은] 불교를 믿고 귀신을 섬겨 음사淫祠가 많았다. 신묘가 두 군데 있는데, 하나는 부여신夫餘神이라고 해서 나무로 부인의 형상을 만들었다. [다른] 하나는 고등신高登神이라고 하는데, 그들의 시조이며

43　範曄,《後漢書》, 서울: 경인문화사 영인본, 1975, 2813쪽.
"好祠鬼神·社稷·零星 以十月祭天 大會名曰東盟 其國東有大穴 號襚神 亦以十月迎而祭之."

부여신의 아들이라고 한다. [이 두 신묘에는] 모두 관사官司를 설치해 놓고 사람을 파견하여 지키게 했다. [그 두 신은] 대체로 [주몽의 어머니인] 하백의 딸과 주몽이라고 했다. ──《북사》 열전 고구려 조[44]

③《당서唐書》에 이르기를 고구려에는 음사淫祠가 많고, 영성靈星과 해〔日〕및 기자箕子·가한 등의 신에게 제사를 드린다. 나라의 왼쪽에 큰 굴이 있는데 신수神隧라고 한다. 매년 10월에 왕이 모두 친히 제사를 드린다고 하였다. ──《삼국사기》 잡지 제사 조[45]

앞에서도 언급한 것처럼, 유화는 하백의 딸로서 수신적 성격이 강한 존재이다. 그러나 ①의 기록을 근거로 그녀가 고구려에서 혈거신으로 신봉되고 있었다고 추측할 수 있지 않을까 한다. ②에서 말하는 바와 같이 제의祭儀의 대상으로 삼고자 신상神像을 만들어 굴속에 모셨다고 생각할 수도 있기 때문이다. 다른 한편으로는 대지를 어머니로 섬기는 지모신 사상에 바탕을 두고 유화를 혈거신으로 숭배하였을 가능성도 배제할 수 없다. 더욱이 ③에서 이 제사를 왕이 직접 주관하였다고 한 것으로 보아, 이 제의가 국가적인 차원에서 행해졌음을 확인할 수 있다.

만약 이와 같은 추정이 허용된다면, 주몽의 어머니로 등장

---

44 李延壽, 앞의 책, 3116쪽.
　　"信佛法 敬鬼神 多淫祠 有神廟二所 一曰扶餘神 刻木作婦人像 一曰高登神 云是其 始祖夫餘神之子 竝置官司 遣人守護 蓋河伯女·朱蒙云."
45 김부식, 앞의 책, 337쪽.
　　"唐書云 高句麗俗多淫祠 祀靈星及日·箕子可汗等神 國左有大穴 曰神隧 每十月 王皆自祭."

하는 유화는 고구려에서 곡모신, 지모신으로 숭배되었다고 보아도 크게 잘못은 없을 듯하다.

3-6 유리의 입사의례신화

고구려의 왕권과 관계를 가지는 신화로 주몽 신화와 유화 신화만 전하는 것은 아니다. 편년체로 된《삼국사기》고구려본기 유리명왕 조에 기록되어 있는 유리類利의 출자에 관한 이야기는 분명하게 신화적 성격을 지닌 이야기라고 할 수 있다. 따라서 이것 역시 고구려 왕권신화의 범주에 넣어 다른 신화들과 함께 고찰하려고 한다.

[자료 10]

전에 주몽이 부여에 있을 때 예禮 씨의 딸에게 장가를 들어 [그 여자가] 아이를 배었는데, 주몽이 떠난 뒤 아이를 낳았으니 이 아이가 유리이다. [유리는] 어릴 적 길거리에서 놀다가 참새를 쏜다는 것이 잘못하여 물을 긷는 부인의 항아리를 깨뜨렸다. 부인이 꾸짖어 말하기를, "이 아이가 아비가 없어서 이처럼 고약하구나."라고 하였다.

유리는 부끄러워 집으로 돌아와서 어머니에게 "나의 아버지는 어떤 사람입니까? 지금 어디에 계십니까?"라고 물었다. 어머니가 대답하기를, "너의 아버지는 범상치 않은 사람이다. 나라에 용납되지 못해 남쪽 땅으로 도망하여 나라를 세우고 왕이라 칭하였다. 갈 적에 나에게 말하기를, '당신이 아들을 낳으면 [그 아이에게] 내가 물건을 남겨 두었는데 일곱 모가 난 돌 위의 소나무 아래에 감추어 두었다고 말하시오. 만약 그것을 찾는다면 [그 아이는] 곧 나의 아들이오.'라고 하셨다."고 했다.

유리는 이 말을 듣고 산골짜기에 가서 [그것을] 찾았으나, 얻지 못하고 피곤하여 돌아왔다. 어느 날 아침 마루 위에 있을 때 주춧돌 틈에서 소리가 들리는 것 같아 다가가서 보니, 주춧돌에 일곱 모서리가 있었다. 그래서 그 기둥 밑에서 부러진 칼 한 쪽을 찾아냈다.

마침내 그것을 가지고 옥지屋智와 구추句鄒, 도조都祖 등 세 사람과 함께 떠나 졸본에 이르렀다. 부왕을 뵙고 칼을 바치자, 왕이 자기가 가지고 있던 부러진 칼을 꺼내어 합쳐 보니 이어져 하나의 칼이 되었다. 왕은 기뻐하며 그를 태자로 삼았는데, 이때 이르러 왕위를 이었다.**46**

이 신화에 등장하는 유리는 부여에 사는 예 씨와 주몽의 아들이다. 비정상적으로 태어난 아버지 주몽과 예 씨 부인 사이에서 태어난 평범한 존재인 것이다. 따라서 밑줄을 그은 곳에서처럼 그는 아버지가 감추어 둔 "일곱 모가 난 돌 위의 소나무 아래에 감추어 둔 칼"을 찾지 않으면 안 되었다.

이와 같은 '돌 위 소나무 아래[石上松下]의 보검' 모티프에 대하여, 미시나 아키히데는 이것이 《수신기搜神記》 권11에 실려 있는 다음 이야기와 직접적인 관계가 있다고 보았다.

---

46   앞의 책, 147~148쪽.
"朱蒙在扶餘 娶禮氏女有娠 朱蒙歸後 乃生 是爲類利. 幼年 出遊陌上 彈雀誤破汲水婦人瓦器. 婦人罵曰 此兒無父 故頑如此. 類利慚 歸問母氏 我父何人 今在何處. 母曰 汝父非常人也. 不見容於國 逃歸南地 開國稱王. 歸時謂予曰 汝若生男子則言我有遺物 藏在七稜石上松下. 若能得此者 乃吾子也. 類利聞之 乃往山谷索之不得 倦而還. 一旦在堂上 聞柱礎間若有聲 就而見之 礎石有七稜 乃搜於柱下 得斷劒一段. 遂持之與屋智·句鄒·都祖等三人 行至卒本. 見父王 以斷劒奉之. 王出己所有斷劒合之 連爲一劒. 王悅之 入爲太子 至是繼位."

[자료 11]

　초나라의 도장刀匠인 간장干將과 막야莫耶가 초나라 왕을 위하여 칼을 만든 지 3년이 되어서 완성하였으나, 왕은 노하여 그를 죽이려고 하였다. 칼은 자웅雌雄이 있었다. 그 아내가 임신을 하여 출산이 다가오자, 남편이 아내에게 말하기를 "내가 왕을 위하여 칼을 만들어 3년이 되어서 완성하였으나, 왕이 노하여 [내가] 가면 반드시 나를 죽일 것이오. 만약에 당신이 아들을 낳는다면 이 아이에게 말해 주오. 집을 나서 남산을 바라보면 돌 위에 소나무가 서 있는데, 그 뒤에 칼이 있소."라고 하였다. 이에 곧 간장이 자검雌劍을 가지고 초왕을 만나러 갔다. 왕은 크게 성을 내고 그것을 보면서 "칼은 두 개, 자검과 웅검雄劍이 있거늘, 자검은 가져오면서 웅검은 가지고 오지 않았느냐?"라고 하였다. [그러고] 왕은 노하여 그를 죽였다.

　간장과 막야의 아들 이름은 적赤이라고 하였는데, 이후에 장성하여 그 어머니에게 말하기를 "저의 아버지는 어디에 있습니까?"라고 물었다. 어머니가 말하기를, "너의 아버지는 초왕을 위하여 3년에 걸쳐 칼을 만들어 완성하였으나, 왕이 노하여 죽였다. 갈 때 나에게 부탁하여 말하기를, '아들에게 집을 나서 남산을 바라보면 돌 위에 소나무가 서 있는데 그 뒤에 칼이 있다.'고 전하라 하였다. 이에 아들이 문을 나와서 남쪽을 바라보니 산이 보이지 않았는데, 단지 마루 앞의 소나무 기둥 아래에 주춧돌이 놓여 있었다. 곧 도끼로 그것을 깨고 그 뒤에서 칼을 얻었다. [그 이후로] 밤낮으로 생각하여 초왕에게 보복하고자 하였다.[47]

　이처럼《수신기》의 기록을 인용하면서 미시나는 "보검을 돌 위

---

[47]　干寶, 黃鈞 注譯,《新譯 搜神記》, 台北: 三民書局, 1996, 375~376쪽.
　　"楚干將莫耶爲楚王作劍 三年乃成 王怒欲殺之. 劍有雌雄 其妻重身當産 夫語妻曰 吾爲王作劍三年乃成 王怒 欲必殺之. 汝若生子 是男大告之曰 出戶望南山 松生石上 劍在其背. 於是即將雌劍往見楚王 王大怒使相之. 劍有二一雄 雌來雄不來. 王怒即殺之. 莫耶子名赤 此後壯 乃問其母曰 吾父所在. 母曰 汝父爲楚王作劍 三年乃成 王欲殺之 去時囑我語 汝子出戶望南山 松生石上. 劍在其背. 於是 子出戶南望 不見有山 但覩堂前 松柱下石低之上 即以斧破 其背得劍. 日夜思欲報楚王."

의 소나무 아래[石上松下], 특히 마루 앞의 소나무 기둥에서 발견한 다는 특수한 부분이 이렇게도 일치하는 이상, 양자가 반드시 그 전적을 같이한다는 것은 분명하다.《수신기》가 조선 및 일본의 신화·전설에 상당히 영향을 미쳤다는 일반적 사정을 고려할 때, [《삼국사기》] 고구려본기 ―《구삼국사》의 문장도 거의 같다―가 그 설화의 모티프를 이《수신기》의 문장에서 직접 취하였다고 보아도 크게 잘못은 없을 것이다."**48**라고 하여, 유리 신화가《수신기》에서 인용되었다고 지적한 바 있다.

이러한 지적이 옳을지도 모른다. 하지만 [자료 8]에서 유리가 그의 아버지로부터 아들로 인정을 받기 위해서 보검을 찾는 것과, [자료 9]의《수신기》에서 간장과 막야의 아들 적이 아버지의 원수를 갚기 위해서 보검을 찾는 것은 그 기능과 의미가 완전히 다르다는 점에 유의해야 한다. 다시 말해 유리가 "일곱 모가 난 돌 위의 소나무 아래"에 감추어진 보검을 찾는 것은 아버지로부터 아들이란 사실을 인정받기 위한 수단이었고, 적이 아버지가 감추어 둔 보검을 찾는 것은 아버지의 원수를 갚기 위한 수단이었다.

이렇게 보검 취득 모티프가 다른 수단으로 이용된 것이라면, 유리 신화에 삽입된 이 모티프는 어떤 의미를 지니고 있을까 하는 문제가 제기된다. 이 문제를 해결하려면 한국의 무속에서 무구巫具**49**를 주워서 무당이 되는 경우를 생각해 볼 필요

48　　三品彰英,《建國神話の諸問題》, 東京: 平凡社, 1971, 297쪽.

가 있다. 그 사례를 하나 소개하기로 한다.

[자료 12]

　홍 씨洪氏의 집안은 그의 조부부터 무업巫業을 시작하여 세습해 왔다. 그의 조부는 농업을 하는 사람이었다. 어느 날 그는 조천면 교래리에서 밭을 갈고 있었는데, 갑자기 춤을 추고 싶은 생각이 들었다. 놀면 일이 진척되지 않을 것이므로 꾹 참고 계속 밭을 갈았는데, 신칼神劍이 흙속에서 나왔다. 그 순간 교래리 저쪽에서 굿하는 악기 소리가 들려오면서 춤을 추고 싶은 심정을 누를 수가 없었다. 그는 쟁기를 내던지고 소리가 울리는 곳으로 달려갔다. 분명히 악기 소리가 났다고 생각되는 곳에는 굿하는 것은 안 보이고, 굴이 있었다. 굴속을 살펴보았더니, 거기엔 상잔算盞50과 천문51이 구르고 있었다. 이상하다고 생각하여 그것을 주워서 돌아왔다. 신칼을 줍고 상잔과 천문을 주웠으니 멩두 한 벌을 갖춘 셈이 되었다. 그 뒤 그는 갑자기 몸이 아프고 정신이상자처럼 되어 갔다. 점을 쳐 보니 주운 '조상'을 모셔야 병이 낫겠다고 하므로, 그 멩두를 모시고 심방이 되었다고 한다.52

　이것은 제주시 화북동에 거주하는 남무男巫 홍 모 씨 조부의 입무담入巫談으로, 언제인가 무구를 주운 뒤 심방[무당]이 된 이야기이다. 이렇게 무구를 주워 무당이 되는 경우에는 다음과

49　제주도에서는 이 무구를 '멩두(멩도, 멩뒤)'라고 하는데, 심방[무당]이 굿을 할 때 사용하는 기본 무구로서 신칼과 산판算版算盤, 요령을 총칭한다고 한다. 제주특별자치도 편,《제주어사전》, 제주: 제주특별자치도, 2009, 365쪽.

50　상잔은 놋쇠를 재료로 하여 만든 자그마한 술잔 모양의 무구를 가리킨다. 위의 책, 498쪽.

51　천문은 직경 4~5미터 내외의 엽전 모양으로 된 놋쇠판에 천지문天地門 또는 천지일월天地日月 등의 글자를 음각한 점구占具를 가리킨다. 위의 책, 807쪽.

52　현용준,《제주도 무속 연구》, 서울: 집문당, 1986, 102~103쪽.

같은 하나의 유형이 있다고 한다.

> 멩두(무구)를 줍는 것도 우연히 줍는 일도 있지만, 흔히 줍기 전에 심리적 또는 육체적인 변이가 나타난다. 그래서 멩두를 줍게 되고, 멩두를 주운 후 병이 일어난다. 멩두를 주운 것은 무업의 수호신인 '조상'을 주운 것이라 생각하고, 그것을 모셔서 무업을 시작하면 병이 낫는다는 것이다. 멩두를 줍기 전에 춤을 추고 싶은 심정이 일어난다든지, 굿을 하는 악기 소리가 들리는 착각이 일어난다든지 하는 전조는 무격사회巫覡社會의 사고에서 보면 '조상[守護神]'이 자기를 모셔서 무업을 할 자를 선택하여 불러내는 것이고, [그것을] 주운 후 병을 앓는 것은 빨리 입무하도록 권하는 증조로서 신이 준 병 때문이다.[53]

이처럼 유리가 보검을 찾는 것이 무당의 입무 과정을 서술하는 것이라고 한다면, 그의 천상여행 모티프도 쉽게 설명이 될 수 있다.

[자료 13]

⑴ [유리는] 어려서 참새 잡는 것을 일로 삼았는데, 한 부인이 물동이를 이고 가는 것을 보고 [활을] 쏘아서 구멍을 내었다. 그 부인이 노해서 꾸짖어 말하기를, "아비 없는 자식이 내 물동이를 쏘아서 깼다."고 하였다. 유리가 크게 부끄럽게 생각하고 진흙 탄환으로 쏘아 맞혀 동이의 구멍을 막으니 전처럼 되었다.

집에 돌아온 [그는] 어머니에게 묻기를, "저의 아버지는 누구입니까?"라고 하니, 어머니는 유리가 어리기 때문에 농담으로 "너는 정해진 아버지

---

53 앞의 책, 104쪽.

가 없다."라고 대답하였다. 유리가 울면서 "사람이 정해진 아버지가 없으면 장차 무슨 면목으로 다른 사람을 봅니까?"라고 하면서 스스로 목을 찌르려 하였다.

(2) [그러자] 어머니가 크게 놀라 말리면서 말하기를 "아까 말은 농담이다. 너의 아버지는 천제의 손자이고 하백의 외손자인데, 부여의 신하 됨을 원통하게 여겨서 도망하여 남쪽으로 가서 나라를 세웠다. 네가 가서 뵙겠느냐?"라고 하였다. [유리가] 대답하여 "아버지가 임금이 되었고 아들은 신하가 되었으니 내 비록 재주는 없으나 어찌 부끄럽지 않겠습니까?"라고 했다.

어머니가 말하기를 "너의 아버지가 떠나실 때 말씀하시기를 '내가 감추어 둔 물건이 있는데, 일곱 고개 일곱 골짜기(七嶺七谷)의 돌 위에 있는 소나무에 있다. 이것을 얻는 자가 나의 아들이다.'라고 하셨다."고 하였다. 유리가 스스로 산골짜기에 가서 찾아보았으나 얻지 못하고 지쳐서 돌아왔다. 유리가 집에서 슬픈 소리가 나는 것을 듣고 가서 보니, 바로 돌 위의 소나무 기둥이었다. 그 기둥은 일곱 모서리가 났는데, 유리가 스스로 해독하여 말하기를 "칠령 칠곡은 일곱 모서리이고 돌 위의 소나무는 기둥이다."라고 하였다. 일어서서 나아가 보니 기둥 위에 구멍이 있어 부러진 칼 한 조각을 얻고 크게 기뻐했다.

(3) 전한前漢 홍가鴻嘉 4년 여름 4월에 고구려로 달려가서 칼 한 조각을 바쳤다. 왕이 가지고 있던 칼 한 조각을 꺼내어 맞추니 피가 흐르면서 하나의 칼이 되었다. 왕이 유리에게 말하기를 "너는 진실로 내 아들이다. 무슨 신성한 것을 가졌느냐?"라고 하니, 유리는 그 소리에 맞추어 몸을 날려 공중으로 솟아 올라가서는 두둥실 떠 가서 해에 이름으로써 그의 신성한 이변을 보여 주었다.

(4) 왕은 크게 기뻐하고 태자로 삼았다.[54]

54 　이규보·이승휴, 박두포 역, 앞의 책, 79~80·230쪽.
　"少以彈雀爲業. 見一婦戴水盆 彈破之. 其女怒而言曰 父無之兒 彈破我盆. 類利大慙 以泥丸彈之 塞盆孔如故. 歸家問母曰 我父是誰. 母以類利年少 戲之曰 汝無定父. 類利泣曰 人無定父 張何面目見人乎. 遂欲自刎. 母大驚止之曰 前言戲耳. 汝

이 자료는 이규보의《동국이상국집》동명왕편에 실려 있는 것으로,《구삼국사》에서 인용된 것이다.《구삼국사》는 김부식의《삼국사기》보다 먼저 찬술되었으므로, 이 자료로써 일찍부터 고주몽과 그의 아들 유리왕에 얽힌 이야기가 고구려 지역에서 널리 전승되고 있었음을 알 수 있다.

이 이야기는 (1) 활쏘기의 명수인 유리가 아버지가 없어 당하는 고난과 (2) 아버지가 남긴 보검 발견, (3) 아버지와의 만남과 신성성 확인, (4) 태자 책봉 등 네 개의 단락으로 이루어져 있다.

이렇게 네 단락으로 구분되는 이 신화는 앞에서 살펴본《삼국사기》의 [자료 8]과 거의 같은 내용으로 되어 있다. 단지 단락 (4)에서 밑줄을 그은 부분이 더 첨가되어 있을 따름이다. 후자에서 이 부분이 기록되지 않은 것은 의도적으로 삭제되었을 가능성이 짙다. 먼저 문자로 장착된《구삼국사》에 있던 내용이 뒤에 저술된《삼국사기》에 기록되지 않았다는 것은 편찬자의 편찬 의도가 작용했다고 볼 수밖에 없기 때문이다.

이 문제는 어찌 되었든, [자료 13]의 밑줄 그은 곳에서 유리는 그의 아버지인 주몽에게 자신의 신성성을 보여 주고자 몸을 날려 공중으로 솟아올라가 해에 이르는 신술神術을 보여 준다고

父是天帝孫河伯甥. 怨爲夫餘之臣 逃往男土. 始造國家. 汝往見之乎. 對曰 父爲人君 子爲人臣 吾雖不才 豈不愧乎. 母曰 汝父去時有言 吾有藏物七嶺七谷石上之松 能得此者 乃吾之子也. 類利自往山谷 搜求不得 疲倦而還. 類利聞堂柱有悲聲. 其柱乃石上之松 木體有七稜. 類利自解之曰 七嶺七谷者七稜也. 石上松者柱也. 起而就視之 柱上惟孔 得毁劍一片 對喜. 前漢鴻嘉四年夏四月 奔高句麗 以劍一片奉之於王. 王出所有毁劍一片合之 出血連爲一劍. 王謂類利曰 汝實我子 有何神聖乎. 類利應聲 擧身聳空 乘牖中日. 示其神聖之異. 王大悅 立爲太子."

기술되어 있다. 이와 같이 천상을 여행하여 자신의 신성성을 증명하는 것은 여러 돌궐·몽골 민족의 천신인 텡그리Tengri 신앙과 관련을 가진 것으로 추정된다. "군주와 고관은 텡그리로부터 권력을 입수하고 텡그리에게서 [권력이] 유래하며, 텡그리와 닮았다. 그 이름으로 행동한다. 텡그리와 일치하지 않게 되면 격변激變이 일어난다. 텡그리의 명령을 받아 [사람들에게] 그것을 전한다. 그들은 하늘에 닿음으로 텡그리와 연락을 취한다. 이 같은 연락을 위해서는 신이 그들의 머리 끝을 붙잡고 하늘로 올라오게 하거나, 아니면 사자로 맞아들이는 형태를 취한다."[55]는 것이다. 따라서 유리의 천상여행은 천신으로부터 그 권력을 물려받았다는 것을 알리는 동시에, 그의 아버지인 주몽이 그의 왕권을 인정해 주는 하나의 절차였다고 보아도 좋지 않을까 한다.

이런 천상여행 모티프가 들어 있는 이야기가 일본 난세이제도南西諸島에 속하는 기카이섬喜界島과 아마미오섬奄美大島의 유타ュ-タ[56]들 사이에 무조신화巫祖神話로 전하고 있으므로, 그 내용을 아울러 검토하기로 한다.

---

55   Y. Bonnefoy, 金光仁三郎 共譯,《世界神話大事典》, 東京: 大修館書店, 2001, 1200쪽.

56   유타는 오키나와 제도沖繩諸島의 여자 직업 점쟁이다. 예로부터 각 마을에 있었던 공직公職인 노로ノロ, 축원을 해 주는 여자, 무녀나 집의 네가미根神와는 다르다. 보통 '신이 들렸다'고 하는 상태에서 죽은 사람의 공수를 하는 경우가 많다. 民俗學硏究所 編,《民俗學辭典》, 東京: 東京堂出版, 1980, 652쪽.

[자료 14]

(1) 방 바깥에 나가본 적이 없는 절세미인인 오모이마쓰가네思松金라는 베 짜는 처녀가 어느 날 바깥에 나와 동쪽의 냇가를 향해 용변을 보고 있었다. [그랬더니] 거기에 햇빛이 비추었다. 방에 돌아와 베를 짜고 있으니, 배가 점점 불러 왔다. 양친이 화를 내어 질책을 하면서 점쟁이에게 부탁하여 점을 쳤다. 점쟁이는 [그 아이가] 열 달 만에 태어나면 사람의 아들이고, 아홉 달 만에 태어나면 귀신의 아들이며, 열두 달 만에 나오면 신의 아들이니 소중하게 키우라고 하였다. 열두 달 만에 신의 아들이 탄생하였는데, 태어난 지 이레 만에 문 앞에 나가 놀았다.

(2) 그곳의 유력한 영주領主인 아지按司의 아들이 그 아이의 이야기를 듣고 먼저 활쏘기 내기를 하자고 하였다. 아지의 아들은 훌륭한 활을 가지고 왔으나, 오모이마쓰가네는 베틀의 도구를 뜯어내어 조잡하게 만든 활을 아들에게 주었다. 그리하여 활쏘기 내기를 하였다. 아지의 아들이 쏜 화살은 멀리 날아갔지만, 오모이마쓰가네의 아들이 쏜 화살은 하늘에까지 다다라 돌아오지 않았으므로 활쏘기에서 승리를 거두었다. 그 다음에는 말달리기 경주, 노 젓기 경주 등을 하였으나 전부 오모이마쓰가네의 아들이 이겼다. 마지막으로 아지의 아들은 아버지 견주기 내기를 하자고 하였다. 그래서 자기의 아버지는 누구냐고 [어머니인] 오모이마쓰가네에게 물었더니, [그녀는] 태양이 너의 아버지라고 가르쳐 주었다.

(3) ㉠ 오모이마쓰가네의 아들은 태양이 있는 곳으로 올라갔다. 천상에서는 사람의 아들이 간단하게 하늘에 올라온 것은 용서할 수 없다고 하면서, [그 아이를] 말 우리나 용龍의 우리에 넣어 갖가지 시련을 겪게 하였다. [그는] 그 일들을 전부 이겨 내고, 마침내 아버지를 만났다.

(4) ㉡ 아버지는 "너는 나의 아들이다. 그렇지만 너는 신과 인간 사이에서 태어났기 때문에 천국에 있을 수가 없다. 지상에 내려가서 인간들을 도와주어라."라고 하였다. 그래서 [그는] 말을 타고 하늘에서 내려왔다. 이것이 유타의 시작이라고 한다.57

57　山下欣一 外 共著, 〈日光感精説話〉, 《南島のフォークロア: 共同討議》, 東

유타들 사이에 구송되는 위와 같은 오모이마쓰가네 이야기는 (1) 일광감응에 따른 주인공의 비정상적인 탄생과 (2) 비범한 능력을 가졌으면서도 아버지가 없어 겪는 고난, (3) 천상 세계 방문과 아들로서 인정받기 위한 시련, (4) 유타로서 지상으로의 하강 등 네 개의 단락으로 구분된다.

이와 같은 구조는 흥미롭게도 유리 신화와 상당히 비슷한 형태이다. 이 관계를 구체적으로 살펴보기 위해 유리 신화의 모티프들을 다시 열거하면 다음과 같다.

(1) 활쏘기의 명수인 유리가 아버지가 없어 당하는 고난
(2) 아버지가 남긴 보검 발견
(3) 아버지와의 만남과 신성성 확인
(4) 태자 책봉

이들 두 신화 사이에 차이가 없는 것은 아니다. [자료 13]에서 유리가 미리 감추어둔 신표信標를 찾아 아버지를 만나러 가는 공간의 이동이 지상에서 이루어지며, 나중에 태자로 책봉된다. 이와 달리 오모이마쓰가네의 아들은 그러한 신표도 없이 아버지를 찾아서 천상으로 갔다가 아버지의 명을 받들어 유타가 되어 다시 지상으로 내려온다.

그러나 이들 두 자료가 너무도 유사한 순차적 구조로 되어

京: 靑土社, 1984, 159~160쪽.

있다는 것을 인정하지 않을 수 없다. 또 유리왕과 오모이마쓰가네의 아들은 다 같이 활쏘기의 명수라는 공통점도 있다. 특히 유리는 밑줄 그은 곳에서 보는 바와 같이 천신의 자손으로서 자신의 신성성을 증명하기 위해 공중으로 날아올라가 태양에 다녀온다. 오모이마쓰가네의 아들이 아버지를 만나기 위해 천상 세계를 다녀오는 것도 거의 같은 신화적 사유에서 유래하였다고 보아도 무방할 것 같다.

이처럼 천상으로 여행이 가능하다고 믿는 존재는 샤먼이 아니고는 불가능하다. 동북아시아의 사람들은 샤먼이 "하계下界에 잠행潛行할 수도 있고 공중에 떠오를 수도 있기 때문에 그가 못 갈 데는 하나도 없으며, 영령에게 가는 것도 샤먼을 위하여 열려져 있다."**58**는 믿음을 가지고 있다. 또 앞에서 지적한 것처럼, 주몽 신화에서 주몽이 햇빛의 감응으로 탄생한다고 하는 신화적 사유도 천상 세계에 최고신이 존재한다는 샤머니즘 사상에 근거를 둔 것이다.**59** 그렇다면 이들 신화와 오모이마쓰가네 신화가 같은 무조신화였을 가능성을 인정해도 좋을 것 같다.

12세기 이전에 기록된《삼국사기》의 주몽 신화와《구삼국사》의 유리왕 신화가 일본의 난세이 제도 일대에 현전하는 오모이마쓰가네 신화의 형성에 영향을 미쳤다고 본다면, 이 자료들 사이에 존재하는 몇 세기에 걸친 시간적 간극을 어떻게 설

58　니오라쩨, 이홍직 역, 앞의 책, 122쪽.
59　U. Harva, 田中克彦 譯,《シャマニズム: アルタイ系諸民族の世界像》, 東京: 三省堂, 1989, 126쪽.

명할 것인가 하는 문제를 생각하지 않을 수 없다. 후자가 유타라고 하는 특수 집단에 의해 전승되었기 때문에 오늘날까지 전해 온다고 생각할 수도 있다. 하지만 이 문제를 해결하는 데는 서대석徐大錫이 〈고대 건국신화와 현대 구비전승〉이라는 논문에서 주몽 신화를 무조 신화의 하나인 〈제석본풀이〉와 대비하여 고찰한 연구가 좋은 참고가 된다. 그는 이 연구에서 (1) 남녀 결합 과정과 (2) 여주인공의 수난상, (3) 출산 장면, (4) 부친을 찾는 과정, (5) 혈육 확인 과정 등으로 나누어 고찰한 다음, "무속 신화 제석본풀이는 왕권신화 중에서 동명왕 신화와 같은 계보에 속하는 신화임을 확인할 수 있다고 본다. 또한 동북 지역의 전승 유형은 주몽 신화와 유리 신화의 모티프들로 구성되어 있으며, 서남 지역의 전승 유형은 유리 신화의 모티프가 탈락되어 있음도 알 수 있었다."**60**는 결론을 도출한 바 있다.

서대석의 이와 같은 연구는 한국의 고대 왕권신화가 사서에 정착됨으로써 사문화死文化된 것이 아니라 구비전승으로 형태를 바꾸어 현대까지 그 명맥을 유지하고 있다는 사실을 해명했다는 점에서 높이 평가받아야 한다. 이런 선행 연구의 성과를 받아들인다면, 한국의 주몽 신화와 유리 신화가 동북아시아의 샤머니즘 문화와 함께 일본의 난세이 제도 일대로 들어가서 현재까지 전승되는 오모이마쓰가네 신화의 성립에 적지 않은 영

---

60 서대석, 〈고대 건국신화와 현대 구비전승〉, 최정여박사송수기념논총편찬위원회 편, 《민속어문논총》, 대구: 계명대학교출판부, 1983, 206쪽.

향을 미쳤다고 보아도 크게 잘못은 없을 듯하다.

어쨌든 이처럼 주몽 신화 및 유리 신화와 친연성을 보여 주는 [자료 14]는 단락 (4)의 ㉡에서 확인되는 것처럼 유타의 기원을 설명해 주고 있으므로 무조신화의 범주에 들어간다. 야마시타 긴이치山下欣一, 1929~는 이 자료에 대하여 "이들 설화군을 유타가 구송하는 것은 신성한 이야기이기 때문이다. 태양 신앙의 배경 아래, 이 신앙의 대상인 태양에게 사랑을 받은 베 짜는 여자가 출산한 해의 아들이 그 출자와 신성성을 보이면서 [그것을] 획득해 간다. 이 신성성은 지상과 천상에서 증명되지만, 최종적으로는 지상에 내려와 신분이 낮은 사람들을 도와주는 역할을 한다. 제일 중요한 것은 지상에 내려온 이 성스러운 해의 아들이 유타의 조상이 되었다고 생각하는 것이다."[61]라고 하여, 오모이마쓰가네의 아들이 신성성을 가지게 된 까닭을 그의 출자가 태양에 있다는 점에서 찾고 있다.

이와 같은 야마시타의 견해는 타당성을 가진다고 볼 수 있다. 그렇지만 이 자료는 유타가 어떻게 무업을 시작하게 되었는지를 서술해 주는 무조신화에 속한다. 다시 말해 오모이마쓰가네의 아들은 천신인 태양의 명령을 받아 무당의 조상이 되었다는 것이다.

원시민족은 말할 것도 없고, 문화민족들도 어떤 것의 원인이나 근본을 안다는 것은 단순히 그것에 대한 지식을 습득하는

61　山下欣一,《奄美說話の硏究》, 東京: 法政大學出版部, 1979, 339~340쪽.

데 그치는 것이 아니라 그것을 지배하고 통솔할 수 있게 되는 것이라고 사유한다.**62** 그러므로 이 신화가 입무 의례入巫儀禮와 점복占卜에 사용되는 것**63**에는 그 신의 근원을 앎으로써 신을 움직여 무업을 수행하는 유타가 되고, 점복을 하여 찾아온 사람들에게 신의 뜻을 제대로 전달하겠다는 신화적 사유가 투영되어 있다고 할 수 있다. 바꾸어 말하자면, 무조가 된 신의 내력을 알기 때문에 그 신을 유타가 마음대로 지배하고 통제하여 하고자 하는 일을 성취할 수 있다는 사유에서 비롯한 것이다.

이렇게 계통적으로 관련이 있다고 생각되는 일본 오모이마 쓰가네 신화의 연구 성과를 인정하여 견주어 보면, 유리 신화는 샤먼이 되기 위한 입무 의례에서 불리던 무조 신화였을 가능성이 짙다. 그렇다면 유리 신화는 그가 사제자司祭者로서 왕의 지위를 이어받기 위해서 그 의례를 수행하는 것을 이야기화한 것이라고 보아도 크게 무리는 없을 듯하다.

3-7 대무신왕의 왕권강화신화

대무신왕은 유리명왕의 셋째 아들 무휼無恤에게 붙여진 왕호이다. 유리명왕의 첫째 아들인 태자 도절都切이 죽고, 둘째 아들인 해명解明이 태자가 되었다. 하지만 그는 황룡국黃龍國의 왕이

62　松村武雄,《神話學原論上》, 東京: 培風館, 1940, 141쪽.
63　山下欣一 外 共著, 앞의 글, 161쪽.

보낸 강한 화살을 부러뜨린 탓으로, 여진隔津의 동쪽 들판에서 창을 땅에 꽂고 말을 달려 그 창에 찔려 죽었다. 이렇게 두 아들이 죽고 난 다음에 왕위에 오른 인물이 무휼이다.

이런 사실들로 미루어 보아, 그가 역사의 실존 인물임에는 틀림이 없는 것 같다. 그렇지만 그의 왕력王曆에 기록된 기사들 가운데는 신화적인 성격을 지닌 것들도 있어, 초기 왕권 성립의 한 부분을 엿볼 수 있다.

[자료 15]

(1) 4년 겨울 12월에 왕은 군대를 내어 부여를 정벌하였다. ㉠ 비류수에 다다랐을 때, 물가를 바라보니 마치 여인이 솥을 들고 놀고 있는 것 같았다. 다가가서 보니 솥만 있었다. 그것으로 밥을 짓게 하자, 불을 지피지 않고도 스스로 열이 나므로 밥을 지어 일군一軍을 배불리 먹일 수 있었다. ㉡ 홀연히 한 장부가 나타나 말하기를, "이 솥은 우리 집의 물건입니다. 나의 누이가 잃어버린 것을 지금 왕께서 찾으셨으니 [솥을] 지고 따르게 해 주십시오."라고 하였다. 왕은 마침내 그에게 부정씨負鼎氏의 성을 내려 주었다.

(2) ㉢ 이물림利勿林에 이르러 잠을 자는데, 밤에 쇳소리가 들리므로 밝을 즈음에 사람을 시켜 살펴보게 하여 금도장(金璽)과 병기 등을 얻었다. [왕은] 말하기를 "하늘이 준 것이다."라고 하면서 절을 하고 받았다.

(3) 길을 떠나려고 할 때 한 사람이 나타났는데, 키는 9척가량이나 되고 얼굴은 희고 눈에 광채가 있었다. [그는] 왕에게 절을 하면서, "신은 북명北溟 사람 괴유怪由입니다. 은밀히 듣건대 대왕께서 북쪽으로 부여를 정벌하신다고 하니, 신이 따라가서 부여 왕의 머리를 베어 오기를 청합니다."라고 하였다. 왕은 기뻐하며 허락하였다.

(4) 또 사람이 나타나서 말하기를, "신은 적곡赤穀 사람 마로麻盧입니다. 긴 창으로 길을 인도하기를 원합니다."라고 하였다. 왕은 또 허락하였다.**64**

이것은 김부식의 《삼국사기》 고구려본기 제2 대무신왕 4년 조에 실려 있는 편년체 기록이다. 이 기사는 부여 정벌을 앞두고 벌어진 몇 가지의 신비한 이적異蹟, 곧 (1) 솥 습득과 부정씨의 등장, (2) 금도장과 병기 습득, (3) 괴유의 등장, (4) 마로의 등장 등이 서술되어 있다. 이들은 모두 부여 정벌과 관련된 물건 및 사람들이다. 그러므로 실제로 있었던 일을 기록한 것이라고 할 수 있을지 모른다.[65]

그러나 그 내용이 신화적 성격을 지니고 있어 실사를 기록하였다고 보기는 어렵지 않을까 한다. 일본의 신화학자 오바야

64　김부식, 앞의 책, 153~154쪽.
"四年 冬十二月 王出師伐扶餘 次沸流水上 望見水涯 若有女人 舁鼎遊戲 就見之 只有鼎. 使之炊 不待火自熱 因得作食 飽一軍. 忽有一壯夫曰 是鼎我家物也, 我妹 失之 王今得之 請負以從. 遂賜姓負鼎氏. 抵利勿林宿 夜聞金聲 嚮明使人尋之 得 金璽兵物等 曰天賜也. 拜受之. 上道有一人 身長九尺許 面白利目有光. 拜王曰 臣 是北溟人怪由. 竊聞大王北伐扶餘 臣請從行 取扶餘王頭. 王悅許之. 又由人曰 臣 赤穀人麻盧 請以長矛爲導. 王又許之."

65　실제로《삼국사기》고구려본기 대무신왕 5년 2월 조를 보면, "부여 사람들 이 왕을 잃어 기력이 꺾였으나, 스스로 굴복하지 않고 [고구려군을] 여러 겹으 로 포위하였다. 왕은 군량이 다하여 군사들이 굶주리므로 두려워서 어찌할 바 를 모르다가 하늘을 향해 영험을 비니, 홀연히 큰 안개가 피어나 7일 동안이나 가까운 거리에서도 사람을 구분할 수 없었다. 왕은 풀로 허수아비를 만들어 놓 고 사잇길을 따라 군사들을 숨기며 밤을 틈타 빠져나왔다. [이때] 골구천의 신 비로운 말과 비류원의 큰 솥을 잃어버렸다(扶餘人旣失其王 氣力摧折而猶不自屈圍 數重 王以糧盡士饑憂懼不知所爲乃乞靈於天 忽大霧咫尺不辨人物七日 王令作草偶人執兵 立營內外 爲擬兵從間道潛軍夜出 失骨句川神馬沸流原大鼎)."고 하여 이를 실제로 일 어났던 일로 기록하고 있다. 하지만 김부식이 모화주의慕華主義에서 유교적인 사고로 삼국의 많은 사건들을 임의로 합리화하고자 했음은 널리 알려진 사실 이다. 그러므로 이 기사도 신화적 성격을 지닌 것을 부정하기 위하여 이렇게 기술한 것이 아닌가 한다.
위의 책, 154쪽; 신채호, 《조선 상고사》, 서울: 일신서적, 1988, 34쪽.

시 다료는 〈고대 일본·조선의 최초 세 왕의 구조〉란 논문에서 뒤메질의 삼기능 체계 이론**66**을 적용하여 고구려의 건국주인 주몽과 그의 아들 유리왕, 그리고 대무신왕의 신화를 논의한 바 있다. 이 논문에서 그는 "대무신왕이 획득한 신기에는 세 가지가 있다. 그 제일은 솥으로, '불을 지피지 않고도 스스로 열이 나므로 밥을 지어 일군을 배불리 먹일 수 있었다'고 한 데서 알 수 있는 것처럼 이 솥은 풍요(제3기능)를 표현한다. 왕은 그것에 이어서 금도장과 병기 등을 얻었다. 전자는 주권 기능(제1기능), 후자가 군사 기능(제2기능)을 나타내는 것은 명확하다. 곧 대무신왕은 세 기능을 나타내는 신기를 획득한 것이다."**67**라고 하여, 이 기록의 신화적 성격을 지적한 바 있다.

그러나 여기에 등장하는 솥은 생산자 기능을 한다기보다는 정치적 권위를 상징하는 것일 가능성이 높다. 《춘추좌전春秋左傳》에 나오는 구정九鼎에 관한 이야기를 살펴보기로 한다.

[자료 16]

[솥의 가볍고 무거운 정도는] 덕과 관계가 있는 것이지 솥 그 자체와는 관계가 없다. 옛날 하夏 왕조에 덕이 있을 때는 먼 곳의 나라들이 그 나라의 [제사에 쓰는] 희생물을 그려 보내게 하고, 아홉 주(九州)의 방백들이 보

---

66 뒤메질은 인도-유럽 어족의 신화에서 최초의 왕이 삼기능 체계[제1 주권 기능, 제2 전사 기능, 제3 생산자 기능]를 나타내는 것으로 되어 있음을 밝혔다. 이 책 제3장 〈고구려의 왕권신화〉의 각주 38 참조.

67 大林太良, 〈古代日本·朝鮮の最初の三王の構造〉, 吉田敦彦 編著, 《比較神話學の現在》, 東京: 朝日新聞社, 1975, 52쪽.

내온 구리[銅]로 솥 아홉[九鼎]을 주조하여 [그 위에] 그 동물들의 형상을 새겨 넣었다. ……[그 결과] 하늘[上]과 땅[下]의 조화가 확보되어 모든 사람들이 하늘의 가호를 누렸다. [그런데 하 왕조의] 걸桀이 덕을 잃었기 때문에 솥이 [하에서] 상商으로 옮겨 갔다. 6백 년이 지나 상의 주紂가 폭압적이고 잔학하자, 솥은 [상에서] 주周로 옮겨 갔다. 덕이 있어 밝다면 비록 솥이 작더라도 무겁고[움직이지 않고], 간사한 무리들이 [정사를] 혼란스럽게 하면 비록 솥은 크더라도 가벼워진다. 하늘은 빛나는 덕[이 있는 자]에게 혜택을 주고, 신의 은총은 덕[이 있는 한 그곳]에 멈추어 있다. [주 왕조의] 성왕成王이 겹욕郟鄏의 땅[洛陽]에 솥을 설치하고 점을 치니 왕조는 삼십 대 7백 년이 나왔다. 이는 하늘이 명한 햇수이다. 지금 주나라의 덕이 조금 쇠하기는 했지만, 아직 천명이 바뀐 것은 아니니 솥의 가볍고 무거움을 물을 때가 아닌 듯하다.[68]

이 설화에서 국가의 상징인 솥[九鼎]에는 모든 지역의 동물 모습이 그려져 있고, 모든 지역의 금속이 녹아들어 있음을 알 수 있다. 이러한 솥을 만든 이유는 왕이 금속 자원을 취득하고 그것을 독점하였을 뿐만 아니라, 그의 지배아래에 있는 여러 지역의 '의사소통을 위한 수단'까지도 소유했음을 나타내려고 했기 때문이었을 것이다.[69]

밑줄 친 곳에서 볼 수 있듯, 구정은 권력의 전이轉移를 상징하는 물건이었다. 이런 점을 좀 더 명확하게 하기 위해《묵자墨

---

68   K.-C. Chang(張光直), 伊藤淸司 共譯, 앞의 책, 170쪽.

"在德不在鼎. 昔夏之方有德也. 遠方圖物 貢金九牧鑄鼎象物. ……用能協和於上下以承天休. 桀有昏德鼎遷於商 載祀六百商紂暴虐鼎遷於周. 德之休明 雖小重也. 其奸回昏亂 雖大輕也. 天祚明德 有所致止. 或王定鼎郟鄏 蔔世三十蔔年七百. 天所命也. 周德雖衰天命未改 鼎之輕重未可問也."

69   위의 책, 154쪽.

《子》 경주편耕柱篇에 있는 이야기도 아울러 소개한다.

[자료 17]

무마자巫馬子가 묵자墨子에게 "귀신과 성인 가운데 어느 쪽이 더 현명합니까?"라고 물었다. 묵자가 대답하기를, "귀신의 지혜를 성인과 비교함은 귀가 밝고 눈이 밝은 사람을 귀머거리나 소경과 비교하는 것과 같다. 옛날이 하夏 왕조의 개開(啓)가 비렴蜚廉에게 명하여 산천에서 금속을 캐 오게 하고, 곤오昆吾에서 솥을 주조하였다. [이때] 개는 익益에게 명하여, 꿩을 잡아 백약白若의 거북에게 [그 피를 뿌려] 점을 쳤다. [그때 상제 귀신에게 고하기를] ㉠ '네 개의 발을 붙여 솥을 만들었는데, 불을 지피지 않아도 저절로 끓으며 들지 않아도 저절로 숨고, 옮기지 않아도 저절로 걸어갑니다. 그리하여 이 솥으로 곤오의 땅에서 제祭를 드리니, 흠향하십시오.'라고 하자, 점괘가 나오기를 '잘 흠향하였다. 성대한 흰 구름이 잠깐 사이에 동서남북으로 장소를 옮기는 것과 같이 주조된 아홉 솥[九鼎] 역시 앞으로 세 나라로 옮겨질 것이다.'라고 하였다. ㉡ 하나라의 임금이 잃으니 은나라 사람이 받고, 은나라 사람이 잃으니 주나라 사람이 받았다. 하와 은, 주가 서로 주고받음이 수백 세가 지났는데, 만일 성인으로 하여금 그의 뛰어난 신하와 재상들을 불러 모아 함께 의논케 한들 어찌 수백 세 뒤의 일을 알 수 있겠는가? 그러나 귀신은 그것을 알 수 있다."고 하였다.[70]

이 기록의 내용도 앞에서 인용한 《춘추좌전》과 궤를 같이한

---

70 앞의 책, 170쪽.
"巫馬子謂子墨子曰 鬼神孰與聖人明智. 子墨子曰 鬼神之明智於聖人 猶聰耳明目之與聾瞽也. 昔者夏後開使蜚廉折金於山川 而陶鑄之昆吾 是使益斯雉已葡於白若之龜. 龜曰 鼎成四足而方, 不炊而自烹 不舉而自藏 不遷而自行 以祭於昆吾之虛, 上鄉已. □(乙?)又言兆之由曰 饗矣 逢逢白雲一東一西一南一北. 九鼎旣成 遷於三國. 夏後氏失之 殷人受之 殷人失之 周人受之, 夏後殷周之相受也. 數百歲矣. 使聖人聚其良臣與桀相而相謀 豈能智數百年之後哉. 而鬼神智之."

다. 특히 여기에서도 ⓛ과 같이 구정의 이동이 권력의 전이라는 데 초점이 맞추어져 있음을 알 수 있다.

이런 이 설화와 대하여 장광직은 "이들[구정]의 설화는 청동의 발명에 관한 중국 신화와 전설에 가장 가까운 전승이다. 그들 설화와 아킬레우스Achilles를 위해 청동 방패를 만든 불의 신 헤파이스토스Hephaestus, 고대 그리스 이전부터의 불과 대장간의 신에 관한 그리스 신화를 비교하는 것은 대단히 흥미로울 것이다."71라고 하여, 이것을 청동을 장악한 왕권의 상징으로 보면서 그리스의 아킬레우스 신화와 비견한 바 있다.

그런데 이 설화에서 밑줄 친 ㉠의 표현이 [자료 15]의 ㉠과 너무도 닮아 있어 주의를 끈다. 곧 대무신왕이 얻었던 솥이 '불을 지피지 않고도 스스로 열이 나므로 밥을 지어 먹일 수 있었다'는 것과, [자료 17]에서 '불을 지피지 않아도 저절로 끓으며 들지 않아도 저절로 숨고, 옮기지 않아도 저절로 걸어간다'고 한 것이 너무도 유사하다. 이는 우연의 일치일 수도 있지만, 이들 솥이 다 같이 왕권을 상징하는 물건이었다고 한다면, 그런 물건들이 가지는 주술적인 기능을 나타낸 것이 아닐까 하는 상정도 가능하다는 것을 지적해 둔다.

이렇게 본다면, ⓛ에서 그 솥을 잃어버린 여자의 오빠에게 부정負鼎, 곧 솥을 진다는 의미의 성씨를 내려 준 것도 이해가 될 것 같다. 다시 말해 부정씨의 성을 받은 인물은 청동을 다룰 수

---

71 앞의 책, 155쪽.

있는 기술을 가진 사람이었다고 추정할 수 있다는 것이다.

이처럼 왕권을 상징하는 솥을 취득한 대무신왕은 [자료 15]의 ㉢에서 보는 바와 같이 금도장과 병기를 습득하였다. 이들 물건이 대무신왕의 말처럼 "하늘이 준 것"이라면, 그의 왕권은 하늘로부터 인정을 받은 것이라는 해석이 가능해진다.[72] 그러므로 이 기사는 고구려가 세워진 초기에 왕권이 강화되어 가는 일단을 서술한 왕권신화의 일종이라고 보는 것이 타당하다고 하겠다.

3-8 고구려 왕권신화 연구의 의의

한반도와 만주 일대의 넓은 강역에서 일찍부터 국가의 형태를 이룩하였던 고구려의 시조 고주몽에 얽힌 신화는 양이 많으며 복잡한 양상을 보여 주고 있다.

건국주 주몽의 탄생에 얽힌 태양출자 모티프는 일찍이 조선 서북쪽에 자리 잡았던 선비족의 신화와 관련된다. 이러한 친연 관계는 중국 북방 지역에 거주했던 돌궐의 태양 숭배 사상에서 생성된 유목 문화의 영향을 받은 것이다.

주몽 신화의 난생 모티프는 우주란의 신화적 사유에서 만들

---

[72] 신향숙申香淑은 이들 신기에 대하여 "대무신왕이 부여를 정복하고자 하는 의지는 이미 대무신왕의 개인적이라기보다는 신에 의해 모든 것이 준비되어진 것이나."라는 견해를 밝힌 바 있다.
신향숙, <<대무신왕 본기>의 문학적 의미 고찰>, 《인문과학논총》 33, 서울: 건국대학교 인문과학연구소, 1999, 69쪽.

어졌다. 중국에 일찍부터 존재하면서 중국 동해안과 동북아시아 쪽으로 전해진 이 유형의 신화들은 중국 상 대의 문화와 연관된다. 이로써 '한국의 난생신화는 남쪽의 한족과 함께 남방에서 들어온 것'이라는 미시나 아키히데의 주장은 한국 민족의 형성 과정을 왜곡하려는 저의에서 비롯된 것임을 명확히 밝혔다.

위와 같이 주몽 신화의 두 모티프를 고찰한 다음, 송양왕 집단과의 대립을 통한 주몽의 국토 확장 면모를 살펴보았다. 이 신화는 뒤에 들어온 주몽 집단이 먼저 살고 있던 송양왕의 비류국을 인수한 것을 신화적으로 표현한 것이다. 이 과정에서, 송양왕 집단의 문화는 농경 위주의 문화에 수렵적인 요소가 가미된 문화였으며 대지의 원리를 신봉했으나, 이와 달리 주몽 무리는 수렵 문화적인 성격과 어로 문화적인 성격을 아울러 가졌고, 하늘의 원리를 주로 하고 수역의 원리를 종으로 하는 세계관을 가졌다고 보았다.

주몽을 낳은 유화는 수역의 신인 하백의 딸이지만 고구려에서는 혈거신 또는 곡모신으로도 신봉되었다. 이처럼 수역과 대지의 원리를 대변하는 유화가 하늘의 원리를 대변하는 태양과 관련하여 낳은 주몽이 고구려를 세웠다는 신화적 기술은, 태양 출자의 왕권신화를 가진 주몽 집단이 지모신을 숭배하는 유화 집단과 연합하여 왕권을 장악했다는 것을 말해 준다.

주몽의 아들인 유리 신화에 등장하는 석상송하의 보검 모티프와 천상여행 모티프는 샤머니즘에서 입무 과정을 나타내는 것으로 보고 그가 사제 왕이었다고 해석하였다. 이와 거의 같은 구조의 이야기가 일본 난세이 제도의 샤먼 유타 사이에 전해 온다. 샤먼이 천상을 여행하는 이 오모이마쓰가네 신화의 모티프는 돌궐과 몽골의 텡그리 신앙과 밀접하게 관련된다. 이는 북방의 샤머니즘 문화가 이 일대까지 전해졌음을 뜻한다.

대무신왕의 왕권 강화를 서술하는 신화 또한 살폈다. 이는 실제 있었던 일일 가능성을 배제할 수 없으나 신화적 성격이 짙은《삼국사기》고구려본기 대무신왕 4년 조 기록을 신화로 전제하고, 대무신왕이 비류수에서 얻은 솥에 관한 모티프에 주목하였다.《춘추좌전》과《묵자》경주편 등에서 솥이 청동을 장악한 왕권을 상징한다는 것을 들어 이 신화가 대무신왕의 왕권이 강화되어 가는 한 단면을 표현했다고 상정하였다.

위와 같은 고찰 결과, 고구려의 왕권신화는 결국 한국의 고대 왕권이 북방의 샤머니즘 문화를 바탕으로 하며 왕이라는 지배자는 하늘·대지·수역을 총괄하는 자였음을 반영하는 것을 확인하였다. 세 우주 영역을 통괄하는 존재가 고구려의 왕권을 비로소 온전히 확립했음을 나타내는 것이다.

4-1 백제의 왕권과 신화

김부식의《삼국사기》에서 가장 소홀하게 다루어진 것이 백
제에 관한 기사이다. 이는 삼국 가운데 건국주의 탄생신화가
수록되지 않은 것은 백제뿐이라는 사실에 그대로 드러나 있는
듯하다. 실제로《삼국사기》권23 백제본기百濟本紀 시조 온조왕
溫祚王 조에 실려 있는 온조 신화와 비류 신화에는 신비한 탄생
모티프가 들어 있지 않다. 그 대신에 그들이 고구려로부터 남
하하였다고 해서 그 출자를 고구려라고 밝히고 있다. 그리고
전자는 온조가 그의 형인 비류와 겪는 갈등을 주된 내용으로
하고 있어, 이들 두 집단이 대립하였다는 것을 엿볼 수 있다.

이와 같은 온조 신화의 특징에 착안한 최래옥崔來沃은 "백제
의 건국 영웅들은 신비로운 신화의 옷도 입지 못하고 말았다."[1]
는 전제 아래 구비전승으로 백제 왕권신화의 재구를 시도한 바

139

있다. 그리하여 그는 "백제의 건국신화는 처음 광주廣州 시대에는 동명왕 신화를 택하여 활용했으며, 공주公州 시대에는 토착민의 곰 전설을 흡수, 가미하여 새로운 신화를 만들고, 부여 시대에는 야래자夜來者 설화에 용을 등장시킨 신화를 가졌다고 본다."[2]는 견해를 제시하였다.

그러나 이는 백제의 신화 자료들을 제대로 검토하지 않은 탓에서 비롯된 것임을 지적하지 않을 수 없다. 중국의《수서》나《북사》에 남아 있는 구태 신화와 일본의《쇼쿠니혼기》에 남아 있는 도모 신화는 그가 말하는 "신비로운 신화의 옷"에 해당하는 탄생 모티프가 있는 백제의 왕권신화이기 때문이다.

그러므로 백제 왕권신화의 실상을 파악하려면 이들 자료를 더욱 면밀하게 검토하는 것이 필수적이다. 그렇지만 역사학계는 중국에 전하는 구태 신화나 일본에 전하는 도모 신화에 대해 그다지 관심을 나타내지 않고 있다. 단적인 예가 김두진金杜珍의 다음과 같은 지적이다.

백제 건국신화 중 도모 시조전승은 부여족이 공통으로 가지는 동명 전승을 새롭게 수용한 것이었고, 구태 시조전승은 백제 국가의 성장과 함께 지배세력의 변천 과정에서 다시 등장하는 왕실 세력인 고이왕계古爾王系에 의해 관념화되었던 것이다. 따라서 백제 건국신화에서 중요한 것은 온조 시조전승과 비류 시조전승이다.[3]

---

1   최래옥,〈현지조사를 통한 백제설화의 연구〉,《한국학논집》2, 서울: 한양대학교 한국학연구소, 1982, 126쪽.

2   위의 논문, 140쪽.

하지만 도모 신화와 구태 신화는 이렇게 간단하게 처리할 문제가 아니다. 구태 신화가 기록된 것은 7세기 무렵이고 도모 신화가 기록된 것은 8세기 무렵이므로, 이들 자료는 12세기에 편찬된 《삼국사기》보다 4~5세기 전에 문헌에 정착되었다. 또한 《삼국사기》를 편찬한 김부식이 유교적 사고를 바탕으로 사료를 취사선택하였으며, 나름대로 합리적인 서술을 시도했다는 사실을 감안하지 않으면 안 된다.

따라서 외국 문헌에 정착된 신화들이 왜 《삼국사기》에는 실리지 않았는가 하는 문제도 당연히 짚고 넘어가지 않으면 안 된다. 게다가 이렇게 다양한 백제의 왕권신화 자료들이 전하고 있다는 사실이 무엇을 의미하느냐는 문제도 아울러 해명되어야 마땅하지 않을까 한다.

이러한 백제 왕권신화의 다양성에 대하여, 권오영權五榮은 온조 전승은 고구려의 주몽과 직결되는 데 견주어 비류 전승과 구태 전승은 고구려와는 관계없이 부여와 직접 연결된다는 점에서 공통성을 가지고 있으며, 도모 전승은 부여와 고구려를 포괄적으로 인식하는 가운데 나타난 것으로 이해된다고 하였다.4 그렇지만 이 같은 그의 견해도 자료를 충분히 검토한 다음에 얻은 것은 아닌 듯하다. 단지 외면적인 기록 자체만으로 온조 전승은 고구려의 주몽과 직결되고 비류 전승과 구태 전승은

---

3   김두진, 《한국고대의 건국신화와 제의》, 서울: 일조각, 1999, 174쪽.

4   권오영, 〈백제의 기원〉, 《한국사》6(삼국의 정치와 사회 2−백제), 서울: 국사편찬위원회, 2003, 16쪽.

부여와 직결된다고 보았기 때문이다.

그런 가운데에서도 노명호盧明鎬는 〈백제의 동명신화와 동명묘〉[5]란 논문에서는 이들 자료를 비교적 자세하게 검토한 적이 있고, 또 최광식崔光植은 《백제의 신화와 제의》[6]에서 이들 자료를 구체적으로 소개한 바 있다. 그렇지만 전자는 백제 왕권신화의 이본들이 서로 어떤 관계를 가지고 있는가를 밝히려고 한 것이 아니라 구태 신화에 차용된 동명 신화와 백제에서 받들어지던 동명 묘東明廟에 대한 전승에 초점을 맞추었고, 후자는 자료를 개별적으로 소개하는 수준에 머물렀다는 문제점을 안고 있다. 이런 의미에서 이제까지 이들 자료에 대해 제대로 된 검토는 없었다고 해도 지나친 말이 아니다.

이와 같은 문제점을 극복하기 위해서 네 종류의 백제 왕권신화, 곧 도모 신화와 구태 신화, 비류 신화, 온조 신화의 자료들을 비교신화학적 측면에서 살펴봄으로써 이들 자료의 실상을 파악하고, 나아가 이들 사이의 상관관계를 구명하려고 한다.

4-2 온조의 왕권신화

두루 알다시피 《삼국사기》 권23 백제본기 제1 시조 온조왕조에는 그가 나라를 세우기까지 과정이 기술된 온조 신화가 실

5　　노명호, 〈백제의 동명신화와 동명묘: 동명신화의 재생성 현상과 관련하여〉, 《역사학연구》 10, 광주: 전남대학교 사학회, 1981, 39~89쪽.

6　　최광식, 《백제의 신화와 제의》, 서울: 주류성, 2006, 21~58쪽.

려 있다. 그래서 먼저 한국의 정사正史에 수록된 이 자료부터 살펴보기로 한다.

[자료 1]

⑴ 백제 시조 온조왕은 그 아버지를 추모鄒牟 혹은 주몽이라고 이른다. 주몽이 북부여로부터 재난을 피하여 졸본부여卒本扶餘에 이르렀는데, 부여의 왕은 아들이 없고 딸만 셋을 두었다. 주몽을 보고 비범한 인물이라는 것을 알아서 둘째 딸을 아내로 주었다. 얼마 안 지나서 부여 왕은 죽고, 주몽이 왕위를 계승하였다. 아들 둘을 낳아 맏이는 비류沸流라 하고, 다음은 온조溫祚라 하였다(혹은 주몽이 졸본으로 온 다음 월군越郡의 여자에게 장가를 들어 두 아들을 낳았다고도 한다).

⑵ 주몽이 북부여에 있을 때 낳은 아들이 와서 태자가 되자, 비류와 온조는 태자에게 용납되지 못할까 두려워하여 마침내 오간烏幹과 마려馬黎 등 열 명의 신하와 함께 남쪽으로 떠났다. 백성들도 따라오는 이가 많았다.

⑶ 드디어 한산漢山에 이르러 부아악負兒嶽에 올라 가히 살 만한 곳을 보았는데, 비류는 바닷가에 가서 살려고 하였다. 열 신하가 간하기를, "생각하건대 이 하남河南 땅은 북쪽으로 한수漢水가 둘리고 동쪽으로 높은 산악이 차지하였으며, 남쪽으로 비옥한 들판이 펼쳐지고 서쪽으로 큰 바다가 막히었으니, 필연적으로 험준하고 지형상 유리한 것을 얻기 어려운 판국이라 여기에 도읍을 만드는 것이 마땅하지 않습니까?"라고 하였다.

⑷ 비류는 듣지 않고 백성들을 나누어 미추홀彌鄒忽로 가서 살았다. 온조는 하남 위례성慰禮城에 도읍을 정하여 열 신하로 보익을 삼고 나라 이름도 십제十濟라 하였으니, 전한前漢 성제成帝 홍가鴻嘉 3년이었다.

⑸ 미추홀의 땅은 습하고 물이 짜서 편안하게 살 수 없었다. 비류가 위례로 돌아와 보니, 도읍을 새로 정하고 백성들이 편안하게 살고 있었다. 드디어 부끄럽고 후회되어 죽어 버리니 그의 신하와 백성들까지 위례로 돌아왔다.

⑹ 뒷날에 이르러 백성들이 즐겁게 따라왔다고 하여 백제百濟라 나라

이름을 고쳤다. 그 집안 내력은 고구려와 함께 부여에서 나왔기 때문에 '부여扶餘'로 성을 삼았다.7

이것은 (1) 비류와 온조의 출생 과정과 (2) 북부여에서 찾아온 태자와의 대립, (3) 형제 사이의 도읍터를 둘러싼 의견 대립, (4) 각각 다른 도읍터로의 분리, (5) 비류의 자살, (6) 백제 건국 등 여섯 개의 단락으로 나누어진다. 이 단락 가운데 (1)의 출생 과정은 다른 왕권신화들에 견주면 그 신비성이 제거되어 있다. 왕권신화에서 건국주의 출생 과정에 비정상적인 탄생에 따른 신비성을 부여하는 것이 그들이 장악한 왕권의 정당성과 정통성을 확보하는 한 방편임은 앞에서도 언급한 바 있다.8 그런데도 이 신화에서 그런 신비성이 제거된 것은 역사 시대에 접어들면서 신화의 후대적인 변형이 이루어졌다는 것을 말해 준다고 볼 수 있다.

이러한 변형이 있었음에도 대립적인 요소들이 강조되는 것

7   김부식,《삼국사기》, 서울: 경인문화사 영인본, 1982, 231쪽.
"百濟始祖溫祚王 其父鄒牟 或云朱蒙 自北扶餘逃難 至卒本扶餘 扶餘王無子 只有三女子 見朱蒙 知非常人 以第二女妻之 未幾扶餘王薨 朱蒙嗣位 生二子 長曰沸流 次曰溫祚或云 朱蒙到卒本 娶越郡女 生二子 及朱蒙在北扶餘所生子來爲太子 沸流溫祚恐爲太子所不容 遂與烏干馬黎等十臣南行 遂至漢山 登負兒嶽 望可居之地 沸流欲居於海濱 十臣諫曰 惟此河南之地 北帶漢水 東據高嶽 南望沃澤 西阻大海 其天險地利 難得之勢 作都於斯 不亦宜乎 沸流不聽 分其民 歸彌鄒忽以居之 溫祚都河南慰禮城 以十臣爲輔翼 國號十濟 前漢成帝鴻嘉三年也 沸流以彌鄒忽 土濕水鹹 不得安居 歸見慰禮 都邑鼎定 人民泰安 遂慙悔而死 其臣民皆歸於慰禮 後以來時百姓樂從 改號百濟 其世系與高句麗同出扶餘 故以扶餘爲氏."
8   A. M. Hocart, *Kingship*, London: Milford Humphrey for Oxford University Press, 1927, pp.7~20.

은 이 신화가 영웅담의 기본 유형9을 그대로 지녀 왔다는 것을 나타낸다. 더욱이 이 신화에서는 대립 그 자체가 이중적인 구조로 되어 있다. 곧 단락 (2)에서 북부여로부터 찾아온 태자와의 대립과 (3)에서 비류와 도읍터를 둘러싼 의견 대립이 그것이다. 이러한 대립은 전자가 출자에서 파생된 갈등으로부터 비롯된 것이고, 후자는 어디에 도읍을 정할 것인가 하는 의견의 갈등에서 비롯된 것이다.

역사학계에서는 전자, 곧 태자와의 대립이 비류와 온조의 남행으로 연결되는 것을 부여족의 남하로 파악하고 있다.10 하지만 위의 신화에서는 영웅이 버림받는 기아棄兒 모티프의 변형으로, 시련의 시작11을 의미한다.

한편 후자에서 비류와의 대립은 겉으로는 도읍터를 둘러싼 형제 사이의 갈등으로 표출되어 있으나, 내면적으로는 세계관적·문화적 대립이 있었다는 것을 말해 준다. 이 같은 대립적인 구조는 온조 신화의 내면적 의미를 밝히는 데 매우 중요한 실마리를 제공해 주는 모티프라고 하겠다. 비류와 온조와의 대립이 무엇을 반영하고 있느냐를 구명하기 위해, 위 자료에서 단락 (3)부터 (6)에 관한 내용을 좀 더 자세히 검토해 보자. (3) 비류

9   Lord Raglan, "The Hero of Tradition", Alan Dundes ed., *The Study of Folklore*, Englewood Cliffs: Prentice-Hall Inc., 1965, p.145.

10   이병도, 《한국사》 고대편, 서울: 을유문화사, 1976, 342쪽.

11   이는 동명왕이 금와왕 아들들과의 갈등에서 남하를 단행하는 모티프와 일치한다는 점에서 북방 아시아 계통의 문헌 신화에서 갈등 해소의 한 유형으로 지적될 수도 있다.

와의 대립은 그들이 한산에 이르러 부아악에 올라 도읍터를 잡으려고 할 때 벌어졌던 의견 차이가 주된 내용이다. 비류는 굳이 바닷가 땅인 미추홀을 고집하였으나 열 사람의 신하들은 지리상의 이점을 들어 하남에 도읍을 정할 것을 간청한 것이다.

이들이 도읍을 정하는 데 적당하다고 주장한 하남 땅은 '북으로 한수를 끼고 동으로 고악에 의지하며 남으로 옥택沃澤을 바라보고 서쪽은 큰 바다로 가로막았다'는 표현으로 미루어 보아 산 쪽에 가까운 곳임을 알 수 있다. 이곳에 도읍하자고 간청하였던 열 사람의 신하들이 모두 온조의 신하가 되었다는 것으로 온조가 산 쪽을 택했다는 해석이 가능해진다. 따라서 비류와 온조의 대립은 단순한 의견 대립이 아니라, 비류가 바닷가의 땅, 곧 대지라는 우주 영역을 대표한 존재였던 것과 달리 온조는 산 쪽을 대표하는 존재였음을 나타낸다고 할 수 있다.

그러나 이러한 대립이 무엇을 의미하는지는 명확하지가 않다. 이처럼 자료의 마멸磨滅로 말미암아 그 의미를 제대로 파악할 수 없을 때는 '상호해명법相互解明法, wechselseitige Erhellung'이란 방법론을 사용할 수 있다. 이것은 민족학에서 이용하는 것으로, 계통적으로 관계가 있거나, 또는 구조가 유사한 둘 혹은 그 이상의 현상을 비교하여 한 가지 자료만으로는 분명하지 않은 것을 밝히는 방법론이다.**12**

12　大林太良, 〈古代日本·朝鮮の最初の三王の構造〉, 吉田敦彦 編著, 《比較神話學の現在》, 東京: 朝日新聞社, 1977, 36쪽.

이 대립의 의미를 파악하기 위해서 상호해명법을 원용할 수 있는 자료로는 동부여 해부루와 북부여 해모수의 대립 및 비류국 송양왕과 고구려 주몽의 대립이 있다. 이들 자료에 나타나는 대립의 양상을 도시圖示하면 다음과 같다.

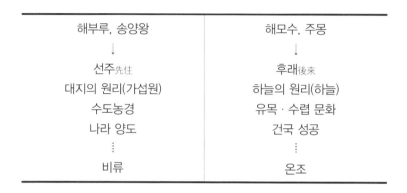

해부루, 송양왕	해모수, 주몽
↓	↓
선주先住	후래後來
대지의 원리(가섭원)	하늘의 원리(하늘)
수도농경	유목 · 수렵 문화
나라 양도	건국 성공
⋮	⋮
비류	온조

이와 같은 대립 구조에서, 바다 쪽을 택했던 비류 집단은 먼저 그 지역에 거주하면서 대지의 원리를 신봉하는 수도 경작 농경 문화를 가졌고, 산 쪽을 택했던 온조 집단은 뒤에 들어오면서 하늘의 원리를 신봉하는 유목 문화를 가졌다고 볼 수 있다.

이렇게 문화와 세계관이 대립했기에 단락 (4)에서 온조와 비류의 분리는 피할 수 없는 일이었다. 이들은 이렇게 분리되었으나, 단락 (5)에서 바닷가에서 편안하게 살 수 없어 위례성으로 돌아온 비류가 스스로 목숨을 끊으며 저절로 해결되는 형태를 취한다.

이곳에서 유의해야 할 것은, 비류의 자살이 단순히 신흥국가의 면모를 제대로 갖추지 못한 데서 비롯된 것만은 아니라는 사실이다. 앞에서도 언급한 것처럼 비류는 대지의 원리를 대표하는 존재였다. 이러한 비류가 자살했다는 기록은 그가 산 쪽을 대표하는 온조와의 세계관적인 대립에서 실패했다는 의미를 내포하고 있다. 세계관적 대립의 실패는 국가 양도로 연결될 수밖에 없었다. 이것이 단락 (5)에서 신하와 백성들이 모두 위례성으로 돌아왔다는, 말하자면 평화적으로 나라를 양도함으로써 국가의 통일이 성취되었다는 것이다. 이처럼 비류가 우주관의 대립에서 실패하여 나라를 양도함으로써 통일을 이룩한 온조는 단락 (6)과 같이 비류와 분리될 때 지었던 십제라는 나라 이름을 버리고 백제로 개칭하여 명실상부한 건국주가 될 수 있었다.

이렇게 볼 때, 온조의 왕권신화는 대지의 원리를 대표하는 비류가 산 쪽을 대표하는 온조와의 세계관적인 대립에서 성공을 거두지 못하여 결국은 나라를 양도할 수밖에 없었고, 이러한 양도로 온조가 백제의 건국주가 될 수 있었음을 나타낸다고 할 수 있다.

4-3 비류의 왕권신화

앞에서도 언급한 것처럼,《삼국사기》권23 백제본기 제1 시조 온조왕 조에는 온조 신화 이외에도 "한편에 이르기를〔一云〕"이라고 하여 하나의 이설異說로 비류의 왕권신화가 실려 있다.

이 자료도 아울러 고찰하기로 한다.

[자료 2]

시조는 비류왕이다. 그 아버지는 우태優台로 북부여 왕 해부루의 서손庶孫이었다. 어머니는 소서노召西奴로 졸본 사람 연타발延陀勃의 딸이었다. [소서노는] 처음에 우태에게 시집을 가서 아들 둘을 낳았는데, 맏이는 비류라 하였고 둘째는 온조라 하였다. 우태가 죽자 [소서노는] 졸본에서 과부로 지냈다. 뒤에 주몽이 부여에서 받아들여지지 못하자, 전한前漢 건소建昭 2년[기원전 37년] 봄 2월에 남쪽으로 도망하여 졸본에 이르러 도읍을 세우고 국호를 고구려라고 하면서 소서노를 맞이하여 왕비로 삼았다. 주몽은 그녀가 나라를 창업하는 데 잘 도와주었기 때문에 그녀를 총애하고 대접하는 것이 특히 후하였고, 비류 등을 자기 자식처럼 대하였다.

주몽이 부여에 있을 때 예 씨에게서 낳은 아들 유류孺留가 오자 그를 태자로 삼아 왕위를 잇기에 이르렀다. 이에 비류가 동생 온조에게 말하기를, "처음 대왕이 부여의 난을 피해 이곳으로 도망하여 오자 우리 어머니가 재산을 기울여 나라를 세우는 것을 도와서 애쓰고 노력함이 많았다. 대왕이 세상을 떠나시고 나라가 유류에게 속하게 되었으니, 우리들은 그저 군더더기 살(疣贅)처럼 여기에 남아 있는 것은 어머니를 모시고 남쪽으로 가서 땅을 택하여 따로 도읍을 세우는 것만 같지 못하다."라고 하였다. [그리하여] 드디어 동생과 더불어 무리를 거느리고 패수浿水와 대수帶水 두 강을 건너 미추홀에 이르러 살았다.13

---

13   김부식, 앞의 책, 231~232쪽.
"始祖沸流王. 其父優台 北扶餘王解夫婁庶孫. 母召西奴 卒本人延陀勃之女. 始歸於優台 生子二人 長曰沸流 次曰溫祚. 優台死 寡居於卒本. 後朱蒙不容於扶餘. 以前漢建昭二年春二月 南奔至卒本. 立都號高句麗. 娶召西奴爲妃. 其於開基創業. 頗有內助. 故朱蒙寵接之特厚. 待沸流等如己子. 及朱蒙在扶餘小生禮氏子孺留來. 立之爲太子. 以至嗣位焉. 於是沸流謂弟溫祚曰 始大王避扶餘之難. 逃歸至此. 我母氏傾家材助成邦業. 其勤勞多矣. 及大王厭世. 國家屬於孺留. 吾等徒在此. 鬱鬱如疣贅. 不如奉母氏南避蔔地 別立國都. 遂與弟率黨類. 渡浿帶二水. 至彌鄒忽以居之."

이와 같은 비류 신화에 대하여, 이병도는 "전자[온조 전승을 가리킨다─인용자 주]는 확실히 온조를 수장으로 한 위례부락慰禮部落 계통의 전설인 것 같고, 후자는 비류를 수장으로 한 미추부락彌鄒部落 계통의 전설인 듯하다. 즉 위례부락 계통에서는 온조를 백제의 시조라 하고, 미추부락 계통에서는 비류를 백제의 시조라고 하는 두 개의 전설이 서로 대립하여 내려왔던 것"[14]이라는 견해를 밝혔다. 그러면서 그는 "비류와 온조가 형제라는 것과, 또 그 생모와 주몽(비록 후처後妻·후부後夫의 관계라 할지라도)이 부부관계에 있었다는 것은 양설[《삼국사기》 소재 비류 신화와 온조 신화를 가리킨다─인용자 주]의 공통되는 것이므로 우선 이를 전제로 삼고, 다시 후설[앞에서 인용한 〔자료 2〕의 비류 신화를 가리킨다─인용자 주]에 보이는 우태와의 관계를 고려에 넣어 합리적인 해석을 내린다면, 비류와 온조는 동모同母의 형제로, 형 비류의 생부는 우태, 제 온조의 생부는 주몽이라고, 즉 그 생모는 전부前夫 우태에게서 비류를 낳(았)고, 후부 주몽에게서는 온조를 낳(았)다는 설이 일전 一轉하여 위와 같은 형식(온조 설화 편에서는 비류도 주몽의 자子라 하고, 비류 설화 편에서는 온조도 우태의 자라고 하는)의 설화로 나타난 것이 아닌가 한다."[15]라고 하여, 비류와 온조의 관계를 합리적으로 설명하려는 입장을 취한 바 있다.

---

14 이병도,《한국 고대사 연구》, 서울: 박영사, 1976, 469쪽.
15 위의 책.

그러나 이러한 이병도의 주장이 전부 타당하지는 않은 것 같다. 앞의 온조 왕권신화에서 살펴본 것처럼 이들 두 집단은 그 문화와 세계관을 달리하는 별개의 세력들이었는데도 이들 두 자료에 등장하는 비류와 온조를 형제로 기술한 것은 김부식의 합리적인 사고가 작용했다고 볼 수밖에 없기 때문이다. 이런 문제점이 있기는 하지만, 그가 위례부락 계통의 신화와 미추부락 계통의 신화가 따로 존재했음을 지적한 것은 뛰어난 의견이었다고 할 수 있다.

이와 같이 두 집단 사이에 전하는 시조 전승의 하나인 비류 신화는 출자를 중시하는 한국 고대 국가 왕권신화의 전통을 그대로 답습한 것이었다. 즉 그는 [북]부여의 왕 해부루의 서자인 우태와 졸본 사람 연타발의 딸인 소서노 사이에서 태어난 존재임이 강조되고 있다는 것이다. 이것은 분명히 그의 출자가 부여와 관련을 가진다는 것을 나타낸다. 따라서 이 신화가 비류 집단이 해부루 계통의 문화와 세계관을 보유했음을 말해 준다고 보아도 아무런 지장이 없지 않을까 한다.

4-4 도모의 감응신화

백제의 왕권신화는《삼국사기》에 전하는 온조 신화와 비류 신화만 존재하는 것이 아니다. 앞에서도 지적한 것처럼 일본에는 도모 신화가, 중국에는 구태 신화가 남아 있다. 특히 전자는 8세기 무렵에 스가노노 마미치菅野眞道 등에 의해 편찬된《쇼쿠니혼기》에 기록된 것으로서, 《삼국사기》의 자료들보다 4세기 일찍 문자로 정착되었다는 점에서 매우 중요한 자료라 할 수 있다. 먼저 이 책의 엔랴쿠延曆 8년 12월 조에 실려 있는 도모 신화의 내용부터 소개하기로 한다.

[자료 3]

황태후의 그 백제 먼 조상이 도모왕都慕王인데, [그는] 하백의 딸이 해의 정기[日精]에 감응하여 태어났다.**16**

이것은 간무천황桓武天皇의 황태후인 다카노노니이가사高野新立 조상의 시조에 연루된 이야기로, 하백의 딸이 해의 정기에 감응하여 도모를 낳은 것으로 되어 있다. 이런 내용은 고구려의 건국주인 주몽의 탄생담과 유사한 것이어서 주목을 끈다. 즉 전자에는 도모가 해의 정기[日精]의 감응으로 태어났다고 되어 있는데, 후자에는 "햇빛이 비추었는데 몸을 피하면 햇빛이 또 따라와 비추었다."**17**고 하여 햇빛[日光]의 감응으로 태어났다고 되어 있다. 그리고 도모왕이나 주몽이 다 같이 하백의 딸로부터 태어났다고 하는 공통된 모티프를 가지고 있다.**18** 이 때문

16　黑板勝美 編,《續日本記後篇》, 東京: 吉川弘文館, 1979, 542쪽.
"皇太後 其百濟遠祖都慕王者. 河伯之女 感日精而所生."

17　김부식, 앞의 책, 145쪽.
"爲日所炤 引身避之 日影又逐而炤之."

18　이러한 유사성은 백제 왕실이 자기들의 시조신화에 고구려의 주몽 신화를 차용하였기 때문일 가능성이 있으므로, 후자와의 관계를 검토한다는 것을 미

에 이병도는 이 시조 도모설都慕說이 백제 귀화인歸化人의 이야기라고 하면서, "도모는 말할 것도 없이 동명·추모·주몽과 동명동인으로 고구려의 시조 기인其人이다."라고 하였다. 그가 도모왕을 곧 고구려를 세운 주몽으로 본 것은 일본어의 발음이 유사하고, 또 부여의 왕권신화에 나오는 동명과 주몽을 같은 인물로 보았기 때문인 듯하다. 그렇지만 부여의 동명과 동명성왕이란 시호를 받은 고구려의 주몽은 별개의 인물이므로, 섣불리 이런 견해에 동의하기는 어려울 듯하다.

이 문제는 어찌 되었든, 같은《쇼쿠니혼기》엔랴쿠 9년 추秋 7월 조에는 이것과 다소 다른 내용의 이야기가 기록되어 있어 관심을 불러일으킨다.

[자료 4]

마사미치眞道 등은 본래 백제왕 귀수왕에서 나왔습니다. ⊙ 귀수왕은 백제 시조왕의 제16세손이 되는 왕이었습니다. 백제 태조 도모대왕都慕大王은 해의 신[日神]이 강령降靈하여 일찍이 부여에서 나라를 세웠는데, 천제의 녹부錄符를 받으며 여러 한韓을 총괄하여 왕이라 칭하였습니다. ⓛ 근초고왕近肖古王에 이르러 처음으로 귀국과 내왕한 것은 진구황후神功皇后가 섭정한 해였습니다. ……그 뒤 오우진천황應神天皇이 게누노오미毛野氏의 먼 조상인 아라다와케荒田別를 백제에 사신으로 보내어 유식한 사람을 찾았더니, 국주國主 귀수왕이 그 뜻을 받들어 친척 가운데 손자뻘이 되는 진손왕辰孫王─일명 지종왕智宗王─을 사신 편에 따라 들여보냈습니다. 천황은 매우 기뻐하며 그에게 특별한 은총을 베풀면서, 그를 황태자의 스승으

리 밝혀 둔다.

로 삼게 했습니다. 이렇게 되어 이 땅에 비로소 서적이 전해졌습니다. 문화가 크게 떨치게 된 것은 참으로 우리 조상이 이 땅에 왔기 때문입니다. 그 뒤에 닌토쿠천황仁德天皇이 진손왕의 맏아들인 태아랑왕太阿郎王을 가까운 시종으로 삼았습니다. ⓒ 태아랑왕의 아들은 해양군亥陽君이고 해양군의 아들은 오정군午定君인데, 오정군은 아들 셋을 낳았습니다. 맏아들이 미사味沙, 둘째는 진이辰尔, 막내를 마로麻呂라고 하였습니다. 이로부터 그 세 아들이 각기 자기 맡은 직업을 따서 세 가지 성씨를 삼았는데, 그들이 바로 후지이무라지葛井連, 후나무라지船連, 쓰무라지津連들입니다. 비다쓰천황敏達天皇 시대에 고구려국이 사신을 보내와 까마귀 날개에 글자를 적어 표문을 바쳤습니다. 뭇 신하들과 여러 학자들은 읽을 수 없었으나, 진이 한 사람만은 나가서 잘 읽었습니다. 천황이 그의 독학을 높이 평가하고 칭찬하며 표창했습니다.**19**

이것은 백제 제16대 진사왕辰斯王의 자손인 쓰노무라지 마사미치眞道와 제31대 의자왕義慈王의 자손 구다라노코니키시百濟王 진테이仁貞, 구다라노코니키시 겐신元信, 구다라노코니키시 추신忠信 등이 올린 상소문에 들어 있는 그들 조상의 시조신화이다. 그러므로 당시까지 구다라노코니키시, 곧 백제왕의 여러 후손

19　黑板勝美 編, 《續日本記》, 東京: 吉川弘文館, 1979, 546~547쪽.
　　"眞道等本系出自 百濟國貴須王 貴須王者百濟始興 第十六世王也. 夫百濟太祖都
　　慕大王者 日神降靈 奄扶餘而開國 天帝授籙 惣諸韓而稱王. 降及近肖古王遙慕 聖
　　化始聘貴國是則 神功皇后攝政之年也. ……應神天皇命上毛野氏遠祖荒田別使於
　　百濟搜聘 有識者. 國主貴須王恭奉 使旨擇採宗族遣其孫辰孫王一名 智宗王 隨使
　　入朝 天皇嘉焉. 特加寵命以爲皇太子之師矣. 於是 始傳書籍 大闡儒風文敎之興
　　誠在於此. 難波高津朝禦宇 仁德天皇以辰孫王長子太阿郎王爲近侍 太阿郎王子亥
　　陽君. 亥陽君子午定君. 午定君生三男 長子味沙 中子辰尓 季子麻呂. 從此而別始
　　爲三姓 各因所職以命氏焉. 葛井·船·津連等卽是也. 逮於他田朝禦宇 敏達天皇禦
　　世 高麗國遣使上 烏羽之表 群臣諸史莫之能讀, 而辰尓進取其表能讀巧寫. 詳奏表
　　文 天皇嘉其薦學深加賞歎."

들은 이와 같은 자기 조상의 시조 전승을 보전해 왔다고 볼 수 있다.

그러나 이러한《쇼쿠니혼기》의 기록을 문면 그대로 받아들이기는 어렵다. 일본 역사에서 진구황후는 실존했던 인물이라기보다는 사서를 편찬하면서 만들어 낸 허구의 인물로 보고 있기 때문이다.**20** 또 위의 자료에서 말하는 귀수왕은《삼국사기》에서 구수왕仇首王으로 기술하고 있는데, 근초고왕보다 1세기 정도 앞서 살았던 인물이다. 그런데도 ⓒ과 같이 근초고왕에 이르러 섭정을 하던 진구황후와 내왕하기 시작하였다고 한 것을 보면, 이 책을 편찬하면서 앞뒤가 맞지 않는 사실들을 열거한 것이 거의 분명하다고 보아도 좋지 않을까 한다.

[자료 4]가 이런 문제점을 가지고 있는 것은 사실이다. 하지만 ⓒ의 서술은 이 일대에 백제 왕족들이 정착하여 살고 있었다는 것을 확실히 해 주고 있다. 실제로 일본의 고대사 연구자들은 오우진천황이 백제계였다는 주장을 하고 있다. 이런 주장의 밑바탕에는 오우진릉應神陵과 같은 거대한 무덤을 만들기 위해서는 왕권이 상당히 신장되지 않으면 안 되었을 것이라고 하는 생각이 깔려 있다.**21**

---

20   이시와타리 신이치로石渡信一郎, 안희탁 역,《백제에서 건너간 일본천황》, 서울: 지각여행, 2002, 48~51쪽.
필자도 진구황후의 신라 정벌에 얽힌 기록은 역사적 사실이 아니라 규슈 지방에 전하던 설화였다는 사실을 구명한 바 있다[김화경,〈진구 황후의 신라 정벌 설화의 연구〉,《동아인문학》15, 대구: 동아인문학회, 2009, 1~32쪽].

21   위의 책, 52쪽.

여하간 백제로부터 일본 열도로 건너온 왕족들은 ㉠에서와 같이 자기들 조상의 시조신화를 가지고 있었다. 그리고 그 신화의 내용은 (1) 해의 신이 강령하여 그들의 시조가 되었는데, (2) 그는 부여에서 나라를 세웠고, (3) 천제의 녹부錄符를 받았으며, (4) 여러 한韓을 총괄하는 왕이 되었다는 것이다. 이렇게 네 개의 단락으로 구분되는 이 신화의 순차적 구조는 왕권신화의 전형을 보여 주고 있어, 백제에도 온전한 왕권신화가 전하고 있었다는 것을 말해 준다고 보아도 크게 잘못은 없을 듯하다.

그런데 이 신화의 내용은 앞에서 살펴본 [자료 3]과 얼마간 차이가 있다. 즉 [자료 3]에서는 하백의 딸이 해의 정기[日精]에 감응되어 낳은 존재가 도모왕이라고 하였으나, 여기에서는 시조 도모대왕은 해의 신[日神]이 직접 강림하였다는 것이다. 그러므로 전자에서 수신인 하백의 딸이 해의 정기에 감응되어 태어난 존재가 도모왕이라고 하였다면, 후자에서는 해의 신이 곧 도모왕이라는 차이가 있다.

일본의《신센쇼지로쿠新撰姓氏錄》에는 이렇게 시조에 연루된 신화는 기록되어 있지 않지만, 그 시조를 도모왕이라고 하는 후손이 여러 곳에 존재했었다는 사실을 말해 주는 자료들이 남아 있다.

[자료 5]

① 야마토아소미和朝臣: 출자는 백제국 도모왕 18세손 무령왕이다.

② 구다라아소미百濟朝臣: 출자는 백제국 도모왕 30세손 혜왕이다.

③ 구다라기미百濟公: 출자는 백제국 도모왕 24세손 문연왕이다.**22**

④ 스가노아소미菅野朝臣: 출자는 백제국 도모왕 10세손 위수왕이다.

⑤ 구다라노데히도百濟伎: 출자는 백제국 도모왕 손 덕좌왕이다.

⑥ 후와무라지不破連: 출자는 백제국 도모왕의 후예 비유왕이다.**23**

《신센쇼지로쿠》의 이와 같은 전승들은 8세기 무렵 일본에 자신들이 백제의 시조 도모왕의 후손이라고 일컫는 사람들이 상당수 존재했었음을 나타낸다. 그들이 전부 [자료 3]이나 [자료 4]와 같은 시조신화를 가지고 있었는지 여부를 확인할 방법은 없다. 그렇지만 [자료 5]의 전승에서 그들의 시조가 도모왕이었다고 한 것으로 미루어 볼 때, 그들도 [자료 3]의 간무천황 적모嫡母의 시조신화나 [자료 4]에서 상소문을 올린 사람들의 시조신화와 같은 형태의 전승을 가졌을 가능성을 인정해도 무방할 듯하다. 이런 의미에서 일본에 살고 있던 백제의 왕통을 계승한 후손들 사이에 그들의 조상에 얽힌 시조신화가 전승되고 있었음은 확실하다고 보아도 틀리지 않을 것 같다.**24**

22　佐伯有淸,《新撰姓氏錄の研究》本文篇, 東京: 吉川弘文館, 1981, 286쪽.

① 和朝臣, 百濟國都慕王十八世孫武寧王云云.

② 百濟朝臣, 出自百濟國都慕王三十世孫惠王也.

③ 百濟公, 出自百濟國都慕王二十四世孫汶淵王也.

23　위의 책, 298~300쪽.

④ 菅野朝臣: 同國都慕王十世孫貴首王也.

⑤ 百濟伎: 出自百濟國都慕王孫德佐王也.

⑥ 不破連: 出自百濟國都慕王之後毘有王也.

24　이병도는 이 도모 신화를 백제 귀화인들이 보유했던 이야기로 보았으나[이병도, 앞의 책, 471쪽], 단순히 백제에서 건너간 사람들이 아니라 백제 왕족들이 자기 조상의 시조신화로 이 전승을 보전해 왔다고 보는 것이 타당하다.

한국의 고대 국가에서 이렇게 왕권을 장악했던 집단의 후손들이 자기들 조상의 시조신화를 보전했던 것은 백제에만 국한되지 않는다. 5세기에 세워진 광개토대왕의 비문에는 왕의 치적을 기술하기 전에 고구려의 시조인 추모왕 신화가 기록되어 있고,**25** 또 《삼국사기》 신라본기新羅本紀 미추 이사금味鄒尼師今 조에도 그의 조상인 김알지金閼智의 탄생신화가 실려 있다.**26** 필자는 이러한 예들에 착안하여 고대 국가에서 왕통을 계승한 집단의 후손들은 그 조상들의 계보를 전승해 왔을 것이라고 추정한 바 있다.**27**

　　지배 집단의 이런 조상들의 계보 전승에 대해, 마쓰바라 다카토시松原孝俊는 "문헌 자료에서 인정하는 왕족의 계보는 출자상 왕위에 오를 가능성이 있는 자들이 왕위 계승법을 정하고 안정적인 정치 지배를 실행하기 위해서 이른바 기존의 상황 설명 또는 근거 제공에 이용하고, 또 지배자가 피지배자에게 지배 유래를 이야기하는 일종의 미디어"**28**로 보았다. 그러나 이러한 시조 전승은 왕권의 메커니즘만을 강조하는 데 그치는 것이 아니라, 조상을 숭배하면서 뿌리를 찾겠다는 지배 계층 특유의 의지가 포함되어 있다고 상정된다. 이는 고구려와 백제,

25　　문정창, 《광개토대왕훈적비문론》, 서울 : 백문당, 1977, 47쪽.
26　　김부식, 앞의 책, 21쪽.
27　　김화경, 〈건국신화의 전승 경위〉, 《한국 문학사의 쟁점》, 서울: 집문당, 1986, 78~79쪽.
28　　松原孝俊, 〈朝鮮族譜と始祖傳承上〉, 《史淵》 120, 福岡 : 九州大學文學部, 1983, 161쪽.

신라가 제각기 시조 묘始祖廟를 세우고, 후대 왕들이 직접 그곳에 참배하였다는 기록이 남아 있기 때문이다.**29**

이와 같은 상정이 타당하다면, 일본에 전하던 도모 신화는 백제왕의 후손들이 그들의 시조에 대한 전승을 그때까지 간직하고 있었던 것임이 더욱 분명해진다. 그들이 조상의 시조신화를 이렇게 전승해 온 것은 자신들이 신성한 왕족의 후손이라는 선민의식選民意識을 지녔기 때문일 것이다. 바꾸어 말하자면, 백제왕의 후손들은 비록 나라가 망해서 일본에 건너가 그 명맥을 유지하면서 살아가기는 하였으나 그들의 조상이 신성한 왕권을 가진 존재였으므로 자신들이 일반 사람들과는 구별된다는 선민의식에서 그 시조신화를 보전하였다는 것이다.**30**

4-5 구태의 감응신화

일본에서 백제왕의 후손들 사이에 전승되던 도모 신화는 왕권신화의 전형을 보여 주는 순차적 구조로 되어 있지만, 그 내용은 간단하게 축약된 형태라는 사실을 확인하였다. 이에 견주어 중국 문헌에 남아 있는 구태 신화는 이보다 내용이 더 자세

29　김화경, 앞의 논문, 79쪽.

30　노명호는 "고대사에 대한 일본의 사승류史乘類는 국제적 관계에 대한 날조가 극히 심해 사료로 이용함에 있어서는 물론 주의를 요한다. 그러나 여기[《쇼쿠니혼기》를 가리킨다-인용자 주]에서의 백제 동명 신화는 그같이 날조할 동기가 없으므로 백제로부터의 전승에 의한 것이라 볼 수 있을 것이다."라고 지적한 바 있다. 노명호, 앞의 논문, 44쪽.

하다. 이 신화가 제일 먼저 정착된 문헌은 7세기에 위징 등에 의해 편찬된 《수서》이다. 이 책의 동이열전 백제 조에는 다음과 같은 구태 신화가 기록되어 있다.

[자료 6]

백제의 선대는 고려국에서 나왔다. 그 나라 왕의 한 시비가 갑자기 임신을 하게 되어 왕은 그녀를 죽이려고 하였다. [그러자] ㉠ 시비가 말하기를, "[하늘에서] 달걀같이 생긴 물건이 나에게 내려와 닿으면서 임신이 되었습니다."라고 하자, 그냥 놓아주었다. ㉡ 뒤에 드디어 사내아이 하나를 낳았는데, [죽으라고] 뒷간에 버렸으나 오래도록 죽지 않았다. [왕이] 신령스럽게 여겨 기르도록 명하고, 이름을 동명이라고 하였다. ㉢ 장성하자 고려 왕이 시기하므로, 동명은 두려워하여 도망가서 엄수에 이르렀는데, 부여 사람들이 모두 그를 받들었다. ㉣ 동명의 후손에 구태라는 자가 있어 매우 어질고 신의가 두터웠다. [그가] 대방의 옛 땅에 처음 나라를 세웠다. ㉤ 한의 요동태수 공손탁이 딸을 주어 아내로 삼게 하였다. ㉥ 나라가 점점 번창하여 동이 중에서 강국이 되었다. 당초에 백가가 바다를 건너왔다고 해서 백제라고 불렀다.[31]

이 자료는 1세기 정도 뒤에 기록된 《쇼쿠니혼기》의 자료보다 그 내용이 훨씬 자세하다. 이렇게 두 나라 자료가 차이 나는 것은 사서의 성격 때문일 가능성이 있다. 다시 말해 후자는 일본의 사서에 기록된 백제왕 후손들의 전승이나 상소문의 일부이기 때문에 아주 간단한 형태로 요약될 수밖에 없었다. 이와

---

31   이 책 제2장 〈부여의 왕권신화〉의 각주 46 참조.

달리 전자는 그때까지 알려진 백제라는 국가에 대한 사실史實을 기록하며 그 서두를 장식하는 왕권신화였기 때문에 더욱 구체적일 수 있었다는 것이다.

이들 두 자료의 관계를 좀 더 알아보기 위하여 그 내용을 간단하게 요약하면 다음 표와 같다.

《쇼쿠니혼기》의 도모 신화	《수서》의 구태 신화
㉠ 해의 신이 강령 (비정상적 탄생)	㉠ 시비에게 달걀같이 생긴 물건이 내려와 임신 (비정상적 탄생)
㉡ 없음	㉡ 버려졌으나 죽지 않아 기르게 함 (고난과 고난의 극복)
㉢ 없음	㉢ 시기로 인해 도망하였는데 부여 사람들이 그를 받듦 (시련과 시련의 극복)
㉣ 시조 도모대왕이 부여에 와서 나라를 세움 (건국)	㉣ 동명의 후손 구태가 대방 고지에서 나라를 세움 (건국)
㉤ 천제가 녹부를 내림 (능력의 인정)	㉤ 공손탁이 딸을 아내로 줌 (능력의 인정)
㉥ 여러 한을 총괄하여 왕이 됨 (나라의 융성)	㉥ 동이 중의 강국이 됨 (나라의 융성)

이 표를 보면 《수서》의 구태 신화도 《쇼쿠니혼기》의 도모 신화와 비슷한 전개 과정으로 되어 있음을 알 수 있다. 곧 그 순차적 구조가 ㉠ 비정상적 탄생, ㉡ 고난과 고난의 극복, ㉢ 시련과 시련의 극복,32 ㉣ 건국, ㉤ 능력의 인정, ㉥ 나라의 융성으로, 전형적인 영웅담으로서 왕권신화 형태를 보여 준다는 것이다.

그런데 구태 신화는 그 내용이 더 부연되어 있음을 확인할 수 있다. 곧 [자료 4]의 《쇼쿠니혼기》 도모 신화에서는 도모왕이 직접 나라를 세운 것으로 되어 있다. 이에 견주어 《수서》의 구태 신화는 비정상적으로 태어난 동명(㉠)이 여러 가지 어려움을 이겨 낸 다음(㉡~㉢) 그의 후손인 구태가 나라를 세웠다(㉣)는 것이다. 하지만 전자의 축약 과정에서 이러한 차이가 파생되었다고 생각된다. 다시 말해 도모왕이 부여에서 세운 나라가 바로 백제였다고 볼 수는 없으므로 그 뒤에 장소를 옮겨 백제가 되었다는 부분이 첨가되었을 가능성이 짙다는 것이다.

또 도모 신화에는 ㉡과 ㉢의 모티프가 결락되어 있다. 즉 "사내아이 하나를 낳았는데, [죽으라고] 뒷간에 버렸으나 오래도록 죽지 않았다. [왕이] 신령스럽게 여겨 기르도록 명하고, 이름을 동명이라고 하였다."는 '고난과 고난의 극복' 모티프와, "장성하자 고려 왕이 시기하므로, 동명은 두려워하여 도망가서 엄수에 이르렀는데, 부여 사람들이 모두 그를 받들었다."는 '시련과 시련의 극복' 모티프가 없다는 것이다. 그렇지만 이들 두 모티프가 영웅담에서 빼놓을 수 없는 요소라는 점을 감안한다면33 도모 신화도 이들 모티프를 가지고 있었다고 보아도 지장이 없을 듯하다.

32　이 책에서는 생래적生來的 비정상성으로 말미암아 야기되는 어려움은 '고난'이라고 하고, 비범한 능력으로 말미암아 초래되는 어려움은 '시련'이라고 하여 구분하였음을 밝힌다.

33　Lord Raglan, op. cit.

그러므로 일본에 전하는 도모 신화와 중국에 전하는 구태 신화는 그 내용이나 순차적 구조가 거의 같았을 것으로 추정된다. 이들의 구조가 전형적인 영웅담 형태를 취하고 있었다는 것이다. 그러나 이들 사이에 다른 점이 있는 것도 사실이다. 바로 도모와 구태의 조상인 동명의 출자가 확연하게 구별된다는 점이다. 곧 전자가 해의 신이 직접 내려온 것으로 되어 있는 것과 달리, 후자는 [하늘에서] 달걀같이 생긴 물건이 내려와서 시비가 임신하여 탄생했다.

그런데 이연수에 의해 거의 같은 시기에 편찬된《북사》에는 《수서》보다 더 자세한 백제의 왕권신화가 전한다.

[자료 7]

백제국은 [그 선대가] 대체로 마한의 족속이며, 색리국索離國에서 나왔다. 왕이 출행한 동안 시녀가 후[궁宮]에서 임신을 했다. 왕은 환궁하여 그녀를 죽이려고 하였다. ㉮ 시녀는 "앞서 하늘에서 큰 달걀만 한 기운이 내려오는 것을 보았는데, [거기에] 감응하여 임신했습니다."라고 아뢰었다. 왕은 그 시비를 살려 주었다. ㉯ 뒷날 아들을 낳으매, 왕이 그 아이를 돼지우리에 버렸으나, 돼지가 입김을 불어넣어 죽지 않았다. 뒤에 마구간에 옮겨 놓았지만, [말] 역시 그와 같이 하였다. 왕은 [이를] 신령스럽게 여겨 그 아이를 기르도록 명하고, 이름을 동명이라 하였다. ㉰ 장성하면서 활을 잘 쏘자, 왕은 그의 용맹스러움을 꺼려 또다시 죽이려고 하였다. 동명이 이에 도망하여 남쪽의 엄체수에 이르러 활로 물을 치니 물고기와 자라들이 모두 다리를 만들어 주었다. 동명은 그것을 딛고 물을 건너 부여에 이르러 왕이 되었다. ㉱ 동명의 후손에 구태가 있으니, 매우 어질고 신의가 두터웠다. [그가] 처음으로 대방의 옛 땅에 나라를 세웠다. ㉲ 한의 요동태수 공손탁이 딸을 [구태에게] 시집보냈다. ㉳ 마침내 동이 가운데서 강국이 되

없는데, 당초에 백가百家가 건너왔다濟고 해서 백제라고 불렀다.**34**

    이는《북사》열전 백제 조에 실려 있는 것으로,《수서》의 자료와 거의 같은 내용으로 구성되어 있다. 단지 [자료 6]의 ⓛ이 ㉯와 같이, 또 ⓒ이 ㉰와 같이 기술된 것처럼 상당히 자세한 설명이 덧붙여져 있을 따름이다.

    이처럼 부연된 내용의 이야기로 된 백제의 왕권신화가 부여의 것과 매우 흡사한 형태로 되어 있다는 것을 인정하지 않을 수 없다. 제2장에서 고찰한 바 있는 왕충의《논형》길험편에 실린 동명 신화를 거듭 소개한다.

[자료 8]

    북이족인 탁리국 왕의 시비가 임신을 하자, 왕이 그 시비를 죽이려고 하였다. [그러자] 시비가 "계란만 한 크기의 기운이 있어 하늘로부터 나에게 내려온 까닭에 임신하게 되었습니다."라고 대답했다. 나중에 아이를 낳아 돼지우리에 버렸으나, 돼지가 입으로 숨을 불어넣어 주어 죽지 않았다. 다시 마구간으로 옮겨 놓고 말에 밟혀 죽도록 하였지만, 말들 역시 입으로 숨을 불어넣어 주어 죽지 않았다. 왕은 아마 천제의 자식일 것이라고 생각하여 그의 어머니에게 노비로 거두어 기르게 하였고, 동명이라 부르며 소

---

34   李延壽,《北史》, 서울: 경인문화사 영인본, 1977, 3118쪽.
"百濟之國 蓋馬韓之屬也. 出自索離國 其王出行 其侍兒於後姙娠, 王還欲殺之. 侍兒曰 前見天上有氣如大雞子來降 感故有娠. 王捨之. 後生男 王置之家牢 家以口氣噓之 不死, 後徙於馬蘭 亦如之. 王以爲神 命養之 名曰東明. 及長善射 王忌其猛 復欲殺之. 東明乃奔走 南至淹滯水 魚鼈皆爲橋 東明乘之得度. 至夫餘而王焉. 東明之後有仇台 篤於仁信, 始立國帶方故地, 漢遼東太守公孫度以女妻之, 遂爲東夷強國 初以百家濟 因號百濟."

나 말을 치게 하였다.

　동명의 활 솜씨가 뛰어나자, 왕은 그에게 나라를 빼앗길 것이 두려워 그를 죽이려고 했다. 동명이 남쪽으로 도망가다가 엄사수에 이르러 활로 물을 치니 물고기와 자라가 떠올라 다리를 만들어 주었고, 동명이 건너가자 물고기와 자라가 흩어져 추적하던 병사들은 건널 수 없었다.

　그는 부여에 도읍하여 왕이 되었다. 이것이 북이에 부여국이 생기게 된 유래이다.[35]

　이와 비슷한 내용의 부여 왕권신화는 3세기에 편찬된 진수의 《삼국지》 위지 동이전 부여 조와 5세기에 편찬된 범엽의 《후한서》 동이열전 부여 조에도 실려 있다. 하지만 앞의 [자료 6]을 그대로 옮겨 실은 것들일 가능성이 짙기 때문에, 부여의 왕권신화는 가장 먼저 기록된 《논형》의 자료를 바탕으로 한다고 보아도 크게 지장이 없을 듯하다. 이처럼 부여의 동명 신화가 백제의 구태 신화와 상당히 유사한 내용으로 되어 있다는 것은 이들이 같은 계통의 신화였다는 것을 말해 준다고 하겠다.

4-6　주몽 신화와의 관계

　백제의 도모 신화가 《논형》에 실린 부여의 동명 신화와 그 궤를 같이한다는 것을 살펴보았다. 하지만 지금까지는 이 동명 신화가 고구려의 주몽 신화와 깊은 관련을 가지는 것으로 보았

35　　이 책 제2장 〈부여의 왕권신화〉의 각주 38 참조.

다.**36** 이런 견해는 일제강점기에 일본 어용학자들이 처음 제시한 것이었다.**37** 그것이 지금까지도 그 영향을 미치고 있지만, 분명히 부여와 고구려는 별개의 나라였다.**38** 그러므로 그 왕권 신화도 구별하는 것이 마땅하지 않을까 한다. 곧 백제의 도모 신화와《논형》의 동명 신화, 그리고 고구려의 주몽 신화, 이들 세 자료의 상관관계를 구명할 필요가 있다는 것이다. 이를 위해 6세기에 편찬된 위수의《위서》열전 고구려 조에 실려 있는 주몽 신화의 내용을 별견하기로 한다.

[자료 9]

고구려는 부여에서 갈라져 나왔는데, 스스로 말하기를 선조는 주몽이라 한다. ① 주몽의 어머니는 하백의 딸로서, 부여 왕에게 [잡혀] 방에 갇혀 있던 중 햇빛이 비치는 것을 몸을 돌려 피하였으나 햇빛이 다시 따라와 비추었다. ② 얼마 뒤 잉태하여 알 하나를 낳았는데, 크기가 닷 되들이만 하였다. 부여 왕이 그 알을 개에게 주었으나 개가 먹지 않았고, 돼지에게 주었으나 돼지도 먹지 않았다. 길에다 버렸지만 소나 말들이 피해 다녔다. 뒤에 들판에 버려두었더니, 뭇 새가 깃털로 그 알을 감쌌다. 부여 왕은 그 알을 쪼개려고 하였으나 깨뜨릴 수 없게 되자, 결국 그 어머니에게 돌려주고 말았다. 그 어머니가 다른 물건으로 이 알을 싸서 따뜻한 곳에 두었더니, 사내아이 하나가 껍질을 깨뜨리고 나왔다. 그가 성장하여 자를 주몽이라 하니, 그 나라 속언에 주몽이란 활을 잘 쏜다는 뜻이다.

36　이 책 제2장〈부여의 왕권신화〉의 각주 45에 제시한 도리코에 겐사부로의 견해 참조.

37　今西龍,《朝鮮古史の硏究》, 東京 : 國書刊行會, 1980, 475~482쪽.

38　이들 두 국가의 민족 구성원을 구분하려고 한 연구도 있다. 김정배,〈예맥족에 관한 연구〉,《백산학보》5, 서울: 백산학회, 1968, 3~46쪽.

부여 사람들이 주몽은 사람의 소생이 아니기 때문에 장차 딴 뜻을 품을 것이라고 하여 그를 없애 버리자고 청하였으나, 왕은 듣지 않고 그에게 말을 기르게 하였다. 주몽은 날마다 남모르게 시험하여 좋은 말과 나쁜 말이 있음을 알고, 준마는 먹이를 줄여 마르게 하고 야윈 말은 잘 길러 살찌게 하였다. 부여 왕이 살찐 말은 자기가 타고 마른 말은 주몽에게 주었다.

그 뒤에 사냥할 때 주몽에게는 활을 잘 쏜다고 하여 [한 마리를 잡는 데] 화살 하나로 한정시켰으나, 주몽이 비록 화살은 적었지만 잡은 짐승은 매우 많았다. 부여의 신하들이 또 그를 죽이려고 모의를 꾸미자, 주몽의 어머니가 알아차리고 주몽에게 말하기를, "나라에서 너를 해치려 하니, 너 같은 재주와 경략을 가진 사람은 아무래도 멀리 떠나는 것이 좋을 것이다."라고 하였다. 주몽은 이에 오인烏引과 오위烏違 등 두 사람과 함께 부여를 버리고 동남쪽으로 도망하였다. 중도에 큰 강을 만났는데, 건너려 하여도 다리가 없고 부여 사람들의 추격은 매우 급박하였다. 주몽에 강에 고하기를, "나는 태양의 아들이요, 하백의 외손이다. 오늘 도망 길에 추격하는 군사가 바짝 쫓아오니, 어떻게 하면 건널 수 있겠는가?"라고 하자, 이때 물고기와 자라가 함께 떠올라 그를 위해 다리를 만들어 주었다. 주몽이 건넌 뒤 고기와 자라는 금방 흩어져 버려 추격하던 기병들은 건너지 못하였다.

주몽은 마침내 보술수普述水에 이르러 우연히 세 사람을 만났는데, 한 사람은 삼베옷을 입었고, 한 사람은 무명옷을 입었으며, 한 사람은 마름옷〔水藻衣〕을 입고 있었다. [그들은] 주몽과 함께 흘승골성紇升骨城에 이르러 마침내 정착하고 살면서 나라 이름을 고구려라 하고, 이로 말미암아 성을 고씨高氏라 하였다.[39]

39 　魏收, 《魏書》, 서울: 경인문화사 영인본, 1976, 2213~2214쪽.
　"高句麗者出於夫餘 自言先祖朱蒙. 朱蒙母河伯女 爲夫餘王閉於室中 爲日所照 引身避之 日影又逐. 旣而有孕 生一卵 大如五升. 夫餘王棄之與犬 犬不食. 棄之於豕 豕又不食. 棄之於路 牛馬避之. 後棄之野 衆鳥以毛茹之. 夫餘王割剖之 不能破 遂還其母. 其母以物裹之 置於暖處 有一男破殼而出. 及其長也 字之曰朱蒙. 其俗言朱蒙者 善射也. 夫餘人以朱蒙非人所生 將有異志 請除之. 王不聽 命之養馬. 朱蒙每私試 知有善惡 駿者減食令瘦 駑者善養令肥. 夫餘王以肥者自乘 以瘦者及朱蒙. 後狩於田 以朱蒙善射 限之一矢. 朱蒙雖矢少 殪獸甚多. 夫餘之臣又謀殺之. 朱蒙母陰知 告朱蒙曰 國將害汝 以汝才略 宜遠適四方. 朱蒙乃與烏引烏違二人 棄夫餘"

이 자료는 중국에 전하는 고구려의 왕권신화들 가운데 제일 먼저 기록된 것이다. 이러한 이 신화에는 밑줄을 그은 곳에서 보는 것처럼, ① 일광감응과 ② 난생 모티프가 있다. 그리고 주몽의 어머니가 시비가 아닌 수신 하백의 딸로 되어 있다. 이것은 고구려의 집권 세력이 그 왕통王統을 신성한 햇빛〔日光〕과 수신에 연결시키는 왕권신화를 가졌다는 것을 말해 준다. 이와 같은 그들의 왕권신화는 부여의 것과는 명확하게 구별되는 것이었다고 할 수 있다.**40**

이런 두 나라 왕권신화의 차이는 이 두 전승을 함께 기록한 《수서》의 자료를 보면 더욱 명백해진다.

[자료 10]

고[구]려의 선조는 부여에서 나왔다. 부여 왕이 일찍이 하백의 딸을 붙잡아 방 안에 가두자 햇빛이 따라와 비추었는데, 거기에 감응하게 되어 알 한 개를 낳았다. 한 사내아기가 [그 알에서] 껍질을 깨뜨리고 나오니 이름을 주몽이라 하였다.

부여의 신하들이 주몽은 사람의 소생이 아니라고 하여 모두 죽이자고 청했지만, 왕은 듣지 않았다. 그가 장성하여 수렵하는 데 따라가 잡는 것이 가장 많으니, 또 그를 죽이자고 청하였다.

그 어머니가 주몽에게 [이 사실을] 알려주니, 주몽은 부여를 버리고 동

東南走. 中道遇一大水 欲濟無梁 夫餘人追之甚急. 走蒙告水曰 我是日子 河伯外孫 今日逃走 追兵垂及 如何得濟. 於是魚鼈並浮 爲之成橋 走蒙得渡 魚鼈乃解 追騎不得渡. 走蒙遂至普述水 遇見三人 其一人著麻衣 一人著納衣 一人著水藻衣 與朱蒙至訖升骨城 遂居焉 號曰高句麗 因以爲氏焉.

40 김정학도 고구려 왕권신화는 부여 시조신화와 계통을 달리한다고 보았다. 김정학, 《한국 상고사 연구》, 서울: 범우사, 1990, 23쪽.

남쪽으로 달아났다. [중도에] 큰 강을 만났는데, 물이 깊어서 건널 수가 없었다. 주몽이 "나는 하백의 외손이고 태양의 아들이다. 이제 어려움을 당하여 [나를] 추격하는 군사들이 곧 뒤쫓아오는데, 어떻게 하면 건널 수가 있겠는가?"라고 하였다. 이에 물고기와 자라들이 모여서 다리를 만들어주어, 주몽은 마침내 건넜으나, 추격하던 [부여의] 기병은 건너지 못하고 돌아갔다.

　　주몽이 나라를 세워 스스로 국호를 고구려라 하고, 고를 성씨로 삼았다.[41]

이 자료는《수서》동이열전 고[구]려 조에 전하는 주몽 신화이다. 이것과 앞에서 고찰한 바 있는, 같은 책 백제 조에 기록된 구태 신화의 차이를 표로 나타내면 다음과 같다.

《수서》의 구태 신화(백제)	《수서》의 주몽 신화(고구려)
㉠ 선대는 고려국에서 나옴	㉠ 선조는 부여에서 나옴
㉡ 시비에게 달걀같이 생긴 물건이 내려와 임신하여 동명을 낳음	㉡ 방에 갇힌 하백의 딸에게 햇빛이 비추어 알을 낳고, 그 알에서 주몽이 나옴
㉢ 없음	㉢ 수렵을 잘함
㉣ 고려 왕이 시기하여 엄수에 도달함	㉣ 부여의 신하들이 죽이려고 하여 도망쳐 강에 도달함

41　　魏徵 共纂,《隋書》, 서울: 경인문화사 영인본, 1976, 1813쪽.
"高麗之先 出自夫餘. 夫餘王嘗得河伯女 因閉於室內 爲日光隨而照之 感而遂孕生一大卵 有一男破殼而出 名曰朱蒙. 夫餘之臣以朱蒙非人所生 鹹請殺之 王不聽. 及壯 因狩獵 所獲居多 又請殺之. 其母以告朱蒙 朱蒙棄夫餘東南走. 遇一大水 深不可越. 朱蒙曰 我是河伯外孫 日之子也. 今有難 而追兵且及 如何得渡, 於是魚鼈積而成橋 朱蒙遂渡 追騎不得濟而還. 朱蒙建國 自號高句麗 以高爲氏."

⑩ 없음	⑩ 물고기와 자라들이 다리를 놓아 주어 강을 건넘
⑪ 부여 사람들이 그를 받듦	⑪ 주몽이 나라를 세워 고구려라 함
⑫ 그 후손 구태가 대방 옛 땅에 나라를 세움	⑫ 없음
⑬ 공손탁의 딸을 아내로 맞음	⑬ 없음
⑭ 동이 가운데 강국이 되어 백제라 일컬음	⑭ 없음

이 표에 따르면, 같은《수서》에 실린 백제의 구태 신화와 고구려의 주몽 신화는 별개의 전승이었음이 분명하게 드러난다. 곧 전자는 한 시비가 하늘에서 내려온 달걀 같은 물건에 감응하여 임신하였고, 그렇게 하여 낳은 동명의 후손인 구태가 백제를 세웠다는 것이다. 이와 달리 후자는 수신의 딸 하백이 일광감응으로 알을 낳았는데, 그 알을 깨고 나온 주몽이 고구려를 세웠다는 것이다.

이와 같은 차이는, 편찬자가 같은 사서 안에 고[구]려 조와 백제 조에 이 왕권신화들을 동시에 실으면서 의도적으로 구분을 시도하였기 때문일 가능성도 있다. 그렇지만 중국에 남아 있는 백제 왕권신화의 자료들 가운데 일광감응이나 난생 모티프를 가진 것들은 발견되지 않고 있다. 단지 일본에 전하는 간무천황의 황태후인 다카노노니이가사의 조상인 도모가 해의 정기〔日精〕의 감응에 의해 하백의 딸에게서 태어났다는 모티프가 있을 따름이다. 그렇지만 이것도 난생 모티프를 가진 것은 아니고, 굳이 연결시키려면 하백의 딸이란 모티프가 주몽 신화와 공통된다고 할 수 있다. 이러한 사실은 원래부터 백제와 고구려의 왕권신화가 다른 전승이었음을 나타내는 것이 아닐까 한다.**42**

여기에서 고구려의 왕권신화에 게재된 난생 모티프의 연원 문제가 제기된다. 지금까지 난생신화라고 하면 남방 문화와 관계가 깊은 것으로 생각해 왔다.**43** 하지만 상나라의 시조 '설'의 탄생에 얽힌 이야기에도 난생 모티프가 있고,**44** 진秦 민족의 시조가 되었다고 하는 대업大業의 탄생에 얽힌 이야기에도 난생 모티프가 있다.**45** 그러므로 이 문제는 간단하게 처리될 것이 아니라고 생각된다.

어쨌든 이렇게 난생 모티프를 가지는 고구려의 왕권신화가 원래는 어떠했을까 하는 문제를 짚고 넘어가지 않을 수 없다. 그래서 한국에 남아 있는 고구려 왕권신화로 가장 오래된 광개토대왕의 비문에 기록된 신화의 내용을 살펴보기로 한다.

---

42   이복규,《부여·고구려 건국신화 연구》, 서울: 집문당, 1998, 14~16쪽.

43   三品彰英, 1971a, 310~408쪽.

44   司馬遷,《史記》, 서울: 경인문화사 영인본, 1975, 91쪽.
"殷契 母曰簡狄. 有娀氏之女 爲帝嚳次妃. 三人行浴 見玄鳥墮其卵 簡狄取吞之 因孕生契. 契長而佐禹治水有功."

45   위의 책, 173쪽.
"秦之先 顓頊之苗裔. 孫曰女脩 女脩織 玄鳥隕卵. 女脩吞之 生子大業. 大業取少典氏之子曰女華 女華生大費. 與禹平水土已成. 帝錫玄圭. 禹受曰 非予能成 亦大費爲輔. 帝舜曰咨爾費. 贊禹功 其賜爾皁遊. 爾後嗣將大出. 乃妻之姚姓之玉女. 大費拜受. 佐舜調馴鳥獸 鳥獸多馴服. 是爲伯翳 舜賜姓嬴氏. 大費生子二人 一曰大廉 實鳥俗氏, 二曰若木 實費氏. 其玄孫曰費昌 子孫或在中國 或在夷狄."

[자료 6]

옛날에 시조 추모왕이 기틀을 열었다. 북부여에서 출자하였다. 천제의 아들이고, 어머니는 하백의 여랑이다. 알을 깨고 나왔다. 나면서 성스러웠다. □□□□□ 명령하여 수레를 타고 남하하였다. 도중에 부여의 엄리대수를 만났다. 왕이 나루에 이르러 말하기를, 나는 "황천의 아들이요, 어머니는 하백의 딸인 추모왕이다. 나를 위하여 갈대를 이어 주고, 거북은 물 위에 뜨라."고 하니, 소리에 응하여 곧 갈대가 이어지고 거북이 물에 떴다. 그런 뒤에 물을 건넜다. 비류곡의 홀본서성산 위에 도읍을 세웠다.**46**

이처럼 고구려 왕실에 전하고 있던 시조신화는 분명히 난생신화였다. 하지만 원래의 형태가 위 자료와 같이 축약된 것은 아니었을 것이다. 적어도 이보다는 상당히 구체적이고 자세하였다고 상정해도 좋을 듯하다. 이규보가 《동국이상국집》의 동명왕편에서 "세상에서는 동명왕의 신이한 일을 많이 이야기하고 있다. 비록 배운 것이 거의 없는 비천한 남녀들까지도 제법 그에 관한 일을 이야기할 수 있는 정도이다."**47**라고 한 것으로 미루어 보면, 왕실에 전승되던 이야기는 더욱 자세했을 것으로 생각되기 때문이다.

그러므로 고구려의 주몽 신화가 원래부터 가진 난생 모티프는 백제의 왕권신화와 구별된다는 것을 말해 준다고 하겠다.

따라서 [자료 3]에서 "하백의 딸이 해의 정기에 감응하여" 태어난 것이 도보왕이라고 한 것은, 고구려 계통의 주몽 신화

---

46 이 책 제2장 〈부여의 왕권신화〉의 각주 43 참조.
47 이규보·이승휴, 박두포 역, 앞의 책, 49쪽.

로부터 후대에 백제 왕실의 모계를 높이기 위하여 고구려의 왕권신화로부터 일광감응과 하백의 딸 모티프를 차용하였을 가능성이 높다. 이런 의미에서 '도모'라는 이름이 '추모'나 '주몽' 같은 이름의 다른 표기라고 하는 견해**48**는 재고되어야 하지 않을까 한다. 도모 신화가 동명 신화와 같은 계통의 전승이라면 '도모'가 '동명'과 관련을 가질 수는 있지만, 그 성격이 다른 '추모'나 '주몽'과 관련될 수는 없기 때문이다.

4-7 구태 묘와 동명 묘의 문제

백제의 왕권신화가 부여의 동명 신화와 같은 계통인 데 반해, 고구려의 주몽 신화와는 그 계통을 달리한다는 사실을 확인하였다. 이렇게 보는 경우에 《삼국사기》 백제본기에 수록된 동명 묘東明廟의 제사에 관한 기사를 어떻게 보아야 할 것인가 하는 문제가 제기된다. 그래서 먼저 이 제사에 관한 기사들부터 소개하기로 한다.

다음 표를 보면, 역대의 왕들이 시조 동명왕의 사당에 참배하는 일정한 때가 있었다는 것을 확인할 수 있다.

2년 정월이 다섯 번이었고 2년 4월이 한 번이었으며, 나머지 두 번의 4월은 재위 14년(구수왕)과 9년(비류왕)이었다. 특히 구수왕 14년 4월에 행해진 참배가 큰 가뭄 때문에 이루어졌다

48　이병도, 앞의 책, 469쪽.

왕명	연월	서력	기사
시조 온조왕	원년 5월	기원전 18년	동명왕 묘를 세움
2대 다루왕	2년 정월	29년	시조 동명 묘에 배알
6대 구수왕	14년 4월	227년	크게 가물어 기우제를 지내니 비가 옴
9대 책계왕	2년 정월	287년	동명 묘에 배알
10대 분서왕	2년 정월	299년	동명 묘에 배알
11대 비류왕	9년 4월	312년	동명 묘에 배알
12대 계 왕	2년 4월	345년	시조 동명 묘에 배알(제사지의 기록)
17대 아신왕	2년 정월	393년	동명 묘에 배알
18대 전지왕	2년 정월	406년	동명 묘에 배알

는 것은, 이 참배가 자연재해를 이겨 내기 위한 것이거나 파종을 앞두고 행하는 파종제播種祭의 성격을 띠었던 것이 아닌가 한다. 가장 많았던 2년 정월의 경우는 새로운 왕의 즉위식을 올린 그 이듬해 정월에 해당한다. 따라서 새로 왕이 되었으므로 행해진 참배였으며, 그 목적은 새해의 무사와 풍년을 기원하는 예축제豫祝祭의 성격을 가진 것이었다고 할 수 있다.

그런데 《삼국사기》 권32 잡지雜志 제1 제사祭祀 조에는 백제 시조의 묘가 하나가 아니라 둘로 기록되어 있다.

[자료 12]

《책부원구册府元龜》에 말하기를, "백제는 매년 네 철의 가운데 달(四仲之月)에 왕이 하늘과 오제五帝의 신에게 제사 지냈다. 그 시조 구태의 묘廟를 도성에 세우고 일 년에 네 번 제사 지냈다."고 한다(《해동고기海東古記》를 살펴보니, "혹은 시조 동명이라 하고 혹은 시조 우태라고 한다."고 하였다. 《북사》 및 《수서》는 모두 말하기를 "동명의 후예 구태가 대방帶方에서 나라를 세웠다."고 하고, 이에 말하기를 "시조를 구태라고 한다."고 하였다. 그러나 동명을 시조로 하였다는 사적事跡이 명백하고 그 나머지는 믿을 수가 없다).**49**

이처럼 백제의 제사 기록에는 왕이 도성에 세운 시조 구태 묘仇台廟에 제사를 지냈다고 하였으나,《삼국사기》백제본기 그 어디에도 구태 묘를 세웠다는 기록이 없다. 단지 온조왕 원년 5월에 "동명왕 묘를 세웠다〔立東明王墓〕."는 기록이 있고, 동왕 17년 4월에 "묘사廟祀를 세우고 국모國母에게 제사하였다."**50**는 기록이 있을 따름이다.

한편 중국의 사서인《수서》백제전百濟傳에 "시조 구태의 사당을 도성 안에 세워 놓고 한 해에 네 번씩 제사한다."**51**는 기록이 있고,《북사》의 백제전에도 이와 거의 같은 내용의 기록이 있으며, 구태의 왕권신화도 아울러 수록되어 있다. 또 위에서 인용한《책부원구》외신부外臣部 토풍土風 백제국百濟國 조에도 구태 묘에 관한 기록이 있다. 여기에서 김부식은 위의 [자료 12]에서 보는 것처럼 '구태仇台'를 '우태優台'라고 한다고 적고 있어, 이들이 같은 인물로 인식했다는 것을 알 수 있다.

---

49   김부식, 앞의 책, 337쪽.
    "冊府元龜云 百濟每以四仲之月 王祭天及五帝之神. 立其始祖仇台廟於國城. 歲四祠之. (按海東古記 或云始祖東明. 或云始祖優台. 北史及隋書皆云 東明之後有仇台 立國於帶方. 此云始祖仇台. 然東明爲始祖. 事跡明白. 其餘不可信也.)"

50   위의 책, 233쪽.
    "立廟以祀國母."

51   魏徵 共纂, 앞의 책, 1817쪽.
    "立其始祖仇台廟於國城 歲四祠之."

그러나 국내의 사서에는 이와 같은 구태에 관한 기사가 발견되지 않는다. 그 대신에 앞의 표에서 보이는 바와 같이 동명묘에 관한 기사들이 남아 있을 따름이다. 이러한 자료들로 미루어 중국에 전하는 구태 신화나 그 묘에 관한 기사들은 백제라는 나라를 세운 건국주와 관련을 가지는 것이었고, 한국의 《삼국사기》백제본기에 전하는 동명 묘에 관한 기록은 구태의 조상인 동명을 받드는 것이었다고 볼 수 있다. 이러한 상정이 허용된다면, 백제에서 받들던 동명은 고구려를 세운 주몽이 아니라 백제 왕실의 먼 조상인 동명을 뜻한다고 보아도 무방하지 않을까 한다.

사실 지금까지 한국 학계에서는 부여의 왕권신화에 등장하는 동명을 고구려를 세운 고주몽의 시호인 동명성왕과 결부시켰다. 고구려는 부여의 왕권신화를 차용하였고, 백제 왕족들은 그 조상이 고구려에서 출자를 구하였다고 인식해 온 것이다. 이런 인식의 형성에 기여한 것이 앞에서 살펴본 [자료 1]의 내용이었다. 온조가 주몽의 아들로 되어 있으니, 동명 묘를 주몽을 제사하는 곳으로 생각한 것은 너무나 당연한 결과였을 것이다. 이런 문제를 해결할 수 있는 것이 바로 백제 개로왕蓋鹵王 18년(472년)에 위나라 효문제孝文帝에게 올린 표表에 들어 있는 다음과 같은 내용의 글이다.

[자료 13]

신은 고구려와는 함께 부여에서 나왔으므로 선대에는 우의를 매우 돈

독히 하였습니다. [그런데] 그들의 선조인 고釗[고국원왕故國原王을 가리킨다–인용자 주]가 이웃 사이의 우의를 가볍게 깨뜨려 몸소 많은 군사를 거느리고 신의 국경을 짓밟았습니다. [그리하여] 신의 선조인 수須[근구수왕近仇首王을 가리킨다–인용자 주]가 군사를 정돈하고 번개처럼 달려가서 기회를 타 돌풍처럼 공격하여, 화살과 돌이 오간 지 잠깐 만에 고의 머리를 베어 높이 달았습니다. 그 이후부터는 감히 남쪽을 넘보지 못하였습니다.[52]

밑줄 그은 "백제는 고구려와 함께 부여에서 나왔다."는 표현을 '온조가 주몽의 아들이었으므로 백제도 고구려에서 나온 것'처럼 이해해 온 것이다. 그렇지만 여기에서 백제의 근원이 부여에서 나왔다는 것은 백제의 시조가 주몽(동명왕)의 아들이란 것과는 다르다. 만약 시조가 주몽(동명왕)의 아들이라면 '형제의 나라'라든가 '근원이 주몽(동명왕)에게서 나왔다'고 말해야 마땅하다.[53]

따라서 이제까지 보아온 것처럼, 부여의 동명과 고구려의 동명성왕은 구분되어야 마땅하다. 부여의 동명 신화와 친연관계를 가지는 것은 백제의 구태 신화이고, 고구려의 주몽 신화와는 다소 거리가 있다고 보는 것이 사리에 맞을 것이다.

52　魏收,《魏書》, 서울, 경인문화사 영인본, 1976, 2217쪽.
　　"臣與高句麗源出夫餘　先世之時　篤崇舊款　其祖釗輕廢隣好　親率士衆　陵踐臣境.
　　臣祖須整旅電邁　應機馳擊　矢石暫交　梟斬釗首. 自爾已來　莫敢南顧."

53　김세익, 〈백제 시조 전설에 대하여〉, 《력사과학》 2, 평양: 조선과학원력사연구소, 1956, 11쪽.

4-8 백제 왕권신화 연구의 의의

나라 안팎에 백제의 왕권신화에 대한 적지 않은 자료가 남아 있지만, 아직까지 이들에 대한 철저한 검토는 이루어지지 않고 있다. 이 장에서는 먼저 국내 자료들을 분석하고, 일본과 중국에 남아 있는 백제의 왕권신화 자료들도 아울러 살펴보았다.

우선 온조 신화에 등장하는 비류와 온조를 문맥상 도저히 형제로 인정할 수 없다는 사실을 확인하였다. 여기에서 비류가 바닷가의 미추홀을 택하고 온조가 산 쪽에 가까운 위례를 택한 의미를 알아보기 위해, 민족학에서 이용되는 상호 해명법을 원용하여 이 신화와 같은 구조인 해부루의 국가 양도 신화와 송양왕의 그것에 내재된 의미를 참고하였다. 이에 따르면 비류 집단은 선주하고 있던 세력으로 대지의 원리를 신봉하면서 수도 경작의 농경 문화를 향유했고, 온조 집단은 뒤에 들어온 세력으로서 하늘의 원리를 신봉하면서 유목 문화를 향유했다. 선주하던 비류 집단이 후래한 온조 집단에게 나라를 양도하였다는 것을 나타내는 모티프가 비류의 자살로 말미암은 백제라는 온전한 나라의 건국으로 표현되었다고 보았다.

다음으로 《삼국사기》에 이설로 전하는 비류 신화를 고찰하여 비류의 출자에 주안점을 둔 전승이라는 사실을 확인하였다. 이처럼 출자를 중시하는 것은 한국 고대 국가의 왕권신화들이 공통적으로 지니는 특징의 하나로, 비류 신화 또한 이를 그대로 답습하고 있음을 알아냈다.

일본의 《쇼쿠니혼기》에 남아 있는 도모 신화는 백제에서 일본으로의 귀화인이 아니라 백제왕의 후손들 사이에 전하던 것이란 점에서 매우 중요한 의의를 가진다.

도모 신화는 "하백의 딸이 해의 정기에 감응되어 태어났다."는 자료와 '해의 신이 강령하여 부여에서 나라를 세우고 천제의 녹부를 받았으며 여러 한을 총괄하는 왕이 되었다'는 두 개의 자료가 남아 있다. 후자는 왕권신화의 순차적 구조로 되어는 있으나 그 내용이 많이 축약되어 원래의 형태를 명확하게 알 수 없다.

그래서 중국《수서》에 전하는 동명의 후손인 구태 신화와 비교하여 도모 신화의 원래 모습을 재구함으로써, 이것이 중국에 남아 있는 부여의 동명 신화와 같은 계통의 자료임을 밝혔다.

그러나 이들은 같은 계통의 자료였지만 같은 내용은 아니었다. 전자는 해의 정기에 감응되어 태어났다거나 해의 신이 강령하였다고 되어 있는데, 후자는 천기감응 모티프로 되어 있다. 이 같은 차이를 후대 백제 왕실에서 고구려의 왕권신화에서 일광감응과 하백의 딸 모티프를 차용하였을 가능성이 있다고 보았으나 이 문제는 더 많은 자료를 취합하여 그 타당성을 검토할 필요가 있다.

지금까지는 도모 신화와 관련을 가지는 부여의 동명 신화를 고구려의 주몽 신화와 같은 계통의 자료로 보아 왔다. 그렇지만 부여와 고구려는 전연 별개의 나라였고, 그 신화도 얼마간 거리가 있음이 분명하다. 주몽 신화는 일광감응과 난생 모티프를 가지고 있는데 구태 신화는 천기감응과 인태 모티프를 가지고 있다. 이런 사실은 고구려에 원래부터 난생 모티프의 주몽 신화가 있었고, 백제에는 부여 동명 신화와 같은 계통인 구태 신화가 있었으므로 이들 두 나라의 왕권신화는 다른 계통임을 말해 준다 하겠다.

이 경우 《삼국사기》에 수록된 동명 묘와 구태 묘를 어떻게 보아야 할 것인가 하는 문제가 제기되었다. 필자는 백제의 왕실에서 제사를 지내던 동명 묘가 고구려의 주몽이 아니라 구태 신화에 조상으로 등장하는 동명이라는 새로운 견해를 제시하였다. 구태 묘는 백제의 건국 시조로서 숭배 대상이었고, 동명 묘는 그런 구태의 조상으로서 숭배였다는 점을 밝혔다.

이러한 견해에 대해서는 앞으로 더 많은 자료들을 수집하고 면밀하게 검토할 필요가 있다는 것을 인정하는 바이다. 그리하여 부여의 동명 신화에 나오는 동명이나 백제의 구태 신화에 나오는 동명은 고구려를 세워서 동명성왕이라는 시호를 받았던 주몽과 관계가 없는 신화적 인물임을 밝혀야 한다.

5-1 신라 왕권신화의 다원적 성격

고대 국가의 성립 과정을 서술하는 한국의 왕권신화들 가운
데 신라의 왕권신화는 다른 것들과는 얼마간 변별되는 양상을
보여 준다. 두루 알다시피 《삼국사기》나 《삼국유사》에는 박혁
거세가 신라의 건국주로 기술되어 있다. 하지만 박혁거세에 얽
힌 신화 이외에도 석탈해昔脫解와 김알지에 연루된 성씨 시조신
화들이 있으며, 또 이들의 제휴로 신라의 왕권이 확립되어 나
가는 형태로 되어 있다.

이런 특징에 대해 박상란樸商蘭은 이렇듯 다원적이고 복잡한
전승 양상은 이질적인 집단으로 구성되어 있었던 점과 그 집단
들 사이의 역학 관계가 역사 전개의 추동력이었다는 데서 기인
한 것이며, 성씨 취득으로 구체화되는 계보 의식에 따라 체계
화되었다고 보았다.[1]

한편 김철준金哲埈은 "신라의 시조신화들은 고구려와 백제와 달리 복잡하게 박·석·김 삼성 시조로 나타나 있고, 그것이 그 자손들에 의해서 후세까지 전승되어 온 것을 보면 신라 사회는 다원적이었고, 또 그러한 것 자체가 신라 사회의 후진성을 말하는 것이다."2라고 하여 신라 사회의 다원적 성격과 후진적 성격을 지적한 바 있다.

그러나 이러한 신라 왕권신화의 다원성이 반드시 후진성을 반영하고 있는 것은 아니다. 신화학적인 측면에서 본다면, 세 성씨 시조들의 제휴에 따른 왕권의 확립 과정을 서술하고 있는 신라의 왕권신화는 이질적인 문화집단들이 공존했었다는 사실을 말해 주는 것이다. 그러므로 하나로 통일된 내용을 서술하고 있는 다른 나라의 왕권신화들보다 더 고형古形을 유지한다고 볼 수도 있다.

이 같은 세 성씨의 제휴과정이 변증법적으로 전개된다는 점에도 유의할 필요가 있다. 즉 하늘의 원리를 대표하는 박혁거세와 대지의 원리를 대표하는 알영의 결합은 혼돈 상태를 제거하고 질서를 확립하는 창세신화創世神話적 성격을 지닌 것이었다. 하지만 이들의 결합은 분리로 끝났다.《삼국유사》기이편 권2 신라 시조 박혁거세 조는 "나라를 다스린 지 61년 만에 왕

---

1   박상란은 이러한 특징이 신라와 가야의 건국신화에 공통적으로 나타나는 것이라고 하면서, 이들 두 신화를 같이 다루었다.
박상란,《신라와 가야의 건국신화》, 서울: 한국학술정보, 2005, 17쪽.

2   김철준,〈부족연맹세력의 대두〉,《한국고대사 연구》, 서울: 서울대학교출판부, 1993, 141쪽.

은 하늘로 올라갔다. 그런데 7일 뒤 유체遺體가 땅에 흩어져 떨어졌다. 왕비 또한 세상을 떠났다고 한다."3고 하여 이들의 결합이 완전하지 못했음을 나타내고 있다. 그러자 수역의 원리를 대표하는 탈해가 대지의 원리를 대표하는 김알지를 태자로 책봉함으로써 하늘과 대지의 불완전성을 보완하려고 하였다. 알지는 그 후손인 미추왕味鄒王이 왕위에 오른 것으로 되어 있다. 하지만 김씨 집단 출신이 왕위에 오를 수 있었다는 것은 그들이 초기 신라 사회에서 상당한 세력을 행사했음을 의미한다.

이처럼 신라의 왕권신화는 하늘과 대지, 수역이라는 우주 영역을 대표하는 존재나 그 후손이 왕위에 오르는 변증법적인 전개 과정을 보여 주고 있다. 이것은 신라의 건국 세력들이 다양한 문화와 세계관을 가지고 있었으며, 이들이 서로 긴밀하게 협조하여 사회를 이끌어 나갔다는 사실을 드러낸다. 이런 측면에서 신라의 왕권신화는 한국 고대 사회의 또 다른 부분을 나타낸다고 보아도 좋을 것 같다.

한국 고대사에서 국가라는 통치 체제를 확립하여 왕권을 장악했던 사람들은 일반 사람들과는 다른 비정상적인 과정을 거쳐 태어났으며, 그러한 탄생이 자신들이 가진 왕권의 신성성과 정통성을 나타내기 위한 것이었다. 따라서 이렇게 만들어진 그들의 왕권신화에는 자신들이 가졌던 문화가 반영될 수밖에 없

---

3   최남선 편,《신정 삼국유사》, 경성: 삼중당, 1946, 45쪽.
"理國六十一年 王升於天 七日後 遺體散落於地 後亦云亡."

없을 것이다.

바로 이런 사실에 착안하여 왕권신화가 어떤 문화를 바탕으로 만들어졌으며, 또 그렇게 만들어진 신화가 전하고자 하는 메시지는 무엇이고, 그들은 신라라는 국가의 형성에 어떻게 기여하였는가 하는 문제를 구명하기로 한다. 다시 말해 신라 왕권신화들을 대상으로 하여 그 속에 내재되어 있는 세계관과 문화적인 성격을 구명함으로써 초기의 신라—이병도의 표현을 빌린다면 '사로斯盧'라는 부족 연맹 국가4— 사회의 다원적 성격의 일단을 밝히고자 한다.

5-2 혁거세의 태양출자신화

신라의 건국주 박혁거세에 얽힌 신화는《삼국사기》신라본기 권1 시조 혁거세 거서간居西幹 조와《삼국유사》권1 기이편 신라 시조 혁거세왕 조에 전한다.《삼국사기》에는 정사正史의 편년체 기술 방법 때문인지 알영 부인에 관한 신화를 혁거세 5년 조 봄의 일이라고 하였는데,《삼국유사》에서는 그와 관련된 신화가 하나의 왕권신화로 통합되어 있다. 그래서《삼국유사》에서 박혁거세가 왕으로 추대되기까지가 나타나 있는 부분의 내용부터 소개하기로 하겠다.

4　이병도,《한국사》고대편, 서울: 을유문화사, 1959, 370쪽.

[자료 1]

(1) 전한前漢 지절地節 원년 임자壬子(고본에는 건호建虎, 建武 원년이라고도 하고 또는 건원建元 3년이라고도 하였으나 모두 잘못된 것이다.) 3월 초하룻날에 여섯 부의 조상들이 자제를 거느리고 알천閼川 언덕 위에 모여서 의논하여 이르기를, "우리들이 위로 군주가 없어 여러 백성들을 다스리므로 모두 방자해져서 제 마음대로 하니, 어찌 덕 있는 사람을 찾아 군주로 삼아 나라를 세우고 도읍을 정하지 아니하겠는가?"라고 하였다.

(2) 이에 높은 곳에 올라 남쪽을 바라보니 양산楊山 밑 나정蘿井 곁에 이상한 기운이 마치 번갯불[電光]처럼 드리우고, 거기에 백마 한 마리가 꿇어앉아 절하는 형상을 하고 있었다. 그곳을 찾아가 보니 자색의 알(혹은 푸르고 큰 알이라고도 한다.)이 하나 있는데, 말은 사람을 보고는 길게 울다가 하늘로 올라가 버렸다. 곧 그 알을 깨 보니 사내아이가 나왔는데 그 모양이 단정하고 아름다웠다.

(3) [그들은] 놀랍고 이상스러워 그 아이를 동천東泉(동천사東泉寺는 사뇌야詞腦野 북쪽에 있다.)에서 목욕시켰다. 그랬더니 몸에서 광채가 나고 새와 짐승이 따라와 춤추며 천지가 진동하고 해와 달이 맑아졌다. 그 일로 그를 혁거세왕赫居世王(아마도 우리말일 것이다. 불구내왕弗矩內王이라고도 하니 밝게 세상을 다스린다는 뜻이다. (4) 해설하는 이는 "이는 서술성모西述聖母가 낳은 것이다. 그러므로 중국 사람들이 선도성모仙桃聖母를 찬양한 말에 현인을 낳아 나라를 세웠다고 하는 것은 이 일을 가리킨 것이다."라고 말한다. 계룡鷄龍이 상서祥瑞를 나타내면서 알영閼英을 낳았다고 한 이야기 또한 서술성모의 현신을 말한 것이 아닐까 한다.)라고 하고, 위호位號를 거슬한居瑟邯(혹은 거서간이라고도 한다. 그 자신이 처음 말을 할 때 알지閼智 거서간이 한 번 일어났다고 한 말을 따라 부른 것인데 이로부터 왕자의 존칭이 되었다.)이라 하였다.[5]

---

5 최남선 편, 앞의 책, 44~45쪽.
"前漢地節元年壬子 古本元建虎元年 又云建元三年等 皆誤 三月朔 六部祖各率子弟 俱會於閼川岸上 議曰 我輩上無君主臨理蒸民 民皆放逸 自從所欲 盍覓有德人爲之君主 立邦設都乎 於是 乘高南望 楊山下蘿井傍 異氣如電光垂地 有一白馬跪拜之狀 尋撿之 有一紫卵 一云靑大卵 馬見人長嘶上天 剖其卵得童男 形儀端美 驚異之 浴於東泉 東泉寺在詞腦野北 身生光彩 鳥獸率舞 天地振動 日月淸明 因明赫居世王 (蓋鄕言也 或作弗矩內王 言光有理世也 說者云 是西述聖母之所誕也 故

이 박혁거세 신화는 네 개의 단락, 곧 (1) 무질서한 혼돈과 (2) 혁거세의 탄생, (3) 왕으로의 추대, (4) 찬자의 해설 등으로 나누어진다. 이 네 단락 가운데 관심을 끄는 것은 그의 탄생과정이 서술된 두 번째 단락이다. 문맥으로 보아 혁거세는 말이 운반해 온 알에서 태어난, 일종의 비정상적인 탄생을 거쳤다고 표현되어 있다.

이렇게 비정상적인 탄생을 한 혁거세에 대해 오바야시 다료는 "말을 동반하고 지상의 알에서 태어난 것이기 때문에 대지의 원리를 대표하고 있다."[6]고 하여, 그를 대지와 밀접한 연관성을 가진 존재로 보았다.

그러나 이 신화에 나온 말은 "사람을 보고는 길게 울다가 하늘로 올라가 버렸다."라는 표현으로 미루어 보아, 하늘에서 땅으로 알을 운반한 동물이라고 할 수 있다. 이러한 추정을 증명할 수 있는 자료가 문헌에 남아 있다.

[자료 2]

기린굴(麒麟窟)은 구제궁 안의 부벽루 아래에 있는데, 후세 사람들은 동명왕이 이곳에서 기린마를 길렀다고 비석을 세워 기록하고 있다. 세상에 전하기를(世傳) 왕이 기린마를 타고 이 굴속으로 들어가 땅속을 거쳐 조천

中華人讓 仙桃聖母 有娠賢啓邦之語是也 乃至鷄龍現端産閼英 又焉知非西述聖母之所現耶.) 位號曰居瑟邯或作居西幹 初開口之時 自稱云 閼智居西幹一起 因其言稱之 自後爲王者之尊稱."

6 　大林太良, 〈古代日本·朝鮮の最初の三王の構造〉, 吉田敦彦 編著, 《比較神話學の現在》, 東京: 朝日新聞社, 1975, 57쪽.

<u>석朝天石으로 나와서 하늘로 올라갔다고 하는데, 이 말의 발자취가 지금까지도 돌 위에 남아 있다.</u>[7]

이것은《신증동국여지승람》권51 평양 고적不壤古跡 조에 전하는 기록이다. 이 자료의 밑줄 그은 문장에서 "세상에 전하기를〔世傳〕"이란 말이 사용된 것으로 보아, 증거물인 돌 위의 발자취와 함께 이 같은 내용의 이야기가 이 지역의 전설로 전해져 왔다는 것을 알 수 있다.

이 전승은 동명왕을 태운 말이 지하 세계를 거쳐 하늘로 올라갔다는 것을 주된 내용으로 하고 있다. 이는 말이 하늘과 땅 사이를 왕래하면서 매개적인 기능을 수행한다는 신화적 사유를 나타낸다. 말을 천상 세계와 지상 세계를 오가며 그 뜻을 전하는 신성한 동물로 인식하는 신화적 사유가 후세까지 남아 있었음을 드러낸다고 볼 수 있는 것이다.[8]

이렇게 하늘과 관련을 가지는 혁거세는 태양에서 왕권이 유래되었음을 나타내는 태양출자의 신화적 인물이라고 할 수 있다. [자료 1]의 밑줄 그은 곳에서 볼 수 있듯 그는 자색紫色의 알에서 태어난 존재이다.

이와 같이 자색이 신화적 인물의 출자를 이야기하는 것으로

7　　朝鮮史學會 編,《東國輿地勝覽》, 京城: 朝鮮史學會, 1930.
"麒麟窟在九梯宮內 浮碧樓下 東明王養麒麟馬於此 後人立石誌之 世傳 王乘馬入此窟 從地中出朝天石升天 其馬跡至今在石上."
8　　이런 의미에서 천마총天馬塚에서 나온〈천마도天馬圖〉에 날개 달린 말이 그려진 것은 이와 같은 신화적 사유를 말해 준다고 볼 수 있을 것이다.

는 가락국의 수로 신화가 있다. 여기에서는 "하늘에서 자색의
줄이 내려와 땅에 닿아 있었는데, 줄 끝을 찾아보니 홍색 보자
기 속에 금합金合이 있어 그것을 열어 보자 해와 같이 둥근 황금
알이 여섯 개 있었다."9고 기록되어 있다. 이들 신화에 나오는
자색이나 황색은 태양에서 연원된 색깔이다.10 그러므로 신라
건국을 서술하는 혁거세 신화는 왕권이 태양에서 유래되었음
을 나타내는 태양출자신화라고 보는 것이 합당할 듯하다.

5-3 혁거세의 시체화생신화

이런 신화를 가진 혁거세의 죽음에 대해 《삼국사기》에는
"61년 봄 3월 거서간이 돌아갔다. 담엄사曇嚴寺 북쪽에 있는 사
릉蛇陵에 장사하였다."11라고 간략하게 기록되어 있다. 그러나
《삼국유사》에는 이와 다소 다른 이야기가 실려 있어 흥미를 불
러일으킨다.

[자료 3]

(1) 나라를 다스린 지 61년 만에 왕은 하늘로 올라갔다. 그런데 7일 뒤

---

9   최남선 편, 앞의 책, 109쪽.
　"唯紫繩自天垂而着地 尋繩之不 乃見紅幅裏金合子 開而祝之 有黃金卵."
10   A. M. Hocart, *Kingship*, London: Humphrey Milford for Oxford University
　Press, 1927, p.123.
11   김부식, 《삼국사기》, 서울: 경인문화사 영인본, 1982, 3쪽.
　"六十一年 春三月 居西幹升遐 葬蛇陵在曇嚴寺北."

유체遺體가 땅에 흩어져 떨어졌다. 왕녀王女 또한 세상을 떠났다고 한다.

　(2) 나라 사람들은 그것을 합해서 장사 지내려고 하였다. 그러나 큰 뱀이 쫓아와서 방해하였다. 오체五體를 각각 나누어 장사 지내고 오릉五陵을 만들었다. 이것을 또한 사릉蛇陵이라고도 하는데 담엄사의 북쪽 능이 바로 이것이다.**12**

　이 자료의 단락 (1)에는 박혁거세와 알영 부인의 죽음이, 단락 (2)에는 그의 오체가 분장分葬된 까닭이 서술되어 있다. 이 신화에서는 직접적인 시체화생 요소를 찾을 수 없다.

　그런데 단락 (1)에서처럼 박혁거세는 살아서 하늘로 올라갔다가 그의 유체가 흩어져 땅에 떨어지는 이상한 죽음의 과정을 거친 것으로 기술되어 있다. 신화의 문맥으로 볼 때, 이와 같은 그의 죽음은 하늘에 의한 타살이었음을 암시한다. 단락 (2)는 커다란 뱀이 흩어져 떨어진 그의 유체를 합해서 묻으려는 사람들을 방해하여 오체를 제각기 나누어 따로따로 묻었다는 내용이다. 여기에서는 뱀이 왜 이처럼 박혁거세의 시체가 합장合葬되는 것을 막았을까 하는 의문이 제기된다.

　두루 알다시피 뱀은 "남근phallus의 형상과 대지에서 살고 있다는 두 가지 이유로 풍요豐饒를 상징하는 동물"**13**로 인식되어

12　최남선 편, 앞의 책, 45쪽.
　"理國六十一年 王升於天 七日後 遺體散落於地 後亦云亡 國人欲合而葬之 有大蛇逐禁 各葬五體爲五陵 亦名蛇陵 曇嚴寺北陵是也."

13　G. S. Kirk, *Myth: Its Meaning and Functions in Ancient and Other Cultures*, Berkeley and Los Angeles: University of California Press, 1971, p.198.

왔다. 따라서 뱀이 박혁거세의 유체가 합장되는 것을 방해하였다는 것은 시체의 합장이 풍요를 저해하는 것이었다는 해석을 가능하게 한다. 또 오체를 분장하고 다섯 개의 능을 만들어 사릉蛇陵이라고 했다는 것도 이것과 결코 무관하지 않은 듯하다. 그렇다면 이 신화가 그의 오체로부터 오곡의 씨앗을 얻었다는 시체화생신화屍體化生神話였을 개연성을 인정해도 좋지 않을까 한다. 만약에 이런 상정이 허용된다면, 이 신화는《삼국유사》에 기록되는 과정에서 이 부분이 탈락되었다고 볼 수도 있다.**14**

이 같은 상정은 일본의 이즈모계出雲系 신화에 시체화생신화 내지는 생체화생신화가 존재한다는 데 근거를 두고 있다. 먼저 이즈모 신화가 한국 동해안의 신라와 관계를 가진다는 자료부터 살펴보기로 한다.

[자료 4]

스사노오노미코토素盞嗚尊의 행동이 예의에 벗어났다. 그리하여 여러 신들은 많은 공물供物을 과하여 벌하고, 드디어 [다카마노하라로부터] 추방하였다. 이때 스사노오노미코토는 그 아들 이소타케루노카미五十猛神를

---

14 이 신화에는 직접적으로 곡식이 싹텄다는 기술이 없기 때문에 이처럼 추정하는 것이 무리일지도 모른다. 하지만 조동일이 들려준 설명에 따르면,《삼국유사》권4 보양이목寶壤梨木 조에 실려 있는 설화는 경상북도 청도군의 운문사雲門寺 부근에 있는 대비지와 익산 바위에 얽혀 전해 오는 이야기의 승간 부분만을 기록한 것이라고 한다. 또 필자가 확인한 바로는《삼국유사》권2 후백제 견훤甄萱 조에 실려 있는 견훤의 탄생담도 경상북도 문경시 농암면 일대에 전하는 이야기의 앞부분만 기록한 것이다. 이런 예들을 볼 때,《삼국유사》에 수록된 자료들은 철저한 현지 조사를 통해 새롭게 해석해야 한다.
김화경, 〈견훤 탄생담 연구〉,《설화와 역사》, 서울: 집문당, 2000, 381~395쪽.

데리고 시라기쿠니新羅國에 내려와서 소시모리曾尸茂梨라는 곳에 있었는데, 이에 더불어 말하기를 "이 땅은 내가 살고 싶지 않다."고 하면서 마침내 진흙으로 배를 만들어 타고 동쪽으로 가 이즈모쿠니出雲國의 히카와강簸川 상류에 있는 도리카미노미네鳥上峯로 갔다.

그때 그곳에는 사람을 삼키는 큰 뱀이 있었다. 스사노오노미코토는 아마노하하기리노쓰루기天蠅斫之劒로 그 뱀을 베어 버렸다. 그 뱀의 꼬리를 벨 때 칼날이 일그러졌다. 그래서 보니 꼬리 속에 하나의 신검神劒이 있었다. 스사노오노미코토는 "이것을 내 것으로 하여서는 안 된다."라고 하면서 [그의] 5세손인 아마노후키네노카미天之葺根神를 보내어 하늘에 바쳤다. 이것이 이른바 구사나기노쓰루기草薙劒이다.

처음 이소타케루노카미가 하늘에서 내려올 때 많은 나무 종자를 가지고 왔다. 그러나 가라韓의 땅에는 심지 않고 전부 가지고 돌아왔다. 마침내 쓰쿠시築紫를 비롯하여 모든 오호야시마노쿠니大八洲國에 심어서 나라 전체가 푸른 산이 되었다. 그 때문에 이소타케루노카미를 유공의 신이라고 한다. 곧 기노쿠니紀伊國에 있는 대신이 바로 이 신이다.[15]

이것은 《니혼쇼키》 권1 신대편神代篇 제4의 1서에 전하는 자료이다. 밑줄 그은 곳에서 보는 바와 같이 스사노오노미코토素戔嗚尊[須佐之男命의 다른 표기이다—인용자 주]가 다카마노하라로부터 추방되어 내려온 곳이 일본이 아니라 신라의 '소시모리曾尸茂梨'라는

---

15   井上光貞 共校注, 《日本書紀》上, 東京: 岩波書店, 1967, 126~127쪽.
"素戔嗚尊所行無狀. 故諸神 科以千座置戶 而遂逐之. 是時 素戔嗚命帥其子五十猛神 降到於新羅國 居曾尸茂梨之處 乃與言曰 此地吾不欲居 遂以埴土作舟 乘之東渡 到出雲國簸川上所在 鳥上之峯. 時彼處有呑人大蛇. 素戔嗚尊 乃以天蠅斫之劒 斬彼大蛇. 時斬蛇尾而刀缺. 即擘而視之 尾中有一神劒. 素戔嗚尊曰 此不可以吾私用也, 乃遣五世孫天之葺根神 上奉於天. 此今所謂草薙劒矣. 初五十猛神天降之時 多將樹種而下 然不殖韓地 盡以持歸. 遂始自築紫 凡大八洲國之內 莫不播殖而成靑山焉. 所以稱五十猛神 爲有功之神. 即紀伊國所坐大神是也."

곳이었다. 가나자와 쇼자부로金澤莊三郞는 여기에 등장하는 '소시
모리'를 '소머리', 곧 우두牛頭로 읽어, 한국 춘천의 옛 이름인 우
두주牛頭州와 연결시키는 지명 연구를 바탕으로16 민족의 이동
을 증명하려고 하였다.17

　이 같은 연구에 영향을 받은 북한의 김석형金錫亨은 "《동국여
지승람東國輿地勝覽》에 '우두'가 들어 있는 지명은 춘천의 '우두
주'만이 아니라 경상남도 거창에도 '우두산'이 있고, 경상북도
예천에도 '우두산'이 있다. 여기 실리지 않은 지명으로서 '우
두', '소머리', '쇠머리' 따위는 오늘날에도 적지 않게 이 지대에
있을 것이다. 그러므로 '소시모리' 또는 '소머리'라고 불리던 그
런 고장에서 이즈모 지방으로 이주민이 건너갔을 것이다."18라
고 하였다.

　이러한 선행 연구들의 성과를 받아들인다면, 스사노오노미
코토를 중심으로 한 집단은 한반도의 동쪽 지방에 위치했던 신
라로부터 이즈모 지역으로 건너간 것이 분명하다 하겠다. 바로

16　金澤莊三郞, 《日鮮同祖論》, 東京: 刀江書院, 1929, 67쪽.
　　한국 국어학계는 이처럼 일본어와 한국어의 대응 관계를 비교언어학적 측면에
　　서 논의하는 것에 부정적인 듯하다. 하지만 고대 한국과 일본이 문화적 측면뿐
　　만 아니라 언어적 측면에서도 깊은 연관을 가지고 있다는 사실을 부정할 수는
　　없을 것 같다. 이런 측면에서 한일 사이의 언어학적 음운 대응 관계도 심도 깊
　　게 재검토할 필요가 있다.
17　위의 책, 61~86쪽.
　　그러나 당시 가네자와의 이런 연구는 일제가 날조했던 '임나일본부설'을 주창
　　하기 위한 수단의 하나였다.
18　金錫亨, 朝鮮史研究會 譯, 《古代朝日關係史: 大和政權と任那》, 東京: 勁草書
　　房, 1969, 149쪽.

이런 이즈모 지방에 시체화생신화 내지는 생체화생신화가 전하고 있으므로, 그 내용을 아울러 고찰하기로 한다.

[자료 5]

또 [스사노오노미코토가] 오게쓰히메노카미에게 음식을 달라고 하였다. 이에 오게쓰히메노카미는 코와 입, 엉덩이에서 여러 가지 맛있는 음식을 끄집어내어 가지가지의 요리를 만들어 바쳤다. 스사노오노미코토는 그 모습을 엿보다가, 음식들을 더럽힌 뒤 바친다고 생각하여 즉시 오게쓰히메노카미를 죽이고 말았다. 그런데 살해당한 신의 몸에서 물건이 생겨났다. 머리에서 누에가 생겼고, 두 눈에서는 볍씨가 생겨났으며, 두 귀에서는 조(粟)가 생겼고, 코에서는 팥이 생겨났으며, 음부에서는 보리가 생겨났고, 엉덩이에서는 콩이 생겨났다. 그러자 가미무스히노미오야노미코토(神産巣日禦祖命)가 이것들을 모아서 씨앗으로 삼았다.[19]

이것은 《고지키》에 남아 있는 자료로, 여기에서는 스사노오노미코토가 다카마노하라에서 아마테라스오카미(天照大神)에게 온갖 나쁜 짓을 다 하다가 추방을 당하여 이즈모로 가던 도중 오게쓰히메노카미를 살해하여 곡식의 씨앗을 얻었다는 것이 이야기되고 있다. 따라서 이와 같은 신화가 고대 신라의 문화와 밀접한 관련이 있는 일본 서해안의 이즈모 지방에서 전승되

---

19   荻原淺男 共校注, 《古事記·上代歌謠》, 東京: 小學館, 1973, 85~86쪽.
"又食物乞大氣都比賣神 爾大氣都比賣自鼻口及尻 種種味物取出而 種種作具而進
時 速須佐之男命立伺其態 爲穢汚而奉進 乃殺其大宜津比賣神 故所殺神於身生物
者 於頭生蠶 於二目生稻種 於二耳生粟 於鼻生小豆 於陰生麥 於尻生大豆 故是神
産巣日禦祖命令取玆成種."

는 것은 신라에도 이 유형에 들어가는 신화가 존재했음을 말해
주는 것이 아닌가 한다.

이렇게 누군가에게 살해되는 민속은 적도 근방의 많은 민족
들 사이에서 발견된다. 이 유형의 신화를 폭넓게 연구한 독일
의 민족학자 옌젠Adolf E. Jensen, 1899~1965은 "많은 미개 민족들이
일반적으로 자연사를 믿지 않고, 누군가가 죽을 때는 살해를
그 원인으로 보고 있다."[20]라고 하였다. 사실 인간들이나 동물
들은 그들의 생명을 유지하기 위하여 많은 살해를 자행하여 왔
고, 또 앞으로도 타자 살해로 그 생명을 유지할 것이다. 그 때문
인지는 몰라도, 어떤 문화에서는 심지어 식물의 수확까지도 살
해로 여긴다고 한다. 이러한 사실은 살해 그 자체가 생명의 존
재 질서에 근거를 부여하고 있다는 신화적 사유를 반영하는 것
이 아닐까?

그렇다면 죽음은 단순한 생명의 소멸이 아니라 새로운 생명
의 창조와 불가분의 관계를 가진다고 할 수 있다. 따라서 오늘
날까지도 이 지구상의 일각에서 행해지고 있는 식인 풍습이나
노쇠한 노인의 타살,[21] 제의에서의 동물 살해[22] 등도 새로운 생

---

20   A. E. Jensen, 大林太良 外 共譯, 《殺された女神》, 東京: 弘文堂, 1977, 19쪽.

21   C. F. Coxwell, 滅澤靑花 譯, 《北方民族の民話上》, 東京: 大日本繪畵出版社,
1977, 4쪽.

22   필자가 1981년 7월에 조사한 바에 따르면, 전북 임실군 신거리의 경우 20여
년 전까지도 동제 때 돼지머리를 땅속에 묻었다고 한다. 이것은 살해 그 자체
가 재생뿐만 아니라 풍요의 기원과 밀접한 연관성을 가지고 있음을 나타내는
것이 아닐까 한다.

명의 창조를 위한 것이라는 신화적 사고가 그 바탕에 깔려 있다고 하겠다.

이와 같은 신화적 사유는 다른 많은 의례와 신화에서도 발견된다. 하이누벨레Heinuwele형 곡물 기원신화가 대표적인 예로, 그 내용을 간단하게 요약하여 소개하기로 한다.

[자료 6]

(1) 하이누벨레는 아메타Ameta가 손가락에서 흘린 피와 야자수 꽃잎의 즙이 혼합되어 태어났다. 그녀는 성장이 대단히 빨라서, 사흘 만에 결혼할 수 있을 정도로 자라났다. 하이누벨레는 예사 인간이 아니었다. 그녀가 용변을 보면 그 배설물은 자기瓷器와 징[銅鑼] 같은 귀중한 물건으로 변했다. 그리하여 그녀의 아버지 아메타는 이내 큰 부자가 되었다.

(2) 그때 타메네 시와Tamene siwa에서는 성대한 마로Maro 무도회가 열려 아흐레 밤이나 계속되었다. 그녀는 매일 밤 거기에 나가서 베틀후추Sirih와 빈랑나무 열매Pinang[檳榔子]**23**를 남자들에게 나누어 주었다. 마지막 날 밤에도 하이누벨레는 베틀후추를 주려고 광장의 중앙으로 나갔다. 하지만 남자들은 광장에 깊은 구덩이를 파 놓았다. 그리고 춤이 천천히 나선형으로 돌아가는 동안, 그들은 하이누벨레를 구덩이에 밀어 넣었다. 시끄러운 마로의 노래가 그녀의 고함소리를 들리지 않게 했다. 사람들은 흙을 덮고 발로 밟으면서 춤을 계속하였다.

---

23 대만과 동남아시아 등지에는 베틀후추 잎에 식용 석회를 바르고 빈랑나무의 열매를 비롯한 다른 향신료와 담배 등을 싸서 씹는 풍속이 있다고 한다. 주로 특유의 향으로 입냄새를 제거하고 입안을 깨끗이 하는 데 사용하며, 각성과 환각 효과가 있는 것으로 알려졌다.
김봉철, "[ACCI의 중국 대중문화 읽기 ②] 역사 속으로 사라져가는 대만 '빈랑' 문화", 아주경제뉴스, 2017.6.1., 〈https://www.ajunews.com/view/2017053 0172804557〉, (2019.3.18.) 참조.

(3) 딸이 살해된 것을 안 그녀의 아버지는 야자수 잎맥(葉脈) 아홉 개를 가지고 광장으로 가 땅을 쑤셔 보았다. 마지막 것에서 그녀의 머리털과 피가 묻어 나왔다. 그는 딸의 시체를 파내어 잘게 잘라 광장과 여기저기에 묻었다. 단지 양팔만은 묻지 않고 물루아 사테네(Mulua Satene)에게 가지고 갔다. 이때 묻은 하이누벨레의 신체 각 부분은 그때까지 존재하지 않았던 여러 가지 식용 식물로 변했다. 특히 구경 식물(球莖植物)로 변모했기 때문에 그때부터 인류는 주로 이것으로 생활하고 있다.**24**

이런 유형의 설화는 적도 부근에 살고 있는 원시 농경민들 사이에서 많이 발견되는데, 옌젠은 이것을 '하이누벨레형 신화'라고 명명하여 과수(果樹) 재배나 구경식물 재배의 농경 문화와 밀접한 관계를 가지는 것으로 보았다.

그러나 이 유형의 신화가 이 같은 농경 문화와 더불어 한반도에 유입되었을 가능성은 매우 낮은 것 같다. 이 문제를 해결하기 위해서는 중국의 신화 자료를 검토할 필요가 있다. 중국의 시체화생신화로는 널리 알려진 반고 신화가 있다.

[자료 7]

최초로 태어난 반고가 죽게 되자 몸이 변하였다. 기(氣)는 풍운이 되었고 목소리는 세찬 천둥소리가 되었으며, 왼쪽 눈은 태양이 되었고 오른쪽 눈은 달이 되었으며, 사지와 오체(五體)가 변하여 오악(五嶽)이 되었다. 피는 강이 되었고 근맥(筋脈)은 하천과 도로가 되었으며, 근육은 흙이 되었다. 두발과 콧수염·턱수염은 별이 되었으며, 모피는 초목이 되었다. 이빨과 뼈는

A. E. Jensen, 大林太良 外 共譯, 앞의 책, 54~58쪽.

24   A. E. Jensen, 大林太良 外 共譯, 앞의 책, 54~58쪽.

금석이 되었으며, 정액과 골수는 주옥이 되었고 땀은 비가 되었다. 몸에 붙어 있던 벌레들은 바람에 감응하여 백성이 되었다.**25**

　　이것은 삼국 시대에 오나라의 서정이 지은 《오운역년기五運歷年記》에 실려 있는 것으로, 반고 신화들 가운데 가장 먼저 기록된 자료이다. 여기에서는 거인 반고가 죽은 시체로부터 산과 바다 등의 자연이 생겨난 것으로 바뀌어 있다. 이렇게 하이누벨레형 신화가 변개變改된 것은 중국 특유의 과장법이 작용하였을 가능성이 높다.

　　이 문제는 어찌 되었든, 중국 화중華中 지방에서 이처럼 다르게 바뀐 반고 신화는 한국에 들어오면서 밀의 기원설화로 정착된 듯하다.

[자료 8]

　　옛날에 경기도 양평 지방에 어떤 부자父子가 살고 있었다. 아버지가 늙어서 병이 들자, 아버지를 살리겠다는 일념으로 아들은 명의名醫를 찾아 중국 북경으로 갔다. 명의는 그에게 "산 사람의 생간을 세 보만 내어 맹물에 푹 고아서 그 물을 마시게 하면 나을 수 있다."고 하였다.

　　그는 아버지를 살려야 한다는 생각에서 고갯마루에 올라가서 지나가는 사람을 기다렸다. 처음에는 반듯하게 갓을 쓴 선비가 글귀를 흥얼거리며 올라왔다. 다음에는 장삼을 입은 중이 쩌렁쩌렁한 쇳소리로 염불을 외

25　서유원, 《중국 창세 신화》, 서울: 아세아문화사, 1998, 107쪽.
"首生盤古 垂死化身. 氣成風雲 聲爲雷霆 左眼爲日 右安爲月 四肢五體爲四極五嶽 血液爲江河 筋脈爲地里 肌肉爲田土 髮髭爲星辰 皮毛爲草木 齒骨爲金石 精髓爲珠玉 汗流爲雨澤 身之諸蟲. 因風所感 化爲黎甿."

면서 왔다. 마지막에는 미친 놈 하나가 낄낄낄 웃으면서 활개를 벌여 춤을 추며 올라왔다. 그는 이들의 배를 갈라서 죽이고 간을 꺼내어 기름종이(油脂)로 잘 싸서 보관하였다. 그런 다음에 시체는 모두 한곳에 집어넣고 흙을 두둑이 덮어 봉분을 만들어 꼭꼭 밟아 주고는 집으로 돌아왔다.

이렇게 하여 만든 약의 효력으로 아버지는 병이 씻은 듯이 나아 동네 출입까지 자유로이 하게 되었다. 그러자 세 사람의 영혼에 대해 미안한 생각이 들었다. 그들의 소상小喪이 가까워지자, 그는 몇 가지 음식을 정갈하게 장만해 무덤을 찾아가서 제를 지냈다.

그런 뒤에 보니까 무덤 위에 전에 보지 못한 풀이 길길이 자랐는데, 곡식과 같은 것이 누렇게 익어 가고 있었다. 그가 그 씨앗을 가지고 돌아와 두어 해 되풀이해서 심었더니 한 섬 가까이 되었다. 여러 가지 궁리를 하여 빻아서 가루를 내어 먹고, 잘 빻아지지 않는 것은 모아서 쌓아 두었다. 그랬더니 그것이 장마철에 썩었는지 시큼한 냄새가 났다. 이것을 가지고 이리저리 하다 보니 술이 생겨났다.

애당초 이 곡식은 밀이었기 때문에 지금도 밀을 자세히 보면 배가 갈라져 죽은 원혼이 사무쳐서 아래에서 위까지 칼자국이 나 있다. 그리고 이렇게 해서 술이 만들어졌으므로 사람들이 술을 마시면 죽은 세 사람의 혼이 차례로 나오는 것이다. 즉 처음에는 선비 차례라 점잖고 예의 바르게 행동하다가도, 그 다음에 중의 혼이 나오면 부처 앞에 예물을 차려 놓고 불공을 드리던 습관이 있어서 못 먹겠다는 사람에게까지 자꾸 드시라고 억지로 권하게 되고, 마지막에는 어른과 아이도 몰라보고 마구 본성을 드러낸다는 것이다.[26]

이와 비슷한 이야기가 일제강점기에 출판된 나카무라 료헤이中村亮平의 《중국·대만·조선의 신화와 전설支那·台灣·朝鮮神話と傳說》[27]에도 수록되어 있다. 여기에는 평안북도 의주 지방에서

---

26   민병훈 편, 《전설따라 삼천리》, 서울: 동림출판사, 1975, 88~93쪽.

전하는 설화로 되어 있으나, 위의 자료는 경기도 양평 지방의 설화로 되어 있다. 이들 설화가 다 같이 밀의 기원을 설명하고 있는 것으로 보아, 이 유형의 설화가 밭곡식을 재배하던 문화와 더불어 한반도에 유입되었을 가능성을 생각해 볼 수 있다.

하지만 제주도 지방에서는 이것이 해산물의 발생을 설명해 주는 이야기로 정착되었다. 이에 대하여 현용준玄容駿은 이 지방에서 구전되고 있는 무가巫歌〈문전본풀이〉를 "지금은 주로 해산물의 발생을 설명하는 것으로 되어 있지만, 원래는 재배 식물의 발생을 설명하고 있었음에 틀림없다."**28**고 하여, 이 하이누벨레형 설화가 제주도 지방에도 존재한다는 사실을 밝힌 바 있다.

이러한 연구 성과를 고려한다면, 이 유형의 설화가 제주도뿐만 아니라 한반도에도 존재할 가능성이 한층 더 짙어진다. 그래서 혁거세의 오체분장설화五體分葬說話가 이 유형의 변형이 아닐까 하는 가설을 제시하려고 한다. 물론 이 문제는 현전하는 설화들과 현지 조사를 통해서 면밀하게 검토되어야 하고, 현재로서는 밭곡식을 재배하던 문화와 함께 한반도에 들어왔다고 추정하는 단계에 머물러 있다는 것을 밝혀 둔다.

---

27 中村亮平, 松村武雄 編,《神話傳說大系: 支那·台灣·朝鮮神話と傳說》, 東京: 趣味の教育普及會, 1935, 127~128쪽.

28 大林太良,《日本神話の起源》, 東京: 角川書店, 1973, 59쪽.

5-4 탈해의 도래신화

앞에서도 지적한 것처럼, 신라의 초기 왕권은 박씨와 석씨, 김씨 등 세 성씨가 교체되면서 확립되어 나간 것으로 되어 있다. 그래서 석씨의 시조인 석탈해의 도래신화渡來神話 내용을 살펴보기로 한다.

[자료 9]

(1) **남해왕 때**(옛 책(古本)에 임인년에 왔다고 한 것은 잘못이다. 가까운 일이라면 노례왕努禮王 즉위 초의 일이므로 양위를 다툰 적이 없게 되고, 먼저 일이라면 혁거세왕 때이므로 임인년이 아니라는 것을 알 수 있다.) **가락국駕洛國 바다에 배가 와서 닿았다.** 그 나라의 수로왕이 신하 및 백성들과 북을 치고 떠들면서 맞아들여 머무르게 하고자 했다. 그러나 배는 빨리 달아나 계림鷄林 동쪽 하서지촌 아진포(지금도 상서지와 하서지라는 촌 이름이 있다.)에 이르렀다.

(2) <u>그때 갯가에 한 늙은 할멈이 있었는데 이름을 아진의선阿珍義先이라 했다. 그녀는 혁거세왕 때 바다에서 고기를 잡던 사람의 어머니였는데,</u> 배를 바라보고 "이 바다 가운데에는 원래 바위가 없는데, 어찌된 까닭으로 까치가 모여들어 울꼬?"라고 하면서, 배를 끌어당겨 찾아보았다. 까치가 배 위에 모여들고 그 배 안에 궤짝이 하나 있었다. 길이는 20자, 넓이는 13자나 되었다. 그 배를 끌어다가 어떤 나무 숲 아래에 두고, 흉한 것인가 길한 것인가를 알지 못해서 하늘을 향해 고하였다. 조금 있다가 궤를 열어 보니 단정한 사내아이와 일곱 가지 보물, 노비 등이 그 속에 가득 차 있었다. 그들을 7일 동안이나 대접했다.

(3) 이에 사내아이는 "나는 본래 **용성국龍城國**(또는 정명국正明國이나 완하국琓夏國이라고도 하는데, 완하국花廈國이라고도 한다. 용성은 왜귀倭國 동북 1천 리에 있다.) 사람이요. 우리나라에는 일찍이 이십팔 용왕이 있었소. 모두 사람의 태에서 났으며, 오륙 세 때부터 왕위에 올라 만민을 가르쳐 성명姓名을 바르게 했소. 팔품의 성골姓骨이 있었으나 선택하는 일 없이 모두 왕위에 올랐소. 그때 우리 부왕 함달파含達婆가 적녀국積女國의 왕녀를 맞아서 왕비로 삼았

는데, 오래도록 아들이 없으므로 기도하여 아들을 구했더니 7년 뒤에 커다란 알 한 개를 낳았소. 이에 대왕이 여러 신하를 모아 묻기를 '사람으로서 알을 낳은 일은 고금에 없는 일이니 아마 좋은 일은 아닐 것이다.'라고 하시면서 궤를 만들어 나를 그 속에 넣고, 일곱 가지 보물과 종들까지 배 안에 실어 바다에 띄우면서, 인연 있는 곳에 닿는 대로 나라를 세우고 가문을 이루라고 축원했소. 문득 붉은 용〔赤龍〕이 나타나 배를 호위하여 이곳으로 왔소."라고 하였다.[29]

이와 같은 석탈해 신화에서, 그의 탄생과 도래를 서술하는 단락 (3)은 ① 용성국에서 알로서 태어난 탈해의 비정상적인 탄생과 ② 이로 말미암아 바다에 버려지는 시련, ③ 도중에 적룡의 도움을 받는 구제, ④ 계림 동쪽 하서지촌 아진포에 도착하는 도래로 되어 있다. 이러한 순차적 구조는 영웅 신화의 전반부를 이루는 것으로, "인연이 있는 곳에 닿는 대로 나라를 세우고 집을 이루라."고 했던 것으로 보아, 원래는 한 부족의 시조신화였던 것이 신라가 부족 연맹의 형태로 통합되면서 왕권신화

---

29 최남선 편, 앞의 책, 47쪽.
"南解王時 古本云壬寅年至者謬矣 近則後於努禮卽位之初 無爭讓之事 前則在於赫居之世 故知壬寅非也 駕洛國海中有船來泊 其國首露王 與臣民鼓譟而迎 將欲留之 而舡乃飛走 至於雞林東下西知村阿珍浦 今有上西知 下西知村名 時浦邊有一嫗 名阿珍義先 乃赫居王之海尺之母 望之請曰 此海中元無石嵒 何因鵲集而鳴 拏舡尋之 鵲集一舡上 舡中有一櫃子 長二十尺 廣十三尺 曳其船 置於一樹林下 而未知凶乎吉乎 嚮天而誓爾俄而乃開見 有端正男子 幷七寶奴婢滿載其中 供給七日 迺言曰 我本龍城國人 (亦云正明國 或云玩夏國 玩夏或作花廈國 龍城在倭東北一千理) 我國嘗有二十八龍王 從人胎而生 自五歳六歳繼登王位 教萬民修正性命 而有八品性骨 然無揀擇 皆登大位 時我父王含達婆 婚積女國王女爲妃 久無子鳳禪祀求息 七年後産一大卵 於時大王會問群臣 人而生卵 古今未有 殆非吉祥 乃造櫃置我 幷七寶奴婢載於舡中 浮海而祝曰 任到有緣之地 立國成家 便有赤龍護舡而至此矣."

의 일부로 편입되었다는 것을 말해 준다고 하겠다.

여기에서 '탈해'라는 이름의 발음이 북방 퉁구스족의 야장冶匠 내지 야장무冶匠巫를 의미하는 '타르하드Tarxad' 또는 '타르쿠안Tarquan'과 친근성을 보여 준다는 데 착안하여 그를 흉노계 문화와 관련 있는 인물로 보는 견해가 있었다.**30** 또 역사학계에서는 "아마도 한강 하류 일대 어디서인가 해로로 남하하여 처음에는 김해에 정착하려다가 다시 경주로 가서 정착하게 되었던 듯하다."**31**라고 하여, 그 남하 경로를 재구하려는 시도가 행해지기도 하였다.

그러나 '석昔'은 그 훈訓이 '예'의 표음자로서 '예濊'를 뜻한다는 설이 있고,**32** 또 홍만종洪萬宗이 지은 《순오지旬五志》에 나오는 예국濊國의 〈여용사 설화黎勇士說話〉가 난생신화의 형태를 유지하고 있으므로 이것을 살펴보기로 하겠다.

[자료 10]

예국濊國의 한 시골에 나이 든 할멈(老嫗)이 시냇가에서 빨래를 하고 있었다. 알 한 개가 물위에 떠내려오는데 크기가 마치 박(瓠)만 하였다. 노구가 이상히 여겨 이것을 주워서 자기 집에 가져다 두었더니, 얼마 안 되어 그 알이 두 쪽으로 갈라지면서 그 속에서 남자 하나가 나왔는데 얼굴 모습이 보통 사람이 아니었다. 노구는 더욱 기특히 여겨 그 아이를 애지중지 잘 길렀다. 그 아이는 나이 7~8세가 되자 신장이 8척이나 되었고, 얼굴빛은

---

30   김열규,《한국신화와 무속연구》, 서울: 일조각, 1977, 51쪽.
31   천관우,〈삼한의 국가형성〉上,《한국학보》2, 서울: 일지사, 1976, 26쪽.
32   일연, 이재호 역,《삼국유사》, 서울: 자유교양협회, 1973, 122~123쪽.

거무스름하여 마치 성인과 같았다. 그리하여 나중에는 얼굴빛이 검다 하여 검을 여黎 자를 성으로 하고, 이름을 용사라고 불렀다.[33]

이 설화에서 여용사黎勇士는 박만 한 크기의 알에서 태어난 것으로 되어 있다. 그는 그 뒤에 사람들을 괴롭히는 호랑이를 퇴치하고, 무게가 만 근이나 나가는 큰 종을 옮겨 달아 조정으로부터 상객上客 대우를 받았다.[34] 이러한 이야기는 석탈해 신화와 상당히 유사한 줄거리로 되어 있다. 곧 알의 형태로 발견되어 아이로 태어난다는 것과, 그를 기르는 사람이 '노구老嫗'라는 점에서 이들은 같은 계통의 이야기로 보아도 좋을 듯하다. 그러므로 탈해를 흉노계 문화와 연관시키는 것은 좀 더 심도 깊게 생각해볼 필요가 있다.

이러한 이 신화의 계통 문제는 차치하고, 신화 자체의 내용으로 볼 때 석탈해가 바다라는 수역의 원리를 대표하고 있다는 것은 부인할 수 없을 것 같다. 그가 용왕의 아들로 묘사되어 있고, 이것은 당시의 동해안의 용신 신앙과 깊은 연관을 가졌을 것으로 추단되기 때문이다.

그가 속해 있던 세력이 어로를 주된 경제 형태로 하던 집단이었음도 그를 수역의 원리와 결부시킬 수 있는 중요한 이유의 하나가 될 수 있다. 주지하다시피 그를 최초로 발견하고 길러

33   홍만종, 이민수 역, 《순오지》, 서울: 을유문화사, 1971, 78쪽.

34   위의 책, 78~79쪽.

주었던 아진의선이란 할멈은 박혁거세 때 바다에서 고기를 잡던 사람의 어미였고[[자료 9] 단락 ⑵의 밑줄 친 부분],《삼국사기》신라본기 권1 탈해 이사금 조에 "탈해는 맨 처음 고기 낚기를 업으로 삼아 그 노모를 공양하는 데 조금도 게을리하는 기색이 없었다."**35**는 기록이 있는 것으로 보아 그가 어로를 주업으로 하던 집단의 일원이었음을 알 수 있다.**36**

그러므로 어로를 주된 생업으로 하는 곳에서 중요한 신앙의 대상은 자연히 그들의 생활과 밀접한 관련을 맺고 있는 용신이었을 것이다. 이런 의미에서 석탈해가 죽어서 토함산의 동악신東嶽神이 되었다는 것도 당연한 귀결이었다. 그가 동악신으로 정착하는 과정에 관한 신화의 내용을 일별하여 보기로 하겠다.

[자료 11]

⑴ 왕위에 있은 지 23년 만인 건초建初 4년 기묘己卯에 세상을 떠났다. 소천疏川의 언덕[丘] 속에 장사지냈다.

⑵ 그 뒤 신의 명령이 있기를 "내 뼈를 조심해서 묻으라."고 했다. 두개골[頭骨]의 둘레는 3자 2치나 되었고, 몸 뼈[身骨]의 길이는 9자 7치나 되었다. 이는 엉키어 뭉쳐서 하나가 된 듯하고, 뼈마디는 모두 연이어 맺어져 있어서, 이른바 천하에 대적할 사람이 없는 역사力士의 골격이었다. 뼈를

35　김부식, 앞의 책, 7쪽.
"脫解始以漁釣爲業 供養其母 未嘗有懈色."

36　김철준도 경주평야에 있었던 박·김 양 부족의 농산물과 허루·미제 부족과 석 부족의 해산물의 교환이 있었다고 하여, 석씨 집단이 어로를 주업으로 하였음을 인정하고 있다.
김철준, 앞의 논문, 31쪽.

부수어 소상塑像을 만들어 대궐 안에 안치했다.

⑶ 신이 또 말하기를 "내 뼈를 동악에 안치하라."고 하였다. 그리하여 그곳에 모시게 했다.37

《삼국유사》에는 위에서 인용한 자료 이외에 또 하나의 이설이 실려 있다. 이들 두 자료는 석탈해가 동악신이 되는 과정에서 약간 차이를 보이고는 있지만, 궁극적으로 그가 동악신이 되었다는 것은 완전히 일치한다. 따라서 이러한 자료의 이중성은 석탈해가 동악신으로 좌정했다는 믿음이 신라 사회를 풍미하였고, 또 그에 관한 신화가 여러 개 존재했다는 사실을 반영한다고 해석할 수 있다.

어쨌든 이와 같은 [자료 8]에 대해 미시나 아키히데는 "우리들은 이들 소전所傳에서 본대부터 탈해는 해상으로부터 온 신령이었으며, 또 토함산의 신이었음을 알 수 있다. 탈해 전설 속에도 '그 아이는 지팡이를 끌며 두 종을 데리고 토함산 위에 올라가 돌무덤을 만들어 7일 동안 머물렀다〔其童子曳杖率二奴 登吐含山上作石塚 留七日〕.'는 기록이 있고, 또 신라본기에도 '왕이 토함산에 오르니 검은 구름이 우산과 같이 피어서 왕의 머리 위에 떠 있다가 오랜 뒤에 흩어졌다〔王登吐含山 有玄雲如蓋 浮王頭上 良久而散〕.'는 기

37 최남선 편, 앞의 책, 48쪽.
"在位二十三年 建初四年己卯崩 葬疏川丘中 後有神詔 愼埋葬我骨 其頭骨周三尺二寸 身骨長九尺七寸 齒凝如一 骨節皆連瑣 所謂天下無敵力士之骨 碎爲塑像 安闕內 神又報云 我骨置於東嶽 故令安之."

록이 있는 것을 보더라도 원래부터 석탈해가 토함의 악신嶽神이었다는 것을 알 수 있다. ……회고하건대 토함산은 왕성의 동남에 우뚝 솟아 동해를 마주하는 이 지방의 높은 봉우리로서, 동해 용신이 살기에 적당한 영산靈山이다. 해룡계의 신인이 산악의 신이라고 하면 얼핏 부자연스러운 느낌을 불러일으킬지도 모르지만, 바다 속 용궁에 간[海宮遊幸] 히코호호데미노미코토도 원래는 야마사치히코山幸彦였다는 것을 상기하면 좋을 것이다. 좀 더 간단하게 말하자면, 용은 바다에도 산에도 있는 영적 존재이다."**38**라고 하여, 탈해가 해신적·산신적 성격을 아울러 지녔다고 보았다. 또, 오바야시 다료도 미시나와 마찬가지로 "탈해의 경우에는 그 한 몸에 바다와 육지의 양 원리—바다가 주고, 육지가 종이지만—를 나타내고 있다."**39**고 하여, 그의 이중적 성격을 지적한 바 있다.

그러나 용신의 경우는 그것이 있는 장소에 의해서가 아니라, 역할이 어떤 것이냐로 그 성격을 결정하는 것이 온당하지 않을까 한다. 실제로 한국 농촌에 남아 있는 용신은 농경신의 성격을 띠고 있고, 어촌에 남아 있는 용신은 수신의 성격을 띠고 있다는 사실을 상기할 필요가 있다. 이와 같은 민속 신앙을 고려한다면, 동해에 접해 있는 토함산의 동악신은 바다를 지켜주면서도 어촌의 생업을 보호하고 도와주는 수신적인 성격이

38　三品彰英, 《增補 日鮮神話傳說の硏究》, 東京: 平凡社, 1972, 274쪽.

39　大林太良, 〈古代日本·朝鮮の最初の三王の構造〉, 吉田敦彦 編著, 《比較神話學の現在》, 東京: 朝日新聞社, 1975, 64쪽.

짙었을 것으로 생각된다. 따라서 [자료 8]은 어로를 주업으로 하던 집단에 소속했던 석탈해가 수역의 원리를 대표하는 존재였음을 거듭 강조한 것이라고 할 수 있다.

5-5 알영의 출현신화와 김알지

한편 하늘의 원리를 대표하는 박혁거세의 배필이 된 알영閼英은 대지의 원리를 대표하는 존재였을 것으로 추정된다. 먼저 《삼국유사》 권1 기이편 신라 시조 혁거세왕 조에 실려 있는 알영의 탄생신화를 별견하기로 하겠다.

[자료 12]

(1) 이날 사량리沙梁里 알영정閼英井(혹은 아리영정娥利英井이라고도 한다.)가에 계룡鷄龍이 나타나 왼쪽 갈비에서 동녀童女를 낳았는데(용이 나타나 죽었는데 그 배를 갈라서 동녀를 얻었다고도 한다.) 자태와 얼굴은 유난히 고왔으나 입술이 닭의 부리와 같았다.

(2) 장차 월성의 북천에 가서 목욕을 시켰더니, 그 부리가 떨어졌다. 이로 말미암아 그 내를 발천撥川이라고 한다.40

이 신화는 (1) 알영의 탄생과 (2) 왕비가 되기 위한 의례로 그 단락이 구분된다. 여기에서 단락 (2)는 미시나 아키히데가 지적

40　최남선 편, 앞의 책, 45쪽.
　"是日沙梁里閼英井 一作娥利英井 有鷄龍現而在脇誕生童女 一云龍現死而剖其服得之 姿容殊麗 然而似雞觜 將浴於月城北川 其觜撥落 因名其川曰撥川."

한 것처럼, 신처神妻 내지는 왕비가 되기 위한 의례의 일단이 서술된 것이라고 할 수 있다. 바꾸어 말하면 이 단락은 알영이 신성한 냇가에서 목욕을 함으로써 성천聖川의 신령을 몸에 받고 왕비가 될 자격을 얻었음을 이야기하고 있다는 것이다.**41**

그녀의 탄생 과정이 기술된 첫 번째 단락에는, 알영이 우물가에 나타난 계룡에게서 태어났다는 것과, 죽은 용에서 태어났다고도 하는 또 다른 하나의 이설이 실려 있다. 이렇게 강탄한 알영에 대해서, 미시나는 이 신화를 가진 집단이 수도 경작 농경민이었을 것이라는 전제 아래 "알영은 우물 속의 용으로부터 태어난 지모신이고, 우물이나 용은 수신을 나타내는 것"**42**이라고 하여, 그녀가 지모신적인 성격과 수신적인 성격을 아울러 가진 존재로 보았다.

그러나 이 신화를 수도 경작의 농경 문화와 연관시키는 그의 견해에는 동의하기 어렵다. 수도 경작의 농경 문화보다는 그 전 단계인 밭곡식을 재배하는 농경 문화와 더 깊은 관련이 있다고 생각되기 때문이다. 하지만 이는 그렇게 간단하게 단정을 내릴 수 있는 성질의 문제가 아니므로, 그 내용을 좀 더 자세하게 검토할 필요가 있다.

우선 단락 (1)에 등장하는 계룡은 용과 닭이 상통한다는 신라 사람들의 신화적 사유가 반영된 것이라고 볼 수 있다. 전라

41　三品彰英,《三國遺事考證》上, 東京: 塙書房, 1975, 442쪽.

42　위의 책, 440쪽.

북도 완주군 용계원龍鷄院에 얽혀 전하는 지명의 연기담으로 그러한 믿음이 있었다는 것을 엿볼 수 있다.

[자료 13]

(1) 후백제를 세운 견훤甄萱이 전주성全州城을 공략할 때의 일이었다. 그때 견훤의 군사들은 이곳에 진을 치고 있었다. 여기에서 전주까지는 상당한 거리였다. 첫닭이 울 때 출발해도 전주성에 도착하면 새참이 지날 무렵이었으므로, 그들의 공격은 언제나 실패로 끝나고 말았다.

(2) 그러던 어느 날의 일이었다. 그날도 닭이 울자 견훤의 군사들은 여느 때마냥 전주성을 향해 출발했다. 그런데 그날은 전주성에 도착을 했는데도 날이 새지를 않았다. 그리하여 전주성을 무사히 공략할 수 있었다. 이렇게 그들이 성공을 거둘 수가 있었던 것은 용이 닭으로 변해서 평소보다 일찍 울었기 때문이었다. 그때부터 사람들은 이곳을 용계원龍鷄院이라고 불렀다고 한다.**43**

이 자료는 지명이 붙여진 이유를 설명하는 설화이기 때문에 전승되는 사이에 그렇게 많은 변화가 있었을 것이라고는 생각되지 않는다.**44** 이 설화의 단락 (2)는 용이 닭으로 변신하여 견훤이 전주성을 무사히 공략할 수 있게 함으로써 후백제를 세울 수 있도록 도와주었다는 것을 주된 내용을 하고 있다. 여기에서 용이 호국용護國龍의 성격을 지니며 왕권의 성립과 밀접한 관

---

43   이는 1981년 9월 전주우석대학(현 우석대학교)에 근무하던 이주필李周弼로부터 조사한 자료이다.

44   한국 설화는 지명이나 사물의 연기 전설이 비교적 변하지 않는 것과 달리 인물 전설은 많이 변한다는 특징을 보인다.

련을 맺고 있는 신성한 동물임은 말할 것도 없다.**45**

이렇게 신성수神聖獸인 용이 닭으로 변신할 수 있었다는 것은 당시 신라 사회에 용과 닭이 서로 상통한다는 믿음이 있었음을 말해 주는 것이 아닐까 한다. 만약 이러한 믿음이 있었다고 한다면, 닭이 용으로 변신할 수도 있다는 믿음도 역시 존재했을 가능성을 배제할 수 없을 것이다.

신라 사람들이 닭을 신성시한 흔적을 발견할 수 있다는 것은 계룡의 문제를 해결하는 데 중요한 실마리가 된다. 《삼국유사》 권4 의해義解 5 귀축제사歸竺諸師 조에 "그 나라[신라를 가리킨다-인용자 주]에서는 계신鷄神을 받들어 높이 여겼던 까닭으로 그것을 꽂아서 장식한다."**46**라는 기록이 그것이다. 이와 같은 신라의 계신 숭배 사상은, 당시 많은 승려들이 천축국天竺國으로 순례를 가면서 그곳까지 알려졌던 관습의 하나일 것으로 상정된다. 이처럼 계신을 숭배했던 사상은 토착 세력으로서 신라의 건국에 참여했던 김씨 부족의 신앙이 그들의 세력이 팽창됨에

---

45   용은 중국 하夏나라 때부터 조상 숭배 및 다산多産과 밀접한 관계가 있는 동물로 믿어지다가 후대에 오면서 황제를 상징하는 양陽의 남성 원리를 나타내는 것으로 발전했다. 그리하여 황제의 탄생과 관련된 많은 신화가 생성되었다. 이런 사상이 한국에 유입되어 《삼국사기》 신라본기 권8 문무왕 조에 보이는 것과 같은 호국용 사상으로 발전해 왔을 것으로 상정된다.
M. Leach & J. Fried, *The Standard Dictionary of Folklore, Mythology and Legend* (1ˢᵗ Edition), New York: Funk & Wagnalls Company, 1949, p.323; 出石誠彦,《支那神話傳説の研究》, 東京: 中央公論社, 1949, 527~528쪽.

46   최남선 편, 앞의 책, 188쪽.
"其國敬鷄神而取尊. 故載翎羽而表飾也."
김철준은 이 기사를 바탕으로 신라에는 '닭 토템'을 믿는 집단이 있었다고 주장한 바 있다[김철준, 앞의 논문, 27~28쪽].

따라 전국적으로 유포되었을 가능성이 높다.**47**

그러므로 이렇게 닭과 용이 상통한다는 믿음에 입각하여 김씨 부족은 그들이 신성시하던 닭을 조상 숭배와 다산多産, 왕권 성립, 그리고 호국—이 경우에는 그들의 집단을 보호해 주는 신성수로 인식하였을 가능성이 크다— 등을 상징하는 용과 결합시켜 추상적인 계룡을 창출하기에 이르렀다고 보아도 크게 무리는 가지 않을 듯하다.

이와 같이 복합적인 성격을 가지고 있는 계룡이 나타났다는 알영정閼英井은 표현 그대로 우물이었다. 한국어에서 '우물'이란 단어는 표준어인 '우물' 이외에도 '움물', '움굴' 등의 방언을 가지고 있다. 최명옥崔明玉의 견해에 따르면, 이러한 방언들로 그 원형을 재구하는 경우에는 이것들의 음운변화 현상을 전부 설명할 수 있어야 하기 때문에 '움홀'이 될 수밖에 없다.**48** 또 실제로 사용되는 '우물'이란 단어의 의미를 보더라도, 우물에 있는 물은 '우물 물'이라고 하므로 '우물' 자체는 물이 아니라 땅이 우묵하게 들어간 상태나 장소를 뜻하는 것임을 알 수 있다. 이러한 의미의 우물은 원래 재생rebirth이나 원기 회복refreshment 등을 표상하는 여성 원리와 결부된 것이다.**49**

따라서 우물가에 나타난 계룡으로부터 태어났다고 하는 알

---

47   김철준,《한국 고대사회 연구》, 서울: 지식산업사, 1975, 75쪽.
48   최명옥,〈월성지역어의 음운양상〉, 서울: 서울대학교 대학원 국어국문학과 박사학위논문, 1982, 76~80쪽.
49   G. Jobes ed., *Dictionary of Mythology, Folklore and Symbols*, New York: The Scarecrow Press Inc., 1962, well 조 참조.

영 부인의 탄생신화는, 우물이 땅이 우묵하게 들어간 상태나 장소를 뜻하고 계룡이란 것이 추상적으로 만들어진 신성수라는 점을 고려할 때 대지에서 인간이 나왔다고 하는 출현신화의 변형이 아닌가 한다.

출현신화는 오늘날도 원시 농경민들 사이에서 많이 발견되고 있다. 예를 든다면 아메리카의 푸에블로Pueblo 원주민들이 그들의 선조 이야티쿠Iyatiku가 땅속에서 출현했다고 하는 것[50] 이라든지, 트로브리안드섬의 원주민들이 태초에 인간들은 지하에 살았다고 하는 것[51] 등이 그것이다. 한국에서도 이러한 사상은 일찍부터 존재했다. 앞에서 살펴본 바와 같이 동부여의 금와 탄생신화가 이 유형에 들어가고, 또 단군 신화에 나오는 웅녀나 주몽 신화에 나오는 유화가 혈거신으로 숭앙되었다는 것도 이러한 출현신화를 가진 집단이 존재했음을 드러내는 것들이라고 하겠다.

그런데 같은 김씨 집단의 시조로 받들어지는 김알지의 탄생신화는 이와 다른 형태의 이야기로 되어 있어, 그 내용을 고찰하기로 한다.

50　　P. Grimal ed., *World Mythology*, P. Beardmore trans., London: Hamlyn, 1973, pp.452~453.

51　　B. Malinowski, *Magic, Science and Religion* (Doubleday Anchor Books 23), New York: Garden City, 1954, p.111.

[자료 14]

(1) 영평永平 3년 경진庚辰(혹은 중원中元 6년이라고 하나 잘못이다. 중원은 모두 2년 뿐이었다.) 8월 4일에 호공瓠公이 밤에 월성月城 서리를 가다가 큰 광명이 시림始林(혹은 구림鳩林이라고도 한다.)에서 나타남을 보았다. 자주색 구름이 하늘에서 땅에 뻗쳤는데, 구름 속에 황금 궤가 나뭇가지에 걸려 있고, 궤에서 빛이 나왔다. 또 흰 닭이 나무 밑에서 울고 있었다.

(2) 이 모양을 왕께 아뢰자, 왕이 그 숲에 가서 궤를 열어 보니, 그 속에 사내아이가 있어 누워 있다가 곧 일어났다. 마치 혁거세의 고사故事와 같았으므로 그 말로 인하여 알지閼智라고 이름하였다. 알지는 곧 우리말로 아기를 이른다. 사내아이를 안고 대궐로 돌아오니, 새와 짐승들이 서로 따라와 뛰놀고 춤추었다.

(3) 왕이 길일을 가려 태자로 책봉하였으나, 뒤에 파사왕婆娑王에게 사양하고 왕위에 오르지 않았다. 금궤에서 나왔으므로 성을 김金이라 하였다.[52]

이와 같은 김알지의 탄생신화는 그가 나뭇가지에 걸려 있는 황금 궤에서 강탄하였는데, 그 나무 아래에는 흰 닭이 있었다는 것을 주된 내용으로 하고 있다. 이러한 탄생 과정을 거친 김알지에 대해, 오바야시 다료는 시림始林을 구림鳩林이라고도 했다는 점과, 나무 밑에 흰 닭이 있었다는 점에서 비둘기나 닭이 하늘과 관계를 가진 새들이라는 것을 지적하면서, 그가 들어

---

52   최남선 편, 앞의 책, 48~49쪽.
    "永平三年庚申 一云中元六年 誤矣 中元盡二年而已 八月四日 瓠公夜行月城西里
    見大光明於始林中 一作鳩林 有紫雲從天垂地 雲中有黃金櫃 掛於樹枝 光自櫃出
    亦有白鷄鳴於樹下 以狀問於王 駕幸其林 開櫃有童男 臥而卽起 如赫居世之故事
    故因其言 以閼智名之 閼智卽鄉言小兒之稱也 抱載還闕 鳥獸相隨 喜躍蹌蹌 王擇
    吉日 冊位太子 後讓於婆娑 不卽王位 因金櫃而出 乃姓金氏."

있던 황금 궤가 구름에 휩싸인 나뭇가지에 걸려 있었던 것으로 미루어 보아 "공중 내지는 하늘의 원리를 대표하고 있다."[53]고 하였다.

그러나 이미 알영 신화에 대한 고찰에서 살펴보았듯이 신라에 닭을 신성시하던 집단이 토착 세력으로서 곡물을 재배하는 문화와 긴밀하게 연관되었다는 점을 고려할 때, 흰 닭과 관련을 갖고 있는 김알지도 알영 부인과 같은 집단 출신이 아니었을까 하는 추단이 가능하게 된다. 이 점에는 김철준도 의견을 같이하는데, 그는 알영 부인과 김알지를 같은 김씨 부족 출신으로 보면서 "대두함이 늦은 김 부족은 이때 늦으나마 천강족天降族의 시조신화를 갖기 위해서 《사기》·《유사》에 소개된 신화에서 보는 바와 같이 후대적인 관념의 금궤金櫃·금독金犢 등을 갖다 붙였다. 다시 말하자면, 초기에는 뒤떨어진 토착족으로 있다가 뒤에 이르러서야 박·석 부족의 자극으로 차차 대두하여 박·석과 대등하게 되매, 원래 갖고 있던 닭 토템에 후대적인 수식을 붙여 신화를 만든 것이다."[54]라고 하여, 김알지가 알영 부인과 같은 토착족이었으며, 그의 탄생신화는 후대적인 수식이 더해진 것이라고 상정한 바 있다. 이러한 김철준의 추정은 신화를 좀 더 검토한 다음에 결정지을 문제이기는 하지만, 알영 부인과 김알지가 토착 세력이었던 같은 김 부족 출신이라는

53　大林太良, 앞의 논문, 57쪽.
54　김철준, 앞의 책, 73쪽.

지적은 상당한 타당성을 지니고 있다. 그렇다면 김알지를 대지의 원리를 대표하는 존재로 보는 데는 별로 무리가 없지 않을까 한다.

5-6 신라 왕권신화 연구의 의의

신라는 박·석·김 세 성씨가 교체되어 가면서 왕권을 장악하였기 때문에 그 사회가 다원적·후진적이라는 견해가 제시되기도 하였지만, 이질적인 문화를 가진 세력들의 공존을 의미한다는 점에서 왕권신화의 고형古形을 유지한다고 볼 수도 있다.

박혁거세는 말을 이용하여 하늘로부터 지상에 내려왔다. 여기에는 말이 하늘과 땅이라는 우주 영역의 매개 역할을 하는 신성한 동물이라는 신화적 사유가 담겨 있다. 그러나 그의 왕권은 막연한 하늘이 아니라 태양으로부터 연원된 것이었다. 이런 점에서 박혁거세 신화는 고구려의 주몽 신화와 친연 관계를 가진다고 보았다. 그리고 이들은 다 같이 기마 민족이었으며, 수렵과 유목문화를 향유하였을 것으로 상정했다.

박혁거세가 하늘로 올라간 뒤 그의 유체가 다섯 개로 나뉘어 떨어졌고, 이것을 하나로 합장하려고 하자 뱀이 나타나서 그것을 방해하였다. 풍요를 상징하는 뱀이 시체의 합장을 방해하였다는 것은 시체의 합장이 풍요를 저해하는 것이었기 때문일 개연성이 있다. 그리하여 신라와 밀접한 관련을 가지고 있는 이즈모 신화에 주목하여 이것이 시체화생신화였을 가능성을 제시하였다. 시체화생신화는 적도 근방에 널리 분포되어 있는 하이누벨레형 신화와 같은 계통으로서 과수나 구경 식물을 재배하는 농경 문화와 관련되어 있지만, 여기에서는 밭곡식을 재배하던 문화와 함께 한반도에 유입되었을 것으로 추정하는 데 그쳤다.

탈해의 왕권신화에서는 그 이름의 발음을 바탕으로 흉노계 문화와 관련을 가진다고 보았다. 또 홍만종의 《순오지》에 나오는 〈여용사 설화〉와 같은 형태의 난생신화이고, 노구에게 발견되었다는 공통성을 가진다는 점에 착안하여 그를 어로 문화와 관계가 깊은 신화적 인물로 파악하였다.

김씨 부족과 관련을 가지는 알영의 탄생담은 대지에서 인간이 나왔다고 하는 출현신화에 들어간다고 보았다. 이는 알영이 태어난 우물이 땅이 우묵하게 들어간 상태나 장소를 뜻하고 계룡이 추상적으로 만들어진 신성수란 점에서 이를 출현신화의 변형으로 파악한 것이다. 또 경주김씨의 시조인 김알지도 알영과 마찬가지로 닭을 신성시하던 토착 세력으로 보았다.

이렇게 볼 때, 신라의 왕권신화를 구성하고 있는 혁거세 신화와 탈해 신화, 그리고 알영 신화 및 알지 신화는 제각기 다른 우주 영역을 대변하는 세계관을 가졌고, 또 그들이 향유하던 문화도 달랐을 것으로 생각된다. 박혁거세를 중심으로 하던 집단이 하늘의 원리를 신봉하는 세계관을 가졌으며, 수렵과 유복 문화를 향유한 세력이었던 것과 달리 석탈해를 중심으로 하는 집단은 수역의 원리를 신봉하는 세계관을 가졌고 어로 문화를

향유하던 세력이었다. 김알지를 중심으로 하는 집단은 대지의
원리를 신봉하는 세계관을 가졌으며, 초기 농경 문화를 향유하
던 세력이었다는 것이다.

　그러므로 신라의 왕권신화는 하늘과 수역, 대지를 대표하는
집단들이 서로 협력하여 이들 세 우주 영역을 통괄함으로써 하
나의 완전한 국가로 발돋움하였다는 것을 말해 준다는 사실을
확인하였다고 하겠다.

6-1 구전 상관물로서의 신화

한국 고대사에서 남쪽에서 볼 수 있는 가락국과 신라의 관계는 마치 북쪽에서의 부여와 고구려의 관계를 연상시킨다. 서로 대립하면서 발달해 온 것도 비슷하고, 중간에 이르러 한 나라가 다른 나라를 정복해 버린 것도 유사하다. 더욱이 부여에 대한 기록이 거의 남아 있지 않는 것처럼 가락국에 대한 기록 역시《삼국유사》권2에 수록된 〈가락국기〉가 거의 유일하다.[1]

이《가락국기》에는 두 개의 가락국 왕권신화가 실려 있다. 하나는 수로 신화[2]이고, 다른 하나는 허황옥許黃玉의 도래신화

---

1   홍기문, 《조선 신화 연구》, 서울: 지양사, 1989, 110쪽.

2   《삼국유사》에 실려 있는 수로왕 신화는 ① 〈가락국기〉의 첫머리에 실려 있는 것과 ② 〈가락국기〉 왕력편 앞에 운문 형태로 실린 것, ③ 어산불영魚山佛影 조에 실려 있는 것 등 세 개의 이본들이 있다. 이 책에서는 이 같은 이본들 가운데 비교적 마멸이 심하지 않은 ①을 주된 연구의 대상으로 삼았고 이하 '수로 신화'로

다. 지금까지 관심의 대상이 되었던 것은 전자라 할 수 있다. 이에 대한 연구는 크게 세 갈래로 구분된다. 곧 (1) 이것으로 가락국의 역사를 재구하고자 한 역사적인 연구, (2) 〈구지가龜旨歌〉 해석을 중심으로 한 문학적인 연구, 그리고 (3) 고대의 제의와 관련시켜 설명하고자 한 민속학적인 연구가 그것이다.3 그러나 (1)에서는 신화적인 문맥을 그대로 역사적인 문맥으로서 이해하려고 했으므로 무리한 결론이 도출되지 않을 수 없었고, (2)에서는 〈구지가〉를 해석할 때 수로왕의 탄생 단락에 너무 집착한 나머지 이 신화의 실상을 파악하는 데 실패하였으며, (3)에서는 이 신화에 내포되어 있는 재생 모티브만을 부각시키는 데 머물렀다.

이상과 같은 선행 연구의 문제점은 각각 관점이 다르므로 극복 방안도 달라야 마땅하다. 따라서 (1)의 경우는 먼저 신화학적인 연구가 이루어진 다음에 그 속에 용해되어 있는 역사적인 요소를 찾아내야 하고, (2)와 (3)의 경우는 이 신화를 구성하고 있는 요소들을 단편적으로 연구할 것이 아니라, 전체적인 문맥 속에서 이것들이 어떠한 의미를 지니고 있으며 또 어떠한 기능을 수행하고 있는지를 구명해야 한다.

특히 문학적·민속학적인 연구에 대한 이러한 지적은, 전체는 부분들의 단순한 총화總和 그 이상의 의미를 가진다는 전체

통일하였다.
3   김영일, 〈가락국기 서사 원리의 구성 원리에 관한 일 고찰〉, 《가라문화》 5, 마산: 경남대학교 가라문화연구소, 1987, 5~7쪽.

론적인 관점을 바탕으로 것이다. 전체론적 연구 방법은 1920년
대 후반기부터 형성되기 시작하여 언어학과 심리학, 문학, 인
류학 등으로 그 영역이 확대되어 왔고, 근래에는 신화학 분야
에까지 적용되기에 이르렀다.**4** 이와 같은 연구 태도를 취한다
면, 각 단락들은 독립적으로 존재하는 것이 아니라 수로왕 신
화를 이루는 유기적인 연결체들이라는 전제가 성립된다. 이 장
에서는 이 같은 전제 아래 기존의 민속학적 연구 성과를 한층
더 발전시켜 이 신화 전체가 고대 제의의 '구전 상관물口傳相關
物, oral-correlative'이라는 사실을 구명하고, 또 허황옥의 도래신화
가 가지는 의미를 해명함으로써 가락국 왕권신화의 실상을 밝
히기로 한다.

6-2 《가락국기》의 성격

〈가락국기〉에 수록된 신화 자료를 검토하기 이전에 먼저 이
책의 성격부터 파악하는 것이 바람직할 것 같다. 일연은《삼국
유사》를 저술하면서《가락국기》의 내용을 요약하여 기록하였
고, 그 원본은 "고려 문종 조 대강大康 연간에 금관金官의 지주사
知州事**5** 문인文人이 지은 것"**6**이라고 했다.

---

4   A. Dundes, *Morphology of North American Indian Folktale*, Helsinki:
Academia Scientiarum Fennica, 1980, pp.31~39.

5   여기에 나오는 '금관'은 김해를 가리키는 것이지만, 고려 시대에는 김해를 금
주金州로 불렀다. 따라서 이곳을 다스리던 지방 관리의 명칭은 지금주사知金州事
가 맞다.

이에 대해 이병도는 "대부분 신빙키 어려운 전설적인 기재로 덮여 있고, 찬자인 문인이란 인명인지 보통 명사로서의 문인이란 말인지 불분명하다."[7]고 하여 사료로서의 가치에 부정적인 견해를 밝힌 바 있다. 그렇지만 "건안建安 4년 기묘己卯에 처음 이 사당을 세운 때부터 지금 임금께서 즉위하신 지 31년만인 대강大康 2년 병진丙辰까지 도합 878년이 되었다."[8]는 기록으로 이 책이 지어진 연대가 1076년이라는 사실을 확인할 수 있다. 이는《삼국사기》가 편찬된 1145년보다는 거의 1세기가 앞서고,《삼국유사》가 저술된 1283~1285년보다는 거의 2세기가 앞서는 것이어서, 사료로서 가치를 인정하는 것이 바람직하지 않을까 한다.

여기에 실린 아래와 같은 기록들은《가락국기》가 어떤 성격을 지닌 책이었는지를 어느 정도 짐작하게 해 준다.

[자료 1]

(1) 그의 아들 거등왕으로부터 9대손인 구형왕까지 이 묘에 배향하고, 매년 정월 3일과 7일, 5월 5일, 8월 5일과 15일에 푸짐하고 깨끗한 제물을 차려 제사를 지내어 대대로 끊이지 않았다.

三品彰英,《三國遺事考證》中, 東京: 塙書房, 1979, 316쪽.

6　최남선 편,《신정 삼국유사》, 경성: 삼중당, 1946, 108쪽.
"文廟朝大康年間 金官知州事 文人所撰也."

7　이병도,《한국 고대사 연구》, 서울: 박영사, 1976, 314쪽.

8　최남선 편, 위의 책, 115쪽.
"自建安四年 己卯始祖 速今上禦圖三十一載 大康二年丙辰 凡八百七十八年."

(2) 이에 그 옛터에 사자를 보내어 묘에 가까운 상전上田 30경을 공영供營의 밑천으로 하여 왕위전이라 부르고 본토에 소속시키니, 수로왕의 17대손 급간級幹 갱세賡世가 조정의 뜻을 받들어 그 밭을 주관하여 해마다 명절이면 술과 단술을 마련하고 떡과 밥, 차, 과실 등 여러 가지를 갖추고 제사를 지내어 해마다 끊이지 않게 하고, 그 제삿날은 거등왕이 정한 연중 5일을 변경하지 않으니, 이에 비로소 그 정성 어린 제사는 우리 가락국에 맡겨졌다.

(3) 신라 말년에 잡간匝幹 충지忠至라는 사람이 있어 금관고성을 공취하여 성주장군이 되었다. 이에 아간 영규가 장군의 위엄을 빌어 묘향을 빼앗아 함부로 제사를 지내더니, 단오를 맞아서 고사하는데 아무 이유 없이 대들보가 부러져 깔려 죽었다. ……규림이 대를 이어 제사를 지내 오다가 나이 88세에 죽으니 그 아들 간원 경이 계속해서 제사를 지내는데, 단오날 알묘제 때 영규의 아들 준필이 또 발광하여 사당으로 와 간원이 차려 놓은 제물을 치우고 자기가 제물을 차려 제사를 지냈는데 삼헌三獻을 끝내지 못하고 갑자기 병이 생겨 집에 돌아가 죽었다.

(4) 순화 2년에 김해부의 양전사量田使 중대부 조문선이 올린 장계에 "수로왕의 능묘에 소속된 밭의 면적이 넓으니 마땅히 15결을 가지고 전대로 제사를 지내게 하고 그 나머지는 부의 역정들에게 나누어 주는 것이 좋겠습니다."라고 하였다. ……양전사가 거듭 아뢰니 조정에서도 옳게 여겨 그 반은 능묘에서 부치고 반은 향인 역정들에게 나누어 주라고 하였다. 절사節使가 조정의 명을 받아서 반은 능원에서 부치게 하고 반은 부에서 부역하는 호정尸丁들에게 주었다. 일이 거의 끝나자 그는 몹시 피곤하였는데, 홀연히 하룻밤 꿈에 7~8명의 귀신이 밧줄과 칼을 가지고 와서 "너에게 큰 죄가 있어 목 베어 죽여야겠다."고 하였다. 양전사는 형을 받고 몹시 아프다고 하면서 놀라 깨었다. 이내 병이 들었는데, 다른 사람에게 알리지도 않고 밤에 도망을 치다가 그 병이 낫지도 않은 채 궐문을 나서면서 죽어버렸다. 이 때문에 양전도장量田都帳에는 그의 도장이 찍히지 않았다.[9]

---

9 최남선 편, 앞의 책, 113~116쪽.
(1) "自嗣子居登王泊九代孫仇衝之享是廟 須以每歲孟春三之日 七之日 仲夏重五

이 자료는 수로 신화와 그의 치적, 그가 죽은 뒤 묘가 만들어
지기까지 과정을 기술한 다음에 이어지는 수로 묘首露廟의 제례
에 얽힌 기록에서 발췌한 것이다. 여기에는 위에서 인용한 것
외에도 묘를 둘러싸고 벌어졌던 몇 가지 이적들이 더 기술되어
있다. 이로 미루어 보아, 당시의 사람들이 수로 묘를 얼마나 신
성시하고 외경시하였던가를 알 수 있고, 또 그때 사람들이 가
졌던 신성성의 한 단면도 엿볼 수 있다. 수로 묘에 대한 제례祭禮
가 그의 아들 거등왕 때부터 시작하여 이 책이 저술된 고려 문
종 때까지 계속되었다는 사실과, 그 사이에 몇 번인가 제의의
변천이 있었다는 것도 아울러 확인할 수 있다.

이와 같은 사실로부터 일연이《삼국유사》에 발췌하여 수록
한《가락국기》의 원본은 수로 묘에 보관되어 오던 제례에 관한
기록이거나, 아니면 이러한 기록들과 밑줄 친 부분처럼 구체적
인 대상물에 연루되어 전하고 있던 이야기들을 취합·정리한

之日仲秋初五日十五之日.”

(2)“仍遣使於黍離之趾 納近廟上上田三十頃 爲供營之資 號稱王位田 付屬本土 王
之十七代孫賡世級幹祇稟朝旨 主掌厥田 每歲時釀醪醴 設以餅飯茶菓庶羞等奠 年
年不墜 其祭日不失居登王之所定年內五日也 芬苾孝祀 於是乎在我.”

(3)“新羅季末 有忠至匝幹者 攻取金官高城 而爲城主將軍 奚有英規阿幹 假威於將
軍 奪廟享淫祀 堂端五而致告祠 堂梁無故折墜 ……圭林繼世尊爵 年及八十八歲
而卒 其子間元卿 續而克禋 端午日謁廟之祭 英規之子俊必又發狂來詣廟 俾徹間
元之尊 以己尊陳享 三獻未終 得暴疾 歸家而斃.”

(4)“淳化二年 金海城量田使 中大夫趙文善申省狀稱 首露陵王廟屬田結數多也 宜
以十五結舊貫 其餘分折於府之役丁 ……使又申省 朝廷然之 半不動於陵廟中 半
分結於鄕人之丁也 簡使受朝旨 乃以半屬於陵園 半以支給於城之徭役戶丁也 幾臨
事畢 忽一夕夢見七八介鬼 神執縷世握刀劍而至 云儞有大滑 故加斬戮 其使以謂
受刑而慟楚 驚懼而覺 仍有疾瘵 勿令人知之 宵遁而行 其病不間渡關而死 是故量
田都帳不著印也.”

책이었을 것으로 추정된다. 이러한 추정이 사실이라면, 단락 (1)에서 거등왕 때부터 시작되었다고 하는 연중 5회에 걸친 제례가 제각기 어떤 종류의 것이었을까 하는 문제를 좀 더 구체적으로 살펴볼 필요가 생긴다.

진수의 《삼국지》 위서 동이전 한韓 조에는 "매년 5월에 씨를 다 뿌리고 나면 귀신에게 제사를 지내는데, 여러 사람들이 모여 노래하고 춤추며 술을 마시고 놀아 밤낮을 쉬지 않았다."**10** 는 기록이 전한다. 이는 뿌린 씨앗이 잘 자라서 풍성하게 열매 맺기를 기원하는 파종제였을 것으로 생각된다. 5월에 행하던 수로 묘의 제례 또한 민중들이 거행하던 이 파종제가 궁중의 제의로 상승되었던 것이 아닌가 한다. 또 오늘날도 추석이라고 하여 햅쌀로 송편을 빚어 조상에게 다례茶禮를 지내고 벌초와 성묘를 하는 풍속이 남아 있는 것으로 보아 8월에 행하던 제례는 추수감사제적인 성격이 강했던 것 같다.

한편 정월에 거행하던 제례의 성격을 파악하기 위해서는 가락국과 지리적으로 인접해 있었고 경제의 형태도 비슷한 농경 생활을 영위하였던 신라의 경우를 참조하기로 한다. 김부식의 《삼국사기》 신라본기 왕력편王歷篇에는 "친히 시조 묘에 제사하였다〔親祀始祖廟〕."든가 "시조 묘에 배알하였다〔謁始祖廟〕." 또는 "친히 신궁에 제사하였다〔親祀神宮〕."는 기록이 보이는데, 이렇게 시

10　　陳壽, 《三國志》, 서울: 경인문화사 영인본, 1975, 852쪽.
　　　　"常以五月下種訖 祭鬼神 群聚歌舞 飮酒晝無休."

조 묘나 신궁에 제사를 드린 것이 정월의 경우가 15회, 2월이 20회였다. 이처럼 정월과 2월에 제사가 집중되었다는 것은, 이 제례가 신춘에 그해의 풍농을 기원하면서 조상신에게 제사를 드리고 신탁을 물어보아 새해의 대책을 세우는 예축제의 성격이 강했음을 나타낸다. 또 이 제례는 왕의 즉위 원년에 행해진 것이 4회, 2년째가 27회, 3년째가 9회로, "신라왕이 즉위할 때는 시조 묘 내지는 신궁에 제사를 지내는 의례가 새해의 예축제를 확충하여 행해지고 있었다."**11**고 추정할 수 있다.

이처럼 예축제가 즉위 의례와 연결될 수 있었던 것은, 신년의 도래나 신왕의 즉위가 시간을 처음부터 다시 시작하는 것, 즉 새로운 우주 창조의 반복을 의미하기 때문이다. 환언하면 해의 종말과 새해의 기대, 또는 전왕의 죽음과 신왕의 즉위는 카오스Chaos로부터 코스모스Cosmos로 옮아가는 신화적인 순간의 반복이 있다는 것을 보여 주는 요소들이므로**12** 예축제 때 즉위 의례가 행해진 것은 지극히 당연한 귀결이라고 할 수 있다.

이와 같은 신라의 경우를 참조한다면, 가락국에서 거행되던 정월의 제례도 예축제적인 성격을 가진 것으로, 즉위 의례와 밀접한 관련을 가졌다고 보아도 무방할 듯하다. 하지만 [자료 1]의 단락 (1)과 (2)에서처럼 매년 행해지던 예축제 때마다 즉위 의례가 거행되었던 것은 아니다. 즉위 의례라는 것은 새로운

11　井上秀雄,《朝鮮古代史序說》, 東京: 寧樂社, 1978, 61쪽.

12　M. Eliade, *The Myth of the Eternal Return: Cosmos and History,* New Jersey: Princeton University Press, 1954, p.54.

인물이 왕위에 오르는 것을 전제로 하기 때문이다. 그러므로 가락국에서도 신왕이 등극하면 신춘 예축제 때 그의 즉위 의례가 행해졌을 것이라고 상정하는 것이 옳지 않을까 한다.

따라서 수로 신화가 왕들이 즉위할 때 거행되던 의례가 줄거리를 지닌 이야기로 화해서 전승되어 온 것이라는 필자의 전제는 상당히 타당하다고 할 수 있고, 또《가락국기》가 수로 묘에서 거행되던 제의와 깊은 관계를 가진 문헌이었을 것이라는 앞의 상정도 한층 더 확실해진다.

6-3 수로의 태양출자신화

수로 신화는 그의 신성성 확보를 서술하는 전반부와 즉위 과정을 서술하는 후반부로 구분된다. 그렇지만 전체적인 구조의 측면에서 볼 때, 전반부는 후반부를 성립시키기 위한 준비 단계에 해당한다. 즉 이 신화는 수로가 왕위에 올라, '나라'라는 소우주가 창조되기 전의 혼란 상태를 극복하고 질서를 회복하는 줄거리로 구성되어 있다. 따라서 먼저 왕위에 오를 인물의 등장을 필요로 하기 때문에 신성성을 가진 건국주의 탄생에 대한 이야기부터 시작하지 않을 수 없다.

[자료 2]

(1) 개벽한 이래로 이곳에는 아직 나라의 이름이 없었고, 또한 군신의 칭호 따위도 없었다. 그저 아도간, 여도간, 피도간, 오도간, 유수간, 유천

간, 신천간, 오천간, 신귀간 등의 아홉 간이 있을 뿐이었다. 이들이 곧 추장이 되어 백성들을 통솔했는데, 일백 호戶에 칠만 오천 인이었다. 많은 사람들이 산야에 [흩어져] 살면서 우물을 파서 물을 마시고 밭을 갈아 양식을 했다.

　⑵ 마침 후한 세조 광무제 건무 18년 임인 3월 계욕일禊浴日에 사는 곳 북쪽 구지龜旨(이것은 봉우리의 이름인데 십붕+朋이 엎드린 형상과 같았으므로 이렇게 이른 것이다.)에서 수상한 소리와 기척이 있더니 부르는 소리가 났다. 이삼백 사람이 이곳에 모이니 사람 소리 같으면서 그 형상은 숨기고 그 소리만 내어 가로되 "여기에 사람이 있느냐?"라고 하였다. 아홉 간 등이 "우리들이 있습니다."라고 하자, 또 말하기를 "내가 있는 곳이 어디인가?"라고 하였다. 대답하여 "구지입니다."라고 하니, 또 가로되 "황천께서 나에게 명하시기를 이곳에 임해서 나라를 새롭게 하여 임금이 되라고 하시기에 이곳에 내려왔으니 ㉠ 너희들은 모름지기 봉우리를 파서 흙을 집으며 노래하기를 '龜何龜何 首其現也 若不現也 燔灼而喫也'라 하고 뛰고 춤추면 곧 대왕을 맞이하여 즐거워 날뛸 것이다."라고 하였다. 아홉 간 등이 그 말과 같이 모두 즐거워하며 노래 부르고 춤추었다.

　⑶ ㉡ [노래하고 춤춘 지] 얼마 되지 않아 우러러 바라보니, 하늘에서 자색 줄이 내려와 땅에 닿았다. 줄 끝을 찾아보니 홍색 보자기 속에 금합金合이 있었다. 그것을 열어 보자 해와 같이 둥근 황금 알이 여섯 개가 있어 많은 사람들이 다 같이 놀라 기뻐하면서 함께 백배하였다.[13]

13　최남선 편, 앞의 책, 108쪽.
"開闢之後　此地未有邦國之號　亦無君臣之稱　越有我刀幹·汝刀幹·彼刀幹·五刀幹·留水幹·留天幹·五天幹·神鬼幹等九幹者 是酋長 領總百姓 凡七百戶七萬五千人 多以自都山野 鑿井而飲 耕田而食 屬後漢世祖 光武帝建武十八年 壬寅三月禊浴之日 所居北夏旨 是峰巒之稱若十朋伏之狀 故云也 有殊常聲氣呼喚 衆庶二三百人集會於此 有如人音 隱其形而發其音曰 此有人否 九幹等云 吾徒在 又曰 吾所在爲何 對云龜旨也 又曰 皇天所以命我者 禦是處 惟所家邦 爲君後 爲玆故降矣 你等須掘峰頂 撮土歌之云 龜何龜何 首其現也 若不現也 燔灼而喫也 以之踏舞 則是迎大王 歡喜踴躍之也 九幹等如其言 鹹所而歌舞 未幾仰而觀之 唯紫繩自天垂而著地 尋繩之下 乃見紅幅裏金合子 開而視之 有黃金卵 圓如日者 衆人悉皆驚喜 俱伸百拜."

위와 같은 수로 신화의 전반부는 (1) 혼돈의 상태, (2) 불제祓除, (3) 수로의 강탄 등 세 개의 단락으로 나누어진다. 여기에서 첫머리에 설정된 혼돈의 상태는 세계나 인류, 문화의 기원을 이야기하는 신화들에서는 흔히 볼 수 있는 현상으로, 그 이전의 상황을 질서가 확립되지 아니한 것으로 상정하는 데서 기인한 것이다.**14** 이 자료도 수로가 탄생하여 왕위에 오르는 일련의 과정을 서술하는 왕권의 기원과 성립에 관한 신화의 일부이므로, 이러한 기원신화들과 궤를 같이한다.

그때까지 아홉 간들이 통솔을 하고는 있었으나, 나라의 이름은 물론 군신의 칭호도 아직 가지지 못하였을 뿐만 아니라 백성들이 통일을 이루지 못하고 제각기 흩어져 생활을 영위하는 상태였다는 것이다. 이렇게 나라를 이루지 못하고 통솔자로서의 왕을 가지지 못한 상태가 혼란을 야기하고 있었다는 것은, 혁거세 신화에서 "우리들이 위로 군주가 없이 여러 백성들을 다스리기 때문에 모두 방자해져서 제 마음대로 하니 어찌 덕 있는 사람을 찾아 군주로 삼고 나라를 세우며 도읍을 정하지 아니하겠는가?"**15**라고 한 여섯 촌장들의 회의 목적에도 잘 드러나 있다. 그렇지만 이 혼란 상태는 건국주가 등장하여 나라를 세우고 질서를 확립하면 극복되기 마련이므로, 이 단락은

---

14 大林太良, 《神話學入門》, 東京 : 中央公論社, 1966, 68~128쪽 : M.–L. von Franz, *Patterns of Creativity mirrored in Creation Myth*, Zürich : Spring Publicities, 1972, pp.5~19.

15 최남선 편, 앞의 책, 44쪽.
"我輩上無君主 臨理蒸民 民皆放遊 自從所欲 盍覓有德人 爲之君主 立邦設都乎."

건국주의 탁월한 통치 능력을 강조하기 위한 하나의 예비적 장치에 해당된다고 볼 수 있다.

이처럼 질서를 확립할 수 있는 건국주의 탄생은 성스러운 시간과 공간 속에서 이루어지지 않으면 안 된다. 여기에서 혼란이 계속되는 속된 세계의 부정不淨을 물리치는 의례가 필요해진다. [자료 2]에서 이를 이야기하는 부분이 단락 (2)이다. 이곳에서는 우선 계욕일禊浴日을 시간적인 배경으로 선택하고 있다. 계욕일은 3월의 상사일上巳日로서, 중국에서는 이날 낙양洛陽의 동천東川에서 재앙을 물리치고 복을 구하는 행사를 열었다.**16** 가락국의 계사禊事도 일단은 이것에서 유래된 것으로 보이지만, 계욕일 그 자체는 충분히 신춘의 예축제와 결부될 수 있는 가능성을 지니며, 또 속俗에서 성聖으로 전이가 이루어지는 날이라고 할 수 있다.

공간적인 배경이 된 구지봉의 구지龜旨에 대해서는 여러 가지 해석이 제시되어 왔다. 그중에서 '굿'으로 새겨 큰 굿, 즉 큰 제례가 거행되던 봉우리였다는 견해**17**가 타당하다고 본다면, 불제 의식을 치르기에는 안성맞춤의 장소가 구지봉이었을 것이다.**18**

16　三品彰英,《三國遺事考證》中, 東京: 塙書房, 1979, 318~319쪽.

17　金錫亨, 朝鮮史研究會 譯,《古代朝日關係史: 大和政權と任那》, 東京: 勁草書房, 1969, 136쪽; 김택규,《한국민속문예론》, 서울: 일조각, 1980, 213~215쪽.

18　필자가 1988년 7월 28일 유귀수(70세, 경상남도 김해시 구산1동)로부터 조사한 바에 따르면 구산1동의 정씨들은 얼마 전까지 구지산 발치에서 동제를 지냈다고 한다. 이것을 보면 구지산이 일찍부터 제의의 장소로 이용되어 왔을 가능성

이러한 시공간적 배경 아래 수로를 맞이하는 '맞이굿'[19]을 하려면 부정과 잡신을 물리치는 불제가 선행되지 않으면 안 되었을 것으로 생각된다. 신맞이[迎神]에 앞서 불제가 행해지는 것이 맞이굿의 일반적인 형태라는 점[20]을 고려한다면, 이 단락에서 수로의 가르침에 따라 여러 사람들이 불렀다고 하는 〈구지가〉는 굿을 할 때 부르는 무가의 일종으로서 잡신을 몰아내는 내용이었을 가능성이 높다.

그러나 〈구지가〉에 대한 종래의 연구는 이것을 "거북아, 거북아, 네 목을 내어라. 네 목을 내지 않으면 구워서 먹으리라." 라고 해석하여, 이 노래를 영신가迎神歌 내지는 영신군가迎神君歌로 보는 견해가 주류를 이루고 있다.[21] 이러한 해석이 타당하다는 것을 입증하려면 수로와 같은 '절대적인 존재Supreme Being'를 맞이하는 데 이와 같은 위협적인 주술요呪術謠가 구송되었다는 사례를 찾아내야만 한다. 국내에서 찾지 못한다면 다른 나라의 예에서라도 찾아야 한다. 그러나 지금까지 어디에서도 그런 사례를 찾아내지 못하고 있어 이것이 글자의 뜻에만 너무 집착한 해석이라는 비난을 면하기 어렵다고 하겠다.

어떤 설화 속에 들어 있는 시가의 해석이 그 이야기의 전체

을 배제할 수 없다.

19   김영일도 이것을 '신맞이굿'으로 파악하고 있다.
김영일, 앞의 논문, 251쪽.

20   현용준, 《제주도 무속 연구》, 서울: 집문당, 1986, 251쪽

21   이병기·백철, 《국문학전사》, 서울: 신구문화사, 1963, 42~43쪽.

적인 문맥 안에서 파악되어야 한다는 것은 너무도 당연한 이치이다. 이런 의미에서 〈구지가〉의 해석도 수로 신화의 전체적인 문맥을 자세히 음미한 다음에 이루어져야 마땅하다. 그리하여 신화의 내용을 면밀히 검토해 보면, ㉠에서 많은 사람들이 봉우리를 파서 흙을 집으며 〈구지가〉를 부르는 행위는 ㉡에서 수로를 비롯한 여섯 가야의 시조들이 알의 형태로 태어나는 필요조건이 아니라 충분조건이었다는 것을 알 수 있다.**22**

따라서 필자는 '구龜' 자가 '검, 곰'의 향찰로서 잡신雜神을 의미한다는 박지홍朴智洪의 연구 성과**23**를 그대로 수용하면서, '수首'를 '먼저〔首先〕'라는 부사로 보고, 또 '현現'은 '출出'과 의미가 통하며 '퇴출退出'의 뜻이 있다는 점에 착안하여, 이 노래를 "검하, 검하, 먼저(빨리) 물러가거라. 만약 물러가지 않으면 굽고 구워서 먹으리라."고 해석하고자 한다. 이렇게 보면 〈구지가〉는 잡신들을 물리치는 위협적인 축귀요逐鬼謠였다는 사실을 알 수 있고, 이 단락은 신성성을 지닌 수로의 탄강에 앞서 부정과 잡신을 제거하는 불제의 의식이 거행되었다는 것을 이야기한다고 할 수 있다.

이렇게 하여 신성한 공간을 확보한 다음, 왕위에 오를 수로의 탄강을 서술한 곳이 단락 (3)이다. 여기에서는 수로는 홍색

---

22   이는 비단 굿만의 이야기가 아니다. 제사 또한 먼저 분향焚香을 하여 잡신을 물리친 다음 강신降神의 절차에 들어가 제사의 대상이 되는 신을 맞이하는 절차로 되어 있다.

23   박지홍, 〈구지가 연구〉, 《국어국문학》 16, 서울: 국어국문학회, 1957, 532~533쪽.

보자기에 싸인 금합 속에 다른 다섯 개의 알들과 함께 황금 알의 형태로 자색의 줄을 타고 하늘로부터 내려왔다. 앞에서도 지적한 것처럼, 여기에 나오는 자색이나 홍색, 금합이나 황금 알 등은 모두 태양과 관계가 있는 것들이다. 그러므로 수로는 태양에서 출자를 구하는, 말하자면 태양족太陽族의 후손이라고 볼 수 있다. 따라서 많은 사람들에게 숭배를 받은 것은 너무도 당연한 결과였다. 이러한 수로의 탄생담은 고대인들의 세계관의 한 단면을 엿볼 수 있어 상당히 중요한 의미를 가진다.

인류 역사 초기의 기록들을 보면, 당시의 사람들은 신과 지상에서의 그의 대리자인 왕을 동시에 숭배하고 있었던 것 같다. 그렇지만 현재까지의 지식으로는 신에 대한 숭배가 왕에 대한 숭배보다 선행되었다고 주장할 아무런 근거도 없다. 아마 어떠한 왕도 신이 없이는 존재하지 못했고, 또 어떠한 신도 왕이 없이는 존재하지 못했을 것이다. 고대 이집트에 왕을 신과 동일시하는 군주제 관념이 있었다든지, 수메르Sumer의 도시국가들에서 왕들을 신이 보낸 구세주로서 이야기하고 있었다는 것 등은 이와 같은 고대인들의 왕에 대한 신앙을 말해 주는 예라고 할 수 있다.[24]

이 같은 그들의 신화적 사유는 왕들의 출자를 태양에서 구하는 많은 신화들을 만들어 냈다. 현장Hiune Tsiang, 玄奘이 기록한

24　A. M. Hocart, *Kingship*, London: Humphrey Milford for Oxford University Press, 1927, pp.7~8.

다음과 같은 신화도 그 대표적인 예화의 하나이다.

[자료 3]

이때 페르시아의 왕은 한漢나라에서 아내를 맞이하였다. 그녀는 한나라에서부터 쭉 호위를 받았다. 그때 반란이 일어나서 동서를 연결하는 길이 폐쇄되어 버렸다. 그 때문에 그들은 그녀를 아주 높고 위험한 외딴 산봉우리에 데려다 놓았다. 거기는 사다리로만 접근할 수 있었다. 게다가 그들은 그녀를 보호하기 위해서 밤낮으로 경비를 섰다. 3개월 뒤 혼란은 평정되었다. 평온을 되찾았으므로 [페르시아로] 여행을 다시 시작하려고 했을 때 그들은 그녀가 임신했다는 사실을 알았다. ……몸종이 말했다. "물어볼 것이 없습니다. 그녀를 임신시킨 것은 정령spirit입니다. 매일 정오에 태양의 표면으로부터 수장chief-master이 말을 타고 그녀를 만나러 왔습니다." ……때가 되자 그녀는 대단히 아름다우면서도 모든 재능을 다 갖춘 아이를 낳았다. ……그는 하늘을 날고 바람과 눈을 제어할 수 있었다. 그때부터 지금까지 그의 자손들은 어머니 쪽에서 한나라 황실의 혈통을, 아버지 쪽에서는 태양신sungod의 혈통을 이어받았다고 전하고 있다.[25]

이것은 부계의 출자를 태양에서 찾고 있는 자료이지만, 이렇게 출자를 태양에서 찾음으로써 왕의 신성성을 극대화시키는 것은 한국의 고대 사회에서도 마찬가지였다.

이렇게 수로의 출자가 태양에 있다고 한다면, 그는 태양신의 신격을 갖추고 태어났다고 할 수 있다. 고대인의 이런 신앙은 [자료 3]의 밑줄 그은 문장에서 보는 바와 같이 태양신이 자연을 제어하는 힘을 소유하고 있어서 그것을 둘러싼 세계와 종

---

25   Op. cit., pp.18~19.

족들에게 어떤 규칙성을 부여하고 토지와 사람들에게 결실을 풍부하게 해 준다는 믿음에서 유래한 것이다.**26** 이를 감안하면 수로의 경우도 세상을 지배할 수 있는 능력을 구비하고 있었다고 해도 무방할 것이다.

이 같은 《가락국기》의 기록과는 다른 가락국 왕권신화가 최치원崔致遠이 지은 《석리정전釋利貞傳》에 남아 있다. 원본은 일실되고 《동국여지승람》 권29 고령현高靈縣의 건치연혁建置沿革 조에 기록되어 있어, 그 내용을 살펴보기로 한다.

[자료 4]

가야산신伽倻山神 정견모주正見母主는 곧 천신인 이비가夷毗訶에 감응되어 대가야大伽倻의 왕 뇌질주일惱窒朱日과 금관국金官國의 왕 뇌질청예惱窒青裔 두 사람을 낳았다. 즉 뇌질주일은 이진아시왕伊珍阿豉王의 별칭이고, 청예는 수로왕의 별칭이다.**27**

여기에는 대가야국이 시조 이진아시왕 또는 내진주지內珍朱智라고도 한다 으로부터 도설지왕道設智王까지 16대 520년 동안 존속했음이 기록되어 있다.**28** 이로 미루어 보아, 노사신盧思慎과 양성지梁

---

26   Op. cit., pp.55~56.
27   朝鮮史學會 編, 《東國輿地勝覽》 4, 서울: 朝鮮史學會, 1930, 29~30쪽.
       "伽倻山神政見母主 乃爲天神夷毗訶之所感 生大伽倻王惱窒朱日 金官國王惱窒青裔二人. 則惱窒朱日爲伊珍阿豉王之別稱 青裔爲首露王之別稱."
28   위의 책, 27쪽.
       "自始祖伊珍阿豉王 一云內珍朱智 至道設智王 凡十六世五百二十年."

誠之 등에 의해 《동국여지승람》이 편찬된 15세기 말까지는 고령에 있었던 대가야국의 역사를 기록한 책이 남아 있었다고 유추할 수도 있다.

이러한 이 신화에 대하여 김두진은 "천신인 이비가와 산신인 정견모주가 결합하여 그 자손이 국가를 건설한다는 건국신화는 제1단계의 개국신화이다. 그것은 성읍국가城邑國家를 성립시키고 난 뒤, 그 지배자들에 의해 전승된 것일 수 있다. 말하자면 성읍국가 단계의 대가야국이나 금관가야국은 각각 천신과 지신으로 이어지는 시조 전승을 가지고 있었으며, 그것이 결합한 개국신화를 성립시켰다."**29**고 하여, 성읍국가 시대에 만들어진 것으로 본 바 있다.

이와 같은 이 신화에서 관심을 불러일으키는 것은 대가야국을 세운 이진아시왕의 이름이 뇌질주일이었다는 사실이다. '주일朱日'은 분명히 붉은 해를 가리킨다. 그렇다면 위의 자료에 나오는 천신은 태양을 말하는 것이라고 보아도 크게 틀리지는 않을 듯하다.

이런 상정이 허용된다면, 당시 가락국이나 대가야국의 시조는 태양신의 후손이었다는 인식이 상당히 널리 유포되어 있었다고 할 수 있다. 다시 말해 가락국은 태양신의 후손에 의해 세워졌다는 전승이 전하고 있었다는 것이다.

---

29   김두진, 《한국 고대의 건국신화와 제의》, 서울: 일조각, 1999, 228쪽.

6-4 수로와 탈해의 대립

이렇게 왕권이 태양으로부터 기원하였음을 서술하는 수로 신화에서, 그가 비록 탁월한 능력의 신격을 갖추고 탄생했다고 하더라도 이 신격은 잠재적인 것에 지나지 않았다. 이는 고대 이집트의 경우를 보면 그대로 드러난다. 이집트에서는 파라오 Pharaoh가 될 사람은 신으로 태어나지만 즉위할 때까지는 그의 절대적인 신성성을 잃는다고 여겼다.**30** 따라서 상실된 생래적인 신성성을 회복하려면 왕위에 오르는 일정한 즉위 절차를 거치지 않으면 안 되었다.

실제로 즉위 의례에 들어가면, 왕이나 추장이 될 인물은 대관식戴冠式을 치르기 전에 의례적인 싸움을 거치는 것이 하나의 상례로 되어 있다.**31** 그리하여 그는 주술이나 무기에 의한 싸움을 통하여 승리자의 한 사람으로 등장하는 절차를 밟는다. 하지만 수로 신화에는 이 단락이 탈락되어 있고, 대신 그의 치적을 적은 왕력편 갑진년(44년) 조의 기사에 탈해와의 싸움을 다룬 이야기가 삽입되어 있는데 이것이 의례적인 다툼을 나타낸 것이 아닌가 한다.**32** 이러한 체제의 변화는, 즉위 의례의 형태

---

30 A. van Gennep, *The Rite of Passage*, Chicago: The University of Chicago Press, 1960, p.111.

31 즉위 의례에서 왕을 승리자로 만들기 위한 의례적인 싸움은 상당히 일반화되어 있다.
Hocart, op. cit., pp.99~102.

32 수로와 탈해의 다툼에 대해 김영일은 ① 완벽한 신화적 서사와 그 논리를 위한 기술, ② 역사적 사실의 신화적 표현일 가능성이라는 두 가지 면에서 해석하려고 하였다. 한편 이강옥은 이를 수로가 왕이 된 뒤의 시련으로 보았다.

로 전승되어 오던 것을 가락국의 왕권신화로 기록하는 과정에서 수로의 치적을 강조하려는 의도로 순서를 바꾸어 놓았기 때문일 것 같다.

그래서 수로의 승리를 서술하고 있는 이야기의 내용을 살펴보기로 한다.

[자료 5]

갑자기 완하국 함달왕의 부인이 아기를 배어 달이 차서 알을 낳으니 그 알이 화해서 사람이 되어 이름을 탈해라고 했는데, [그가] 바다를 쫓아서 [가락국에] 왔다. [그는] 키가 세 자나 되고 머리의 둘레가 한 자나 되었다. [그는] 기꺼이 대궐로 나아가 왕에게 말하기를 ㉠ "나는 왕의 자리를 빼앗으러 왔소."라고 하니, 왕이 대답하기를 ㉡ "하늘이 나에게 명해서 왕위에 오르게 한 것은 장차 나라 안을 안정시키고 백성들을 편안하게 하려 함이니, 감히 하늘의 명을 어기면서 왕위를 줄 수도 없고 또 감히 우리나라 백성들을 너에게 맡길 수도 없다."라고 하였다. [그러자] 탈해가 "그렇다면 술법으로 당신과 겨루는 것이 어떻겠소?"라고 하니 수로가 좋다고 하였다. ㉢ 잠깐 사이에 탈해가 변해서 매가 되니 왕도 변해서 독수리가 되고, 또 탈해가 변해서 참새가 되니 왕은 변해서 새매가 되는데 이때 조금도 시간이 걸리지 않았다. 탈해가 본래의 모습으로 돌아오자 왕도 또한 그렇게 하였다. 탈해가 이에 항복하면서 ㉣ "술법을 다투는 마당에서 매가 독수리에게, 참새가 새매에게 잡히기를 면한 것은 대개 성인께서 죽이기를 미워하는 어진 마음을 가진 때문입니다. 제가 왕과 더불어 왕위를 다툼은 참으로 어려울 것입니다."라고 하면서, 문득 왕께 하직하고 나가서 가까운 나루터에 이르러 중국 선박들이 항해해 오던 해로를 취하여 가려고 했다. 왕은 그가 머물러 있으면서 반란을 일으킬까 염려하여 급히 수군 오백 척

김영일, 앞의 논문, 22~23쪽; 이강옥, 〈수로신화의 서술원리의 특수성과 그 현실적 의미〉, 《가라문화》 5, 마산: 경남대학교 가라문화연구소, 1987, 156쪽.

을 보내어 쫓게 하니, 탈해가 계림의 땅 안으로 달아나므로 수군은 모두 돌아왔다.[33]

이 자료는 실제로 있었던 어떤 사건을 상징적으로 표현한 것일지도 모른다. 그렇지만 ㉠에서 탈해가 왕권의 다툼을 전제로 하여 등장하고, ㉢에서의 싸움이 변신술을 이용한 것이었으며, 또 전체 문맥이 수로의 왕권 강화를 말해준다는 점에서 즉위 의례에서 행해지던 의례적인 싸움을 기록한 것이었다고 상정해도 무방하지 않을까 한다.

만약에 이런 상정이 허용된다면, 이 의례적인 싸움이 무엇을 반영하느냐는 문제를 생각해 보지 않을 수 없다. 이 싸움에서 승리자로 등장하는 수로는, 이미 [자료 2]에서 고찰한 바와 같이 태양의 신격을 갖추고 탄생한 존재였다. 한국의 고대 사회에서 태양은 하늘의 원리를 표상하는 것이었고, 또 이 원리를 신봉하던 집단은 유목 문화를 가졌던 것을 추정된다.[34]

33　최남선 편, 앞의 책, 110쪽.
　　"忽有琓夏國含達王之夫人姙娠 彌月生卵 爲化人 名曰脫解 從海而來 身長三尺 頭圍一尺 悅馬詣闕 語於王云 我欲奪王之位故來耳 王答曰 天命我卽於位 將令 安中國而綏下民 不敢違天之命 以與之位 又不敢以吾國吾民付囑於汝 解云 若爾 可爭其術 王曰可也 俄頃之間 解化爲鷹 王化爲鷲 又解化爲雀 王化爲鸇 於此際也 寸陰未移 解還本身 王亦復然 解乃伏膺曰 僕也 適於角術之場 鷹之鷲 雀之於鸇 獲免焉 此蓋聖人惡殺之仁而然乎 僕之與王 爭位良亂 便拜辭而出 到隣郊外渡頭 將中朝來泊之水道而行 王竊恐滯留謀難 急發舟師五百艘而追之 解奔入雞林地界 舟師盡還."
34　김화경, 〈신라 건국설화의 연구〉, 《민족문화논총》 6, 경산: 영남대학교 민족문화연구소, 1984, 4~5쪽.

한편 이 자료만 가지고는 패자로 등장하는 탈해가 어떠한 우주 영역을 대표하고 있던 존재였는지를 알 수 없다. 일연이 《가락국기》에서 "여기에 실린 기사는 신라의 것과는 많이 다르다."고 하였지만, 《삼국유사》 기이편의 탈해왕 조의 기록에 따르면 그를 최초로 발견하고 길러준 아진의선이 박혁거세 때 고기잡이를 업으로 삼았던 이의 어미였고,[35] 또 《삼국사기》 신라 본기 권1 탈해 이사금 조에 "탈해는 맨 처음 고기 낚기를 업으로 삼아 그 노모를 공양하는 데 조금도 게을리하는 기색이 없었다."[36]는 기록이 있는 것으로 보아, 그가 어로를 주업으로 하던 집단의 일원이었고 나아가서는 수역의 원리를 대표하던 존재였다는 것을 알 수 있다.

따라서 수로가 탈해와의 다툼에서 승리하였다는 것은, 하늘의 원리를 신봉하던 유목 문화를 가진 집단이 수역의 원리를 믿으면서 어로 문화를 가지고 있던 집단과의 갈등에서 이겼다는 사실을 상징적으로 표현한다고 보아도 좋을 듯하다.[37] 이러한 세계관을 반영하는 이들의 싸움이 수로를 승리자로 만들기 위한 의례적인 다툼에 차용된 것은, 밑줄 친 ⓛ과 ⓒ부분을 통해서도 알 수 있는 것처럼 통치권dominion과 종주권sovereignty을

---

35 최남선 편, 앞의 책, 47쪽.
"時浦邊有一嫗 名阿珍義先 乃赫居王海尺之母."

36 김부식, 앞의 책, 6쪽.
"脫解始以漁鉤爲業 供養其母 未嘗有懈色."

37 김화경, 〈온조 신화 연구〉, 《인문연구》 4, 경산: 영남대학교 인문과학연구소, 1983, 124~140쪽.

확인하는 기회를 제공하고 정의로운 행위를 통하여 통치를 원활하게 수행하는 데 필요한 '왕의 정의king's justice'를 강조하기 위한 하나의 수단이 아니었을까 한다.

6-5 수로 신화의 즉위 의례

이렇게 의례적인 다툼으로 왕으로서 통치권과 종주권, 정의를 확립한 수로는 마침내 왕위에 오르게 된다. 이 과정을 이야기해 주는 것이 수로 신화의 후반부이므로 그 내용을 개관하기로 한다.

[자료 6]

(1) 조금 있다가 다시 [그 알들을] 보자기에 싸들고 아도간의 집으로 가서 탑상榻上에 놓아두고 무리들은 제각기 흩어졌다.

(2) 하루가 지나 이튿날 아침에 여럿이 다시 모여 합을 여니 여섯 개의 알이 동자가 되어 있었는데, 용모가 매우 빼어났다. 이에 상床에 앉힌 다음, 무리들은 절하고 치하하며 공경을 다해 모셨다. [사내아이들은] 날마다 자라서 십여 일이 지나자 신장이 9척이나 되는 것은 은나라의 천을天乙과 같았고, 얼굴이 용과 같은 것은 곧 한나라의 고조였다. [그리고] 눈썹이 여덟 가지 색깔인 것은 당나라의 요堯(高)와 같았고, 눈의 동자가 둘씩 있는 것은 우나라의 순제와 같았다.

(3) 그달 보름에 즉위하였는데, 처음으로 나타났다고 해서 휘諱를 수로라고 하고, 혹은 수릉首陵(수릉은 붕어한 뒤의 시호이다.)이라고도 하였으며, 나라를 대가야라 하고 가야국이라고도 일컬으니 곧 여섯 가야의 하나다. 남은 다섯 사람들도 제각기 돌아가서 다섯 가야의 임금이 되었다.**38**

이상과 같은 [자료 5]는 단락 (3)의 내용으로 보아 즉위 의례의 진행 과정을 그대로 서술하고 있는 것 같지만, 단락 (2)와 (3)이 무엇을 의미하고 있는지 확실하게 알 수가 없다. 그래서 민족학에서 흔히 이용되는 상호 해명법을 원용하려고 하였다. 그러려면 이 자료와 비슷한 구조를 가진 신화나 의례를 찾아내야 한다. 다행히도 우리는 이와 같은 자료를 왕의 즉위 의례인 일본의 다이조우사이大嘗祭와 요遼나라의 시책의柴冊儀에서 찾을 수 있다. 특히 이들 두 나라의 문화는 한국과 계통적으로 깊은 관계가 있기 때문에, 이들 두 자료는 이 문제의 해결에 중요한 단서가 된다.

먼저 일본의 다이조우사이와 관련이 있는 니니기노미코토의 탄생담부터 별견하기로 하겠다.

[자료 7]

이때 다카미무스비노미코토高皇産靈尊는 마토코오후스마眞床追衾로 황손 아마쓰히코히코호노니니기노미코토天津彥彥火瓊瓊杵神를 덮어 싸서 지상에 내려보냈다. 황손은 이에 아마노이와쿠라天盤座를 떠나, 또 하늘의 여덟 겹 구름을 헤치면서 위엄으로 길을 개척하여 히무카소의 다카치호노타케高千穗峯에 강림하였다. 이미 황손이 돌아다니는 모양은, 봉오리가 두 개

38　최남선 편, 앞의 책, 109쪽.
"尋還裏著 抱持而歸我刀家 寘榻上 其衆各散 過浹辰 翌日平明 衆庶復相聚集開合 而六卵化爲童子 容貌甚偉 仍坐於床 衆庶拜賀 盡恭敬止 日日而大 踰十餘晨昏 身長九尺則殷之天乙 顏如龍焉則漢之高祖 眉之八彩則有唐之高 眼之重瞳則有虞之舜 其於月望日卽位也 始現故諱首露 或云首陵 (首陵是崩後諡也) 國稱大駕洛 又稱伽倻國 卽六伽倻之一也 餘五人各歸五伽倻王."

나란히 있는 산의 아메노오키와시天浮橋로부터 우키지마리타히라를 거쳐 소시지膂肉의 무나쿠니空國, 히타오頓丘의 땅을 지나 아타나가야吾田長屋의 가사사라는 해변(串)에 이르렀다. 이 땅에 한 사람이 있어 자기 스스로 고토카쓰쿠니카쓰나가사事勝國勝長狹라는 이름을 붙였다. 황손이 나라가 있느냐 없느냐를 물으니, "여기에 나라가 있습니다. 마음대로 쉬어가시기를 청합니다."라고 대답했다. 그래서 황손은 나아가 머물렀다. 이때 그 나라에 미인이 한 사람 있었는데 이름을 가시쓰히메鹿葦津姬라고 불렀다. 황손이 이 미인에게 "너는 누구의 아이냐?"고 묻자, "첩은 천신인 오야마쓰미노카미大山祇神가 아내를 맞아들여 낳은 아이입니다."라고 대답하였다. 그리하여 황손이 거동하였는데, [그녀는] 하룻밤 사이에 임신을 하였다. 황손은 이를 믿지 않고 말하기를 "비록 천신이라고 할지라도 하룻밤 사이에 사람을 임신시킬 수는 없다. 네가 임신한 아이는 반드시 내 아이가 아닐 것이다."라고 하였다. 그 때문에 가시쓰히메는 성내고 원망하며 출입구도 없는 산실産室을 만들어 그 속에 들어가 서약하기를, "첩이 임신한 것이 천손의 씨가 아니라면 반드시 타 죽을 것이고, 정말로 천신의 씨일 것 같으면 불도 해치지 못할 것입니다."라고 하면서 곧 불을 붙여 산실을 태웠다. 처음 올라간 연기 끝에서 낳은 아이를 호노스세리노미코토火闌降命라 부르고, 다음으로 열기를 피하고 있을 때 낳은 아이를 히코호호테미노미코토彦火火出見尊라고 이름 붙였다. 다음에 태어난 아이를 호노아카리노미코토火明命라고 하였다. 모두 세 아이였다. 이슥하여 아마쓰히코히코호노니니기노미코토가 죽었다. 그래서 쓰쿠시 히무카의 산릉山陵에 장사지냈다.**39**

39　井上光貞 共校注,《日本書紀》上, 東京: 岩波書店, 1967, 140~143쪽.
"於時 高皇產靈尊 以眞床追衾 覆於皇孫天津彦彦火瓊瓊杵尊 使降之 皇孫乃離天盤座 且排分天八重雲 稜威之道別道別而 天降於日嚮襲之高千穗峰矣 既而皇孫遊行之狀也者 則自槵日二上天浮橋 立於浮渚在平處 而膂完之空國 自頓丘覓國行去 到於吾田長屋笠狹之碕矣 其地有一人 自號事勝國勝長狹 皇孫問曰 國在耶以不 對曰 此焉有國 請任意遊之 故皇孫就而留住時彼國有美人 名曰鹿葦津姬 皇孫問此美人曰 汝誰之子耶 對曰 妾是天神娶大山祇神 所生兒也 皇孫因而幸之 即一夜而有娠 皇孫未信之曰 雖復天神 焉能一夜之間 令人有娠乎 汝所懷者 必非我子歟 故鹿葦津姬忿恨 乃作無戶室 入居其內 而誓之曰 妾所娠 若非天孫之胤 必當燒滅 如實天孫之胤 火不能害 即放火燒室 始起煙末生出之見 號火闌降命 次避熱而居

이것은 천손강림신화, 곧 천강신화의 범주에 들어가는 자료로, 일본에서는 한때 이것을 그들의 천황을 절대자로 받드는 황국사관皇國史觀을 수립하는 데 이용하였다. 그렇지만 이 천강신화는 일찍부터 선진 문화를 향유하고 있던 한반도의 유민들이 일본 열도로 건너가서 그들의 문화 형성에 적지 않게 기여했음을 반영하는 것이다. 그렇기 때문에 한국과 일본의 고대 관계사를 구명하는 데 매우 중요한 자료적 가치를 지닌다.**40**

이런 의미에서, 니니기노미코토가 마토코오후스마에 싸여 하늘에서 내려왔다고 하는 이 모티프는 이미 앞에서 고찰한 바 있는 [자료 2]의 수로 탄생담과 밀접한 역사적 관계가 있을지도 모른다. 그런데도 미시나 아키히데는 이 천강 모티프를 "이불로 쌀 정도로 천손이 어렸음을 시사한다."**41**고 해석하였다. 그러나 신화가 어떠한 사실을 직설적으로 표현하지 않는다는 점을 고려한다면 이것은 너무나 자의적인 해석이라고 하지 않을 수 없다.

마토코오후스마에 대한 일본 사람들의 해석을 그대로 원용한다면, '마眞'는 미칭美稱이고 '토코床道'는 앉기도 하고 잠자리도 되는 대台(臺)를 의미하며, '후스마衾'는 덮는 것, 곧 이불을 뜻한다고 한다.**42** 따라서 '마토코오후스마'를 이처럼 '대를 덮

생出之兒 號彥火火出見尊 次生出之兒 號火明命 凡三子矣 久之天津彥彥火瓊瓊
杵尊崩 因葬築紫日嚮可愛之山陵."

40　金錫亨, 朝鮮史研究會 譯, 앞의 책, 124~175쪽.

41　三品彰英,《建國神話の諸問題》, 東京: 平凡社, 1971, 131쪽.

244　제6장 가락국의 왕권신화

는 이불'로 해석한다면, 이것은 [자료 6]의 단락 (1)에서 아도간 의 집 탑상에 알로 태어날 수장들을 다시 싸서 가져다 놓는 데 사용한 보자기와 매우 유사한 기능을 수행하는 물건이었다고 할 수 있다.

이 마토코오후스마는 다이조우사이 때 사용되는 이불의 원 형으로 상정된다. 오리구치 시노부折口信夫, 1887~1963는 이 문제 에 대해 "다이조우사이 때 유키悠紀·스키主基 양전兩殿의 가운데 에는 단정하게 침소가 설치되어 있고 자리와 이불이 마련된다. 요를 깔고, 까는 이불과 베개도 준비되어 있다. 이것은, 태양의 아들이 될 사람이 자격의 완성을 위해 이 침소에 틀어박혀 금 기를 행하는 장소이다. 여기에 준비되어 있는 이불은, 혼이 몸 에 들어가기까지 틀어박혀 있기 위한 것이다. ……부활을 완전 하게 하기 위해서이다. 《니혼기日本紀》의 신대편神代篇을 보면, 이 이불의 일을 마토코오후스마라고 부르고 있다. 저 니니기노미 코토가 하늘에서 내려올 때 이것을 덮어쓰고 있었다. 이 마토 코오후스마야말로 다이조우사이의 이불을 생각하는 단서가 되 기도 하고 황태자의 금기의 생활을 생각하는 단서가 되기도 한 다. 금기하는 동안 바깥의 태양을 피하기 위하여 덮어쓰는 것 이 마토코오후스마이다. 이것을 벗을 때 완전한 천자가 되는 것이다."[43]라는 견해를 밝힌 바 있다. 이와 같은 오리구치의 견

---

42   井上光貞 共校注, 앞의 책, 568~569쪽.
43   折口信夫, 《折口信夫全集》3, 東京: 中央公論社, 1975, 195~196쪽.

해로부터 일본의 다이조우사이 때 사용된 이불은 왕이 되기 전의 금기 기간에 일상생활과의 차단을 위해 쓰였다는 것을 확인할 수 있다.

한편 요나라의 시책의에서는 보자기나 이불이 아니라 담요가 사용되고 있어 관심을 끈다. 이 시책의의 내용도 아울러 별견하기로 한다.

[자료 8]

길일을 택하고 그 전에 시책전柴柵殿과 단壇을 설치한다. 섶나무를 두텁게 쌓아 나무로 세 개의 계단을 만들고 그 위에 단을 설치하여, 백 척이나 되는 용무늬의 네모난 담요를 깐다. 또 재생실과 모후母後가 보살피는 방을 설치한다. 황제가 재생실에 들어가 재생의再生儀를 행하여 [그것이] 끝나면 8부의 장로들이 앞에서 인도하고 뒤에서 따르면서 좌우에서 황제를 보익하여 책전의 동북쪽 모서리로 가서 해에게 절한 다음에 말을 탄다. <u>외척들 가운데 늙은이를 선출하여 황제를 모시고 신속히 달려가 엎드리게 하면,</u> 시종들은 담요로 황제를 덮어 높은 언덕으로 간다. 대신들과 제부의 장수들은 도열하여 호위하면서 멀리서 바라보며 절을 한다. [그러면] 황제는 사신을 보내어 조서를 내려 가로되, "선제가 승하하셨지만 백부와 숙부, 부형들이 있으니 마땅히 어진 사람을 고를 터인데, 어리고 덕이 없는 사람이 어떻게 도모하겠는가?"라고 한다. 군신들이 대답해서 말하기를, "신들은 선제의 후은과 폐하의 명덕에 모두 마음을 다할 것을 원하옵는데 감히 다른 생각을 가지겠습니까?"라고 한다. 황제가 명령하여, "반드시 너희들이 원하는 바를 좇아 내가 장차 상벌을 분명하게 펴서, 너희가 공이 있으면 올려 임명하고 너희가 죄가 있으면 떨어뜨려 버릴 것이니라. 만약 짐의 명령을 듣겠다면 곧 마땅히 도모하도록 하라."고 말하자, 여럿이서 "예, 황제의 명을 따르겠습니다."라고 대답한다. 황제는 표시하는 곳에 흙과 돌을 쌓고 선제先帝의 영정影幀에 가서 절한 다음, 군사들에게 연회를 베푼다. 이튿날 황제가 책전에서 나오면 호위하는 대보가 부익扶翼하여 단에 올라

가 칠묘七廟의 신주들을 받들어 용무늬의 네모난 깔개에 모신다. 북남부의
재상들이 군신들을 거느리고 둥글게 서서 제각기 담요의 가장자리를 들면
서 찬축하고, [그것이] 끝나면 추밀사가 옥보와 옥책을 들고 들어간다. 우
사가 책 읽기를 마치면 추밀사가 이름을 지어 올리고, 군사들이 만세를 세
번 부른 뒤 모두 절을 한다. [그리고] 재상들과 남북원의 대왕들, 제부의 장
수들이 붉은색과 흰색 양털을 각각 한 무리씩 진상한다. 황제는 옷을 갈아
입고 여러 선제들의 영정에 절한 다음, 드디어 군신들에게 연회를 베푸는
데 각기 차등을 두어 하사품을 내린다.**44**

이 자료에서는 시종들이 황제에게 담요를 덮어씌운다. 황제
는 이것을 쓴 채로 대신들과 서로 묻고 답하여 그들로부터 자
신의 즉위에 대한 동의를 얻어 낸다. 이러한 과정에서 황제가
담요를 덮은 것은 황제라는 신성한 세계에 들어가기 전 속된
현실로부터 격리되어야 했기 때문에 행해진 의식적 절차의 하
나였음을 알 수 있다.

이제까지 살펴본 일본의 다이조우사이와 요나라의 시책의

44　楊家駱 編, 《遼史彙編》, 台北: 鼎文書局, 1973, 1~3쪽.
"擇吉日 前期置柴柵殿及壇 壇之制 厚積薪以木爲三級 壇置其上席 百尺氈龍方方
茵 又置再生母後搜索之室 皇帝入再生室 行再生儀畢 八部之奥前導後扈 左右扶
翼皇帝 冊殿之東北隅 拜日畢乘馬 選外戚之老者 禦皇帝疾馳仆 禦者從者以氈覆
之皇帝詣高阜地 大臣諸部師 列儀仗遙望以拜 皇帝遣使敕曰 先帝升遐 有伯叔父
兄在 當選賢者 沖人不復 何以爲謀 群臣對曰 臣等以先帝厚恩 陛下明德 鹹願盡心
敢有他圖 皇帝令曰 必從汝所願 我將信明賞罰 爾有功陟而任之 爾有罪黜而棄之
若聽朕命 則當諾之 僉曰 唯帝命是從 皇帝於所識之地 封土石以誌之 遂行 拜先帝
禦容 宴饗群臣 翼日皇帝出冊殿護衛大保扶翼升壇 奉匕廟神主 置龍文方茵 北南
府宰相 率群臣圜立 各擧氈邊 贊祝訖 樞密使奉玉寶玉冊入 有司讀冊訖 樞密使稱
尊號以進 群臣三稱萬歲 皆拜 宰相北南院大王諸部師進赭白羊各一群皇帝更衣 拜
諸帝禦容 遂宴群臣賜賚各有差."

에 대한 해석을 원용하면, [자료 6]의 단락 (1)에서 알의 형태로 태어난 여섯 가야의 수장들을 다시 보자기에 싸는 것은 세속적인 세계로부터의 분리를 뜻하며, 이것을 벗기기까지 하루 동안은 금기의 기간이었음을 알 수 있다.

즉위 의례에 수반된 금기의 기간은 일반적으로 하나의 준비 단계에 해당된다. 이때 왕이 될 사람은 단식을 하기도 하고, 다른 금욕 생활을 하기도 한다. 또 의례에 참가할 자격이 없는 이방인과 죄인, 여자, 어린이들은 여기에 가까이 갈 수도 없고, 의례에 대한 어떤 것은 아는 것조차 허용되지 않는다.**45** 이것을 보면, [자료 6]으로 재구할 수 있는 가락국 즉위 의례의 금기 기간에도 이에 상응하는 조치들이 강구되었을 것으로 추단된다.

즉위 의례에 사용되는 보자기나 이불, 담요 등이 무엇을 상징하기에 이와 같이 왕위에 오를 사람들을 세속적인 세계로부터 분리시키는 기능을 수행할 수 있을까. 이 문제를 해결하려면 인도에서 행해졌던 즉위 의례의 일면을 고찰할 필요가 있다. 《사타파타 브라마나Śatapatha Brāhmaṇa》의 기록에 따르면 인도에서는 사제가 타르프야tārpya라는 옷을 왕에게 입힌 뒤 "당신은 종주권의 안쪽 대망막大綱膜입니다."라고 말하면서 왕을 종주권의 안쪽 대망막으로부터 태어나게 한다. 그리고 사제는 두 번째 옷을 또 왕에게 입힌 뒤 "당신은 종주권의 바깥쪽 대망막입니다."라고 하면서 왕을 통치권의 바깥쪽 대망막에서 태어나게

---

45   Hocart, op. cit., pp.70~71.

한다. 그런 다음, 이번에는 왕에게 외투를 걸쳐주면서 "당신은 종주권의 자궁입니다."라고 말하고는 종주권의 자궁으로부터 왕을 태어나게 한다고 한다.**46**

여기에서는 왕이 다시 태어나기 위해 입는 옷이나 외투들이 통치권이나 종주권의 대망막과 자궁으로 표현되어 있으나, 궁극적으로는 자궁의 각종 박막薄膜을 나타내는 것이다. 이러한 인도의 경우를 참조한다면, 즉위 의례에서 사용된 보자기나 이불, 담요 등도 자궁의 각종 박막을 상징하는 물건이라고 할 수 있다. 이와 같은 해석이 타당하다면, 왕위에 오를 사람이 이 속에 들어가는 것은 재생을 전제로 한 원향原鄉에의 회귀를 의미한다고 할 수 있다.

가락국의 수로 신화를 비롯하여 일본의 다이조우사이, 요나라의 시책의 등에서는 이러한 원향에의 회귀가 의례적인 죽음을 나타낸다는 직접적인 표현을 쓰고 있지는 않다. 하지만 [자료 8]의 시책의에서는 별도의 재생실을 설치하여 재생의를 행한다.**47** 뿐만 아니라 즉위 의례가 ㉠ 죽어서 ㉡ 다시 태어나는데 ㉢ 신으로 다시 태어난다고 하는 이론에 근거를 두고 있고,**48** 이 이론이 ㉠ 분리separation와 ㉡ 전이transition, ㉢ 통합incorporation의 구조를 가진 통과 의례**49**로부터 추출된 것이라는

---

46 Op. cit., pp.77~81.

47 김열규도 요나라의 시책의를 재생제의로 보았다.
김열규, 《한국신화와 무속연구》, 서울: 일조각, 1977, 82~83쪽.

48 Hocart, ibid., p.70.

점을 감안한다면, 원향에의 회귀는 현세 속에서 유보되어 있던 생래적인 신격을 회복하고 신성한 왕권을 행사하는 신의 세계에 통합되기 위한 의례적인 죽음을 간접적으로 표현하였다고 해도 좋을 것이다.

이렇게 본다면, [자료 6]은 (1) 의례적인 죽음, (2) 재생, (3) 즉위라는 순차적인 구조로 되어 있다. 이러한 구조는 왕의 즉위 의례 이론과 완전히 일치하므로, 이 신화가 즉위 의례의 구전 상관물이었음을 확신할 수 있다.

그렇지만 즉위 의례의 구전 상관물이 기록으로 정착된 수로 신화에서는 왕이 되고 난 뒤에 그것을 상징하는 물건을 수여받는다든가 그가 통치할 공간 영역을 상징적으로 순회하는 절차가 탈락되어 있고, 그 대신에 아유타국阿踰陀國에서 온 허황옥과 성혼聖婚이 이루어진 다음에 아래와 같은 수로왕의 치적이 수행되었음을 보여 주고 있다.

[자료 9]

⑴ 어느 날 왕이 신하들에게 말하기를, "아홉 간들은 여러 관리의 어른인데, 그 지위와 명칭이 모두 소인이나 농부들의 칭호이니 이것은 벼슬 높은 사람의 명칭이 못 된다. 만일 외국 사람들이 듣는다면 반드시 웃음거리가 될 것이다."라고 하였다. 이리하여 아도를 고쳐서 아궁이라 하고, 여도를 고쳐서 여해, 피도를 피장, 오도를 오상이라 하고, 유수와 유천의 이름은 위 글자를 그대로 두고 아래 글자만 고쳐서 유공 · 유덕이라 하고, 신천

---

49   Gennep, op. cit., p.11.

을 고쳐서 신도, 오천을 고쳐서 오능이라 했다. 신귀神鬼의 음은 바꾸지 않고 그 뜻만 신귀臣貴라고 고쳤다. 계림의 직제와 의례를 취해서 각간 · 아질간 · 급간의 품계를 두고, 그 아래 관리는 주나라 법과 한나라 제도를 가지고 나누어 정하니 이것은 옛것을 고치어 새것을 취하고 관직을 나누어 설치하는 방법이다.

(2) 이에 비로소 나라를 다스리고 집을 정돈하며 백성들을 자식처럼 사랑하니, 그 교화는 엄숙하지 않아도 위엄이 서고 그 정치는 엄하지 않아도 다스려졌다.**50**

이 자료에는 수로왕의 치적이 서술되어 있다. 단락 (1)에서는 제도를 정비하는 통치권의 확립이, 단락 (2)에서는 덕치德治를 행하여 백성들을 승복시키는 정의의 확립이 이야기되고 있다. 거듭 말하지만, 그는 태양의 신격을 구비하고 신성왕神聖王으로 즉위한 인물이었다. 이런 수로왕이 나라를 다스리는 데 있어 통치권과 정의를 확립하였다는 것은, [자료 2]의 단락 (1)에서 제기되었던 혼돈의 상태를 극복하고 질서를 회복하여 코스모스의 상태로 들어감으로써 명실상부한 국가라는 소우주를 창조하였음을 나타낸다. 이런 의미에서 즉위 의례의 구전 상관물인 수로왕 신화는 왕권의 기원과 성립을 이야기하는 기원신

---

50 최남선 편, 앞의 책, 112~113쪽.
"一日上語臣下曰 九幹等俱爲庶僚之長 其位與名皆宵人野夫之號 頓非簪履職位之稱 儻化外傳聞 必有嗤笑之恥 遂改我刀爲我躬 汝刀爲汝諧 彼刀爲彼藏 五刀爲五常 留水留天之名 不動上字 改下字留功留德爲神天改爲神道 五天改爲五能 神鬼之音不易 改訓爲臣貴 取雞林職儀 置角幹阿叱幹級幹之秩 其下官僚以周判漢儀而分定之 斯所以革古鼎新設官分職之道歟 於是乎理國齊家 愛民如子 其教不肅而威 其政不嚴而理."

화적 성격을 지닌 설화였다고 할 수 있다.

6-6 허황옥의 도래신화

앞에서 즉위 의례의 구전 상관물인 수로 신화를 고찰하면서 그의 출자가 태양에 있다는 것을 밝혔다. 그런데 이런 수로의 배필이 된 허황옥 이야기는 아유타국에서 바다를 건너왔다고 하는 도래신화의 형태로 되어 있다.

[자료 10]

건무建武 24년 무신戊申 7월 27일에 아홉 간 등이 조회 끝에 아뢰기를, "대왕께서 하늘로부터 내려온 이래로 좋은 배필을 얻지 못하였사오니 저희들의 딸들 가운데 제일 빼어난 자를 뽑아서 대궐로 데려와 배필로 삼도록 하십시오."라고 하였다. [그러자] 왕이 말하기를, "내가 여기 내려온 것은 하늘의 명령이오. 나의 배필로 왕후가 되는 것도 또한 하늘의 명령이니, 그대들은 염려하지 마시오."라고 하고, 드디어 유천간留天幹에게 명하여 경쾌한 배에다 좋은 말을 가지고 망산도望山島에 가서 기다리게 하고, 또 신귀간神鬼幹에게 명하여 승점乘岾(망산도는 서울 남쪽의 섬이고, 승점은 연하輦下의 나라이다.)에 가서 기다리게 하였다. 갑자기 바다 서남쪽 구석으로부터 붉은 비단 돛을 달고 붉은 깃발을 휘날리면서 북쪽으로 향하여 오는 배가 있었다. 유천 등이 먼저 망산도에서 횃불을 드니 앞을 다투어 땅에 내려왔다. 신귀가 이것을 바라보다가 대궐로 달려와서 이 사실을 왕에게 아뢰었다. 왕이 듣고 기뻐하면서, 이어 구간 등을 보내어 목련으로 만든 키를 바로잡고 계수나무로 만든 노를 저어 이를 맞이하여 곧 모시고 궐내로 들어가려고 하였다. 왕후가 말하기를, "내가 너희들을 본래 알지 못하는 터인데 어찌 함부로 경솔히 따라가겠느냐?"라고 하였다.

유천 등이 돌아와 왕후의 말을 전하니, 왕이 그 말을 옳게 여겨 관리들을 거느리고 거동하여 대궐에서 서남쪽으로 60보쯤 되는 산 가장자리에 장막을 치고 왕후를 기다렸다. 왕후는 산 바깥쪽 별포別浦 나루터 입구에 배를 매고 육지에 올라 높은 언덕에서 쉬면서 입은 비단바지를 벗어 폐백으로 삼아 산신령에게 바쳤다. 그 외에 따라온 하인 두 사람의 이름은 신보申輔와 조광趙匡이라 했고, 그 아내 두 사람의 이름은 모정慕貞과 모량慕良이라고 했다. 따로 노비가 20여 인이었는데, 싸 가지고 온 각종 비단과 의복, 피륙, 금은, 주옥, 보물 기명들이 이루 다 헤아릴 수 없었다. 왕후가 점점 임금이 있는 처소까지 가까이 오자, 왕이 나아가 맞이하여 함께 장막으로 들어왔다. 따라온 하인 여러 사람들은 뜰아래에서 뵙고 곧 물러갔다. 왕이 관원들을 시켜 따라온 하인들의 부처夫妻를 데려다가 말하기를, "일반 사람들은 각각 한 방씩에 쉬게 하고, 그 이하 노비들은 한 방에 대여섯 사람씩 들게 하라."고 하면서 지극히 호사스러운 음식을 주고 무늬 놓은 요석과 채색 자리에 자게 하였으며, 의복과 비단, 보물들은 많은 군사들을 뽑아 지키게 하였다.

이에 왕과 왕후가 함께 침전에 드니 왕후가 조용히 왕께 말하기를, "㉠저는 본래 아유타국阿踰陀國의 공주로 성은 허씨許氏이고 이름은 황옥黃玉이며, 나이는 열여섯입니다. 금년 5월에 본국에 있을 때 부왕과 황후께서 저에게 말씀하기를, 어젯밤 꿈에 함께 하느님을 만나보았더니 하느님이 말하기를 '㉡가락국의 왕 수로는 하늘이 내려 보내어 왕위에 오르게 하였는데, 이 사람이야말로 신령스럽고 거룩한 분이다. 그런데 그가 새로 나라를 다스리지만 아직 배필을 정하지 못하였으니, 그대들은 모름지기 공주를 보내어 배필로 삼게 하라.'고 하는 말을 마치자 하늘로 올라갔다. 꿈을 깬 뒤에도 하느님의 말씀이 아직 귀에 쟁쟁할 뿐이다. 너는 이 자리에서 곧 부모를 작별하고 거기로 갈 것이다.'라고 했습니다. 저는 제가 바다를 건너 멀리 남해蒸棗에 가서 찾기도 하였고, 방향을 바꾸어 멀리 동해蟠桃로도 가 보았습니다. 그러다가 이제 보잘것없는 얼굴蟦首로 외람되게 용안을 뵙게 되었습니다."라고 하였다.

왕이 대답하기를, "나는 나면서부터 자못 신성하여 먼저 공주가 멀리서 올 것을 알고 아래 신하들로부터 왕비를 들이라는 청이 있었으나 기어코 듣지를 않았다. 이제 현숙한 그대가 저절로 왔으니 이 사람으로서는 다행이다."라 하고, 드디어 동침하게 되어 이틀 밤 하루 낮을 지냈다. 이에 드디어 [그들이] 타고 온 배를 돌려보내는데, 뱃사공 열다섯 사람에게 각각 쌀 10섬과 베 30필씩을 주어 본국으로 돌아가게 하였다.

8월 1일에 왕이 왕후와 수레를 함께 타고 돌아오는데, 따라온 하인 부부도 말고삐를 나란히 하였으며, 가지고 온 중국서 수입한 잡화들도 모두 수레에 싣게 하여 천천히 대궐로 들어오니, 때는 오정이 되려 하였다. 왕후는 중궁에 자리를 잡고, 따라온 하인 부처와 데려온 권솔들에게는 빈방 두 칸을 주어 갈라 들게 하고, 그 밖에 남은 종자들은 손님 치르는 집 한 채의 20여 칸에 사람 수효를 적당히 배정 구별하여 들게 하고, 날마다 풍부한 음식들을 주며, 그들이 싣고 온 보물들은 대궐 창고에 두어 왕후의 사시四時 비용으로 삼게 하였다.**51**

51　최남선 편, 앞의 책, 110~112쪽.

"屬建武二十四年戊申七月二十七日, 九幹等朝謁之次, 獻言曰, 大王降靈已來, 好仇未得. 請臣等所有處女絶好者, 選入宮闈, 俾爲伉儷. 王曰, 朕降於玆天命也. 配朕而作后, 亦天之命, 卿等無慮. 遂命留天幹押輕舟, 持駿馬, 到望山島立待, 申命神鬼幹就乘岾 (望山島, 京南島嶼也. 乘岾, 輦下國也), 忽自海之西南隅, 掛緋帆, 張茜旗, 而指乎北. 留天等先擧火於島上, 則競渡下陸, 爭奔而來. 神鬼望之, 走闕奏之. 上聞欣欣, 尋遣九幹等, 整蘭橈, 揚桂楫而迎之, 旋欲陪入內, 王後乃曰, 我與(爾)等素昧平生, 焉敢輕忽相隨而去. 留天等返達後之語, 王然之, 率有司動蹕, 從闕下西南六十步許地, 山邊設幔殿祗候. 王後於山外別浦津頭, 維舟登陸, 憩於高嶠, 解所著綾袴爲贄, 遺於山靈也. 其地(他)侍從媵臣二員, 名曰申輔·趙匡, 其妻二人, 號慕貞·慕良. 或臧獲竝計二十餘口, 所齎錦繡綾羅·衣裳疋段·金銀珠玉·瓊玖服玩器, 不可勝記. 王後漸近行在, 上出迎之, 同入帷宮, 媵臣已下衆人, 就階下而見之卽退. 上命有司, 引媵臣夫妻曰, 人各以一房安置, 已下臧獲各一房五六人安置. 給之以蘭液蕙醑, 寢之以文茵彩薦, 至於衣服疋段寶貨之類, 多以軍夫遴集而護之. 於是, 王與後共在禦國寢, 從容語王曰, 妾是阿踰陀國公主也. 姓許名黃玉, 年二八矣. 在本國時, 今年五月中, 父王與皇後顧妾而語曰, 爺孃一昨夢中, 同見皇天上帝, 謂曰, 駕洛國元君首露者, 天所降而俾爲大寶, 乃神乃聖, 惟其人乎. 且以新莅家邦, 未定匹偶, 卿等須遣公主而配之. 言訖升天. 形開之後, 上帝之言, 其猶在耳, 儞於此而忽辭親, 嚮彼乎往矣. 妾也浮海遐尋於蒸棗, 移天敻赴於蟠桃, 蟾首敢叨, 龍顔是近. 王答曰, 朕生而頗聖, 先知公主自遠而屆, 下臣有納妃之請, 不敢從焉. 今也淑質自臻, 眇躬多幸, 遂以合歡, 兩過淸宵, 一經白晝. 於是, 遂還來船, 篙工楫師共十有五人, 各賜糧粳米十碩·布三十疋, 令歸本國. 八月一日廻鑾, 與後同輦, 媵臣夫妻齊鑣竝馬, 其漢肆雜物, 鹹使乘載, 徐徐入闕, 時銅壺欲午. 王後爰處中宮, 勅賜媵臣夫妻, 私屬空閑二室分入, 餘外從者以賓舘一坐二十餘間, 酌定人數, 區別安置. 日給豊羨, 其所載珍物, 藏於內庫, 以爲王後四時之費."

이와 같은 허황옥의 도래신화는 일찍부터 학계의 비상한 주목을 받았다. 그 이유 가운데 하나는 밑줄을 그은 ㉠에서 보는 것처럼 수로왕의 비가 된 그녀 스스로 인도 아유타국의 공주라고 말했다는 것에 주안점을 두고 이 신화가 고대의 한반도와 인도 사이 교류 관계를 설명할 수 있다고 믿었기 때문이었다.

특히 일본의 미시나 아키히데는 "[아유타국이]《대당서역기大唐西域記》의 기사 가운데는 수로 전설과 연결될 수 있을 것 같은 요소는 찾을 수 없다. 어쩌면 이 지역은 아유가왕阿踰迦王, 아육왕阿育王 고적古跡의 도성都城이어서, 불교 동점東漸의 신앙이 가락국의 전설과 연결될 인연이 되었을지도 모른다고 생각한다."[52]고 하여, 이것이 불교적인 영향을 받았을 가능성을 제시한 바 있다.

또 한국 신화와 구비문학에 관심을 가진 요다 치요코依田千百子는 "왕녀의 출자가 인도의 아유타국이라고 하는 것은 불교적 윤색이며, 본래는 제주도 삼성 시조신화에 보이는 벽랑국碧浪國과 마찬가지로 아주 먼 해상에 있는 풍요의 나라이다. 불전佛典 등 여러 가지 보물이 해상을 건너서 들어왔으며, 바닷길로는 몹시 먼 동경憧憬의 불교 나라 인도와 [한]민족이 예로부터 가지고 있던 신비스러운 바다의 나라가 종교적으로 결합되어 양자가 혼합된 결과 서역의 불교 나라인 아유타국이 등장하게 되었을 것이다."[53]라고 하여, 멀리 바다에 있다고 생각했던 동경의

---

52 三品彰英,《三國遺事考證中》, 東京: 塙書房, 1979, 335쪽.
53 依田千百子, 〈韓國·朝鮮の女神小事典〉許黃屋 條, 吉田敦彦·松村一男 編著, 《アジア女神大全》, 東京: 靑土社, 2011, 486쪽.

나라와 불교적 지식이 결합하여 아유타국이라는 것이 이 신화에 등장하게 되었다고 보았다.

한편 이광수李珖洙는 "'아유타阿踰陀'는 고대 인도의 도시 아요디야Ayodhya의 음역音譯으로, 갠지스강의 지류인 사리유 강가에 자리를 잡고 있었다. 이 도시는 인도가 인더스 문명 이래 처음으로 이룬 도시 문화 시대인 기원전 6세기에 크게 번성했던 20여 개 도시 가운데 하나였다. 당시 16개의 영역국가領域國家 중 가장 강력한 국가 중의 하나였던 꼬살라Kosala의 첫 수도였던 아요디야는 시간이 흐르면서 기원전 4세기 이후로 힌두 서사시 라마야나Rāmāyana에 비슈누Visnu신의 화신인 이상적인 통치의 왕 라마Rama의 성스러운 활동 무대로 등장하면서 인도에서는 가장 성스러운 왕권의 고향으로서의 의미를 부여받게 되었다. 인도의 고대 문화의 영향을 깊이 받은 동남아에서는 왕권의 정당화로서 라마왕과를 연결시키는 시도를 우리는 어렵지 않게 볼 수 있다."는 것을 예로 들면서, "허후許后가 자신을 아유타국 공주라 했던 것은 문자 그대로의 의미보다는 고대 인도로부터 동남아시아까지 팽배해 있던 아요디야와 라마가 갖는 정치 문화의 상징적 연계성의 표현으로 해석해야 좋을 것이다."[54]라고 주장하였다.

그러나 고고학을 전공한 김병모金秉模는 허왕후의 시호인 '보

54 이광수, 〈고대 인도-한국 문화 접촉에 관한 연구: 가락국 허왕후 설화를 중심으로〉, 《비교민속학》 10, 서울: 비교민속학회, 1993, 265쪽.

주寶州'에서 시사를 받아, 보주는 중국 쓰촨성泗川省 자링강嘉陵江 유역이고 허황옥은 파족巴族 중심 세력 가문인 허씨계 여인으로, 47년에 일어난 한漢 정부에 대한 반란이 실패하자 강제 추방된 사람들 가운데 한 구성원이었을 것이라는 상정을 하였다.**55**

그는 이를 한층 더 천착하여, 수로왕릉의 세 정문의 정면과 배면 문설주에 새겨진 쌍어문雙魚文이 제4 실크로드를 경유하여 가락국에 이르렀으며, 가락국이란 말 자체가 어국漁國을 의미한다는 국어학의 도움을 받아 이들 문화가 고대 서역과 밀접한 관계가 있다는 견해를 밝혔다.**56**

그러나 허황옥을 이렇게 불교나 중국의 파족과 연계시키기보다는 차라리 일본에 진출했던 한반도 세력 집단의 유력 인물로 보는 것이 더 타당하지 않을까 한다. 이런 견해를 피력한 학자로는 김석형이 있다. 그는 《초기조일관계소사》라는 저서에서 허황옥의 신화에 대하여 아래와 같은 견해를 제시하였다.

아유타국이라는 것도 불교에서 말하는 중부 인도의 나라 이름인데, 중들이 꾸민 이야기임은 짐작하고도 남음이 있다. 이런 검부러기들을 다 골라내면 남는 것은 남해 바다로 많은 물건을 가지고 온 여인이 가락국왕에게 시집을 왔다는 것이다.

여인은 어디서 왔겠는가? 남해로 배를 타고 왔으니, 북 규슈北九州로부

55　김병모, 〈가락국 허황옥의 출자: 아유타국고Ⅰ〉, 《삼불김원룡교수 정년퇴임기념논총》, 서울: 일지사, 1987, 673~681쪽.

56　김병모, 〈고대 한국과 서역관계: 아유타국고Ⅱ〉, 《동아시아문화연구》14, 서울: 한양대학교 한국학연구소, 1998, 5~21쪽.

터 왔거나 거기를 거쳐 왔다는 것이 틀림없다. 북 규슈 동부, 조선반도와 가장 가까운 이도지마반도糸島半島. 후쿠오카현에는 가라加羅 계통 소국이 자리 잡고 있었다는 것을 회상한다면 아유타국이라고 한 것은 이 소국에 불교 보자기를 씌워 놓은 것이라고 볼 수 있다.**57**

이와 같은 김석형의 견해는 매우 합리적이다. 가락국의 선진적인 문화를 가졌던 세력은 일찍부터 일본 기타큐슈北九州의 이도지마반도 일대로 진출하여 매우 발달된 문화를 창출하였을 뿐만 아니라, 본국과 매우 밀접한 관계를 유지하고 있었을 것으로 판단되기 때문이다.**58** 이러한 관계를 파악하는 데 참고가 될 만한 신화를 소개한다.

[자료 11]

(1) 아마테라스오카미의 아들 마사카쓰아카쓰카치하야히아메노오시호미미노미코토正哉吾勝勝速日天忍穗耳尊가 다카미무스비노미코토의 딸 다쿠하타치지히메栲幡千千姬에게 장가를 들어 아마쓰히코히코호노니니기노미코토를 낳았다. 황조皇祖 다카미무스비노미코토는 [그를] 각별히 사랑하여, 드디어 이 황손 아마쓰히코히코호노니니기노미코토를 세워서 아시하라노나카쓰쿠니葦原中國의 군주로 하고자 하였다.

그러나 ① 이 땅에는 반딧불과 같이 빛나는 신과 또 파리 떼와 같이 귀찮은 사신邪神들이 있었다. 또 초목도 다 정령을 가지고 있어, 사람을 말로 위협하는 형편이었다. 그리하여 다카미무스비노미코토는 야소모로카미八十諸神들을 소집하여, "니는 아시하라노나카쓰쿠니에 있는 사악한 귀신들

---

57   김석형, 《초기조일관계소사》, 평양: 사회과학출판사, 1990, 68~69쪽.
58   위의 책, 32~34쪽.

을 평정하려고 하는데, 누구를 보내면 좋겠는가? 제신들은 그 아는 바를 숨기지 말고 말해 보라."고 하였다. 모두 "아마노호히노미코토天穗日命이 신들 가운데 뛰어납니다. 시험해 보지 않겠습니까?"라고 말했다. 이에 여러 신들의 말에 따라 아마노호히노미코토를 보내어 평정하게 하였다. 그러나 이 신은 오아나무치노카미大己貴神에게 아첨하고 아부하여 3년이 지나도록 복명하지 않았다. 그래서 그의 아들 오소비노미쿠마노우시大背飯三熊之大人(다른 이름은 다케미쿠마노우시武三熊之大人이다.)를 파견하였다. 이 신도 아버지를 따라서 복명하지 않았다.

(2) 다카미무스비노미코토는 다시 신들을 소집하여, 이번에는 누구를 파견하는 것이 좋을까를 물었다. 여러 신들은 "아마쓰쿠니타마노카미天國玉神의 아들 아메노와카히코天稚彦가 장사입니다. 시험해보십시오."라고 말했다. 이에 다카미무스비노미코토는 아메노와카히코에게 아메노카고유미天鹿兒弓와 아마노하하야天羽羽矢를 하사하여 지상에 파견하였다. 그러나 이 신도 역시 충성심이 모자랐기 때문에, 지상에 도착하여 우쓰시쿠니타마노카미顯國玉神[오쿠니누시노카미大國主神의 다른 이름−인용자 주]의 딸 시타데루히메下照姬(다른 이름은 다카히메高姬. 또는 와카쿠니타마稚國玉이다.)와 결혼하여 그대로 안주하면서 "나도 또한 아시하라노나카쓰쿠니를 지배하려고 생각한다."고 말하면서 드디어 복명하지 않았다.

(3) ……이후에 다카미무스비노미코토는 또 여러 신들을 소집하여 아시하라노나카쓰쿠니에 파견할 사람을 선발하였다. 여러 신들은 "이와사쿠磐裂 네사쿠노카미根裂神의 아들 이와쓰쓰노오磐筒男·이와쓰쓰노메磐筒女가 낳은 아들 후쓰누미노카미經津主神가 좋을 것 같습니다."라고 말했다. 그때 아마노이와야天石窟에 사는 신 이쓰노오하시리노카미稜威雄走神의 아들 미카노하야히노카미甕速日神의 아들 히노하야비노카미熯速日神, 히노하야히노카미의 아들 다케미카즈치노카미武甕槌神가 있었다. 이 신이 나와서, "후쓰누시노카미만이 장부이고 이 나는 장부가 아닙니까?"라고 매우 노한 말투로 말했다. 그런 고로 다카미무스비노미코토는 이 신을 후쓰누시노카미와 함께 아시하라노나카쓰쿠니를 평정하도록 파견하였다. 이들 두 신은 이즈모쿠니出雲國 이소다사五十田狹의 오바마小汀에 강림하여, 도쓰카노쓰루기十握劒를 빼어 거꾸로 땅에 꽂아 세우고, 그 칼끝 위에 걸터앉아

오아나무치노카미에게 "지금 다카미무스비노미코토는 황손을 지상에 내려보내 아시하라노나카쓰쿠니를 통치시키고자 하고 있다. 그래서 먼저 우리 두 신에게 사신을 구제驅除하고 평정하기 위하여 우리를 파견한 것이다. 너는 이에 대하여 어떻게 생각하느냐? 나라를 바칠 텐가 어쩔 텐가 대답을 들어 보자."고 물었다. 이에 대하여 오아나무치노카미는 "나의 자식에게 물어보고 대답하겠다."고 말했다.

이때 그의 아들인 고토시로누시노카미事代主神는 이즈모쿠니의 미호노사키三穗碕로 놀러가서 낚시를 즐기고 있었다(혹은 말하기를 새 잡는 것을 즐기고 있었다고 한다.). 그래서 구마소熊襲의 모로타부네諸手船에 사자로 이나세하기稻背脛를 태워서 파견하여, 다카미무스비노미코토의 명령을 고도시로누시노카미에게 전하고, 또 그의 명령을 받게 하였다. 그러자 고토시로누시노카미는 사자에게 "지금 천신이 묻는 명령을 받았습니다. 아버지 신이여, 마땅히 이 나라를 헌상하십시오. 나도 물론 그에 따르겠습니다."라고 말하고 바다 가운데 야에노아오후시八重蒼柴59를 만들어 후나노헤船枻를 밟고 피해 버렸다.

그리하여 오아나무치노카미는 그 아들의 말대로 두 신들에게 말하기를, ② "내가 믿고 있던 아들 고토시로누시노카미까지도 나라를 바치도록 말하고 도망했습니다. 나도 똑같이 나라를 바치겠습니다. 만약 내가 천신의 사자에게 저항하여 싸운다면, 국내의 여러 신들도 반드시 나와 같이 저항할 것입니다. 지금 나라를 바쳤으니, 따르지 않는 사람이 있겠습니까?"라고 말했다.

(4) …… ③ 이때 다카미무스비노미코토는 마토코오후스마로 황손 아마쓰히코히코호노니니기노미코토를 덮어 싸서 지상에 내려보냈다. 황손은 이에 아마노이와쿠라를 떠나, 또 하늘의 여덟 겹 구름을 헤치면서 위엄으로 길을 개척하여 히무카소의 다카치호노타케에 강림하였다. 이미 황손이 돌아다니는 모양은, 봉오리가 두 개 나란히 있는 산의 아메노오키와시로부터 우키지마리타히라를 거쳐 소시지의 무나쿠니, 히타오의 땅을 지나

---

59 井上光貞 共校注, 앞의 책, 139쪽 역주 참조.
'아오후시'는 푸른 잎[蒼柴]의 상록수로 담장을 친 곳, 곧 신사神社를 말한다.

아타나가야의 가사사라는 해변에 이르렀다.**60**

이 신화는《니혼쇼키》신대편 천손강림 조에 본문으로 전하는 자료이다. 일본에서는 이것을 천황가 조상의 유래를 서술하는 신화로 보고 있다.

그러나 한국 입장에서 보면, 이 신화는 한반도의 남부 지방에 위치했던 가락국 사람들의 일본 열도 이주를 서술하는 것이

60　앞의 책, 134~141쪽; 이 책 제6장 〈가락국의 왕권신화〉의 각주 39 참조.
"天照大神之子正哉吾勝勝速日忍穗耳尊. 娶高皇山靈尊之女栲幡千千姬. 生天津彦彦火瓊瓊杵尊. 故皇祖高皇山靈尊. 特鍾憐愛 以崇養焉. 遂欲立皇孫天津彦彦火瓊瓊杵尊 以爲葦原中國之主. 然彼地多有螢火光神 及蠅聲邪神. 復有草木咸能言語. 故高皇山靈尊. 召集八十諸神 而問之曰 吾欲令撥平葦原中國之邪鬼. 當遣誰者宜也. 惟爾諸神 勿隱所知. 僉曰 天穗日命 是天之傑也. 可不試歟. 於是 俯順衆言 卽以天穗日命往平之. 然此神佞媚於大己貴神 比及三年 尚不報聞. 故仍遣其子大背飯三熊之大人 亦名武三熊之大人. 此亦還順其父 遂不報聞. 故高皇産靈尊 更會諸神 問當遣者. 僉曰 天國玉之子天稚彦 是壯士也. 宜試之. 於是 高皇産靈尊 賜天稚彦天鹿兒弓及天羽羽矢 以遣之. 此神亦不忠誠也. 來到卽娶顯國玉之女子下照姬. 亦名高姬. 亦名稚國姬. 因留住之曰 吾亦欲馭葦原中國 遂不復命. ……是後 高皇産靈尊更會諸神 選當遣於葦原中國者. 僉曰 磐裂根裂神之子磐筒男·磐筒女所生之子經津主神 是將佳也. 時有天石窟所住神 稜威雄走神之子甕速日神. 甕速日神之子 熯速日神. 熯速日神之子武甕槌神 此神進曰 豈唯經津主神獨爲大夫 而吾非大夫者哉. 其辭氣慷慨. 故以卽配經津主神 令葦原中國. 二神 於是 降到出雲國五十田狹之小汀 則拔十握劍 倒植於地 距其鋒端 而問大己貴神曰 高皇産靈尊. 欲降皇孫 君臨此地. 故先遣我二神 駈除平定. 汝意如何. 當須避不. 時大己貴神對曰 當問我子 然後將報. 是時 其子事代主神 遊行在於出雲國三穗之碕 以釣魚爲樂. 或曰 遊鳥爲樂. 故以熊襲諸手船 載使者稻背脛遣之. 而致高皇産靈勅於事代主神 且問將報之辭. 時事代主神謂使者曰 今天神有此借問之勅. 我父宜當奉避. 吾亦不可違. 因於海中 造八重蒼柴籬 蹈船枻而避之. 使者旣還報命. 故大己貴神 則以其子之辭 白於二神曰 我怙之子 旣避去矣. 故吾亦當避. 如吾防禦者 國內諸神 必當同禦. 今我奉避 誰復敢有不順者. ……於時 高皇産靈尊 以眞床追衾 覆於皇孫天津彦彦火瓊瓊杵尊 使降之. 皇孫乃離天磐座 且排分天八重雲 稜威之道別道別而 天降於日嚮襲之高千穗峰矣. 旣而皇孫遊行之狀也者 則自槵日二上天浮橋 立於浮渚 在平處 而膂肉之空國 自頓丘覓國行去 到於吾田長屋笠狹之碕矣."

라고 해석해도 좋지 않을까 한다. 일본 학자들은 천손인 니니기노미코토가 강림했다고 하는 '아시하라노나카쓰쿠니葦原中國'란 곳을 "갈대가 무성한 벌판"**61**으로 해석하고 있다. 그러나 '하라原'라는 단어가 한국어의 '벌'이라고 한다면,**62** 그 앞에 붙은 '아시' 또한 한국어에서 그 의미를 찾아야 마땅하다. 한국어에서 '아시'가 "'첫〔初〕'이나 '새〔新〕'를 의미하는 말이란 사실을 상기한다면, 이 '아시하라'는 '첫 벌' 혹은 '새 벌' 등의 신 개척지를 뜻한다고 보는 것"**63**이 합리적인 해석이라고 할 수 있다.

단락 (1)의 밑줄을 그은 ①에서는 이 아시하라노나카쓰쿠니를 "반딧불과 같이 빛나는 신과 또 파리 떼와 같이 귀찮은 사신들"이 있고 "초목도 다 정령을 가지고 있어, 사람을 말로 위협하고 있는" 땅이라고 서술하였다. 이는 가락국 사람들이 건너가서 개척하려는 곳에 이미 사람들이 살고 있었으며, 그들의 세력이 상당히 강했음을 표현한 것이라고 볼 수 있다.**64** 이쪽의 명령에 순종치 아니하는 만만치 않은 세력이 그곳에 있었다는 것이다.**65**

단락 (1)과 (2)에서 가락국에서 파견한 사자들이 본국의 명령을 따르지 않고 그곳에 정착했다는 것은 이들 사자가 선주 세

61　荻原淺男 共校注,《古事記·上代歌謠》, 東京: 小學館, 1973, 113쪽.
62　이렇게 음운이 대응되는 단어의 다른 예시로는 한국어의 '밭'이 일본어에서 '하다'가 되는 것 등이 있다.
63　金錫亨, 朝鮮史研究會 譯, 앞의 책, 138쪽.
64　윤석효,《가야사》, 서울: 민족문화, 1990, 129쪽.
65　金錫亨, 朝鮮史研究會 譯, 위의 책, 132쪽.

력과 결탁하여 이 지역에 정착했음을 의미한다고 하겠다. 더욱이 이런 일이 한 번에 그친 것이 아니라 몇 번이고 계속되었다는 것은 본국의 명령을 수행하는 것보다 선주민과 타협하는 쪽이 더 유리했음을 나타낸다고 할 수 있다.

그러나 이들보다 더 강력한 자들을 보내어, 결국은 선주민들의 항복을 받아내는 쪽으로 진전되는 것을 표현한 것이 단락 (3)의 밑줄 친 ②이다. 여기에는 오아나무치노카미가 그의 아들 고토시로누시노카미와 함께 천신족에게 살고 있던 땅을 바치는 것으로 되어 있다.

이렇게 앞서 보낸 사자들이 선주민들로부터 항복을 받아낸 다음, 다카마노하라로 서술된 가락국에서 왕권을 장악할 세력을 파견하는 것이 단락 (4)이다. 이곳의 밑줄을 그은 ③에서는 천손인 니니기노미코토가 마토코오후스마에 쌓여서 하늘에서 내려오는 것으로 기술되어 있다. 바로 이와 같은 기술을 하고 있는 것이 앞에서 살펴본 [자료 2]의 수로의 강탄신화라고 하겠다.

이처럼 보는 경우, 제주도의 탐라국 왕권신화로 전하는 세 성씨〔姓氏〕의 시조신화에 등장하는 일본 왕의 공주 문제도 쉽게 설명할 수 있다.

6-7 가락국 왕권신화 연구의 의의

가락국에 관한 사료는 1076년 금관 지주사 문인이 지은 것으로 알려져 있는 《삼국유사》의 〈가락국기〉가 거의 유일하다. 필자는 이 기록을 검토하여 《가락국기》가 수로 묘에서 거행되던 제의를 기록했을 것으로 추정하였다.

수로왕 신화는 즉위 의례의 순차적 구조로 이루어져 있다고 할 수 있다. 즉 이 신화는 그 구조가 신왕의 즉위 의례 과정과 정확히 일치한다. 다만 '의례적인 다툼과 승리' 부분만은 신화 속에 들어 있지 않고 왕력편에 갑진년의 일로 기록되어 있다. 이는 즉위 의례의 형태로 전승되어 오던 것을 수로왕의 치적에 관한 기사로 옮겨 적은 것이라고 추정된다.

이렇게 본다면 수로 신화는 단순히 왕권을 강화하기 위해서 만들어진 것이 아니라, 새로운 왕의 즉위 과정을 말로 서술한 구전상관물이라는 사실이 명백해진다.

또한 즉위 의례 구조가 새로운 왕의 즉위로 혼돈 상태에서 질서를 회복하는 것을 나타낸다는 점에서 창세신화의 특성을 그대로 유지하고 있다고 보아도 좋을 듯하다. 결국 수로 신화는 '국가'라는 소우주를 창조한 창세신화의 성격을 이어받았다고 할 수 있다.

이런 수로 신화에서 문제가 되는 것이 〈구지가〉의 해석이다. 국문학계에서는 지금까지 수로가 강탄할 때 불린 〈구지가〉를 신군神君을 맞이하기 위한 영신[군]가로 보아 왔다. 그러나 신성한 존재를 맞이하고자 이와 같은 위협적인 노래를 부르는 사례는 국내외의 자료를 통틀어 어디에서도 확인할 수 없다. 우주의 질서를 회복할 건국주는 성스러운 시공간 속에서 출현해야 하므로, 수로가 강탄한 구지봉은 왕을 맞아들이기에 앞서 부정과 잡신을 물리치는 불제 의식이 치러진 장소라고 보아야 온당할 것이다. 따라서 필자는 〈구지가〉가 결코 영신[군]가일 수 없고, 잡신을 물리치는 축귀요로 보는 것이 최선임을 거듭 강조하였다.

이 같은 불제를 거쳐 마련된 신성한 공간에 하늘에서 자색 줄에 수로 및 다른 가락국의 왕들이 홍색 보자기로 싸인 금합 속에 알의 형태로 강탄했다. 태양을 상징하는 자색과 홍색이나 금합, 해와 같이 둥근 황금 알은 수로가 태양에서 출자를 구하는 태양족이었음을 말해 준다. 수로가 태양과 직접적인 관련을 가진다는 것은 그의 왕권이 태양에서 연루되었음을 나타낸다고 하겠다.

《가락국기》에는 수로의 비인 허황옥에 얽힌 왕권신화도 전한다. 허황옥의 도래신화는 허황옥 자신이 인도 아유타국의 공주라고 한 데서 그 출자를 인도의 아유타국으로 보려는 연구가 주류를 이루었다.

그러나 필자는 일본 기타큐슈 이도지마반도에 있던 가락 계통의 소국을 아유타국이라고 주장한 김석형의 견해를 받아들여 허황옥의 출자를 일본으로 보았다.

이렇게 보는 경우, 삼성 시조신화에서 탐라국에 온 세 왕녀의 출자 문제도 해결될 수 있다.

따라서 가락국의 왕권신화는 수로가 태양에서 연원된 왕권을 가졌다는 것과, 일찍부터 발달한 가락국의 문물과 함께 일

본으로 이주한 세력이 본국과 혼인 관계를 구축했다는 사실을
반영하는 허황옥의 도래신화로 이루어져 있음을 말해 준다고
하겠다.

7-1 국가로서의 탐라

제주도의 옛 이름은 탐라_{耽羅}이다. 이 탐라가 한국의 역사 기록에 처음으로 등장한 것은 김부식의《삼국사기》백제본기 문주왕_{文周王} 2년(476년) 조이다. 이해 "여름 4월에 탐라국이 토산물을 바치니 왕이 기뻐하며 사자를 은솔_{恩率}로 삼았다."1는 기사가 나온다. 또 22년 뒤인 동성왕_{東城王} 20년(498년) 조에는 "8월에 왕은 탐라(탐라는 곧 탐모라_{耽牟羅}이다.)가 공물과 조세를 바치지 아니하자 친히 정벌하려고 무진주_{武珍州}에 이르렀다. 탐라가 이를 듣고 사신을 보내 [용서해 달라고] 빌었으므로 그만두었다."2고 하여 탐라가 백제에 복속했다는 것을 기록하고 있다.

1　　김부식,《삼국사기》, 서울: 경인문화사 영인본, 1982, 259쪽.
　　"夏四月 耽羅國獻方物 王喜 拜使者爲恩率."

2　　위의 책, 261쪽.

그러나 의자왕 20년(660년)에 백제가 망하면서, 신라 문무왕文武王 2년(662년) 조에 "2월 탐라국 우두머리 좌평佐平 도동음률徒冬音律(또는 도동을 진津이라고 썼다.)이 항복해 왔다. 탐라는 무덕武德 이래로 백제에 예속되어 있었기 때문에 좌평을 관직 호칭으로 삼았는데, 이때 이르러 항복하여 [신라의] 속국이 되었다."**3**고 하여, 신라에 복속하게 되었다는 사실이 기록되어 있다.

이것이 한국 측 사서에 등장하는 탐라국에 대한 기록들이다. 그 때문에 한국 국사학계는 '탐라국'이라고 명확하게 기록되어 있는데도 이를 섬을 나타내는 이름 정도로 생각해 왔다. 바꾸어 말하면 제주도는 한국 역사에서 하나의 국가가 아니라 하나의 섬으로 인식되었다는 것이다.

그렇지만 정말로 하나의 섬으로 백제에 복속되었다가 백제가 망하고 난 다음에는 신라에 복속된 것이 탐라국 역사의 전부일까 하는 의문을 떨쳐 버릴 수가 없는 것이 사실이다. 이런 의문은 3세기에 진나라의 진수가 편찬한 《삼국지》 위서 동이전 한 조에 남아 있는 다음과 같은 기록을 보면 더욱더 커질 수밖에 없다.

주호州胡는 마한馬韓의 서쪽 바다 가운데 큰 섬에 있다. 그 사람들은 조

"八月 王以耽羅不修貢賦. 親征全武珍州. 耽羅聞之 遣使乞罪. 乃止. (耽羅卽耽牟羅.)"
3　　앞의 책, 67쪽.
"二月 耽羅國主佐平徒冬音律(一作津)來降. 耽羅自武德以來 臣屬百濟. 故以佐平爲官號."

금 키가 작고 말도 한족韓族과 같지 않다. 그들은 모두 선비족鮮卑族처럼 머리를 깎았으며, 옷은 오직 가죽으로 해 입고 소나 돼지 기르기를 좋아한다. 그들의 옷은 상의만 있고 하의가 없기 때문에 거의 나체와 같다. 배를 타고 왕래하며 한韓나라에서 물건을 사고판다.**4**

이 기록에 등장하는 '주호'는 탐라국이라고 불리던 제주도가 분명한 것 같다. 마한의 영토였던 충청·전라 일대에 접해 있으며 나라를 세울 만한 큰 섬은 제주도뿐이기 때문이다. 주호가 마한의 서쪽에 있었다는 기록은 잘못이며 남쪽이 맞다.**5** 이는 한반도의 큰 섬들 가운데 제주도가 가장 서쪽에 있음에서 비롯한 기재 과정의 오류로 보인다. 제주도에 살던 사람들은 키가 조금 작고 말도 한족과 같지 않았으며, 풍습도 한족과는 달랐다고 표현되어 있다. 따라서 탐라국은 한반도에 살고 있던 한족과 구별되는 종족이었다고 보는 것이 타당하지 않을까 한다.

이렇게 육지와 구별되는 종족이 살았던 탐라국은 제주도에 존재했던 독립국이었다고 보는 것이 합리적일 것이다. 이런 상정은 《니혼쇼키》에 남아 있는 탐라국 관련 기사들로써 그 타당성을 입증할 수 있다.

---

4 陳壽, 《三國志》, 서울: 경인문화사 영인본, 1975, 852쪽.
"又有州胡在馬韓之西海中大島上 其人差短小 言語不如韓同 皆髠頭如鮮卑 但衣
韋 好養牛及猪 其衣有上無下 略如裸勢 乘舶往來 市買韓中."

5 이병도는 "마한 서(남)해西(南)海 중 대도大島라면 지금의 제주도, 즉 탐라도를 지칭하는 것은 재언을 요하지 않는다."라고 하였다.
이병도, 〈주호고〉, 《한국고대사연구》, 서울: 박영사, 1976, 297쪽.

《니혼쇼키》권17 게이타이천황繼體天皇 2년(508년) 12월 조에는 "남쪽 바다의 탐라인이 처음으로 백제국과 통교하였다."[6]는 기록이 나온다. 이는 《삼국사기》에 있는 기록과 연대상 차이가 있다. 곧 백제의 문주왕 2년(476년)에 탐라국이 토산물을 바쳤다는 것과는 30년가량, 동성왕 20년(498년)에 그들을 복속시켰다는 것과는 10년 차이가 난다. 그렇지만 이들 기록이 5세기 말에서 6세기 초 탐라국과 백제가 어떤 형태의 교류를 가졌다는 사실을 나타내는 것이라고 보면 몇 년의 차이는 크게 문제가 되지 않을 듯하다.

이 《니혼쇼키》에 661년 처음 기록되기 시작된 탐라국이 665년부터 673년까지 일곱 번이나 사신을 보냈다고 되어 있으므로 그 내용을 살펴보기로 한다.

[자료 1]

① 사이메이천황齊明天皇 7년[661년] 5월 을미삭乙未朔 정사丁巳[23일] 탐라가 처음으로 왕자 아파기阿波伎 등을 보내 조공租貢을 바쳤다(이키노무라지하카토코伊吉連博得가 서書에 말하기를, "신유년辛酉年 정월 25일에 에쓰슈越州에 돌아왔다. 4월 1일 에쓰슈로부터 윗길(上路)로 동東으로 돌아오려 하였다. 7일에 초간산樫岸山의 남쪽에 도착하였다. 8일 새벽에 서남풍을 따라 배는 바다로 나왔다. [하지만] 바다에서 길을 잃고 표류하면서 어려움을 겪었다. 아흐레 낮 이레 밤 만에 겨우 탐라도에 도착하였다. 곧 섬사람의 왕자 아파기 등이 9인을 초청하여 위로하며, 함께 손님의 배에 타고 조정에 가려고 하였다. 5월 23일 아사쿠라朝倉의 조정에 도착하였다. 담라가 조정에 온 것은 이때가 처음이다."라고 하였다.).[7]

---

6   井上光貞 共校注, 《日本書紀》下, 東京: 岩波書店, 1979, 27쪽[이하 1979b].
"十二月 南海中耽羅人 初通百濟國."

② 덴치천황天智天皇 4년[665년] 가을 8월에 탐라가 사신을 보내 내조하였다.**8**

③ 덴치천황 5년[666년] 봄 정월 임진삭壬辰朔 무인戊寅[11일] 탐라가 왕자 고뇨姑如 등을 보내 조공을 바쳤다.**9**

④ 덴치천황 6년[667년] 가을 8월 탐라가 좌평 덴마椽磨 등을 보내 조공하였다.**10**

⑤ 덴치천황 8년[669년] 3월 기묘삭己卯朔 기축己醜[11일] 탐라가 왕자 구마키久麻伎 등을 보내 조공하였다. 병신丙申[18일] 탐라 왕에게 오곡의 종자를 주었다. 이날 왕자 구마키가 귀국하였다.**11**

⑥ 덴무천황天武天皇 2년[673년] 윤6월 을유삭乙酉朔 임진壬辰[8일] 탐라가 왕자 구마키久麻藝, 도라都羅, 우마宇麻 등을 보내 조공하였다.**12**

⑦ 덴무천황 2년[673년] 가을 팔월 갑신삭甲申朔 무신戊申[25일] [쓰쿠시의] 오미코토大宰에게 명하여 탐라의 사신을 불러 말하기를, "천황이 새로이 천하를 평정하여 처음으로 즉위하였다. 이 때문에 축하하는 사신을

---

7 앞의 책, 348~351쪽.
"七年五月乙未朔 丁巳 耽羅始遣王子阿波伎等貢獻.（伊古連博得書云, 辛酉年正月二十五日還到越州. 四月一日從越州上路 東歸. 七日行到欅岸山明. 以八日鷄鳴之時 順西南風放船大海. 海中迷途 漂蕩辛苦. 九日八夜 僅到耽羅之嶋. 便卽招慰嶋人王子阿波伎等九人 同載客船擬獻帝朝. 五月二十三日 奉進朝倉之朝. 耽羅入朝 始於此時.)"

8 위의 책, 363쪽.
"四年秋八月 耽羅遣使來朝."

9 위의 책, 364~365쪽.
"五年春正月戊辰朔 壬寅 耽羅遣王子姑如等貢獻."

10 위의 책, 366~367쪽.
"六年秋八月 耽羅遣佐平椽磨等貢獻."

11 위의 책, 370~371쪽.
"三月己卯朔己醜 耽羅遣王子久麻伎等貢獻. 丙申 賜耽羅王五穀種. 是日 王子久麻伎等罷歸."

12 위의 책, 412~413쪽.
"潤六月乙酉朔 壬辰耽羅遣王子久麻藝·都羅·宇麻等朝貢."

제외한 이외에는 부르지 않았다. 그것은 그대들이 스스로 본 바와 같다. 또 요즈음은 차가운 파도(寒浪)가 험하다. 오래 머무르게 하면 도리어 그대들의 근심이 될 것이니, 빨리 돌아가라."고 하고, 본국에 있는 왕 및 사자 구마키久麻藝 등에게 처음으로 작위를 주었다. 그 벼슬(爵)은 태을상太乙上이다. 재차 비단에 수를 놓아 이를 받들었다. 그 나라의 좌평佐平에 해당한다. 쓰쿠시에서 귀국하였다.**13**

이 같은《니혼쇼키》의 기록에서 눈에 띄는 특징을 요약하면 한마디로 '자기중심사관에 빠져 있다'고 할 수 있다. 그들은 무조건 조공을 바친 것으로 표현하여 마치 한반도에 존재했던 나라들보다 문화적으로나 경제적으로 우위에 서 있었던 것 같은 착각을 불러일으키게 한다.

그러나 고대 사회에서는 분명하게 한반도의 문화가 일본 열도보다 우위에 있었다. 그리하여 많은 문물이 일본에 전해져 그들의 나라가 성립되고, 그 문화가 형성되는 과정에 큰 영향을 끼쳤다는 사실을 부정할 수 없다.**14**

13　앞의 책, 413~415쪽.
"秋八月甲申朔 戊申因命大宰 詔耽羅使人口 天皇新平天下 初之卽位, 是由 唯除賀使 以外不召, 卽汝等親所見. 亦時寒浪嶮. 久淹留之 還爲汝愁. 故宜疾歸. 仍在國王及使者久麻藝等 肇賜爵位. 其爵者太乙上. 更以錦繡潤飾之. 當其國之佐平位. 則自築紫返之."

14　金錫亨, 朝鮮史硏究會 譯,《古代朝日關係史: 大和政權と任那》, 東京: 勁草書房, 1969, 67~325쪽; 김화경,《재미있는 한·일 고대설화 비교분석》, 서울: 지식산업사, 2014, 49~363쪽.

7-2 삼성 시조의 출현신화

두루 알다시피 제주도에는 삼성 시조신화가 전하고 있다. 현용준은 이것이 "제주도의 삼성 씨족의 시조신화인 동시에 탐라의 건국신화이다. 이 신화는 다른 건국신화에 비해 특이한 화소로 짜여져 있어, 제주도 신화의 특이성을 보여 주는 동시에 고대 한국 신화에 있어 특이한 위치를 차지하고 있다. 따라서 이 신화의 연구는 제주도 신화의 특성 해명 및 한국 고대 신화 연구에 일익—翼이 되는 동시에 탐라의 고대사 내지 그 문화의 해명에도 중요한 의미를 갖는 것이다."[15]라고 지적한 바 있다.

그러나 이 신화가 탐라국의 건국신화라고 할 수 있는 이유는 무엇이며, 또 한국의 고대 왕권신화에서 어떤 위치를 차지하고 있는가 하는 문제는 아직까지 제대로 구명되지 않고 있다. 그래서 이 장에서는 이런 문제들을 중심으로 이 신화를 고찰하려고 한다.

현용준의 연구에 따르면 제주도의 삼성 시조신화에는 두 계통의 자료가 있다. 하나는 《고려사》계통의 자료이고, 다른 하나는 〈영주지〉계통의 자료이다. 문헌에 따라서는 이들 두 계통의 자료들을 절충한 것도 있다. 먼저 《고려사》계통의 자료부터 소개한다.

15　현용준, 〈삼성신화연구〉, 《탐라문화》 2, 제주: 제주대학교 탐라문화연구소, 1983, 45쪽.

[자료 2]

《고기》에 이르기를 태초에는 사람이 없었는데 ① 세 신인이 땅(주산의 북쪽 기슭에 움이 있어 모흥이라고 하는데 이곳이 그 땅이다.)에서 솟아났다. 맏이를 양을나, 둘째를 고을나, 셋째를 부을나라고 했는데, 이들 세 사람은 궁벽한 곳에서 사냥을 하며 가죽옷을 입고 고기를 먹으면서 살았다.

그러던 어느 날, 자줏빛 흙으로 봉해진 나무 상자가 동해 바닷가에 떠오르는 것이 보였다. 그들은 나아가서 그것을 열어 보았다. 그 안에는 돌로 만들어진 함이 있었는데, 붉은 띠를 두르고 자줏빛 옷을 입은 사자가 있다. 또 돌로 된 함을 여니, 그 속에는 푸른 옷을 입은 처녀 세 사람과 망아지와 송아지, 그리고 오곡의 씨앗이 들어 있었다. 이에 사자가 말하기를 "저는 일본국의 사자입니다. 우리 임금님께서 이 세 따님을 낳으시고 말씀하시기를, 서쪽 바다 가운데 있는 큰 산에 신의 아드님 세 분이 강탄하시어 바야흐로 나라를 세우고자 하나 배필이 없다고 하시면서 신에게 명하여 세 따님을 모시라고 하시기에 왔습니다. 마땅히 배필로 삼아 대업을 이루십시오."라고 하고, 사자는 홀연히 구름을 타고 가 버렸다.

세 신인은 나이의 차례에 따라 나누어서 장가를 들고, 물이 좋고 땅이 기름진 곳으로 나아가 집으로 거처할 곳을 정하였다. 양을나가 거처하는 곳을 제1도라 하고, 고을나가 거처하는 곳을 제2도라 하였으며, 부을나가 거처하는 곳을 제3도라고 하였다. ② 비로소 오곡의 씨앗을 뿌리고 소와 말을 기르게 되니, 날로 백성들이 부유해져 갔다.[16]

이것은 왕권신화적인 성격이 약화된 자료로, 어디를 보아도 탐라국의 건국과 직접적인 관계를 가지는 내용을 찾아보기 어렵다. 이에 견주어 다음에 소개하는 〈영주지〉 계통 자료에는 그런 내용이 포함되어 있어 관심을 끈다.

16　이 책 제1장 〈고조선의 왕권신화〉의 각주 71 참조.

영주瀛州에는 태초에 사람이 없었다. ③ 홀연히 세 신인이 있어 한라산 북쪽 기슭에 있는 모흥혈毛興穴에서 솟아났다. 맏이를 고을나, 다음을 양을나, 셋째를 부을나라고 하였다. 그들은 용모가 장대하고 도량이 넓어서 인간 세상에는 없는 모습이었다. 그들은 가죽옷을 입고 육식肉食을 하면서 항상 사냥을 일삼아 가업을 이루지 못했다.

하루는 한라산에 올라 바라보니, 자줏빛 흙으로 봉한 나무함이 동해 쪽으로 떠와서 머물며 떠나지 않았다. 세 사람이 내려가 이를 열어보니, 그 속에는 새알〔鳥卵〕 모양의 옥함玉函이 있고, 자줏빛 옷에 관대를 걸친 한 사자가 있었다. 그 옥함을 여니 푸른 옷을 입은 처녀 세 사람이 있었는데, 모두 나이가 15∼16세요, 용모가 속되지 않아 아리따움이 보통이 아니었고, 각각 아름답게 장식하여 함께 앉아 있었다. 또 망아지와 송아지, 오곡의 씨앗을 가지고 왔는데 이를 금당金塘의 바닷가에 내려놓았다.

세 신인은 즐거워하며 말하기를, "이는 반드시 하늘이 우리 세 사람에게 주신 것이다."라고 하였다. 사자는 두 번 절하고 엎드려 말하기를, "저는 동해 벽랑국碧浪國의 사자입니다. 우리 임금께서 세 공주를 낳으시고 나이가 다 성숙해도 그 배우자를 얻지 못하여 항상 탄식함이 해가 넘는데, 근자에 우리 임금께서 자소각紫霄閣에 올라가 서쪽 바다의 기상을 바라보시니 자줏빛 기운이 하늘을 이어 상스러운 빛이 서리는 것을 보시고 신의 아들〔神子〕 세 사람이 절악絶嶽에 내려와 장차 나라를 열고자 하나 배필이 없다고 하시며 신에게 명하여 세 공주를 모셔 가라고 하여 왔으니, 마땅히 혼례를 올려서 대업을 이루십시오."라고 하고, 사자는 홀연히 구름을 타고 어디론가 사라져 버렸다.

세 신인이 곧 목욕재계를 하고 하늘에 고하며, 나이 순으로 결혼하여 물 좋고 기름진 땅으로 나아가 활을 쏘아 거처할 땅을 정하니, 고을나가 거처하는 곳을 제1도라고 하고, 양을나가 거처하는 곳을 제2도라고 하였으며, 부을나가 거처하는 곳을 제3도라고 했다. ④ 이로써 산업을 일으키기 시작하고 오곡의 씨앗을 뿌리며 송아지와 망아지를 치니, 드디어 살림이 부유해져서 인간 세상을 이루어 놓았다. 이후 9백 년이 지난 뒤에 인심이 모두 고씨高氏에게로 돌아갔으므로, 고씨를 왕으로 삼고 국호를 모라毛羅라고 하였다.[17]

이 자료가 전하는 〈영주지〉는 단행본이 아니라 세종 32년 (1450년)에 고득종高得宗이 지은 〈서세문序世文〉과 《고씨세보高氏世譜》에 실려 있는데, 그 가운데 규장각 소장 〈영주지〉에 수록된 것이 [자료 3]이다.

〈영주지〉 계통에 들어가는 삼성 시조신화로는 이 밖에도 몇 개의 자료가 더 있다. 곧 《장흥고씨 가승長興高氏家乘》 같은 고씨 가승에 실린 것들이나, 이형상李衡祥의 《남환박물南宦博物》 지적誌蹟 조의 〈고씨세계록高氏世系錄〉에 인용된 것, 정이오鄭以吾가 지은 《성주고씨전星州高氏傳》에 실린 것 등이다.18 하지만 이들 자료는 약간의 차이가 있을 뿐 거의 같은 내용으로 알려져 있다.19

이와 같은 〈영주지〉 계통 자료들은 《고려사》 계통의 그것들보다 내용이 부연되어 있다. 이는 각 자료의 밑줄을 그은 문장

17　고창석, 《탐라국 사료집》, 제주: 신아문화사, 1995, 42~44쪽.
"瀛州太初無人物也. 忽有三神人 從地湧出鎭山北麓. 有穴曰毛興. 長曰高乙那 次曰良乙那 三曰夫乙那. 狀貌甚偉 器度寬豁 絶無人世之態也. 皮衣肉食 常以遊獵爲事 不成家業矣. 一日登漢拏山 望見紫泥封木函 自東海中浮來欲留而不去. 三人降臨就開則 內有玉函形如鳥卵. 有一冠帶紫衣使者隨來. 開函有靑衣處子三人 皆年十五六 容姿脫俗 氣韻窈窕 名修飾共坐. 且持駒犢五穀之種. 出置金塘之岸. 三神人自賀曰 是天必授我三人也. 使者再拜稽首曰 我東海碧浪國使也. 吾王生此三女 年皆壯盛而求不得所耦常以遺嘆矣. 歲餘頃者吾王登紫霄閣 望氣於西溟 則紫氣連空 瑞色蔥朧 中有絶嶽 降神子三人. 將欲開國而無配匹. 於是命臣侍三女 以來. 宜用伉儷之禮以成大業. 使者忽昇雲而去 莫知所之. 三神人卽以潔牲告天 以年次分娶. 就泉甘土肥處 射矢蔔地 高乙那所居曰第一都 良乙那所居曰第二都 夫乙那所居曰第三都. 自此以後 始成産業 植播五穀且牧駒犢 日就富庶 遂成人界矣. 厥後九百年之後 人心鹹歸於高氏 以高爲君 國號毛羅."

18　현용준, 앞의 논문, 51~52쪽.

19　박용후, 〈영주지에 대한 고찰〉, 《제주도사연구》 창간호, 제주: 제주도사연구회, 1991, 3~13쪽.

들을 비교해 보면 확연하게 드러난다. 즉 전자에서는 세 성씨의 시조들이 일본에서 온 세 공주와 결혼하고, 그녀들이 가져온 오곡의 씨앗을 뿌리고 소와 말을 길러 백성들이 날로 부유해졌다고만 하였다. 그러나 후자의 ④를 보면 벽랑국에서 온 세 공주와 결혼하여 산업을 일으키고 오곡을 심으며 송아지와 망아지를 쳐서 인간 세상이 부유해진 다음, 9백 년이 흐른 뒤에 인심을 얻은 고씨 시조의 후손이 왕이 되었다는 부분이 덧붙여져 있다. 이것은 [자료 3]이 왕권신화적 성격을 지녔음을 말해 준다.

　　앞에서 언급한 〈영주지〉 계통 자료 가운데 《장흥고씨 가승》의 끝부분도 이와 마찬가지로 왕권신화적 성격을 띤다. 그 후반부만을 살펴보기로 하겠다.

[자료 4]

　　대략 9백 년 뒤 세 사람이 각각 돌을 쏘아 용력勇力을 시험하니, 고 씨高氏가 상上이 되고 양 씨良氏가 중中이 되고 부 씨夫氏가 하下가 되었다. 그래서 민심이 고 씨에게 돌아오므로 고 씨가 군장君長이 되고 양 씨는 신하가 되고 부 씨는 백성[民]이 되어서 국호를 탁모乇牟라고 하였다.[20]

이런 기록들을 보면 제주도에 탐라라는 나라가 있었던 것이

20　현용준, 앞의 논문, 50~51쪽.
　　"蓋九百之後 三人各射石以試勇力 高爲上 良爲中 夫爲下 故民心並歸於高氏 以高爲君長 以良爲臣 以夫爲民 爲國號乇牟."

아닐까 하는 상정을 할 수도 있다. 또《고려사》의 기사들을 보면 하나의 독립된 지역으로 보았던 흔적을 발견할 수 있으므로, 초기의 기록들을 살펴보기로 하겠다.

[자료 5]

① 덕종德宗 3년[1034년] 9월 계묘癸卯에 고명顧命을 받아 중광전重光殿에서 즉위하였다. ……12월 경인庚寅에 신봉루神鳳樓에 거둥하여 크게 사赦하고 나라 안팎(中外)의 임금과 신하들에게 하례를 받았다. 송宋의 상객商客과 동서번東西蕃, 탐라국이 각기 방물을 바쳤다.[21]

② 문종文宗 3년[1049년] 겨울 11월 임인壬寅에 탐라국의 진위교위振威校尉 부을잉夫乙仍 등 77인과 북여진北女眞의 수령 부거夫擧 등 20인이 와서 토산물을 바쳤다.[22]

③ 문종 6년[1052년] 3월 임신壬申에 삼사三司가 아뢰기를, "탐라국이 세공歲貢하는 귤(橘子)을 바꾸어 1백 포包로 하며 [이것을] 길이 정제定制로 삼으소서."라고 하니, 이를 듣고 그대로 하였다.[23]

④ 문종 7년[1053년] 2월 정축丁醜에 탐라국 왕자 수운나殊雲那가 그 아들 배융교위陪戎校尉 고물古物 등을 보내와 우황牛黃과 우각牛角, 우피牛皮, 나육螺肉, 비자榧子, 해조海藻, 귀갑龜甲 등을 바치므로, 왕은 왕자에게 중호장군中虎將軍을 제수하고 공복公服과 은대銀帶, 채단綵段, 약물藥物을 하사하였다.[24]

21 　동아대학교 고전연구실,《高麗史》1, 서울: 태학사, 1987, 101쪽.
　"德宗三年九月癸卯 卽位於重光殿. ……十二月庚寅 禦神鳳樓 大赦 受中外群臣. 宋商客 東西蕃 耽羅國各獻方物."

22 　위의 책, 130쪽.
　"文宗三年十一月壬寅 耽羅國振威校尉夫乙仍等七十七人 北女眞首領夫擧等二十人 來獻土物."

23 　위의 책, 133쪽.
　"文宗六年壬申 三司奏耽羅國歲貢橘子 改定一百包子 永爲定制. 從之."

⑤ 문종 8년[1054년] 5월 기묘己卯에 탐라국이 사자를 보내어 태자 책립을 축하하였으므로, 사자 13인에게 직職을 더해 주고 사공과 수행원에게는 물건을 내리되 차등을 두었다.25

⑥ 문종 9년[1055년] 봄 2월 무신戊申에 한식寒食이므로 송의 상인 엽덕총葉德寵 등 87인은 오빈관娛賓館에서, 황증黃拯 등 105인은 영빈관迎賓館에서, 황조黃助 등 48인은 청하관淸河館에서, 탐라국 수령 고한高漢 등 158인은 조종관朝宗館에서 잔치를 베풀었다.26

⑦ 문종 31년[1077년] 12월 정축삭丁醜朔에 탐라국이 방물을 바쳤다.27

이러한 기록들을 보면 고려가 건국되고 난 뒤 적어도 11세기까지는 탐라국을 하나의 속방屬邦으로 보지 않았던 것 같은 인상을 지울 수가 없다. 탐라국을 송宋이나 여진女眞 등과 같이 주변 나라 정도로 표현하고 있기 때문이다. 이런 기록과 [자료 3]의 내용으로 볼 경우 탐라국은 상당한 기간에 걸쳐 하나의 독립된 나라로 인식되어 왔다고 보는 것이 타당할 듯하다. 그러므로 삼성 시조신화는 탐라국의 건국신화였다고 할 수 있다.

---

24 앞의 책, 136쪽.
　"文宗七年二月丁醜 耽羅國王子殊雲那 遣其子陪戎校尉古物等 來獻牛黃牛角牛皮螺肉榧子海藻龜甲等物. 王授王子中虎將軍 賜公服銀帶綵段藥物."
25 위의 책, 137쪽.
　"文宗八年五月己卯耽羅國遣使 賀冊立太子. 加使者十三人職 梢工�從 賜物有差."
26 위의 책, 138쪽.
　"文宗九年春二月戊申 寒食 饗宋商葉德寵等八十七人於娛賓館 黃拯等一百五人於迎賓館 黃助等四十八人於淸河館 耽羅國首領高漢等一百五十八人於朝宗館."
27 위의 책, 175쪽.
　"文宗三十一年十二月丁醜朔 耽羅國獻方物."

이 신화는 [자료 2]의 ①이나 [자료 3]의 ③에서 보는 바와 같이 세 명의 신인이 땅에서 솟아났다는 것을 주된 내용으로 하고 있다. 이처럼 대지에서 사람이 나오는 것을 출현신화라고 한다는 것은 이미 부여국 왕권신화를 고찰하며 살펴보았다.

현용준은 이것을 비슷한 모티프로 이루어진 주변 민족의 신화와 비교하여 비교신화학의 길을 개척한 바 있다. 그가 인용한 자료 가운데 중요한 몇 개를 소개하면 아래와 같다.

[자료 5]

아만카미(アマン神)가 해의 신(日神)의 명을 받아 하늘의 일곱 색 다리 위에서 바다에 흙과 돌(土石)을 던져 넣고 창모(槍矛)로 휘저어 섬을 만들었다. 이것이 야에야마(八重山)의 섬들이다. 섬에는 판다누스(阿檀)가 무성할 뿐, 사람도 동물도 없었다. 그 뒤 신이 사람의 씨를 판다누스 숲속의 땅 구멍에 내려보내니 그 구멍에서 남녀 두 사람이 출현했다. 그들은 남녀의 성관계에 대하여 아직 모르고 있었으므로, 신은 두 사람을 못가에 세우고 서로 다른 방향으로 돌게 했다. 못가를 돌다가 다시 만난 두 사람은 서로 포옹하고 거기에서 비로소 부부 생활을 시작하게 되었다. 뒤에 아들 셋과 딸 둘을 낳아 야에야마의 시조가 되었다.[28]

이것은 야에야마역사편집위원회에서 편찬한 《야에야마역사(八重山歷史)》에 들어 있는 자료이다. 현용준은 "남녀 두 신이 지중(地中)에서 출현한 점, 그리고 특히 남녀 두 신이 못가를 반대 방

---

[28]   八重山歷史編集委員會 編, 《八重山歷史》, 石垣: 八重山歷史編集委員會, 1954, 21~22쪽[현용준, 앞의 논문, 72쪽에서 재인용].

향으로 돌다가 만나서 결혼한다는 화소가 주목된다. 삼성 신화에서 혼인한 곳이 못이라는 점과 일치하기 때문이다. 삼성 신화에 관련된 전설에는 현재 못에서 목욕하고 결혼했다는 후대적 화소만이 전하는데, 이 야에야마 신화의 결혼 방식처럼 본래는 못을 반대 방향으로 돌다가 만나 결혼한다는 결혼 방식의 화소가 있었던 것이 아닌가 추측된다."**29**고 하여 이들의 관계를 지적하였다.

[자료 6]

태곳적 파파콰아Papakwa'a 또는 Papak waqa[오늘날 대만 신주현新竹縣의 다바젠산大覇尖山으로 추정된다–인용자 주]라는 곳에 두 개의 구멍이 있는 큰 바위가 있었다. 한 구멍에서는 남자가 나오고, 다른 한 구멍에서는 여자가 나왔다. 두 사람은 각기 자기 혼자뿐인 줄 알고 먹을 것을 구해 산속을 돌아다니다가 우연히 만났다. 두 사람은 같이 집을 짓고 살기 시작했다. 어느 날 남자가 여자의 사타구니에 오목한 곳이 있음을 발견했다. 여자는 "이것은 바위 속에서 나올 때 입은 상처이기 때문에 건드리면 안 된다."고 했다. 그러나 그 상처는 며칠이 지나도 아물지 않았고, 끝내는 교접交接의 방법을 알게 되었다. 그 뒤 자손이 번식해서 계류溪流를 따라 사방으로 이주해 갔다.**30**

이 자료는 대만 원수이汶水의 타얄족泰雅族, Tayal 사이에서 전하는 것으로, 대만에서는 이와 같은 출현신화가 상당히 많이 보고되었다. 현용준이 인용한《생번 전설집生蕃傳說集》에 수록된

---

29   현용준, 앞의 논문, 72~73쪽.
30   위의 논문, 73쪽.

것만 해도 26개나 된다.[31] 이런 출현신화는 동남아시아의 타이 인과 라오스의 퐁족Pong, 모이족Moi의 아족亞族인 라데족Rade 등 상당히 여러 곳에서 전승되고 있다는 점[32]에 착안한 현용준은 제주도 삼성 시조신화의 계통을 다음과 같이 상정한 바 있다.

삼성 신화의 이 지중용출地中湧出 화소가 꼭 어느 계보를 거쳐 들어왔다고 지적은 못한다 해도 동남아, 남중국, 오키나와沖繩 등의 것들과 같은 계통의 것이요, 그것이 제주에 흘러들어와 삼 신인이 세 개의 구멍에서 솟아나는 것으로 변이되면서 토착화된 것이라고 해야 한다. 동남아 것이 주로 남녀 두 신이 지중에서 출현하는 데 비해, 삼 신인의 용출로 변이한 것은 이를 수용하던 제주의 사회 문화 환경이 그리 만든 것이라고 보아진다.[33]

그러나 이와 같은 그의 견해에는 동의하기 어렵지 않을까 한다. 이 신화가 동남아나 남중국으로부터 들어왔을 가능성이 전혀 없다고 할 수는 없다. 하지만 이쪽 지역에서 바로 제주도에 들어온 것이 아니라, 한반도의 부여와 신라 지역을 통해서 이 신화가 제주도로 들어갔다고 보는 것이 타당할 것이다. 동부여 금와의 출현신화와 알영·알지의 출현신화에서 이미 살펴본 것처럼 금와와 알영의 탄생담이 땅속에서 나왔다는 출현신화의 유형에 속하기 때문이다.

---

31 앞의 논문, 74쪽의 각주 48 참조.

32 大林太良, 〈琉球神話と周圍諸民族神話との比較〉, 日本民族學會 編, 《沖繩の民族學的研究》, 東京: 日本民族學會, 1973, 370~373쪽.

33 현용준, 위의 논문, 76쪽.

그렇다면 한국 문화의 성립 과정에서 만주의 동북 지방에 위치했던 부여로부터 동해안을 따라서 신라를 거쳐 제주도로 들어가는 문화의 한 흐름이 있었다는 것을 확인할 수 있다. 이런 문화의 흐름은 밭곡식을 재배하는 초기 농경 문화와 관련을 가진다고 하겠다.

7-3 세 왕녀의 도래신화

이처럼 대지에서 용출한 세 신인의 배필이 된 사람은 외부 세계로부터 도래한 세 왕녀였다. 하지만 세 왕녀의 출신지는 자료에 따라 다른 곳으로 서술되어 있다. 즉《고려사》에 실린 [자료 2]에서 세 신인의 배필이 된 왕녀들의 출발지는 일본국이었고, 〈영주지〉에 실린 [자료 3]에서는 동해의 벽랑국이었다.

이 문제에 대하여 현용준은 장한철張漢喆의《표해록漂海錄》에 "옛적 탐라에 인물이 없을 때 삼을나가 비로소 하강했으나 그 짝이 없으므로 벽랑왕碧浪王이 세 딸을 보내어 혼인하게 했다고 한다〔在昔 耽羅無人物 三乙始降 未有配耦 碧浪國王妻之以三女云〕."고 한 것을 근거로 '상상의 나라'로 보았다.**34**

일본의 요다 치요코도 현용준의 견해와 같이 세 왕녀가 온 곳을 멀리 바다에 있는 상상의 나라로 간주하였다. 그녀는 "이본이 많은 이 신화는 세 왕녀의 출신지가 일본국 말고도 동해

---

34 현용준, 앞의 논문, 61쪽.

벽랑국碧浪國, 璧浪國 등으로 되어 있는데, 일본국이라고 하는 것은 후대의 지리적 비정이고, 본래는 벽랑국이었을 것이다. 벽랑碧浪은 바다의 제주도 방언 표기로, 동해의 상상의 나라인 '바다의 나라'를 의미한다. 바다의 나라로부터 세 왕녀가 곡물과 송아지[駒犢] 같은 재물을 가지고 배를 타고 와서 세 성씨의 시조와 결혼하여 건국을 도왔다고 하는 것은, 구조적으로 가락국의 수로왕과 허황옥의 표류신화와 동공이곡同工異曲이다."**35**라고 하였다.

그러나 필자의 생각으로는 이 같은 상상의 나라가 아니라, 《고려사》에 실린 자료에서 언급한 일본국으로 보아야 옳다. 다시 말해 일찍이 한반도에서 일본으로 건너가 상당한 세력을 확보했던 집단들이 한반도에 있던 본국과 혼인 관계를 맺었던 것을 이야기하는 것이 아닌가 한다. 이런 추정은 김석형이 〈가락국기〉에 나오는 허황옥의 출신지 아유타국을 인도가 아니라 기타큐슈 지방에 있었던 작은 나라에 불교적 색채를 입힌 것이라고 본 견해**36**로부터 시사를 받은 것이다. 그러므로 이 신화에서 세 왕녀들이 왔다고 하는 곳은 상상의 나라가 아니며, 선진 문물을 가지고 일본에 건너가 소국을 형성한 집단이 한반도에 있는 본국과 혼인함으로써 서로 밀접한 관계를 유지하고 있었던 사실이 반영되어 있다고 보아도 무방하다.

35　依田千百子, 《朝鮮神話傳承の研究》, 東京: 琉璃書房, 1991, 480쪽.
36　김석형, 《초기조일관계소사》, 평양: 사회과학출판사, 1990, 69쪽.

이렇게 일본으로부터 건너온 세 왕녀는 [자료 2]의 ②나 [자료 3]의 ④에서 보는 것처럼, 오곡의 종자와 송아지 및 망아지를 가지고 왔다고 되어 있다. 이것은 이를 계기로 세 신인이 사냥을 하면서 지내던 생활에서 농경과 목축을 생업으로 삼게 되었음을 뜻한다.

이처럼 외부 세계 내지는 다른 세계로부터 들어오는 존재가 새로운 문물이나 다른 것을 가지고 와서 선주하고 있던 집단에게 이로움을 제공한다는 모티프는 이 밖에도 얼마간의 자료가 있어[37] 하나의 유형으로 정립해도 좋을 정도이다. 이들 자료 가운데 하나인 석탈해 신화의 내용을 다시 살펴보기로 하겠다.

[자료 7]

남해왕 때(옛 책에 임인년에 왔다고 한 것은 잘못이다. 가까운 일이라면 노례왕 즉위 초의 일이므로 양위를 다툰 적이 없게 되고, 먼저 일이라면 혁거세왕 때이므로 임인년이 아니라는 것을 알 수 있다.) 가락국 바다에 배가 와서 닿았다. 그 나라의 수로왕이 신하 및 백성들과 북을 치고 떠들면서 맞아들여 머무르게 하고자 했다. 그러나 배는 빨리 달아나 계림 동쪽 하서지촌 아진포(지금도 상서지와 하서지라는 촌 이름이 있다.)에 이르렀다.

그때 갯가에 한 늙은 할멈이 있었는데 이름을 아진의선이라 했다. 그녀는 혁거세왕 때 바다에서 고기를 잡던 사람의 어머니였는데, 배를 바라보고 "이 바다 가운데에는 원래 바위가 없는데, 어찌된 까닭으로 까치가 모여들어 울꼬?"라고 하면서, 배를 끌어당겨 찾아보았다. 까치가 배 위에 모여들고 그 배 안에 궤짝이 하나 있었다. 길이는 20자, 넓이는 13자나 되

37 김미정, 〈외래자外來者 설화의 연구〉, 경산: 영남대학교 대학원 국어국문학과 석사학위논문, 1998, 7쪽.

었다. 그 배를 끌어다가 어떤 나무 숲 아래에 두고, 흉한 것인가 길한 것인가를 알지 못해서 하늘을 향해 고하였다. 조금 있다가 궤를 열어 보니 단정한 사내아이와 일곱 가지 보물, 노비 등이 그 속에 가득 차 있었다. 그들을 7일 동안이나 대접했다.

이에 사내아이는 "나는 본래 용성국(또는 정명국이나 완하국이라고도 하는데, 완하는 화안국이라고도 한다. 용성은 왜국 동북 1천 리에 있다.) 사람이요, 우리나라에는 일찍이 이십팔 용왕이 있었소. 모두 사람의 태에서 났으며, 오륙 세 때부터 왕위에 올라 만민을 가르쳐 성명을 바르게 했소. 팔품의 성골이 있었으나 선택하는 일 없이 모두 왕위에 올랐소. 그때 우리 부왕 함달파가 적녀국의 왕녀를 맞아서 왕비로 삼았는데, 오래도록 아들이 없으므로 기도하여 아들을 구했더니 7년 뒤에 커다란 알 한 개를 낳았소. 이에 대왕이 여러 신하를 모아 묻기를 '사람으로서 알을 낳은 일은 고금에 없는 일이니 아마 좋은 일은 아닐 것이다.'라고 하시면서 궤를 만들어 나를 그 속에 넣고, 일곱 가지 보물과 종들까지 배 안에 실어 바다에 띄우면서, 인연 있는 곳에 닿는 대로 나라를 세우고 가문을 이루라고 축원했소. 문득 붉은 용이 나타나 배를 호위하여 이곳으로 왔소."라고 하였다.**38**

이 자료는《삼국유사》에 전하는 탈해의 도래신화이다. 그는 이미 살펴본 바와 같이 용성국에서 알의 형태로 태어나 신라로 들어온 신화적 존재이다. 이렇게 다른 외부 세계에서 들어온 존재이면서도, 그는 신라에서 왕위에 오를 수 있었다.

이런 석탈해가 신라의 아진포에 도래했을 때, 그가 들어 있던 궤에서 나온 것은 밑줄 친 곳에서 확인할 수 있는 것처럼 일곱 가시의 보물과 노비 등이었다. 이는 도래자渡來者가 어떤 새로

---

38 이 책 제5장 〈신라의 왕권신화〉의 각주 29 참조.

운 것을 가지고 온다는 신화적 사유를 나타낸다고 할 수 있다.

그런데 이 유형에 속하는 선도산仙桃山 성모 신화聖母神話는 이와 다른 양상을 보여 준다. 《삼국유사》 권5 감통편感通篇 제7 선도성모 수희불사仙桃聖母隨喜佛事 조에 전하는 이야기를 살펴보기로 한다.

[자료 8]

① 진평왕 대 지혜智惠라는 비구니가 있었는데 어진 행실이 많았다. 안흥사安興寺에 살면서 새로 불전佛殿을 닦고자 하였으나 힘이 모자랐다. 꿈에 외양이 아름답고 구슬로 쪽머리를 장식한 한 여선女仙이 와서 위로하여 말하였다. "나는 선도산仙桃山 신모神母이다. 네가 불전을 닦고자 하는 것이 가상하여 금 열 근을 보시하여 돕고자 하니 마땅히 나의 자리 밑에서 금을 취하여 주존主尊과 삼상三像을 장식하고, 벽 위에 53부처와 육류성중六類聖衆 및 여러 천신天神, 오악신군五嶽神君(신라 시대의 오악은 동쪽 토함산吐含山, 남쪽 지리산智異山, 서쪽 계룡산雞龍山, 북쪽 태백산太白山, 중앙 부악父嶽 또는 공산公山이라고 한다.)을 그려라. 매해 봄과 가을 두 계절 열흘 동안 선남선녀를 다 모아 널리 일체 중생을 위하여 점찰법회를 여는 것을 항규로 삼아라."라고 했다(고려조의 굴불지屈弗池 용이 꿈에 가탁하여 황제에게 영취산에 약사도량藥師道場을 길게 열어서 바닷길을 편안하게 해 달라고 청했는데 그 일과 또한 비슷하다.).

지혜가 곧 놀라 깨어 무리를 이끌고 신사神祠의 자리 밑에 가서 땅을 파 황금 160냥을 얻었고 잘 따라서 곧 완성하였으니, 모두 신모가 이끈 대로 한 것이다. 그 사적은 오직 남아 있으나 불사는 폐지되었다.

신모는 본래 중국 황실의 딸로, 이름은 사소娑蘇였다. 일찍이 신선의 술법을 배워 해동에 와서 오래 머물고 돌아가지 않았다. 아버지 황제가 솔개의 발에 묶어 서신을 보내 말하기를, "솔개를 따라가서 멈춘 곳을 집으로 삼아라."고 했다. 사소가 서신을 받고 솔개를 날려 보내자, 날아서 이 산에 이르러 멈췄다. 드디어 [이곳에] 와 살면서 지선地仙이 되었다. 그래서 산 이름을 서연산西鳶山이라고 하였다. 신모가 오랫동안 이 산에 머무르며 나라가 평안하도록 도우니 신령스럽고 신이한 일들이 매우 많았다. 나라가 세워진 이래로 항상 삼사三祀의 하나로 삼았으며 등급으로는 여러 명산대천名山大川 제사의 윗자리를 차지하였다.

제54대 경명왕景明王이 매사냥을 좋아하여 일찍이 이 산에 올라 매를 놓았으나 잃어버렸다. 신모에게 기도하여 말하기를 "만약 매를 찾으면 마땅히 작위를 봉해 드리겠습니다."라고 하니 잠시 뒤 매가 날아와서 책상 위에 앉았다. 이 일로 신모를 대왕으로 책봉하였다. ② 신모가 처음 진한辰韓에 와서 신성한 아들을 낳아 동국의 첫 임금이 되었으니 혁거세와 알영 두 성인이 나온 바이다. 그러므로 계룡雞龍·계림雞林·백마白馬 등으로 일컬으니, 계雞는 서쪽에 속하기 때문이다. 일찍이 신모가 여러 하늘나라 선녀로 하여금 비단을 짜게 하여 짙은 분홍색(緋色)으로 물들여 조복朝服을 만들어 그 남편에게 주니 그 나라 사람들이 이로 말미암아 신이한 영험을 알게 되었다.39

이 자료에는 선도산의 성모 사소가 남긴 기이한 발자취가 기록되어 있다. ①에서는 지혜가 성모의 현몽現夢으로 황금을

39　최남선 편,《삼국유사》, 서울: 삼중당, 1946, 216~217쪽.
"真平王朝有比丘尼名智惠多賢行. 住安興寺擬新修佛殿而力未也. 夢一女仙風儀婥約珠翠餙鬢來慰曰 我是仙桃山神母也. 喜汝欲修佛殿願施金十斤以助之. 宜取金於予座下粧點主尊三像, 壁上繪五十三佛·六類聖衆及諸天神·五嶽神君 羅時五嶽謂, 東吐含山, 南智異山, 西雞龍, 北太伯, 中父嶽亦云公山也. 每春秋二季之十日叢會善男善女, 廣爲一切含靈設占察法會以爲恒規. (本朝屈弗池龍託夢於帝請於靈鷲山長開藥師道場平海途, 其事亦同.) 惠乃驚覺, 率 徒徃神祠座下堀得黃金一百六十兩, 克就乃功, 皆依神母所諭. 其事唯存而法事廢矣. 神母夲中國帝室之女, 名娑蘇, 早得神仙之術歸止海東久而不還. 父皇寄書繫足云. 隨鳶所止爲家, 蘇得書放鳶飛到此山而止. 逐來宅爲地仙, 故名西鳶山. 神母久據玆山鎭祐邦國靈異甚多, 有國已來常爲三祀之一, 秩在群望之上. 第五十四景明王好使鷹, 嘗登此放鷹而失之. 禱於神母曰 若得鷹當封爵. 俄而鷹飛來止機上, 因封爵大王焉. 其始到辰韓也生聖子爲東國始君, 蓋赫居·閼英二聖之所自也. 故稱雞龍·雞林·白馬等雞屬西故也. 嘗使諸天仙織羅緋染作朝衣贈其夫, 國人因此始知神驗."

288　제7장 탐라국의 왕권신화

언어 불사를 이룩하였고, ②에서는 성모가 진한에 와서 혁거세와 알영을 낳았을 뿐만 아니라 하늘나라의 선녀들에게 비단을 짜게 하여 그것으로 남편의 조복을 만들어 주기까지 하였다.

이와 같은 일련의 행적은 중국 황실의 딸이면서도 진한 지역에 와서 정착한 성모 사소가 행한 이적이다. 이 또한 도래자가 선주하고 있던 집단에게 도움이 되는 문물을 제공하였다는 것을 말해 준다고 하겠다. 특히 여기에서 관심을 불러일으키는 대목은, 그녀가 신라의 건국주인 혁거세와 알영을 낳았다는 부분이다.

이렇게 태어난 이들이 신라라는 나라를 세웠다는 것은 제대로 통치 체제를 갖추지 못하여 혼란된 생활을 영위하고 있던 사람들에게 질서를 확립하는 세상을 만들어 주었다는 것을 뜻한다. 혼돈의 상태를 극복하고 질서의 세계를 구축했다는 점에서 이를 하나의 창조신화로 보아도 좋을 것이다.

그러므로 제주도의 삼성 시조신화에서 일본국에서 온 세 왕녀들 역시 다른 도래신화에서와 마찬가지로 유용한 문물을 가져온 신화적 인물이라고 할 수 있다. 이런 인물들이 대지에서 나온 세 신인과 혼인을 하여 산업을 발전시킴으로서 탐라국이라는 나라를 건국하는 기틀을 마련했다는 것이 이 신화가 전해 주는 메시지가 아닐까 한다.

7-4 탐라국 왕권신화 연구의 의의

한국 학계는 제주도에 있었다고 하는 탐라국이 실제로 하나의 국가였는가 하는 문제에 깊은 관심을 보이지 않았다. 그 때문에 제주도의 삼성 시조신화인 세 신인의 지중용출담은 왕권신화로서 연구되지 않았다.

이 책에서는 탐라국이 하나의 국가였다는 전제 아래서 이 신화의 연구를 시도하였다.《니혼쇼키》에 남아 있는 탐라국 관련 기사에서 탐라를 하나의 나라로 인정하는 표현을 사용하였기 때문이다. 이런 이유로 말미암아 제주도에 전하는 삼성 시조신화가 탐라국의 왕권신화였을 것이라는 전제를 세울 수 있었다.《영주지》 계통의 자료에도 고씨를 왕으로 삼고 국호를 모라라고 하였다는 기록이 남아 있다.

《고려사》에도 탐라를 하나의 지역으로서가 아니라 독립된 국가로 본 것 같은 기록이 남아 있다는 것을 확인할 수 있다. 특히 탐라의 사신을 외국의 사신과 대등하게 취급했다는 점에서 고려 왕조에 들어와서도 11세기까지는 하나의 속방으로 인식하지 않았음을 반영하는 것이 아닐까 하는 추정이 가능하다.

그리하여 탐라국을 하나의 독립된 국가로 인정하고, 제주도에 전하는 삼성 시조신화가 세 성씨의 시조신화인 동시에 탐라국의 왕권신화라는 사실을 확인했다고 할 수 있다. 이것이 땅에서 사람이 나왔다는 것을 서술한 출현신화의 범주에 들어간다는 사실도 알아냈다. 현용준은 이것을 동남아, 남중국, 오키나와의 자료들과 같은 계통의 신화로 본 바 있지만, 이 신화가 직접적으로 이쪽 지방에서 들어왔다고 단언할 만한 근거가 미약함을 지적하지 않을 수 없다. 차라리 동부여의 금와 신화나 신라의 알영 신화와 같은 계통의 출현신화라고 보는 것이 더욱 합리적이지 않을까 한다. 바꾸어 말하면 국내의 자료가 있는데도 굳이 외국의 자료와 관계가 있다고 볼 이유가 없다.

필자는 탐라국의 왕권신화인 삼성 시조신화가 동부여로부터 한국의 동해안을 따라서 내려와 신라를 거쳐 탐라국으로 전해졌을 것이라는 가설을 제시하였다.

세 왕녀의 도래신화는 이들 왕녀의 출발지가 문제가 되었다. 현용준과 요다 치요코는 동해의 상상의 나라인 벽랑국이라고 분석하였으나, 필자는 일본국으로 보아야 한다는 견해를 제시하였다. 이 신화를 한반도에서 일찍이 일본 열도에 건너가 상당한 세력을 확보했던 집단들이 한반도에 있던 본국과 혼인관계를 맺은 이야기로 보았기 때문이다.

이러한 도래신화는 외부 세계 내지는 다른 세계로부터 들어오는 존재가 새로운 문물이나 새로운 어떤 것을 가지고 와서 선주하고 있던 집단에게 이로움을 제공한다는 것이 하나의 특징으로 지적될 수 있다. 또 이런 모티프를 가진 이야기는 이 밖에도 몇 개의 자료들이 더 있어 하나의 유형으로 설정할 수도 있다는 것을 지적하였다.

이 같은 연구 성과는 앞으로 제주도의 자료들뿐만 아니라 고고학적·민속학적 자료 등을 더 보충하여 그 타당성 여부를 검증해야 할 것이다.

　이제까지 한국 학계에서 한국 고대 국가의 왕권신화에 대해
서 개별적인 연구가 행해지기는 하였으나, 이들 상호간의 관계
를 구명하기 위한 총체적인 연구는 거의 이루지지 않았다. 그
래서 고대 국가의 왕권신화들이 서로 어떤 관계를 가지고 있는
가 하는 문제를 구명하고자 하였다.

　한국의 개국신화인 단군 신화는 일제 어용학자들에 의해 그
실체가 부정당하는 비극을 겪기도 했다. 하지만 고조선이라는
나라가 존재했고, 또 그 나라에 왕권신화가 있었다는 것은 분
명한 사실이다. 이런 사실을 구명하는 데 앞서 김부식의《삼국
사기》고구려본기 동천왕 21년 조의 기록으로 12세기 무렵 평
양이 과거 선인 왕검이 살던 곳으로 인식되고 있었음을 확인하
였다.

　그리고 김재원은 중국 산둥성에 있는 무씨사 석실 화상석의

그림이 단군 신화와 부합한다는 사실을 증명하였다. 이는 이 석실이 축조된 2세기 무렵에 산둥성 일대에 단군 신화와 같은 유형의 이야기가 전승되고 있었음을 증명해 준다고 할 수 있다. 따라서 고구려나 고려 시대에 이 신화가 만들어졌다고 하는 주장은 허구에 지나지 않는다.

일본의 학자들이 단군 신화의 실체를 부정하려 했던 이유 가운데 하나는 이것이 그들 천황의 시조 탄생담인 니니기노미코토 신화와 같은 유형의 이야기이기 때문이다. 이는 일본의 지배세력이 한국으로부터 건너왔다는 사실을 인정하지 않겠다는 저의에서 비롯되었을 가능성이 짙다.

한국에 단군 신화 이외에도 북부여의 해모수 신화 같은 천강신화가 존재한다는 사실은 하늘에서 왕권의 기원을 찾는 신화가 일찍부터 한민족이 살던 영역에 전하고 있었다는 것을 말해 준다고 보아도 좋을 듯하다.

천강신화는 돌궐의 하나였던 고차족도 천강신화를 가지고 있었다. 고차족을 포함한 흉노족은 왕을 '선우'라고 하여, 왕이 하늘의 아들이며 그 왕권이 하늘에서 유래되었음을 나타냈다. 그러므로 한국의 단군 신화와 해모수 신화는 이들과 궤를 같이 한다고 할 수 있다.

동부여를 세운 해부루의 태자가 된 금와는 대지에서 나왔다는 탄생신화를 가졌다. 고대 한국에서 이 유형에 속하는 신화에는 알영의 탄생신화와 탐라국의 세 성씨 시조신화가 있다. 이러한 유형은 지하를 세계의 자궁, 즉 대지를 어머니로 생각하는 신화적 사유가 표현된 것으로, 대지의 여신이 모든 것을 지배하던 시대에 농경 민족들 사이에서 발생되었을 것으로 상정된다.

실제로 인도 앗삼 지방 로다·나가족의 세 포족이 땅속에서 최초로 출현한 세 형제를 선조로 한다는 사실이나, 멜라네시아 트로브리안드 섬사람들의 동굴에서 출현한 최초의 인류 한 쌍이 토지를 소유했다는 신화, 북아메리카 남서부 주니족이 세계의 동굴 자궁 네 곳으로부터 인류를 비롯한 생물이 출현했다고 말하는 신화 등이 이 유형에 들어가는 자료라고 할 수 있다. 또 중국 진나라 때 저술된 《포박자》나 당나라 때의 《진서》에도 선조가 땅·움에서 나왔다는 신화가 기록된 것으로 보아, 중국에도 일찍부터 이 유형의 신화가 존재했음을 알 수 있다. 이로 미루어 볼 때, 한국에서 출현신화를 가졌던 집단과 이들은 어떤 형태로든 관련되었을 것으로 추정된다.

출현신화를 가진 집단이 왕권을 장악한 예를 찾기는 쉽지 않다. 그러므로 동부여의 금와 신화나 신라의 알영 신화, 탐라국의 삼성 시조신화 등은 한국 고대 사회에서 출현신화를 가진 집단이 나라를 세우고 왕권을 장악하는 특징을 나타내는 중요한 자료라고 보아도 무방할 것 같다.

출현신화를 가진 해부루 세력은 뒤에 들어온 천강신화를 가진 해모수 세력에게 나라를 평화적으로 양도하는 형태의 신화를 남겼다. 이와 같은 유형의 신화로는 비류국 송양왕이 고구려의 주몽에게 나라를 양도하는 신화, 미추홀의 비류가 온조에게 그 땅을 물려주는 신화가 있다.

한국의 왕권신화에는 또한 부여의 동명 신화나 백제의 동명 신화처럼 하늘에서 내려온 기운에 감응되어 태어난 존재가 왕이 되는 한 무리의 신화가 존재한다.

지금까지는 부여의 동명 신화를 고구려의 주몽 신화와 같은 계통의 자료로 여기고, 이들을 일광감응신화로 보아왔다. 하지만 전자는 하늘에서 내려온 기운이라는 신화적 표현으로 되어 있는데, 후자는 분명히 햇빛이 비추었다는 신화적 표현으로 되어 있다. 몽골 계통의 부여족과 퉁구스계 고구려족은 민족적으로 구분된다는 도리코에 겐사부로의 연구 성과를 받아들인다면 이들의 신화도 구별해야 마땅하다. 따라서 부여의 동명 신화는 일광감응 모티프를 가진 고구려의 주몽 신화와 계통을 달리한다고 보고, 천기감응신화라는 새로운 유형을 제시하였다.

이 천기감응신화는 부여에서 백제로 이어지고 있어 주목을 끈다. 중국 《수서》에 전하는 백제의 동명 후손인 구태 신화를 원용하여 일본의 《쇼쿠니혼기》에 전하는 백제 도모 신화의 원형을 재구하자, 도모 신화가 중국에 남아 있는 부여의 동명 신화와 같은 계통의 자료라는 사실이 확인되었다. 이와 같이 백제의 왕권신화가 부여의 그것과 궤를 같이한다는 사실은, 백제의 문화가 고구려보다 부여에 더 가깝다는 사실을 드러낸다고 할 수 있다.

이런 점에서 백제의 건국 세력이 고구려로부터 남하했다고 하는 《삼국사기》의 기록은 재검토되어야 한다는 것을 지적하면서, 특히 《삼국사기》에 전하는 동명 묘가 고구려의 동명왕이 아니라 부여의 동명이라고 보았다. 하지만 이 문제는 앞으로 학제 간 연구로써 더욱 철저히 검증되어야 할 것이다.

다음으로 태양에서 왕권의 출자를 구하는 일군의 신화가 있다는 사실을 구명하였다. 고구려의 주몽 신화와 가락국의 수로 신화, 신라의 혁거세 신화가 이 부류에 속한다.

주몽 신화에서는 유화가 햇빛의 감응을 받아 그를 알의 형태로 낳았다고 되어 있다. 수로 신화는 햇빛의 감응에 의한 탄생이라는 모티프를 가지고 있지는 않지만, 그의 탄생과 연관된 자색이나 황색이 태양에서 연원된 색깔이고 금합이나 해처럼 둥근 알 또한 태양을 표상하므로 그를 태양에서 내려온 존재라고 보았다. 신라의 혁거세도 흰 말이 하늘에서 가져온 자색 알에서 태어난 것으로 되어 있어, 마찬가지로 태양출자를 서술한다고 상정하였다.

이처럼 고구려, 가락국, 신라의 지배층이 모두 태양출자 왕권신화를 가지는 것은 그들이 북방 아시아, 특히 몽골 일대의 수렵·유목 문화와 밀접한 관계가 있음을 말해 주는 것이다. 이는 이 일대에 사는 수렵·유목민들 사이에 왕이나 그의 선조가 햇빛의 감응으로 태어났다고 하는 전승이 상당히 널리 분포되어 있다는 데 착안한 것이다.

건국주나 왕권을 장악한 인물의 출자를 태양과 연계시키는 사상은 태양신 숭배와 밀접한 관련이 있다. 인류 역사의 초기 기록을 보면, 당시 사람들은 신과 그의 대리자인 왕을 동시에 숭배하였을 가능성이 높다. 현재까지는 신에 대한 숭배가 왕에 대한 숭배보다 선행되었다고 주장할 만한 어떠한 근거도 없다. 아마 어떠한 왕도 신이 없이는 존재하지 못했고, 또 어떠한 신도 왕이 없이는 존재하지 못했을 것으로 생각된다.

그리고 이들 태양출자신화는 전부 난생 모티프를 가지고 있다. 미시나 아키히데는 한국의 난생신화가 남방에서 유입되었다는 남방 기원설을 주장한 바 있다. 하지만 난생신화의 범주에 들어가는 상나라 설의 탄생담이 중국 동해안과 동북아시아로부터 연원되었다고 한 장광직의 견해를 보면, 한국의 이 난생신화들은 동이족의 그것을 가지고 들어왔다고 볼 수 있다.

이렇게 공통적인 요소의 상호 관련성 이외에도, 이 책에서 새로이 밝힌 몇 가지 사실을 정리하면 다음과 같다.

첫째, 고대 한국 문화에는 대지를 중시하는 지모신 신앙이 존재했다. 웅녀가 굴속에서 금기를 지켜서 사람이 되었다는 데는 우묵한 곳을 대지의 자궁이라고 여긴 신화적 사유가 반영되어 있다고 보았다. 이와 같은 혈거신에 대한 신앙은 고구려까지 이어져, 주몽의 어머니인 유화는 수신隧神으로 신앙되었고 신상은 굴속에 모셔졌다. 이런 신화적 사유가 한층 더 진전되어 대지에서 인간이 나왔다는 출현신화를 창출하였음을 밝혀냈다.

둘째, 부여의 왕권신화는 다층적인 성격을 지녔다. 중국 문헌에는 부여가 하나로 기록되어 있으나, 한국의 문헌에는 분명히 동부여와 북부여로 기록되어 있다. 또 전자는 출현신화를 가지고 있었는데, 후자의 신화는 천강신화였다. 이와 같은 변별적 차이가 부여가 하나의 나라가 아니라 두 개의 나라였다는 사실을 드러낸다고 보았다.

셋째, 고구려의 왕권신화는 주몽으로부터 유리를 거쳐 대무신왕 대까지 이어졌다. 이는 지배 집단으로 군림한 주몽이 태양출자의 왕권신화를 가지고 있으면서 유화를 중심으로 한 지모신 숭배 세력과 연합하여 왕권을 장악해 나갔음을 말해 준다. 아울러 고구려의 왕권신화에는 북방 샤머니즘적인 요소가 상당히 가미되어 있음을 확인하였다.

넷째, 백제의 왕권신화는 분명히 부여와 그 계통을 같이하고 있다. 이제까지 김부식의 《삼국사기》에만 얽매인 나머지 그 실상을 제대로 파악하지 못했던 것 같다는 의문을 제기하였다. 그래서 일본에 사는 백제 왕족들이 가지고 있었던 그들의 시조신화에 주목하였고, 이것이 중국 문헌의 자료와 매우 깊은 관련이 있다는 사실을 구명하였다.

다섯째, 신라의 왕권신화 또한 고구려의 것과 같은 구조로 되어 있다. 다시 말해 태양출자신화를 가졌던 혁거세 집단이 출현신화를 가졌던 김씨 세력과 연합하여 왕권을 강화해 나갔다는 것이다. 탈해 집단은 북쪽에서 내려오는 연해주 한류(리만해류)와 함께 한반도에 들어온 어로민이었음도 아울러 밝혔다.

여섯째, 가락국의 수로 집단도 고구려와 신라와 마찬가지로 태양출자의 왕권신화를 가지고 있었다. 그가 일본에서 온 허황옥을 맞이하여 배필로 삼았다는 것은 한반도에서 일본으로 건너가 상당한 세력을 확보한 집단과 혼인 동맹婚姻同盟을 맺었음을 나타낸다고 보았다. 이런 사실은 앞으로 도일渡日 집단의 문화에 대해 연구해야 할 필요성을 일깨우는 것으로서, 이 방면의 연구가 진척되기를 고대한다는 점도 밝혀 두었다.

일곱째, 탐라국은 어느 시기까지 하나의 국가로 존재했을 것이라는 전제 아래서 삼성 시조신화를 그 나라의 왕권신화로 보았다. 세 성씨 시조의 배필이 된 왕녀들 또한 허왕옥과 마찬가지로 일본에 건너가 세력을 장악하고 있던 집단의 일원이었음을 해명하였다.

여기까지 한국의 고대 왕권신화들을 살펴보았다. 고찰 과정에서 얻은 결론이 모두 타당한지는 확신할 수 없다. 그러나 신화 그 자체가 이야기하는 바를 왜곡하거나 의문을 표시하지 않고 의미를 추출하고자 한 것은 분명하다고 말할 수 있다. 이들 연구가 하나의 가설을 제시하는 수준에 머물렀으므로 앞으로 더욱 많은 연구가 이루어지기를 바란다.

[사료]

김부식, 《삼국사기》, 서울: 경인문화사 영인본, 1982.

김태옥 역, 〈영주지〉, 제주도교육위원회 편, 《탐라문헌집》, 제주: 제주도교육위원회, 1976.

이규보·이승휴, 박두포 역, 《동명왕편·제왕운기》, 서울: 을유문화사, 1974.

일연, 이재호 역, 《삼국유사》 上, 서울: 자유교양협회, 1973.

____, 《晚松文庫本 三國遺事》, 서울: 오성사 영인본, 1983.

정인지 공찬, 《고려사》, 서울: 경인문화사 영인본, 1972.

조선사편수회, 《조선사편수회사업개요》, 京城: 조선총독부, 1938.

朝鮮史學會 編, 《東國輿地勝覽》, 京城: 朝鮮史學會, 1930.

_____, 《삼국사기》, 경성: 近澤書店, 1941

최남선 편, 《삼국사기》, 경성: 조선광문회, 1914.

_____, 《신정 삼국유사》, 서울: 삼중당, 1946.

홍만종, 이민수 역, 《순오지》, 서울: 을유문화사, 1971.

班固, 《漢書》, 서울: 경인문화사 영인본, 1975.

房玄齡 共纂, 《晉書》, 서울: 경인문화사 영인본, 1976.

司馬遷,《史記》, 서울: 경인문화사 영인본, 1976.

範曄,《後漢書》, 서울: 경인문화사 영인본, 1975.

魏收,《魏書》, 서울: 경인문화사 영인본, 1976.

魏徵 共纂,《隋書》, 서울: 경인문화사 영인본, 1976.

李延壽,《北史》, 서울, 경인문화사 영인본, 1977.

陳壽,《三國志》, 서울: 경인문화사 영인본, 1976.

脫虎脫,《遼史》, 서울: 경인문화사 영인본, 1976.

一然,《三國遺事》, 京都: 京都大學文學部, 1904.

____,《三國遺事》, 東京: 東京大學文科大學, 1904.

荻原淺男 共校注,《古史記·上代歌謠》, 東京: 小學館, 1973.

井上光貞 共校注,《日本書紀》上, 東京: 岩波書店, 1979a.

_____,《日本書紀》下, 東京: 岩波書店, 1979b.

黑板勝美 編,《續日本記》後篇, 東京,: 吉川弘文館, 1979.

干寶, 黃鈞 注譯,《新譯 搜神記》, 台北: 三民書局, 1996.

楊家駱 編,《遼史彙編》, 台北: 鼎文書局, 1973.

王充, 蔡鎭楚 注譯,《新譯 論衡讀本》, 台北: 三民書局, 2009.

[논문]

김미정,〈외래자 설화의 연구〉, 경산: 영남대학교 대학원 국어국문학과 석
　　사학위논문, 1998.

김병모,〈가락국 허황옥의 출자: 아유타국고Ⅰ〉,《삼불김원룡교수 정년퇴
　　임기념논총》, 서울: 일지사, 1987.

김병모,〈고대 한국과 서역관계: 이유다국고Ⅱ〉,《동아시아문화연구》14,
　　서울: 한양대학교 한국학연구소, 1998.

김세익,〈백제 시조 전설에 대하여〉,《력사과학》2, 평양: 조선과학원력사
　　연구소, 1956.

김연호,〈주몽이야기의 사적 전개와 그 의미〉, 서울: 고려대학교 대학원 국

어국문학과 석사학위논문, 1983.

김영일, 〈가락국기 서사 원리의 구성 원리에 관한 일 고찰〉,《가라문화》5, 마산: 경남대학교 가라문화연구소, 1987.

김정배, 〈예맥족에 관한 연구〉,《백산학보》5, 서울: 백산학회, 1968.

김정학, 〈단군신화의 새로운 해석〉, 이기백 편,《단군신화논집》, 서울: 새문사, 1988.

김철준, 〈신라 상대사회의 Dual Organization〉上,《역사학보》1, 서울: 역사학회, 1952.

김화경, 〈온조 신화 연구〉,《인문연구》4, 경산: 영남대학교 인문과학연구소, 1983.

_____, 〈신라 건국설화의 연구〉,《민족문화논총》6, 경산: 영남대학교 민족문화연구소, 1984.

_____, 〈수로왕 신화의 연구〉,《진단학보》67, 서울: 진단학회, 1989.

_____, 〈웅·인 교구담의 연구〉, 수여성기열박사 환갑기념논총 간행위원회 편,《수여성기열박사 환갑기념논총》, 인천: 인하대학교출판부, 1989.

_____, 〈진구 황후의 신라 정벌 설화의 연구〉,《동아인문학》15, 대구: 동아인문학회, 2009.

_____, 〈한·일 신화의 비교연구: 단군 신화와 니니기노미코토 신화와의 비교를 중심으로 한 고찰〉,《국학연구》20, 안동: 한국국학진흥원, 2012.

_____, 〈백제 건국신화의 연구〉,《한민족어문학》60, 대구: 한민족어문학회, 2012.

나경수, 〈탈해신화와 서언왕신화의 비교연구〉,《한국민속학》27, 서울: 한국민속학회, 1995.

노명호, 〈백제의 동명신화와 동명묘: 동명신화의 재생성 현상과 관련하여〉,《역사학연구》10, 광주: 전남대학교 사학회, 1981.

노태돈, 〈주몽의 출자전승과 계루부의 기원〉,《한국고대사논총》5, 서울: 가락국사적개발연구원, 1993.

박다원, 〈한국 용설화 연구: 전승집단의 수용양상을 중심으로 한 고찰〉, 경산: 영남대학교 대학원 국어국문학과 박사학위논문, 2016.

박명숙, 〈고대 동이계열 민족 형성과정 중 새 토템 및 난생설화의 관계성 비교 연구〉,《국학연구》14, 안동: 국학연구소, 2010.

박용후, 〈영주지에 대한 고찰〉, 《제주도사연구》 창간호, 제주: 제주도사연구회, 1991.

박지홍, 〈구지가 연구〉, 《국어국문학》 16, 서울: 국어국문학회, 1957.

서대석, 〈고대 건국신화와 현대 구비전승〉, 최정여박사송수기념논총편찬위원회 편, 《민속어문논총》, 대구: 계명대학교출판부, 1983.

신향숙, 〈《대무신왕 본기》의 문학적 의미 고찰〉, 《인문과학논총》 33, 서울: 건국대학교 인문과학연구소, 1999.

여호규, 〈고구려의 성립과 발전〉, 《한국사》 5(삼국의 정치와 사회 1-고구려), 서울: 국사편찬위원회, 1996.

이강옥, 〈수로신화의 서술원리의 특수성과 그 현실적 의미〉, 《가라문화》 5, 마산: 경남대학교 가라문화연구소, 1987.

이광수, 〈고대 인도-한국 문화 접촉에 관한 연구: 가락국 허왕후 설화를 중심으로〉, 《비교민속학》 10, 서울: 비교민속학회, 1993.

이복규, 〈고구려건국신화 연구성과 검토〉, 《고구려발해연구》 1, 서울: 고구려발해학회, 1995.

이은창, 〈고구려신화의 고고학적 연구〉, 《한국전통문화연구》 1, 경산: 효성여자대학교 한국전통문화연구소(현 대구가톨릭대학교 인문과학연구소), 1985.

이종호, 〈북방 기마민족의 가야·신라로 동천에 관한 연구〉, 《백산학보》 70, 서울: 백산학회, 2004.

조동일, 〈영웅의 일생, 그 문학사적 전개〉, 《동아문화》 10, 서울: 서울대학교 동아문화연구소, 1971.

천관우, 〈삼한의 국가형성〉 上, 《한국학보》 2, 서울: 일지사, 1976.

최래옥, 〈현지조사를 통한 백제설화의 연구〉, 《한국학논집》 2, 서울: 한양대학교 한국학연구소, 1982.

최명옥, 〈월성지역어의 음운양상〉, 서울: 서울대학교 대학원 국어국문학과 박사학위논문, 1982.

현용준, 〈삼성신화연구〉, 《탐라문화》 2, 제주: 제주대학교 탐라문화연구소, 1983.

那阿通世, 〈朝鮮古史考〉, 《史學雜誌》 5-4, 東京: 日本史學會, 1894.

白鳥庫吉,〈朝鮮の古傳說考〉,《史學雜誌》5-12, 東京: 日本史學會, 1894.

松原孝俊,〈朝鮮族譜と始祖傳承〉上,《史淵》120, 福岡: 九州大學文學部, 1983.

[단행본]

고창석,《탐라국 사료집》, 제주: 신아문화사, 1995.

국사편찬위원회 편,《한국사》4(초기국가-고조선·부여·삼한), 서울: 국사편찬위원회, 1997.

권오영,〈백제의 기원〉,《한국사》6(삼국의 정치와 사회 2-백제), 서울: 국사편찬위원회, 2003.

김두진,《한국 고대의 건국신화와 제의》, 서울: 일조각, 1999.

김병룡,〈단군의 건국사실을 전한《위서》〉, 사회과학출판사 력사편집실 편,《단군과 고조선에 관한 연구론집》, 평양: 사회과학원출판사, 1994.

김석형,《초기조일관계소사》, 평양: 사회과학출판사, 1990.

김열규,《한국민속과 문학연구》, 서울: 일조각, 1975

_____,《한국신화와 무속연구》, 서울: 일조각, 1977.

김재원,《단군신화의 신연구》, 서울: 탐구당, 1979.

김정학,《한국 상고사 연구》, 서울: 범우사, 1990.

김철준,《한국고대사회연구》, 서울: 지식산업사, 1975.

김택규,《한국민속문예론》, 서울: 일조각, 1980.

김현구,《임나일본부설은 허구인가: 한일분쟁의 영원한 불씨를 넘어서》, 서울: 창비, 2010.

김화경,〈건국신화의 전승 경위〉, 장덕순 외,《한국 문학사의 쟁점》, 서울: 집문당, 1986.

_____,〈견훤 탄생담 연구〉, 이근최래옥박사화갑기념논문집간행위원회 편,《설화와 역사》(이근최래옥박사화갑기념논문집), 서울: 집문당, 2000.

_____,《한국 신화의 원류》, 서울: 지식산업사, 2005.

_____,《재미있는 한·일 고대 설화 비교분석》, 서울: 지식산업사, 2014.

동아대학교 고전연구실,《고려사》1, 서울: 태학사, 1987.

문일환,《조선구전문학연구》, 沈陽: 遼寧民族出版社, 1993.

문정창, 《광개토대왕 훈적비문론》, 서울: 백문당, 1977.

문화재청 편, 《쉽게 고친 문화재용어 자료집》, 대전: 문화재청, 2000.

민병훈 편, 《전설따라 삼천리》, 서울: 동림출판사, 1975.

박상란, 《신라와 가야의 건국신화》, 서울: 한국학술정보원, 2005.

사회과학원 력사연구소 편, 《조선전사》 2(고대편), 평양: 과학백과사전출판사, 1979.

_____, 《조선전사》 3(고구려사), 평양: 과학백과사전출판사, 1979.

서유원, 《중국 창세 신화》, 서울: 아세아문화사, 1998.

손영종, 《고구려사》, 평양: 과학백과사전출판사, 1990.

손진태, 《조선민족설화의 연구》, 서울: 을유문화사, 1947.

송호정, 《단군, 만들어진 신화》, 서울: 산처럼, 2004.

_____, 《처음 읽는 부여사》, 서울: 사계절출판사, 2015.

신종원 편, 《일본인들의 단군 연구》, 서울: 민속원, 2009.

신채호, 《조선 상고사》, 서울: 일신서적, 1988.

윤석효, 《가야사》, 서울: 민족문화, 1990.

이기동, 《한국사강좌》 고대편, 서울: 일조각, 1982.

이병기·백철, 《국문학전사》, 서울: 신구문화사, 1963.

이병도, 《한국고대사연구》, 서울: 박영사, 1976.

_____, 《한국사》 고대편, 서울: 을유문화사, 1976.

이복규, 《부여·고구려 건국신화 연구》, 서울: 집문당, 1988.

이종욱, 《한국의 초기국가》, 서울: 아르케, 1999.

_____, 《건국신화: 한국사의 1막 1장》, 서울: 휴머니스트, 2004.

장주근, 《한국 신화의 민속학적 연구》, 서울: 집문당, 1995.

제주특별자치도 편, 《제주어사전》, 제주: 제주특별자치도, 2009.

천관우 편, 《한국 상고사의 쟁점》, 서울: 일조각, 1975.

최광식, 《백제의 신화와 제의》, 서울: 주류성, 2006.

최몽룡·최성락 공편, 《한국고대국가형성론: 고고학상으로 본 국가》, 서울: 서울대학교출판부, 1997.

최상수, 《한국 민간 전설집》, 서울: 통문관, 1958.

한국문화상징사전편찬위원회 편, 《한국문화상징사전》, 서울: 동아출판사,

1992.

현용준,《제주도 무속 연구》, 서울: 집문당, 1986.

홍기문,《조선 신화 연구》, 서울: 지양사, 1989.

니오라쩨, 이홍직 역,《시베리아 제민족의 원시종교》, 서울: 신구문화사, 1976.

사라시나 겐조, 이경애 역,《아이누 신화》, 서울: 역락, 2000.

이시와타리 신이치로, 안희탁 역,《백제에서 건너간 일본천황》, 서울: 지각여
　　행, 2002.

江上波夫,《騎馬民族國家》, 東京: 中央公論社, 1978.

岡正雄,《異人その他》, 東京: 言叢社, 1979.

高橋亨,《朝鮮の物語集附俚諺》, 東京: 日韓書房, 1910.

關敬吳,《昔話の歷史》, 東京: 至文堂, 1966.

溝口睦子,《王權神話の二元構造》, 東京: 吉川弘文館, 2000.

今西龍,《朝鮮古史の研究》, 東京: 國書刊行會, 1970.

金錫亨, 朝鮮史研究會 譯,《古代朝日關係史》, 東京: 勁草書房, 1969.

金澤莊三郎,《日鮮同祖論》, 東京: 刀江書院, 1929.

大林太良,《神話學入門》, 東京: 中央公論社, 1966.

_____,《日本神話の起源》, 東京: 角川書店, 1973.

_____,〈琉球神話と周圍諸民族神話との比較〉, 日本民族學會 編,《沖繩
　　の民族學的研究》, 東京: 日本民族學會, 1973.

_____,〈古代日本·朝鮮の最初の三王の構造〉, 吉田敦彦 編著,《比較神
　　話學の現在》, 東京: 朝日新聞社, 1975.

_____,《邪馬台國》, 東京: 中央公論社, 1977.

_____,《東アジアの王權神話》, 東京: 弘文堂, 1984.

_____,《神話の系譜》, 東京: 靑土社, 1986.

馬淵東一,《人類の生活》, 東京: 社會思想社, 1978.

民俗學研究所 編,《民俗學辭典》, 東京: 東京堂出版, 1980.

山田信夫,《北アジア遊牧民族史研究》, 東京: 東京大學出版會, 1989.

山下欣一,《奄美說話の研究》, 東京: 法政大學出版部, 1979.

_____ 外 共著,《南島のフォークロア: 共同討議》, 東京: 靑土社, 1984.

森三樹三郎,《中國古代神話》, 東京: 淸水弘文堂書房, 1969.

三上次男,《古代東北アジア史硏究》, 東京: 吉川弘文館, 1977.

三品彰英,《神話と文化史》, 東京: 平凡社, 1971.

_____,《建國神話の諸問題》, 東京: 平凡社, 1971.

_____,《增補 日鮮神話傳說の硏究》, 東京: 平凡社, 1972.

_____,《古代祭政と穀靈信仰》, 東京: 平凡社, 1973.

_____,《三國遺事考證》上, 東京: 塙書房, 1975.

_____,《三國遺事考證》中, 東京: 塙書房, 1979.

松村武雄,《神話學原論》上, 東京: 培風館, 1940.

松村一男,〈王權の起源〉, 大林太良 外 共編,《世界神話事典》, 東京: 角川書店, 1994.

_____,《神話學講義》, 東京: 角川書店, 1999.

矢木毅,《韓國·朝鮮史の系譜》, 東京: 塙書房, 2012.

依田千百子,〈韓國·朝鮮の女神小事典〉 許黃屋 條, 吉田敦彦·松村一男 編著,《アジア女神大全》, 東京: 靑土社, 2011.

前田徹,《メソポタミアの王神世界觀》, 東京: 山川出版社, 2003.

折口信夫,《折口信夫全集》3, 東京: 中央公論社, 1975.

井上秀雄,〈朝鮮の神話〉,《週刊アルファ大世界百科》132, 東京: 日本メール·オーダー社, 1973.

_____,《朝鮮古代史序說》, 東京: 寧樂社, 1978.

鳥越憲三郎,《古代朝鮮と倭族》, 東京: 中央公論社, 1992.

佐口透,〈アルタイ諸民族の神話と傳承〉,《騎馬民族とは何か》, 東京: 每日新聞社, 1975.

佐伯有淸,《新撰姓氏錄の硏究》本文篇, 東京: 吉川弘文館, 1981.

中田千畝,《蒙古神話》, 東京: 鬱文社, 1941.

中村亮平,《朝鮮の神話傳說》, 東京: 誠文堂, 1929.

諏訪春雄,《日本王權神話と中國南方神話》, 東京: 角川書店, 2003.

出石誠彦,《支那神話傳說の硏究》, 東京: 中央公論社, 1949.

Bonnefoy, Yves, 金光仁三郎 共譯,《世界神話大事典》, 東京: 大修館書店, 2001.

Chang, Kwang-chih(張光直), 伊藤淸司 共譯,《中國古代社會》, 東京: 東方書店,

1994.

Coxwell, Charles Fillingham, 澁澤青花 譯, 《北方民族の民話》上, 東京: 大日本會話出版社, 1977.

Dumézil, Georg, 松村一男 譯, 《神々の構造》, 東京: 國文社, 1987.

_____, 大橋壽美子 譯, 《ローマの祭: 夏と秋》, 東京: 法政大學出版局, 1994.

Harva, Uno, 田中克彦 譯, 《シャマニズム: アルタイ系諸民族の世界像》, 東京: 三省堂, 1989.

Jensen, Adolf Ellegard, 大林太良 共譯, 《殺された女神》, 東京: 弘文堂, 1977.

_____, 大林太良 共譯, 《民族學入門》, 東京: 社會思想社, 1978.

Knecht, Peter, 〈文化傳播主義〉, 綾部恒雄 編, 《文化人類學15の理論》, 東京: 中央公論社, 1983.

Krejnovič, Eruhim Abramovič, 枡本哲 譯, 《サハリン・アムール民族誌》, 東京: 法政大學出版部, 1993.

Leeming, David Adams, 松浦俊輔 共譯, 《創造神話の事典》, 東京: 青土社, 1998.

Singer, Kurt, 鯖田豊之 譯, 《三種の神器》, 東京: 形象社, 1975.

劉城淮, 《中國上古神話通論》, 雲南: 雲南人民出版社, 1992.

Dundes, Alan, *Morphology of North American Indian Folktale*, Helsinki: Academia Scientiarum Fennica, 1980.

Eliade, Mircea, *The Myth of the Eternal Return: Cosmos and History*, New Jersey: Princeton University Press, 1954.

Grimal, Pierre ed., *World Mythology*, London: Hamlyn, 1973.

Hocart, Arthur Maurice, *Kingship*, London: Humphrey Milford for Oxford University Press, 1927.

Hoppál, Mihály edi., *Shamanism in Eurasia*, Göttingen: Herodot, 1984.

Jobes, Getrude edi., *Dictionary of Mythology, Folklore and Symbols*, Vol. 1, New York: The Scarcrow Press Inc., 1962.

Kirk, Geoffrey Stephen, *Myth: Its Meaning and Functions in Ancient and Other Cultures*, Berkeley and Los Angeles: University of California Press, 1971.

Leach, Maria and Fried, Jerome, *The Standard Dictionary of Folklore, Mythology and Legend*, 1st Edition, New York: Funk & Wagnalls Company, 1949.

Long, Charles Houston, *Alpha: The Myths of Creation*, New York: George Braziller, 1963.

Lord Somerset 4th Baron Raglan, Fitzroy Richard, "The Hero of Tradition" in Dundes, Alan ed., *The Study of Folklore*, Englewood Cliffs: Prentice-Hall Inc., 1965.

Malinowski, Bronisław Kasper, *Magic, Science and Religion* (Doubleday Anchor Books 23), New York: Garedn City, 1954.

Michael, Jordan, *Myths of the World*, London: Kyle Cathie Ltd., 1995.

Van Gennep, Arnold, *The Rite of Passage*, Chicago: The University of Chicago Press, 1960.

Von Franz, Marie-Louise, *Patterns of Creativity mirrored in Creation Myth*, Zürich: Spring Publications, 1972.

[ㄱ]